全世界
都以为
他暗恋我

容无笺 著

江苏凤凰文艺出版社

Chapter 1　同桌的你 ………… 001

阿久：你好,我是你的新邻居,叫我戚以就行。
Ivan：嗯,我是Ivan。

Chapter 2　好久不见 ………… 035

"你过得好吗?"
"我有一点点想你。"

Chapter 3　单曲循环 ………… 065

"戚以。"
"嗯?"
"太好了!"

Chapter 4　节目首播 ………… 108

"舟哥,行不行嘛?"
"行。"

Chapter 5　喜欢我吧 ………… 139

戚以……喜欢我一点点吧。

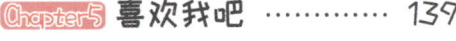

Chapter 6 云不知道 ………… 185

第七专《December》特别曲。

Chapter 7 去景大吧 ………… 211

"老板,来幅糖画,我朋友要吃。"
"要什么样子的?"
"小兔子的图案吧,耳朵画长点,要是短了她又该抱怨了。"

Chapter 8 时来运转 ………… 261

江敛舟V:"我错了@威以。"
威以:"平身吧,小舟子。"

Chapter 9 考虑一下 ………… 297

Ivan:洗漱好了吗?我等会儿去你家吃早餐。
阿久:凭什么?
Ivan:因为你把两份早餐都拎回了你家里。

番外篇 ………… 326

"江敛舟?"
"嗯?"
"我们怎么不是青梅竹马呢?"

Chapter 1

同桌的你

01.

明泉市的十二月，天寒地冻，正值最冷的时节。

昨晚落了一夜的雪，大清早环卫工人便忙碌起来，大约是怕耽误这座城市的人们上班。

窗外路上，所有人俱是行色匆匆，呼出来的气瞬间便成了白色的雾，因此也衬得开着地暖、温度维持在二十几摄氏度的房间更暖和了。

可惜，盛以还是没能如愿睡到十点钟。

她摸到床头的杯子，灌下一大口冷水，才觉得快要冒火的嗓子好了那么一点。

放下杯子，盛以打开手机看了眼时间：09：02

手机上还显示有一条微信消息。

盛以迷蒙着眼半坐起身，解锁手机看了眼。

好一朵蓓蕾：啊啊啊我要死了！阿久，你醒了跟我说一声，此刻我幸福得快要昏过去了！

盛以一脸无语。

她目光上移，从聊天框内容移到了对方发消息的时间：04：28

今天周一，贝蕾跟她这个自由职业者可不一样，大清早是要上班的。

虽说如此，盛以依旧冷着一张脸，堪称宠溺般地回复了她。

阿久：干醒了。

那边秒回消息。

好一朵蓓蕾：知道的懂你是在明泉市，不知道的还以为你活在沙漠里。

阿久：那也是个有暖气的沙漠呢。

没等盛以再发消息刺激没有暖气的好友，手机铃声便响了起来。按理来说此时应该在上班的贝蕾，不会这么堂而皇之地打来电话。

"阿久！"贝蕾亲切呼唤，"我年后就可以辞职去找你了，开心吗？"

盛以面无表情地说："你觉得呢？"

为了避免继续自讨无趣，贝蕾自然而然地切换了话题："我跟你讲！我昨晚看视频看到了四点多，情侣档可太甜了，我要被甜疯了！"

贝蕾最近很喜欢看一对男女搭档的各种互动视频，看完还要疯狂地讲给盛以听。

虽然盛以之前听得有一搭没一搭，但她也大概知道了，贝蕾喜欢的是一对女演员和男游戏主播的情侣档。

"他们昨晚又一起打游戏了，关键是主播对别人就冷嘲热讽，之前也很少带妹上分，对女演员却温柔体贴，我顶不住了！"

盛以打了个哈欠。

"他们好像曾经是同桌。"贝蕾说着说着又开始感慨，"你说我们怎么就没有一个当明星的同桌呢？"

盛以的哈欠打到一半，闻言微微顿住。

"阿久？"贝蕾有些奇怪。

盛以思绪回笼："嗯。"她在心里斟酌了一番，语气淡淡地说，"我跟你可不一样。我有现在当了艺人的同桌。"

贝蕾一脸疑惑。

忽略盛以那一贯又冷又嘲的大佬语气，贝蕾迫不及待地追问："真的？谁啊？红吗？"没等盛以回答，她又一副恍然大悟的语气道，"看我这问题，红的话你早说了。十八线小艺人是吧？"

盛以不想多说，答了句"挂了"后直接把电话挂断。

贝蕾听着电话里的忙音，茫然地对着手机屏幕发愣。

不是！她还没讲完想说的呢，她喜欢的情侣档据说要同框了！

尽管昨晚画到了凌晨两点，但现在既然醒了，盛以便没试图睡回笼觉。

起来洗漱后，盛以端着一杯咖啡进了书房，坐在书桌前开始工作。临近中午，她才换了衣服化了淡妆，动身出门。

刚一打开房门，盛以就被电梯口的动静吓了一跳。

领队的搬家工人一抬头，在看清盛以的脸时，声音都不自觉放轻了几分："不好意思,打扰您了。我们在帮您对面的这户搬家,会小声点,尽量不吵到您。"

盛以抬头,看了眼对面紧闭的房门,继而点了点头:"没关系。"

她住的这个叫湖悦山色的小区房价颇为昂贵,一梯两户,安静又私密。

只是之前对面的那户一直没有人买,所以她从来没有见那家的门打开过。

现在是卖出去了?

盛以没有把这件事放在心上,朝着领队颔了颔首,之后抬步迈进了电梯。

若非早已同人约好谈工作,宅女盛以是绝对不可能在这种天气出门的。

幸好约的咖啡厅离湖悦山色不远,盛以轻拍了拍帽子和衣服上落下的雪,点了杯咖啡坐在靠窗的位置,等对方来。

等待期间,盛以又看到贝蕾给她发了微信。

内容是一张截图,点开看,里面是一个论坛的帖子。

段明霁跟汪桐欣真的要同框?

1L:对啊,段明霁昨晚直播的时候不是说了吗?

2L:别瞎说了,一看就是炒作。

3L:回复2L,我倒不觉得是在炒作。围观了他们昨晚的连麦直播,汪桐欣没那么好的演技,应该是真的。

4L:没那么好的演技,笑死我了……

…………

贝蕾直接打了视频电话过来,盛以的目光却放在截图的最下面。

7L:不过话又说回来,真有热度的人也不靠组情侣档。比如江敛舟,出道都……

后面的话被截掉了。

她收回目光,接起电话回复贝蕾:"别看我闺密母胎单身二十六年了,却比谁都明白爱是什么。"

贝蕾一阵无语。

她看着视频里顶着一头浓黑大波浪,眼角还有颗红色泪痣的大美人,第一万次腹诽——好好的盛以为什么会长了张嘴呢?

正说着,眼看等的人拉开门走了进来,盛以便跟贝蕾讲了一声挂了视频。

她站起身,等对方走近才开口:"陈叔,好久不见了。喝点什么?"

陈鸿才爽朗一笑:"一杯热美式。"

盛以点头,跟服务员转述之后,倒也不急,等对方坐下来休息了一会儿,又互相关照了一下彼此的家人和近况,这才开始进入正题。

陈鸿才抿了口咖啡,聊起了正事:"阿久,你放心,哪怕是看在我跟你父亲的交情上，我也会帮你找个好编剧、好导演的。陈叔当制片人你还能不放心？"

盛以轻轻笑了一下："谢谢陈叔。"

她上部漫画卖出，得到了不少版权费，而陈鸿才跟她父亲的关系不错，又是圈内人，今天来谈的便是即将开始制作的动漫。如果动漫播出数据不错，接下来便会筹备动漫大电影以及真人化了。

在这个圈子里，不少作者卖了版权后便跟作品没什么关系了。可盛以不那么缺钱，所以卖版权时便声明她要有足够的话语权，不然就不卖。

两个人又谈了一会儿具体的细节，逐一敲定之后，陈鸿才沉默几秒，突然转了个话题："阿久，陈叔说到底也是帮了你一个忙，这……也有件事想找你帮帮忙。"

盛以轻轻抬眸，没有直接应好或者不好。

陈鸿才怎么说也是在圈子里摸爬滚打了几十年的人，此时却觉得对面这个小姑娘的气势有些迫人。

他不自觉地捏了捏手指："你应该也隐约听说了，陈叔呢，最近投资了一个综艺项目，叫《同桌的你》。这个项目打算邀请几位艺人以及艺人学生时代的同桌一起录制，你应该知道最近比较火的段明霁跟汪桐欣吧？"

盛以心想：还挺巧……

"对，他们两个人就是这个节目的一对嘉宾。"陈鸿才又抿了口咖啡，"我们希望艺人的同桌是素人，但是又不希望是完全没有看点的素人。段明霁虽然也是素人，但是是游戏主播，自带粉丝和热度，是一个很理想的选择。我也不瞒你，我们在接触的另外一对，是艺人和一个视频博主。"

说到这里，陈鸿才仔仔细细打量了一下盛以那张堪称神仙颜值的脸，越看越满意。

盛以倒是微微一愣，心道：该不会是……

果然，陈鸿才点了点头："导演费了不知道多大的力气，竟然接触到了江敛舟。那可是江敛舟啊！要是他能来我们节目，还怕没人看吗？"

"本来吧，我们想的是只要江敛舟能来，他的素人搭档是谁都不重要了。"陈鸿才顿了顿，颇有些卖关子的意味，之后话锋一转，"但是……他给我们一个还能记得的同桌的名单，我一眼就看到了你的名字。阿久，这就叫缘分啊！"

盛以心道：哦，真是让人开心呢。

她扯了扯嘴角："他近几年不是很少录综艺吗？"

"对，"陈鸿才笑了笑，"这才有关注度啊。陈叔呢，也跟你透露一下。"

他说着，神神秘秘地压低了声音。

盛以没在意，点头，继续喝咖啡。

"江敛舟那边说想在节目里组个情侣档来吸热度。"

盛以："噗——"

她连咳嗽了几声，飞快抽过纸巾擦了擦唇角，又擦了擦手机。

手机屏幕亮起，显示出刚才贝蕾发来的那张图片，上面还是"真有热度的人也不靠组情侣档炒作。比如江敛舟……"这样的内容。

盛以面无表情。

既然解锁了手机，盛以干脆发了个表情包给陈鸿才。

陈鸿才一脸不理解地盯着屏幕上那个在拍打小羊的小人。

"什么意思？"

盛以坦然地解释了一下陈鸿才的疑惑："达咩[1]（不行）。"

02.

盛以是个颇为坚持己见的人，甚至可以说是有些固执。

陈鸿才一听就皱紧了眉，他确实没想到竟然在盛以这里出了问题。

"我们节目给嘉宾的费用可不低。"陈鸿才比了个手势，"这个数。"

盛以这次头也没抬："这样啊。"

确实，钱的诱惑力很大，但盛家并不缺钱，更不要说打小便锦衣玉食的盛以了。况且，盛以自己也很能赚钱，画师做到盛以这个地步，钱都是别人争着抢着送的。

陈鸿才没有放弃，继续说："上了节目你肯定就更红了，还能认识一群艺人。"

盛以这次抬了抬头，给了陈鸿才一个毫无波澜的眼神。

陈鸿才说："……权当是跟你老同桌叙叙旧，你们是高三时期的同学，交情应该不错吧？"

盛以没应声。

在陈鸿才看来，没反应就是最好的反应，他仿佛看到了希望，连忙追问："江敛舟确实红，也确实风头正盛，但是这个圈子谁能保证自己一直红呢？你们关系不错，就当帮帮你老同学。"

盛以喝下杯子里最后一口咖啡，在陈鸿才饱含期待的目光里缓缓开了口：

---

[1] 达咩：网络用语，通常是在拒绝别人时使用的否定词，意思指不行、不可以、不许。来源于日语。

"陈叔。"

"嗯？"

"江敛舟那边是不是没告诉你，我俩高中之后就再也没联系过了？"

盛以颇为坚决地拒绝了陈鸿才那边的综艺邀约后，在外面解决了晚餐，才动身回湖悦山色。

途中路过一个大型商场时，盛以透过车窗向外看了一眼。

商场的巨大 LED 屏前依然时不时有人驻足仰视，还有女孩子们兴奋地指指点点以及拍照留念。

她也顺势抬头看去。大屏幕上正在播放一段广告，那张脸还没等她看清楚便一闪而过，只留下最后黑屏时潇洒恣意的签名——江敛舟。

盛以给贝蕾发消息：**人生确实难以预料。**

比如她读高中那会儿，的确想不到同桌江敛舟后来会红极一时，更想不到，她与江敛舟多年未见，再次和这个名字一起被人提起，竟然是有人邀请她去上综艺……

最想不到的，当然是……

这个连长什么样子盛以都忘了的同学，声称要跟她组情侣档……

啊，看这魔幻的世界。

贝蕾回消息回得飞快。

好一朵蓓蕾：可不是嘛，身为你闺密的我也难以预料，你竟然有同学是明星。

盛以深吸了一口气，努力忍住了把闺密拉黑的冲动。

当然，心大如盛以，既然已经拒绝了综艺邀约，那这件事就算是过去了。

天色变暗，雪渐渐变小。

盛以有一搭没一搭地吸着奶茶，悠闲地往小区里面走。

走到自己那栋楼的楼下时，被一楼的物业人员叫住了。

物业人员很热情地说："盛小姐，您刚回来啊？"

盛以略一点头，就听物业又招呼她："您应该知道您那层的另外一套公寓被买走了吧？那套公寓的主人说想加一下您的联系方式，以后大家就是邻居了。"

盛以想了想，觉得也是，毕竟两个人同住一层，和平相处还是挺重要的，便走过去拿出了手机："电话吗？"

物业人员递过来一张名片："您加这个微信就行。"

名片是纯黑色的，简约而富有设计感，上面只有一串数字和一个英文名 Ivan。

盛以道了谢，拿着那张卡片，悠闲地上了楼。

回到家里洗澡、吹头发、保养完皮肤后，盛以又画起了一单商业插画。

她工作时一向专注，结束时已经是夜里一点半了。

盛以打了个哈欠、伸了个懒腰，正准备去睡觉时，看到她随手放在桌上的那张名片。

她稍一停顿，之后把那串数字输入搜索栏，看到对方的信息。

微信ID跟名片上的英文名一样，十分简洁的"Ivan"，微信头像则是一只白色猫咪的背影。

……还挺有反差。

盛以攥着手机进了被窝，点了"添加好友"，备注了自己的姓名。

她刚发送申请，准备放下手机时，那边竟然就通过了。

盛以有些惊诧，心想：都这会儿了，对方竟然还没睡？

她一边思索着，一边发了消息过去。

阿久：你好，我是你的新邻居，叫我盛以就行。

隔了三秒。

Ivan：嗯，我是Ivan。

既然已经打了招呼，盛以便随手点进这位新邻居的朋友圈，浏览了一下。

江敛舟的红毯照？江敛舟的签名？再往下翻，是一张当时一票难求的江敛舟演唱会的现场照片？

对方最新一条朋友圈，文案是：需要票找我。

盛以飞速明白了。

这年头，做黄牛也不容易，大半夜的还在营业。

怪不得对方一秒就通过了好友申请，不过话又说回来，做这一行这么赚钱吗？都买得起湖悦山色的房子了？

翻到一半，贝蕾又在夜里"发疯"了。

好一朵蓓蕾：啊啊啊！阿久我要开心死了，元旦有段明霁和汪桐欣的红毯合体，我要去，我一定要去！

好一朵蓓蕾：可我刚刚问了熟人才知道，这场红毯的内场票很难买到，都给媒体了。

盛以拨了拨头发，回：我问问我这边能不能买到。

回完盛以又点开了跟那位Ivan的聊天框：有元旦段明霁和汪桐欣的红毯内场票吗？

Ivan：你是他们的粉丝？

这人管得挺宽，而且没什么自知之明。

Ivan：我还以为你是对江敛舟感兴趣呢。

阿久：不。

盛以耐心告歇，懒得在深夜和一个黄牛扯皮，键盘敲得飞起：有还是没有？

阿久：可以加钱。

阿久：两千元。

阿久：五千元。

阿久：一万元。

Ivan：有。

盛以果断转了两千元过去：定金，其余的我拿到票再给。

发完消息，困得眼皮快要粘住了的盛富婆，迅速给贝蕾发了个"OK"，就安静地闭上了双眼。

今年的初雪竟格外漫长。

雪断断续续地下了两三天，盛以每天早上起来都会看一眼窗外，看外面的雪堆积以后又被扫了。

她本就喜欢宅家，这下更是宅得理所当然，安心在家里画起了画。

这几天里，盛以对销售人员的能力有了充分认知，当然，这些认知主要来源于她的那位新邻居。

Ivan：你要江敛舟的签名照吗？

Ivan：便宜出。

盛以看了一眼，又画起了画，没回。

销售人员不放弃。

Ivan：你要江敛舟的红毯票吗？

Ivan：好位置，便宜出。

盛以面无表情。

销售人员在她能够容忍的底线上继续蹦跶。

Ivan：你要江敛舟的绝版签名专辑吗？

Ivan：绝对保真，便宜出。

盛以这次沉默了三秒，看着与这糟心邻居的消息页面，反问：多少钱？

Ivan：三十元，顺丰包邮。

阿久：给你六十元，带着你的十八线艺人周边离开我的世界。

黄牛终于安静了。盛以满意地点头，准备继续画画，便听到手机响了起来。

电话是盛元白打来的,他是盛以的堂哥。

盛家是明泉市的一个大家族,盛以这一辈男性居多,盛元白排行第七,盛以则是年龄最小的一个孩子,排第九。

她的小名叫阿久,便是"九"的谐音,寓意长长久久。

盛以接了起来:"喂?"

"阿久。"盛元白叫她,"我今天到你家附近谈点事,中午陪我吃顿饭。"

盛家这一辈的人都宠盛以,而盛元白是跟盛以关系最亲近的一个。

所以尽管宅女盛以不喜欢交际,也还是要和盛元白一起吃饭的。

盛以应了一声,掐着时间换了衣服化了妆,出门赴约。

刚关上房门站在电梯间等电梯,电话就又响了起来。

这次是一个明泉市的陌生来电,盛以接了起来。

电话那边很热情:"您好,请问是盛以盛小姐吗?"

盛以下意识地以为是骚扰电话,正准备挂断,那边似乎察觉了她的意图,连忙拦下来:"等等,别挂电话!我不是推销的,我是《同桌的你》节目总导演。我们节目这边真的很中意盛小姐,你如果有什么额外的要求也可以直接提,我们确实很希望你来参加我们的节目。"

盛以皱了皱眉:"我不是已经拒绝过了吗?"

导演:"是,但是我们这几天又看了一下其他的备选嘉宾,觉得都不如你适合我们节目。这……盛小姐,你是有什么顾虑吗?不如说出来,我们都可以商量的。"

顾虑?盛以缩小通话界面,飞快地问贝蕾:明星有什么忌讳的吗?

仿佛时时刻刻都在手机前的贝蕾秒回:忌讳?

好一朵蓓蕾:和粉丝私下联系?

行,这个理由不错。

沉默的时间有点长,那边的导演又开口问:"喂,盛小姐你还在吗?"

盛以戴上口罩,抬头看了眼显示屏,电梯快到了。

她不想再跟导演继续聊下去,顿了顿,说:"嗯,在。"

电梯门缓缓打开,里面似乎有人,盛以没注意,垂着脑袋语气沉重:"导演,你有所不知。我是江敛舟的粉丝,不接近还好,一起录节目万一……"她叹了口气,"万一传出来艺人和粉丝有关系怎么办?"

大概是因为盛以这话内容实在劲爆,空气就这么沉默了两秒。

盛以正想假装信号不好挂掉电话,便听到电梯的方向突然传来一个男声,语气一听就知道很不开心,言简意赅的一声:"啧。"

盛以诧异抬头。

盛以陷入沉默。

盛以挂掉电话。

盛以回想了一下自己的发言。

她沉默两秒，盯着那张之前还在商场 LED 大屏里看到的俊逸无双的脸，压下满脑子的"他怎么会在这里"的想法，假装很惊喜又很巧合的样子，淡定地朝他挥了挥手，满是自信地打招呼："嗨，偶像。"

03.

与多年未见的老同学再次相逢，都是在什么样的场景下？

这个问题盛以在某个网络问答社区看到过，后来还意外成了社交媒体平台的热门话题。

大家讨论得还挺有热情。

可能是在大街上擦肩而过，感慨一声当年的校草如今已成了大腹便便的中年人；或者是暗恋已久的老同学，突然看到他身旁已有旁人；又或者是在普通的同学聚会上，也是能勾起点青春回忆的方式吧……

总而言之，这样的场景应该与青春、时光、释然等词语交织才对。

而不是现如今的电梯口见面会。

更何况，粉丝似乎没有粉丝的激动，至于偶像嘛……

盛以冷着一张脸，放下了自己刚刚挥过的手，目光避无可避地放在电梯门口那位"顶流"的脸上。

说实话，多年未见，盛以还能记得这个老同学，一方面是拜他的声名在外所赐，另一方面则归功于江敛舟确实好看。

盛家人基因向来不错，盛以自己便是从小到大受人称赞的美人，但她仍然可以记住自己以前有个长得很好看的同桌。

那会儿江敛舟长相出众，加上成绩好、家世显赫，在学校里就是风云人物。

别人的蓝白运动校服怎么穿怎么丑，江敛舟穿在身上却跟校园剧男主角似的，干净、傲然、恣意。

盛以这些年还是可以通过各种平台看到江敛舟那张脸的，但这会儿真人猛然出现在她面前，盛以在心里还是不得不感慨一句：江敛舟真人比视频里好看太多了。

外面天寒地冻，他却好像不怎么怕冷一样，里面穿了件浅色毛衣，外面搭了外套，整个人显得高挑而清瘦。

他浓黑的发梢显得有些凌乱，方才从电梯里出来时还随意晃了晃脑袋，发梢微微遮住一些眉毛，肤色冷白，漫不经心地勾起桃花眼，似是带着几分笑意。

当然，要真说起来，盛以都不知道这到底该算是笑意还是嘲讽。

反正不太像什么见面会，真算起来的话……

盛以其实很认真地反思了一下，自己当年到底有没有欠债不还。

两个人寂静了片刻。

"对我感兴趣？"对面那位开了口。

他的声线的确好听，粉丝们天天夸的天籁之音倒也不算闭眼吹。就是这语气吧……怎么听怎么奇怪，倒像是见了仇人。

盛以"嗯"了一声。

江敛舟客气地勾了勾唇："喜欢我什么？"

盛以随口："唱歌好听呗。"

"是吗？还有吗？"江敛舟淡声问。

盛以心道：这人废话怎么这么多，天天被别人夸还没被夸够？还得听人现场夸他？

盛以都有点后悔刚才打招呼了，愣了一会儿，真情实感地说："喜欢你不挡路。"又问，"你来这里做什么？"

江敛舟淡淡垂下眸，看了看手表："找个人。"

说完，他掀眸看了眼盛以家对面那扇门，没再看她，让出挡住的电梯门，似乎对她这位偶然撞见的人没什么兴趣。

气氛一下子变冷了。盛以电话铃声响起，是盛元白打过来问她到哪儿了。

盛以边按了电梯按钮，边缓和了声音："嗯，马上到，稍等一下。"

语气自然亲昵。

电梯门开了，盛以抬步走进去，按了1层。电梯门合上的瞬间，她挂了电话，抬起头。

那位一举一动皆万人瞩目的风云人物，这会儿懒散地站在原地，微微垂着头。

突然，他转过头，看了看电梯门的方向，又转了回去。

盛以想，她好像看清了那瞬间江敛舟的表情，含着冷漠、嘲讽、孤傲的意味，以及些许若有所失。

盛以跟着服务员一路向里走，盛元白果然在包厢等她。

"今天怎么戴了口罩出来？"盛元白边示意服务员给盛以倒茶，边饶有兴致地发问。

盛以:"被人要微信要烦了。"

盛元白抽了抽嘴角,只觉得今天堂妹似乎格外没什么耐心。

他知道盛以脾气算不上多好,但是按照他对盛以的了解,估摸着今天多少还是发生了点事。

让盛以有那么一些在意的事,这就很难得了。

盛元白兴致很高,说:"聊聊?"

盛以觉得没什么好聊的,嘴都没张。

盛元白倒也没催她,继续等。

果然,十分钟后,服务员上了第一道菜出去,盛以开了口:"你有老同学见了面,认不出你的吗?"

盛元白思索了一下,半晌,诚实地摇了摇头:"你哥帅成这样,只有惦记你哥的,哪有认不出来的?"

盛以表情没怎么变,但盛元白确实觉得,自家妹妹好像更郁闷了。

盛元白恍然:"谁没认出你?"

盛以嗤笑了一声:"我戴着口罩呢。"言外之意,我是天下第一美女,谁能认不出我?

盛元白这次笑出了声。

盛以有点不爽:"笑什么?"

盛元白轻咳了几声,勉强忍住,又抿了口茶:"谁呀?胆敢认不出我们阿久,跟哥哥说,哥哥替你报仇。"

盛以越发不爽了:"说了,没有人。"好一会儿,她才没什么表情地说,"小艺人罢了。"

"哦?"盛元白惊奇,继而给自家堂妹出谋划策,"既然是小艺人,那还不容易?"

盛以如同施恩般看了他一眼。

盛元白:"签下来,你当老板。"

盛以想了一下。

尽管并不想承认,但她好像实实在在开心了一下。

"这样吧,"盛元白送佛送到西,"他微博粉丝多少?你告诉我,我去找个人估个价。"

微博粉丝?

盛以解锁了手机,查了一下江敛舟的微博主页面,然后把手机递给盛元白。

盛元白看到江敛舟的粉丝数一阵无语,缓缓开口:"要不算了吧,阿久,不然下次别戴口罩了,说不定他就认出你了。"

回去的路上,盛以又认认真真思考了一下今天发生的事。

前几天那位新邻居要卖给她江敛舟的周边时,她还问了价钱。

哪怕盛以不追星,她也知道江敛舟的签名周边在市面上很值钱,根本不可能卖三十元还包邮,因此她自然就认为新邻居卖的都是假货。

但今天……江敛舟去找人,找的既然不是自己,那就应该是那位新邻居了。

也就是说,现在有两种可能:第一种,江敛舟跟那位新邻居是哥们儿,那位新邻居在薅朋友羊毛;第二种,江敛舟可能欠了那位新邻居人情,或者被抓到什么把柄,才被迫签了一张又一张签名。

那就怪不得那位新邻居有很多江敛舟周边了。

盛以对这位新邻居多少带了点好奇,主要是按照她对江敛舟的记忆,依那位的脾气,还能签了那么多签名,看来是不小的把柄。

这么想着,盛以上楼前,又去了一趟物业。

"盛小姐,您有什么事吗?"今天的物业人员依旧如此热情。

盛以问:"我的那位邻居大概什么时候能来?我到时候过去打个招呼。"

物业人员有点奇怪:"他昨天夜里办了入住,今天应该就在了吧?盛小姐没碰见吗?"

盛以还真没有。

她道了声谢,上了楼,但她倒也没有贸然去敲邻居家门,而是先回了趟家,进了书房,翻出一个同学录,是她回明泉市高考前,当时景城一中班上的同学们先给她一个人写的同学录。

同学录里面夹着一个袋子。盛以倒出来看了看,全都是江敛舟的签名照。

她那会儿跟江敛舟是同桌,他那会儿已经将自恋的特征展露无遗了。

江敛舟拍了好多照片,有穿着校服和常服的,还有在运动和看书的,表情神采飞扬,潇洒轻狂。

别人写了各种各样的话,江敛舟倒好,给每张照片都签了名,还吊儿郎当地说:"哥几年后肯定红遍大江南北,你好好保存。"

盛以想到此,觉得好笑,今天没被江敛舟认出来的气消了一些。

她拿起手机,发微信问新邻居:江敛舟的签名照到底市值多少?

那位新邻居回得挺快:一张一亿元吧。

阿久:啊?

Ivan:怎么,你后悔没买了?

阿久：不。

阿久：我就是给我手里的这些签名照估个价。

阿久：现在觉得，我手里的签名照大概够买下江敛舟本人了。

盛以想了想，又问：有渠道卖出去吗？

Ivan：你缺钱？

阿久：不，我只是想万一真有人花一亿元买一张，我就去把江敛舟本人买下来。

阿久：让他见了我都得恭恭敬敬叫老大。

阿久：哈哈哈。

04.

盛以其实还真不是小肚鸡肠的人。

她自认目前的生活算得上如意，家庭事业也都挺和谐顺利，所以向来不把什么事放在心上。哪怕偶尔郁闷几分钟，转头就又忘干净了，但这次她确实有一些气不顺。

尤其是一想到江敛舟前脚要找她一起上综艺，后脚见到她都没认出来，盛以就觉得这世间没有真情。

当初明明做了两年的同桌，关系还挺不错的，现在呢？

《同桌的你》节目组那边大概是被盛以那天说的话吓到了，再或者是还在寻觅新的嘉宾，总而言之，这几天倒是没有再来纠缠盛以。

但显然，节目组还没有完全放弃，起码陈鸿才还每天都在发微信，让盛以好好考虑一下。

陈鸿才拿出了足够的诚意。

其实如果江敛舟找她是为了别的事，盛以也就直接帮了，可录综艺事关重大，稍微一想就知道只要答应下来，以后的平静日子就彻底远离她了。

因此，盛以也没怎么在意录综艺这件事了，倒是在盛元白给她寄过来几盒手工饼干后，抽了个时间收拾了一下自己，去敲了敲隔壁的那扇门。

盛以等了等，没人来开门。

盛以正琢磨着是不是新邻居不在家，准备掉头回去时，门那边却有了动静，朝里被拉开，走出来一位戴着眼镜的男人。

男人瘦瘦的，样貌算不上多么出众，但很干净，脸上带着笑意，颇为温和。

说实话，有那么一些出乎盛以的预料。

主要是她没想到，新邻居竟然在现实里看上去比隔着网络好说话得多。

"请问你是？"

新邻居先开了口，声音与外表一样温和。

盛以礼貌开口："你好，我是盛以，欢迎你。"说着，她把手里的饼干盒递过去，"尝一尝？"

新邻居在听到盛以的名字时，眸子里闪过一丝诧异。

他推了推眼镜，客气地接过，说："你好，我叫庄尧。"又笑了笑，"进来喝杯茶吧。"

这样的状况真是完全出乎意料呢。

盛以颇为意外，但还是跟着庄尧走了进去。

庄尧家里的布局跟她家差不多，但是装修风格差别挺大。

盛以虽然性格偏冷，但是喜欢温暖一点的颜色，装修以及各类用品自然以暖色居多。

尤其是入了秋之后，有些畏寒的盛以便把家里很多物件都换成了带绒的，毛茸茸的地毯、毛茸茸的沙发垫、毛茸茸的玩偶、毛茸茸的……让人看上去就很温暖。

庄尧家则是以冷色调为主，灰蓝色系铺满了整个客厅。

盛以打量了几眼，对上庄尧带笑的眼神，夸道："很高级。"

庄尧一点头，一推眼镜，笑眯眯道："我也觉得。"示意盛以，"请坐。"

他则是去客厅里的开放式厨房，端了杯咖啡过来。

等庄尧坐下，客厅里一时间便有些寂静。

也正因为这突然寂静下来，盛以才意识到好像有哪里不太对。

隐隐约约的，听到客厅旁边小浴室方向传来水声。

房子布局一样，盛以自然清楚，除了两个大卧室有独立浴室之外，客厅旁边还有个小浴室。

盛以平时都用不到，偶尔在客厅做了运动后，才会跑去小浴室洗澡，所以现在是有人在小浴室洗澡吗？

盛以很难不联想到什么，沉默几秒后，说："我好像来得不是时候，不好意思。"

庄尧微愣，瞥了一眼小浴室的方向，恍然，说："没事，他快洗好了。"

……都快洗好了？

盛以心想：自己果然来得很不是时候啊。

不过她确实有些坐不住了，听着水声停了下来，她抿了几口咖啡，说了几句乔迁祝福语，便准备开溜。

正当她要提出告辞的时候，小浴室的方向传来门把手转动的声音，接着，是有人趿拉着拖鞋走过来的声音。

盛以心想：会不会被误会……

她向来有眼色，抿了抿唇："不好意思，我家里还有点事……"

只可惜，话说到一半就猝不及防被人给打断了，而且，完全没想到的是，打断她的竟是男声，还是从背后传来的，有些熟悉还很好听，但怎么听都觉得透着不爽和冷嘲意味。

"怎么，一见到我就有急事？"

她都想问问自己是不是幻听了，要不然怎么听谁的声音都想到了那位。

只是对方完全没有给她逃避的机会，庄尧已经笑着招呼道："洗得还挺快啊，敛舟。"说着庄尧给盛以介绍，"你们应该认识了吧？这就是江敛舟，我是他的经纪人。"

原来新邻居是江敛舟的经纪人？

已经是这个局面了，盛以不得不维持淡定，转过头："你好，江敛舟，没想到你也在这里。"

转过头，盛以顿了顿。

江敛舟刚洗完澡，穿了件浴袍，周身笼着还未散去的水汽，瞥过来的时候，一双桃花眼都掺杂了湿意，明明是最容易含情的眸，却怎么看都有距离。

他没说话，轻轻"啧"了一声，单手举着毛巾擦头发的动作停住，看上去颇为冷淡。

他随手把毛巾扔在一边的架子上，头发只擦到一半，水顺着湿漉漉的发梢滴到地上。

盛以在心里暗想：这人怎么这样，在别人家里洗澡就算了，还这么随意弄湿了别人的地板。

庄尧打破了这里的寂静。

"行，敛舟，既然你洗好了，我就先走了啊，归故那边还找我有事。"他似乎一点没被两个人之间的气氛影响，"啊，对了，盛以特地来看你的，还给你带了饼干，你好好招呼人家。"

庄尧笑着对盛以说："那我就先走了，改天再聊。"

盛以一时失语。

直到庄尧拿起车钥匙换鞋走人，江敛舟这才懒散地往对面的沙发上一坐，漫不经心地拿起饼干盒研究起来，盛以这才从急转直下的形势里回过神来。

当然，大佬向来不自乱阵脚，她面上丝毫不显，甚至淡定地问："这是你家？"

江敛舟稍稍侧头，瞥了盛以一眼："不然呢，是你家？"

她实在不知道，为什么明明当时跟江敛舟做同桌时两个人相处还不错，这多年未见，江敛舟再跟她讲话，话里话外带着刺了。但不知道归不知道，盛以耐心所剩不多。

既然已经站起身准备告别，饼干也送过了，盛以点了点头，语气也带着一贯的冷淡："好，那我就先走了。"

江敛舟没什么反应，甚至没抬头看她，兀自低头研究那盒饼干，仿佛上面印了什么终极藏宝图一样。

盛以就当他同意了，溜达着迈开几步。

那道听起来确实讨嫌的声音，在她背后幽幽响起，像是没什么感情，如同机器人一样读着："我还以为你对江敛舟感兴趣呢。"

盛以一阵无语，莫名觉得这话有些熟悉，好像在哪里听到过。

时间轴慢慢重合，突发状况实在太多，直到这一刻，盛以才完整地将"江敛舟"与"新邻居"也就是"Ivan"对上。

她缓缓转过头，看向江敛舟。

江敛舟这次终于把那盒饼干放下来，抬起头，跟盛以目光相对。

盛以清清楚楚听见这位嗤笑一声，语气里竟然带了几分得意扬扬。她确实不知道他到底在得意什么，总而言之显得他很记仇又很幼稚。

"很不好意思，我正好就是江敛舟本人呢。"

他在说着"不好意思"，可盛以就是没听出来他到底哪里不好意思。

盛以再次回想了一遍自己跟 Ivan 的聊天记录，然后沉默。接着，她拿出手机，打开跟 Ivan 的聊天框，发了个红包过去。

江敛舟看到微信消息，还真的怔了一下。

盛以朝他扬了扬下巴，嘴角的笑容带着微微挑衅，明晃晃地写着：怎么，不敢点开？

这有什么不敢点开的？

江敛舟懒洋洋地把腿搭在玻璃茶几边缘，随手点开红包，二十元，一分都没有多。

盛以微微一笑，以示扳回一局，说："既然本人在，那我就跟本人谈吧。怎么样，考虑一下？"

江敛舟盯着她看。盛以嘴角的弧度更深了几分，只是她接下来便注意到，江敛舟的目光带着几分讨打意味。

05.

庄尧走之前，还特地跟盛以互加了微信。

能看出来，江敛舟的这位经纪人的确是个处事温和且周全的人，朋友圈也跟那位自恋的"顶流"大不相同。

从江敛舟家里出来的时候，盛以还收到了庄尧发来的微信：**盛小姐跟敛舟相处愉快吗？如果他有所冒犯，我代他向盛小姐道歉，他有时候脾气就是怪怪的。**

想想也知道这位经纪人跟在那位"狗脾气"的人身后，替他收了多少烂摊子。

盛以向来认为冤有头债有主，不搞迁怒那一套，对着庄尧自然和煦很多。

没过一会儿，仍坐在沙发上看着那盒饼干出神的男人，就收到了自家经纪人的微信消息。

自家万能经纪人的语气隐隐有些崩溃。

庄尧：你到底跟人家盛以说了什么？

Ivan：什么？

庄尧没说话，干脆利落地转了两百元过来。

江敛舟瞥了一眼手机屏幕，慢吞吞地撕开饼干盒周围的一圈纸胶带，打开饼干盒，取出一块，咬了一半，正咀嚼着，看到庄尧又发了微信过来。

他拿起手机看。

——经历过大风大浪的庄经纪人已恢复如常，语气平静。

庄尧：盛小姐让你收了这两百元，然后就闭嘴，别去烦她。

江敛舟一时间觉得牙有点痒，心里有着说不清的情绪，有点好气，又有点好笑。

江敛舟还是没收。

正当庄尧以为江敛舟为此吸取了教训时，江敛舟又发来了微信。

Ivan：她管不着我。

庄大经纪人推了推眼镜，看了眼视频会议里的许归故，冷笑一声。

工作室合伙人许归故扬了扬眉："怎么了？"

"要不然你们还是另请高明吧。"庄尧微笑，"我实在是不想做中间商呢，差价都赚不了的那种。"

大概是节目组那边行程密切，着急把录制嘉宾定下来，陈鸿才催促盛以多考虑的微信消息，已经从之前的每天早上一条，变成了现在的每天早晚各一条了。

可与此完全相反的是，明明直接加了她的微信，但江敛舟跟庄尧都毫无动静，丝毫没有催促她答应节目录制的意思。

其实盛以也有点想不明白，按理来说，江敛舟从小到大有那么多任同桌，再不济找个大学室友也可以用来充数，没必要非得执着于她吧？

就算盛以自认为外貌条件出色，可已经有江敛舟了，其他人也完全没有抢镜头的必要。

盛以边跟贝蕾打电话，边略略出神地想。

"阿久，阿久！"

盛以这才回过神来，"嗯"了一声。

贝蕾不满："叫你也不应，你在想什么呢？"

盛以毫无波澜地说："怎样能让人不烦我……"

贝蕾崩溃道："阿久，我的宝贝阿久，你能不能对着镜子照照你自己那张脸？你长那么好看，谁不想粘着你啊。"

盛以正儿八经对着镜子照了照，颇为中肯地点评："那倒也是。"

贝蕾放弃，转到下一个话题："看我在论坛发现了什么，竟然有人说江敛舟耍大牌？"

盛以愣了愣："嗯？"

"说是什么内部工作人员爆料，他们节目组在接触江敛舟，但是搭档问题一直迟迟解决不了。说江敛舟那边动不动就否决他们的提议，觉得这个嘉宾不合拍，那个嘉宾档期不合适，所以一直定不下来。"贝蕾滑动了几下手机，没了兴趣，"太假了，江敛舟的粉丝都懒得骂。"

盛以不知道为什么，隐隐觉得有点熟悉。

贝蕾还在自顾自地往下说："江敛舟那人吧，我虽然不是他的粉丝，但不得不说真的挺有才华的。脾气也挺有趣，挺生动的一个人，但要大牌的确有点胡乱黑人了，谁不知道他虽然脾气算不上好，但很敬业呢？"

盛以还真没想到贝蕾居然对江敛舟评价这么好。

她动了动嘴，又什么也没说，可心底竟然生出一种很奇怪的又很隐秘的，甚至完全无法言喻的骄傲。

最后盛以只是淡淡附和了一句："是吗？"

贝蕾点头："而且他已经很多年不上综艺了吧，说节目组在接触就挺不可信的。

这年头，要是谁能请得来这位上综艺，这个节目肯定很有看点。"

盛以垂眸，眼里带了几分笑意。

"啊，果然，帖子被删了。"贝蕾称赞，"就该这样，别天天搞得乌烟瘴气的。"

两个人正说着，盛以看到自己的微信又来了一条消息。

——竟然是江敛舟的。

她稍稍有些诧异。自打那天之后，他们俩就没怎么说过话了。

盛以本就宅，最近接了几个加急商稿，是以一天到晚出门的次数有限，自然碰不着这位新邻居。

Ivan：红毯内场票拿到了，今天之内过来拿。

她稍稍沉默，回复：今天有点事，明天吧。

江敛舟果然是"狗脾气"，回道：今天之内不拿走，我就退回去了。

盛以心道：到底谁才是出钱的甲方！

她听着电话里还在兀自开心的贝蕾，幽幽地叹了一口气。

贝蕾："什么意思？"

盛以摇头："贝蕾，你永远都不会知道我到底为你付出了什么。"

盛以又叹了一口气："但不论你知道不知道，你都应该把这句话记在心上——"

明明知道盛以嘴里不可能吐出来什么好话，但贝蕾还是没忍住，好奇且胆战心惊地问："什么？"

盛以冷冷淡淡："你这辈子都应该把我好好供起来。"

贝蕾问："这种红毯票都能拿到手，好厉害啊。"

盛以沉默几秒，答非所问："贝蕾，你下辈子也得卖给我了。"

贝蕾一脸疑惑。

盛以挂了电话后，又看了眼江敛舟的消息，走到镜子前看了看。

拨弄几下头发，照照自己那张即便素颜也艳光四射的脸，盛以满意地点头。

可照着照着，她觉得哪里不对，去找别人拿个票而已，怎么这么在意自己的脸？

盛以踩着拖鞋就出了门，到了江敛舟家门口按响门铃后，出乎意料，江敛舟竟然开门还挺快。

可能是看出盛以脸上的惊讶，江敛舟倚着门框边，懒懒地递了门票过来："还以为你等着我给你送。"

江敛舟脸上的表情写满了"做梦"两个大字。

盛以看着江敛舟的动作和表情，一时间有些恍惚。

她其实并不是一个喜欢回忆从前的人，或者对盛以来说，她总觉得有人走近又走散都是再寻常不过的事情，人应该做的是好好珍惜当下才对。

可说不清原因的是，在离开高中数年后，再次碰上这位老同桌后，盛以的脑子里竟然开始闪回一些以前的场景，也可能是因为刚才那幅画面确实有那么一些熟悉。

明明是几年前的事情了，可盛以没想到，她到现在还能想起当时江敛舟那冷淡里透着骄矜的表情。

大概是因为突然回忆起从前，所以盛以看到现在这怎么看怎么欠揍的"江大顶流"，难得带了点慈爱的目光。

她摇了摇头，说："没有，我还是不能指望不孝子送过来的。"

06.

江敛舟一时有些无语。

盛以再次扳回一局，心里暗爽的同时又想：果然不能跟江敛舟置气，得拿出大人的气量，便会觉得世界和平了。

江敛舟冷笑了一声，把票往盛以手里一塞，门"啪"的一声就在盛以面前关上了。

盛以捏了捏手里的票，一搓开才发现竟然有两张。

两张？正犹豫着，那扇门又在她面前被拉开了。

江敛舟垂着眸看她，神情很淡，可确实有那么几分说不清道不明的意味。

"不用再给钱了。"江敛舟说，"我也没怎么花钱。"

想想也是，能让"江大顶流"去要红毯票，该是主办方的荣幸才对。

不过话说回来，在他们两个的关系现在还完全不知道该用什么语言来描述的情况下，江敛舟花没花钱是他的事。他没花钱，难道她就真的不用给了吗？

盛以向来是不爱占别人便宜的人，闻言自然拒绝："我该给还是得给的，等会儿就转你。"

"就这么不想欠……"江敛舟神色里带着嘲讽，话里也像带着刺。他顿住，耸耸肩膀，似乎不太在意，"算了，你想怎么样就怎么样吧。"

说完，他朝着盛以随意点了点头，走了回去，关上门。

这次的门倒是轻轻一关，比起刚才"啪"的一声，听上去情绪似乎稳定许多。

当然，门的主人是丁点没有情绪好的意思。

盛以一时无言以对，她还头一次见到不爱收钱的。

盛以拿了票回到家里，稍加斟酌，还是转了剩下的八千元给江敛舟，就当另外一张票是赠送的吧，尽管盛以比谁都清楚，按照江敛舟现在的身价，哪会缺这八千元？

江敛舟一言不发接了转账。

虽然隔着屏幕，盛以却觉得好像可以想到那位现在的表情，肯定是冷淡里带着不爽。

也不知道是出于什么原因，盛以在江敛舟收了钱之后，又发了微信过去。

阿久：40张。

Ivan：什么？

阿久：照片，别忘了。

阿久：你钱都收了，还问我？

阿久：最好是签名版，这样以后比较好转手，谢谢。

是该夸她吗？还挺客气，跟他讲话都知道加"谢谢"了。

正好许归故打了视频电话过来，江敛舟慢悠悠往沙发上一瘫，接了起来："干什么？"

许归故似乎正在那边处理文件，先是瞥了江敛舟一眼，而后又瞥了他一眼。

江敛舟一脸疑惑。

他已经被许归故看得有些不耐烦了，正准备出声，就听见许归故语气里带了点好奇："你刚才去做什么了？"

江敛舟没懂许归故为什么这么问，懒懒地拖着尾音："没做什么。"

"是吗？"许归故明摆着不信。

"到底怎么了？"江敛舟本就不多的耐心彻底告罄。

许归故坐直了身体，放下了文件："你是不是没对着镜子照照？"

"照什么？"

许归故："您的嘴角都快飞上天了。"

江敛舟听到此，一阵无语。

许归故点了点头："OK，那就换一个话题。节目到底录不录了？"

他嗤笑一声："当然录。"

"也是。毕竟你都快要退隐了，这部综艺还是要好好录的。本来我打电话过来是督促你好好工作的，现在……"他目光上下移动，打量了江敛舟一番，"我有了那么一点信心。"

江敛舟垂了垂眸，意味不明，没有说话。

临近元旦,明泉市再度转冷。

与转冷的天气天差地别的却是隔壁商业街的热闹。

湖悦山色作为高档小区,妙就妙在私密性很好,而且闹中取静,是以繁华和宁静二者兼具。

只是隔了段距离罢了,繁华的商圈便满是烟火气。

圣诞刚过,橱窗里的红绿装饰还没有怎么拆下来,便又赶着贴"元旦快乐"的字样了。

盛以陪着贝蕾逛街,贝蕾边逛边赞叹:"你这地段的房子,谁看了不羡慕啊?阿久,你说我再奋斗个三辈子,买得起一套你家这样的公寓吗?"

她抽了抽嘴角,知道贝蕾是在开玩笑,没接,只问:"你真决定要辞职来明泉了?"

贝蕾看化妆品的手微微一顿,继而一副毫不在意的样子,点了点头:"对啊,我一毕业就去海城了,现在早待腻了好吧?怎么,你不想让我投奔你?"

盛以笑了一声,说:"成熟大人的怀抱永远向你敞开,我亲爱的小朋友。"

贝蕾一脸疑惑,接着笑着说:"算了,不说这个了。明天请陪我做一个全身护理。"

盛以顿了顿:"……明天的全身护理应该没什么问题,但后天晚上的跨年夜可能就得你自己玩了。"

贝蕾:"你要干什么,见男人吗?"

她面无表情地说:"画加急商稿。"

"……大好的夜晚竟然用来赶工作,约会不好吗?"贝蕾对此很是鄙夷,说着说着,眼睛一亮,"行,你自己忙去吧,我后天晚上要去夜店蹦迪。快,盛阿久,给我推荐个好地方,帅哥越多越好。"

盛以带着怀疑看了贝蕾两眼。

"怎么了?还不允许我看帅哥啊?"

盛以摇了摇头,坦诚地说:"一般这么治疗情伤的,说是去蹦迪,最后都是去买醉。"

"我是不可能喝醉的,你看着吧。"贝蕾当即"插下了一根旗"。

盛以有些忧愁地望了望天,更担心了。

在跨年夜如此美妙的一天,盛以,一个微博粉丝上百万的绘圈大佬,就坐在书桌前挑灯夜战,赶一张到了最后期限的商稿。

不远处的商业街灯火通明,人山人海,转角的大屏里全是红彤彤的各色新年祝福。街上全是情侣和相约出行的朋友，热闹非凡。

对比之下显得正赶着稿的盛以，更悲惨了，实在是以乐景衬哀情呢。

其实她本来也不打算接这个单子，但对接的那个工作人员以前帮过她一次，这次他们之前找的画手临时出了问题，那个工作人员只好找上她画加急稿，开出的价格也足够有诚意，盛以这才接了下来。

在贝蕾来明泉市之前，盛以就已经连轴转好几天了。元旦是最后期限，她今晚收个尾，就差不多了。

贝蕾还在不停地给她发微信。

好一朵蓓蕾：我的天啊，这个是我的"天菜"！

好一朵蓓蕾：这个也好帅，我去要微信了，阿久，我觉得很适合你！

好一朵蓓蕾：嘿嘿嘿，这里真美好……

好一朵蓓蕾：酒也好喝，这个调酒小哥也好有味道。

…………

总之，等盛以保存好稿子发给那位对接的工作人员，关了机，再看微信时，贝蕾已经发了二十多条消息了。

贝蕾又发了一条微信过来，这次是一条长语音，足足长达四十五秒。

盛以忍着把贝蕾扔回海城的冲动，按下了语音播放。

"阿久……阿久他怎么就是不喜欢我呢？"

足足 45 秒的长语音，翻来覆去都是这几句话，贝蕾讲到后面的时候明显已经含糊不清了。

盛以无奈地叹了口气。贝蕾跟她是大学室友，都在明泉市读的计算机专业。贝蕾大学时喜欢上一个学长，毕了业毫不犹豫追着那学长的脚步，去了海城工作。

两个人谈了刚满三年吧，贝蕾也没跟她细讲过程，反正现在听起来就是失恋了。

来自贝蕾的微信电话又响了起来。

盛以接起，却是一个陌生男子的声音："喂？您好，请问您是贝小姐的朋友吗？"

"嗯，我是。"

"不好意思，能麻烦您来接一下贝小姐吗？她好像喝醉了，一直在我们这里哭闹。"

她应了一声，边换衣服边发愁。倒也不是因为别的，只是因为盛以不能开车，在这个时间点根本打不到车，盛元白今天也出差了……但贝蕾那边也根本等不了，她一个女孩子在酒吧喝醉了，自己要是去得晚一点……

盛以皱了皱眉，抿紧了嘴唇，最后看向了门外的方向。

两分钟后，盛以敲响了江敛舟的家门。按响门铃的同时，盛以开始在心里倒数。

"五、四、三、二……"

数到"一"的时候，门从里面拉开了。江敛舟大概是没料到这个点会有人敲门，穿着睡衣就出来了。

盛以则是没料到江敛舟这个点竟然真的在家……

老实说，她现在看到这位老同桌，是有那么一点心理负担。刚刚数到"二"还没听见动静，盛以甚至在心里悄悄松了口气。

江敛舟不咸不淡地说："有事吗？"

盛大佬面上不显山不露水，看上去也很镇静。

"也没什么大事。"

"这样吗？"江敛舟随意地拨了几下发梢，往门框上一靠，语气听上去没什么情绪。

盛以淡定道："今天是跨年夜，你没出去吗？"

江敛舟闻言，轻轻一耸肩膀，闲散极了，问道："谁请得动我？"

……好想一脚踹过去啊。奈何有求于人，盛以只好努力让自己平心静气，甚至露出了微笑，好让自己显得真诚一些。

她抿抿唇，说："江敛舟。"

江敛舟看向她，眸中闪过一丝诧异。

两个人之间只有两步远的距离，气氛安静下来的一瞬间，彼此的气息仿佛近在鼻尖。

盛以蓦地觉得有些忐忑，顿了几秒，定定地跟江敛舟对视。

目光相接，盛以却觉得江敛舟的眸子很深——

深得她完全不知道他这一刻在思索些什么、在期待些什么、在挣扎些什么。

盛以深吸了一口气："江敛舟！Happy new year。"

07.

不说"新年快乐"，反而说"Happy new year"，盛以也是真的说出口时才蓦地一愣。

方才这句，她自己都不知道为何如此突兀便说出口了，明明只是打算应着时节寒暄一下，可是说出口才发现好像确实是情真意切的祝福。

她高三那年的跨年夜，孤身一人冲刺艺考，画画的间隙看了一眼班级群，群里的大家正在狂欢。其实她高三那会儿已经鲜少去教室上课了，艺考的集训忙碌而充实，每天都过着同样的生活。

十二月底到一月初，盛以更是辗转各大高校参加考试，而那会儿正在准备的还恰好是自己最想去的景城大学的美术系考试，盛大佬难得有些紧张。

外公和外婆早就睡了，盛以画着画着，临近十二点时突然接到了一通电话，电话是江敛舟打来的。

她随手接了起来："喂？"

江敛舟那边还挺热闹，盛以稍稍一辨认，便听出来是班上几个跟他关系好的男生正在说话。

"闭嘴。"江敛舟的声音有点远，听起来有些懒散，随即他贴近了电话，叫她，"盛以。"

盛以"嗯"了一声。

"你是不是很想去景大？"江敛舟问得很自然，那边本来很安静的环境里，却蓦地传来几个男生的起哄声。

盛以没来由地有些尴尬，但大佬的本性在，盛以再次淡定应了一声："对，怎么了？"

"没事。"江敛舟吊儿郎当地说，"Happy new year，好好考试。"

盛以还挺吃惊："跟我说的？"

江敛舟"啧"了一声，顿了三秒，又道："跟他们真心话大冒险输了，你是我通话列表的第十三位。"

"行了，挂了。"江敛舟拖着尾音，等了一会儿，发现盛以还是没开口。

盛以本来注意力都放在画上，以为他说完就会挂断，直到听到江敛舟又一声轻"啧"，才发现通话仍然在进行。

"你真心话大冒险还没结束吗？"

"没有。"江敛舟轻扬了扬眉，语气挺不耐烦，可眼角全是张扬的笑意，"还要求接电话的人也跟我说一句才行。"

他一边说着，一边轻踹了一下旁边的付承泽，挑了挑眉。

付承泽先是很茫然，但很快便意识到了什么，连忙帮腔："对啊舟哥，这老半天了你怎么还没完成任务呢？快点快点，都等不及了。"

江敛舟轻飘飘地瞥了一眼付承泽，继而对着盛以轻描淡写地说："说吧。"

盛以一时之间不知道说什么，心道：你们的真心话大冒险还挺折腾人。

但她向来不是扭捏的人，何况本就是跨年夜，她也大大方方地说："Happy new year，江敛舟。"

不知道江敛舟是不是也想起来了当时的场景，反正盛以说完这句话之后，气氛顿时改变了。这大概是他们两个人再次相遇后，头一次说话没有剑拔弩张的氛围。

江敛舟好久没说话。盛以有些苦恼，艰难思索着要怎么把话题继续下去。

江敛舟几不可见地点了点头，别开了眼，轻应了一声，这便算是对她刚才那句"Happy new year"的回应了。

盛以也不知道江敛舟这会儿到底是开心还是不开心，但既然寒暄过了，那也就该说目的了。

"你现在有事吗？能……开车载我出去一趟吗？"

江敛舟把玩着手机，闻言看了眼时间，语气冰凉："现在？"

他这会儿才注意到盛以确实是准备出门的模样，衣服都换好了。几个念头在脑子里过了一圈，最后合成一句："去哪儿？"

盛以看了眼手机屏幕上的地址："新阳区的莱特酒吧，不太远，耽误不了你多长时间。"

江敛舟一怔，继而轻耸了下肩膀，冷冷淡淡："可以啊盛以，让邻居大半夜载你去酒吧玩乐。怎么，打车钱都付不起了？"

盛以也就堂而皇之地点了点头："对啊，不都拿来买票了吗？"

江敛舟扯了下唇角，直起身子就准备往回走，还欠欠地冲着盛以摆手："不去，睡了。"

盛以飞快地拦住了江敛舟："去吧，就当我欠你一个人情行吧？我朋友喝醉了，我得去接她。"

江敛舟停住脚步，回过头看盛以。

盛以眨巴了几下眼。

沉默两秒后，江敛舟对着盛以单挑了挑眉："叫我一声。"

盛以不明所以，说道："……江敛舟？"

江敛舟一言不发，低头轻扯盛以拽着的衣服。

盛以又飞速多抓了一点江敛舟的衣服，继续说："……江大明星？"

江敛舟继续往回扯。

盛以想了想，继而从记忆的角落里使劲扒拉出来一个她都没叫过几次的称呼，大概是当时她有求于江敛舟时会用的"限定版称呼"。

"……舟哥？"

江敛舟停住动作,看向她。

盛以自觉猜对了,却听见江敛舟又说:"松手。"

盛以心想:到底要怎样!

她再多抓了一些江敛舟的衣服,正准备据理力争。

江大明星语气里有些无奈:"你不松手是要看我换衣服吗?"说着,他朝着盛以轻扬了扬下巴,"在这儿等我,三分钟。"

江敛舟确实守时。

盛以坐在江敛舟的副驾上,自觉地系好安全带,还打量了一番车内的装潢,兀自感慨。

说三分钟就三分钟,她在去敲江敛舟家门的时候,没想到能这么顺利地出发。

怎么说都是自己请别人帮忙,盛以琢磨了一下,开始拣好听的话说:"舟哥,你这车不错。"

江敛舟发动车子,随意地点了点头:"是还不错。"

盛以心道:可以,看来"彩虹屁"拍得还挺到位。

下一秒就听江敛舟用又冷又欠揍的语气,说道:"毕竟是我最便宜的一辆。"

盛以觉得有些人确实是没有办法和平对话的。

车子开得飞快,江敛舟没放歌,车子里很安静。

按理来说盛以这个时候应该找点话题,然而她属实觉得江敛舟挺"狗"的,生怕自己跟他吵起来,干脆闭上嘴。

遇上红灯,江敛舟将车停在原地。

他转过头,瞥了盛以一眼,问:"你没买车?"

要说买不起也不可能,说实话,能住得起湖悦山色的人哪个是买不起车的?

盛以抿了一下唇:"没,不用问了,私人原因。"

"哦,"江敛舟慢条斯理地一颔首,表示明白,"驾照考不过吧。"

盛以嗤笑一声,双手环胸:"联想得这么快,看来你很有经验啊。"

绿灯亮起,江敛舟正准备说什么,盛以就像个驾校教练似的,一扬下巴。

"绿灯了也不走,怎么,没有你喜欢的颜色?"

江敛舟一阵无语,继而踩油门。盛以完全没反应过来,魂比人先跑一步,后知后觉地吓了一跳:"江敛舟,你谋杀教练呢?"

"有求于人就是舟哥,坐上我的车以后就是江敛舟。"这段路很顺畅,江敛舟冷冷淡淡地说,"过河拆桥第一人,盛以,真不愧是你。"

这个语气……知道的明白是她叫了一声江敛舟,不知道的还以为她辜负了这位"顶流"一辈子呢。

　　盛以有时候会产生一种错觉，比如自己是不是做过什么对不起江敛舟的事，但仔细想想，她其实高考前离开景城一中时，跟江敛舟还是很友好和谐的同桌关系，高考后就更不用提了，他们俩几年间都没什么交集，也不太可能得罪对方。

　　难道是因为她不肯上节目？这么一想，盛以看江敛舟的目光就多少带了点同情的意味。

　　——是不是真的要过气了啊？真这么需要她？

　　江敛舟一脸疑惑，心想：她到底在想些什么？

　　莱特酒吧确实不远，江敛舟又把车开得很快，盛以并没有花太长时间便在酒吧里见到了醉得意识不清的贝蕾。

　　万幸的是贝蕾尽管已经意识不清了，但好像还能模模糊糊认出人。

　　酒吧的小哥见到盛以也松了口气："您放心，您的朋友没什么事，就是一直吵着要见您。"

　　小哥最后还帮盛以一起架着贝蕾送到车上。

　　贝蕾一躺上后座便彻底倒下去了，不过倒还挺乖，除了嘴里偶尔嘟嘟囔囔"再也不喜欢你了"之外，就跟睡着的宝宝一样。

　　小哥擦了擦额角的汗，大冬天的也感受到了浑身的热意。

　　他目光瞥到驾驶座戴着帽子，帽檐压得极低的男人，下意识问盛以："那是你朋友吗？"

　　盛以："啊……不是，我儿子。"

　　小哥一脸震惊。

　　有陌生人在跟前，江敛舟还没办法开口，怕被人认出来。

　　只能看到后视镜里，小哥抽了抽嘴角，对盛以"恭维"道："那您看起来还挺年轻。"

　　小哥又跟盛以客套了几句，飞快离开了这个是非之地。

　　空气里突然就多了一丝寂静。其实盛以都不知道自己刚才怎么脱口而出"我儿子"，后来她想了想，说是朋友也不对，说不是朋友也不对。

　　她飞快地瞥了一眼浑身散发着"爷正在不开心"的江敛舟，突然就有点害怕他会就这么把自己扔在这里……

　　她琢磨了一下，正准备说点什么来补救时，就听"咔哒"一声。

　　江敛舟把门锁住了！她扣了扣车窗，过了好久，江敛舟终于如同施恩一般降下窗户，扬着下巴看她："有事吗？"

　　盛以难得放软了语气，叫他："舟哥，我说错了，您是我哥还……"

还没等盛以讲完自己心里打好的草稿，车后座本来跟一条"死鱼"一样的贝蕾突然翻了个身，而后嘿嘿一笑，大声嚷嚷，如同宣誓一样："好哥哥啊！"

盛以无言以对。

08.

如果说本来小哥走的时候，现场的气温是 −10℃，在盛以示好时即将突破冰点，那么随着贝蕾的那句话，气温瞬间降至冰点以下。

盛以打了个寒战，差点就当场冻感冒了。

江敛舟似笑非笑地盯着盛以看，"啧"了一声后，问她："原来你就是这么想的？"

盛以一时失语，好半天才装作方才只是小事一桩，说："醉酒的人说话都没脑子的，何必计较？"

稍加斟酌，没等江敛舟说话，盛以便又给他戴了顶高帽："'江大顶流'这么宽宏大量，肯定不会在意的对吧？"

事实证明不管过去了几年，有一些人骨子里的秉性就是不会变。

读高中那会儿她跟江敛舟也会产生一些分歧，但没关系，只要盛以肯先发制人，先在话术上战胜敌人，夸江敛舟几句，最后一定是江敛舟跟着盛以走。

盛以可以用一些常用的句式，比如我亲爱的同桌一定……对吧？舟哥人这么好，不会吧？别人都说舟哥脾气不好，我看可不是，都是别人……了！这样的话在一般情况下都是战无不胜的。

果然江敛舟盯着她看了几眼，几秒后，淡淡地收回目光，单手搭在方向盘上。

"上来吧。"

盛以一边松了口气，一边在心里忍不住发笑，面上倒是装得风平浪静，将大佬气质发挥得淋漓尽致后，淡然上车。

车子再次发动。大概是因为这次没有着急接人，江敛舟开得远不如来时快。

这条街灯红酒绿，聚满了各种各样跨年夜来潇洒的年轻人，而他们只是缓缓地开着车。

车子里一片静谧，和外面的热闹形成鲜明对比。盛以瞥了一眼窗外，琢磨一下自己的这个跨年夜。

在别人与亲密的人狂欢共乐时，她先是赶了一个晚上的稿子，继而在冬天的深夜和见面即互撑的老同学赶往酒吧，再被自己的亲闺密陷害至此，现在还得忍受着这冰冷冷的氛围。

啊，她何罪之有啊。

出乎意料的是江敛舟竟先开了口，语气很平静，像是随便聊聊一样，说："你为什么不同意录制综艺？"

盛以一愣，完全没想到江敛舟竟然会在这样的时刻提起这个话题。

从接到节目邀约到现在，江敛舟和庄尧都有无数次机会在微信上和她提，甚至她还有几次同江敛舟独处的时间。可他从来没有提到过这个话题，仿佛要邀请她上节目的并不是他本人一样。

盛以顿了顿，如实道："你的同桌又不止我一个，而且上完综艺，我的平静生活就完全没有了。"

"就这些？"江敛舟看她一眼。

"也不全是吧，"既然难得打开了这个话题，盛以也想跟他聊聊，"我俩好几年没见了。江敛舟，你代入一下我的视角，如果有一天我突然叫你上节目，你会答应吗？"

盛以在心里默默补充：想想都不会好吧。

其实如果最开始就是江敛舟本人来找她，盛以还会认真考虑一下，毕竟与这位同桌当年关系确实不错。可当时那么突然，她甚至会觉得陈鸿才是在开玩笑！

江敛舟的语气听起来有些漫不经心："会吧。"

盛以心想：骗谁呢？

"江大顶流"懒洋洋地开口："我向来被粉丝夸人美心善是有原因的。"

盛以一时无语。

江敛舟一耸肩膀："啊，又被自己感动到了。"

不知道为什么，盛以总觉得江敛舟似乎话里话外都在对比，暗示她丝毫没有同学情同学爱，连这么一个忙都不愿意帮。

突然车后座的贝蕾也不知道梦到什么，又开始笑。

"啊，我喜欢的搭档一起上综艺吧！"

盛以开始左看看右看看，试图找到胶带粘住贝蕾那张嘴。

明知道贝蕾在说的是段明雾和汪桐欣，但在这么一个奇妙的气氛下，盛以就是没来由地感到隐隐崩溃。

江敛舟突然轻笑了一声。在盛以略带茫然的目光中，江敛舟用一种"原来如此"的态度点了点头："所以其实你是在担心这个？"

没等盛以反应过来，江敛舟便假意安慰她，像是要让她放宽心一般，说道："不用太在意，录完节目就解绑，不会太打扰你的。"

如果说江敛舟说的话还勉强能称得上"客气"，那他的表情就让盛以真的想动拳头了。

江敛舟的表情上明晃晃地写着：爷只是想和你一起录节目，你倒好，还想占爷的便宜？

盛以有时候会回忆一下高中时的江敛舟，再对比一下眼前的这位，然后就会发出这样的感慨：事实证明，人果然不能天天被夸，这只会让本来就自恋的男人，变成现在这可怕的模样。

她抽了抽嘴角，跳过这个话题，准备把有限的时间拿去讨论一些有意义的事，说道："录节目得找专业的人来才行吧，我没有学过表演，你让我怎么跟你录啊？"

"这个你不用担心。"江敛舟脸上的表情有些看不分明，"剧本已经写好了，你的部分很容易，甚至不需要演。"

盛以还挺意外："是吗？大概是什么样的剧本？"

江敛舟言简意赅地说："我暗恋你很多年，对你念念不忘，久别重逢、暗恋成真的剧本。"

盛以一脸疑惑。也不知道为什么，就在这一刻，盛以清清楚楚地听到自己世界观碎裂的声音。

江敛舟还懒洋洋地做了补充："你不用演什么，因为在这个剧本里你什么也不知道，剧情是一点一点向观众揭示我暗恋你的。"

听到此，盛以着实震惊。她思索两秒后，小心翼翼地提问："你们工作室的编剧为什么不去文学网站写文？"

盛以问："能写出这样的剧本，是生活不太顺利吗？"

江敛舟嗤笑了一声，反问道："有这么假吗？"

"普普通通吧，"盛以很中肯地评价道，"也只是假出外太空的程度而已。"

他不带表情地看了盛以一眼："不愿意录就直说，没必要拐弯抹角的。"

盛以心想：我怎么就拐弯抹角了？

只是稍微平心静气想一想，抛开江敛舟中学时跟自己关系挺好不说，她也确实欠了他一个人情。

在今晚这样特殊的夜里，他还能没说什么就陪自己出来接人，说到底还是顾及了几分旧情。要是没有江敛舟，自己那会儿还真不知道该怎么办。况且她上次也看到了，因为迟迟定不下来嘉宾人选，网上已经有了一些关于江敛舟不好的言论，一时半会儿是不会有什么影响，可要是再拖下去就不一定了。

各种念头百转千回，盛以面上淡定道："谁说我不愿意了？"她轻耸肩膀，把江敛舟的话又还了回去，"毕竟我人美心善。"

还没等江敛舟有什么反应，车后座的贝蕾又翻动了一下身子，再次含糊出声："久别重逢就是我最爱的剧情，快点给我在一起……"

她现在就要给贝蕾定张飞机票，把她扔回海城，她爱怎么样就怎么样，再搭理她，自己就跟江敛舟姓！

因为贝蕾的那句含糊醉话，一直到回到湖悦山色，车子里的气氛感觉都写满了"怪异"两个大字。

盛以甚至觉得江敛舟看自己的目光，似乎带了点警惕的意味。

当然，他究竟在警惕些什么，盛以不知道，也不想知道。

直到江敛舟停稳车子，才终于放下了几分戒备，跟盛以道："我这几天会让人去拟合同，你有什么要求尽管提。"顿了顿，又道，"虽然我不一定答应你。"

盛以一时无语，心道：就说是"狗"没错吧。

"不用了。"反正是为了帮老同学外加还人情，盛以也不缺那些条件，起身开了门绕去后座，扶贝蕾下车。

喝醉的人完全是一摊烂泥，江敛舟这个时候倒像是良心发现了似的，帮盛以搭了把手。

饶是如此，等盛以扶着贝蕾回到房间里，仍旧累出了一头大汗。再加上今天画画坐的时间太久了，她直起身子来不停地捶腰："腰都快折了。"

江敛舟侧头，瞄了一眼盛以纤细而不盈一握的腰肢，又飞快地移开了目光："我去客厅等你。"

盛以不甚在意地点了点头，边给贝蕾脱外套盖被子，边暗戳戳地踹了贝蕾一脚。

正忙着，盛以听见自己刚进来时随手扔在客厅里的手机响了起来，朝着房门外叫了一声："舟哥，帮我接下电话。"

江敛舟不禁感叹盛以使唤人倒是越来越自然了。

江敛舟轻"啧"一声，表情看上去挺不耐烦，动作倒是挺快且自然的，声音慵懒而发哑："喂？"

"望久老师，很不好意思……"

那边似乎察觉到哪里不对劲，沉默几秒，而后问道："……望久老师？"

"她在收拾床单，有什么事跟我说就行。"江敛舟喝了口水，润了润喉咙。

电话那边的人再次愣了一会儿，觉得哪里更不对劲了，干笑了两声，说道："真不好意思，这个点打扰您，那个……有点急事，您能让望久老师接个电话吗？"

小王正痛苦挣扎着，暗暗谴责自己竟然在这个点打给别人，顺带在内心表达了一下对画师望久的敬佩：看看别人，工作和生活两不误，哪像自己，工作做不完，也没有男朋友，顿时觉得好悲凉。

就在此刻，小王蓦地听见电话里传来一道熟悉的女声，是望久的声音。

"江敛舟？谁打来的？"

小王一脸震惊，她把手机拿离耳边，看了眼屏幕，心道：没拨错吧，还是熬夜熬多了，有幻觉了？打给的是画师望久吧？不是自己老板吧？她不是约望久给江敛舟的新歌画封面吗？那怎么会觉得是江敛舟接的电话呢？

更可怕的是，现在细细一听，电话那边微微发哑的男声，好像确实是老板……

"你收拾完了吗？腰还疼吗？"

小王默默挂了电话。

Chapter 2

好久不见

01.

盛以又捶了捶腰，走了出来，说："还行，就是这几天坐的时间有点久，累着了。"从茶几上顺手捏了一颗葡萄吃，她再次问道，"刚才是谁打来的电话？"

"嗯，说找你有点工作上的事，听到不是本人就挂了，你等会儿回过去吧。"江敛舟面不改色地站起身，不甚在意。

江敛舟懒洋洋地挥了挥手，示意盛以不用再送了。等他出了门之后，盛以才隐约意识到：他俩刚才这几句对话，简直意外地平和。

盛以微哂，走回客厅里拿起手机，翻到刚才那条通话记录，通话时间还挺长。

她有些意外，没多想便拨了回去。

盛以一边拨，一边想，那边的工作人员也挺不容易，这么晚还要来继续跟她沟通工作。

只是与以往不太一样的是，往常拨过去，那边总是很快就接起来了，而这次是等到电话都快自动挂断了，那边才接。

对方的语气听起来胆战心惊，甚至尾音还轻颤了颤："……喂？"

盛以一脸疑惑。她沉默几秒，实在是没想明白为什么对方听起来不像是接到乙方的电话，更像是接到债主的电话。

"我是望久。"盛以没思索出什么结果，开门见山地报了自己的画师身份，"请问是画稿有什么问题吗？"

"老师，您……您那边，现在是您一个人吗？"

盛以面无表情地说："那不然呢？"

小王明显松了口气："那就好，那就好。嗯，老师的画稿我们这边总体都很满意，只是有几个小细节想跟你再商量一下。"

涉及工作上的事情，盛以一秒切回工作模式，走进书房坐到书桌前，打开笔记本，边通话边仔细跟小王推敲细节。

盛以是一个很合格的乙方，她画画的时候很愿意倾听甲方的意见，但在一些原则性问题上有自己的一些坚持，并且能有理有据地说服甲方。

当然还是有条件的，如果甲方不太好说服的话，盛以的方法就是：放弃画稿。

反正盛以不缺这么一笔钱。

这通电话打了半个小时才结束，盛以跟小王都松了口气。

正准备挂电话时，小王像是突然想起来什么似的，语气里充满了试探："望久老师，那个……您知道我们画的是哪位艺人的新歌封面吧？"

"不知道。"盛以满不在意地说，"但你当时跟我保证了不是劣迹艺人。"

这个加急商稿实在太紧急了，这个工作人员又是盛以比较信任的，所以盛以赶稿子在签合同之前。反正定金先打了过来，对方又担保了绝对不是劣迹艺人，盛以便没多在意。

"哦……"小王抿了抿唇，"这首歌是江敛舟老师的新歌。"

盛以："哦，是他……"

盛以："什么？"

盛以："你说谁？"

小王立马就慌了："江……江敛舟老师。您是有什么问题吗？"

小王一边斟酌，一边问道：望久老师跟老板到底是什么关系？到底熟还是不熟？

盛以扯了扯嘴角。望久老师沉默的时间越久，小王就越慌。

小王到最后就差举起手来保证了："望久老师，您放心，我刚才什么也没听见，真的什么都不知道，也绝对什么都不会乱讲的！"到最后，小王都快哭了，"我很喜欢这份工作，您千万别让老板开除我……"

盛以心想：你到底是误会了什么……

无论如何，盛以还是不会为难一个打工人的。

她只是懊恼，下次接商稿前还是要确认好一切用途。像这次，如果她能早点知道是给江敛舟的新歌画封面，她就再多收一点钱了！

江敛舟面无表情地关上盛以家的门，刷指纹进了自己家。

下一秒，他把自己摔进沙发，而后拨通庄尧的电话。

庄尧接起来的时候，向来带着笑的脸上都没了笑意："在跨年夜打给我，我劝你最好是有点正经事要说。"

其实也不怪庄尧心狠手辣，实在是江敛舟这个人吧……他仿佛有点什么病。

特别喜欢在节日的半夜打电话给他，庄尧以前总以为是有什么急事，再不济也是专门来跟自己讲句节日快乐，可江敛舟倒好，永远都是打了电话过来，说："你在干什么？……嗯，没事，就是打给你一下。"

这谁听了谁不生气啊！关键是每次庄尧都还得先担心一下，万一江敛舟真有什么急事呢？

江敛舟表面吊儿郎当的，桃花眼微微勾着，说："别说，还真有。"

"哈哈，"庄尧嗤笑一声，"江敛舟，你听过'狼来了'的故事吗？"

江敛舟颇为不爽地"啧"了一声，暗自感慨，难不成他在经纪人那里的信用度已经低成这样了？

他挑了挑眉："综艺的嘉宾确定下来了，你尽早敲定合同吧。"

庄尧这次倒是切切实实一愣："……你同意另外选一个同桌了？"

江敛舟闻言似乎更不悦了，向后靠在沙发上，语气懒散："怎么，就不能是她答应了？"

实话说，庄尧还真没想过这个可能。虽说上次是第一次见盛以，但庄尧看人向来很准，盛以看起来并不像是容易改变主意的人。

尽管他并不知道自家艺人跟盛以到底有什么爱恨情仇，但庄尧想了又想，还是秉承着一个经纪人的职业操守，认真地问："敛舟，你没做什么逼迫她的事吧？"

江敛舟稍一顿，开始自夸："你在说什么话？人格魅力罢了。"

庄尧一时无语，他实在不想在如此美好的夜里听江敛舟胡扯，说了一声便准备挂电话，却突然被"江大顶流"又拦住了。

庄尧狠狠忍下了换工作的冲动，语气里都带着杀气："有话快说。"

江敛舟再次琢磨了一下，才问："我的新歌封面是谁画的？"

"你怎么突然关心这个？"庄尧没想到话题换得这么快，但还是去翻了翻合同，"是小王临时找的一个画师，画商稿的，很有名，叫——

"望久，希望长久的那个望久。"

…………

江敛舟挂了电话，坐在原地良久，才打开手机登录微博，搜索了一下叫"望久"的微博。

望久确实很有名，微博粉丝高达153万，并且转赞评都很多。

她似乎并不常更新自己的生活动态，发微博全和作品有关，画风也很特别。

江敛舟一条一条地看，每一张画稿都点进图片，放大看细节，再换下一张。越看，他越觉得奇怪。

读高中时，盛以就一直在画画。作为同桌，江敛舟自然见过盛以的很多作品。

她进步很快，画风鲜明，后来看得多了，盛以的画哪怕是混在一堆画稿里，没有署名，江敛舟也能精准且快速地分辨出哪一张是盛以的，她高中时期的画风跟现在的画风截然不同。

诚然，他们已经几年没有见面，盛以的画跟以前不一样似乎很正常，但是真的能差别这么大吗？

江敛舟闭上眼。

因为定下人选的时间有点晚了，节目组那边几乎一直在等江敛舟，拖到现在好不容易解决，所以过了节没几天就开始拍定妆照了。

据闻，节目里一共有四对也就是八位嘉宾，分别是四位艺人和四位素人。

为了保持嘉宾们有一定的神秘感，定妆照分组进行拍摄。

盛以并不是一个好奇心很强的人，因此，除了最开始听陈鸿才说的段明霁、汪桐欣这对同桌之外，她并不知道其余的嘉宾都是谁。很显然，就算是素人，为了话题度，节目组也不会找真正的纯素人。

素人也只能是像段明霁这样的主播，或者是知名视频博主，甚至有可能是哪个经纪公司准备推出来的艺人，反正怎么看，盛以都应该是这里面最没有名气、粉丝最少的一个。当然，指的是抛开"望久"这个马甲的粉丝数量。

不过盛以并没有怎么在意。她太清楚自己的职责了，她来就是为了给"顶流"搭戏罢了。

网游的非玩家角色大概就是她这种，戳一戳就能触发一段剧情或者任务，所以在去拍定妆照的路上，尽职尽责的盛大佬还在翻阅那本厚厚的剧本。

"你不知道节目组竟然真的邀请到了我，和我多年未见，在节目里与我久别重逢，仿佛带着同学爱一样地抱了抱我，说盛以，好久不见……"

盛以顿了顿，越念越觉得匪夷所思，说道："你喜欢了我这么多年，我却杳无音讯，你不知道我在哪里，也不知道我在做什么，如果不是节目组邀请我，你甚至觉得可能一辈子也见不到我了……"

她念不下去了。合上剧本，空气里静谧良久，盛以眼角的泪痣都仿佛写满了"迷茫"。

如同被掏空，盛以回忆了很久，最后才不确定地转头看向了江敛舟："你真的有这么想见到我吗？"

江敛舟侧着脸，有些看不清表情。

他单手放在方向盘上，似乎抿了抿唇角，正准备开口，盛以打断了他。

盛大佬越发小心：“我是不是真的欠了你钱？”

他似是有些无语，好半天才懒洋洋又颇为冷淡地说：“我是那种人吗？”

好像的确不是，从她认识江敛舟起，他似乎就是个极其大方的人。对陌生人大方，对身边的朋友大方，对她……大概是格外大方。

盛以以前就是一个倔强到不行的人，这点大概是遗传了她父亲。

她高中时闹着要去学画画，她爸怎么都不同意，后来还是她妈妈把她送到了外婆那里，盛以才能学画画。

盛以也从明泉市的中学，转学到景城一中。

她父亲的条件就是除了日常吃住的花销之外，不会再给盛以额外的钱财。

景城那边有一位很有名的美术老师，但是收费昂贵。盛以跟着那位老师学了两年，加上日常的颜料、画笔、画纸等花销，她一个打小养尊处优、从来不知道缺钱是什么滋味的大小姐，就这么过起了苦巴巴的生活。

她的同桌江敛舟就一直坚定地认为盛以是个连饭都吃不起的穷孩子，三天两头地接济她，似乎还怕班上别的同学看出盛以穷，帮她买饭的时候也不会亲自给，只是放在她桌上，压张字条。

她至今还记得那张字条上写的内容——哥有的是钱，不必在意。

看到这句话盛以甚至都能想象出来江敛舟是用如何漫不经心的语气说出这句话的，可能有些不正经，又带着几分笑。

…………

盛以一时间有些感慨。

"你是没欠我钱。"江敛舟瞥了她一眼，桃花眸的眼角扬着，一瞬间仿佛还是那个肆无忌惮的张扬少年，"但能见到你还是很高兴，老同桌。"

02.

这种难得和平相处的时刻，还真是让人不适应呢。

直到坐在摄影棚里的时候，盛以都还在暗自感叹。互撑多了之后，那位"顶流"稍微一示好，向来宠辱不惊的盛同学竟然有些无所适从。

定妆照是先给两个人分别拍单人照，最后两个人拍合照。

盛以之前知道江敛舟的人气很高，作品很受欢迎，但她还是头一次见到节目组对江敛舟的态度有多好。

　　他俩刚一下车，那边立马有工作人员迎上来，一口一个"江老师"，殷勤热情地端茶倒水，直接就将他们领进专属的化妆间。

　　节目组很会做事，虽然对江敛舟毕恭毕敬，但也没有怎么忽视盛以，也为她分配了一位业界有名的化妆师。

　　男人化妆很省时间，盛以这边还在化着，江敛舟那边已经进棚开拍了。

　　化妆师边继续认真工作，边跟盛以聊天："您这皮肤可真好，有直播间吗？让我也关注一下，平时我就喜欢看美人，心情好。"

　　"没有。"盛大佬被人夸惯了，平静且端庄地道了谢，"就是个纯素人。"

　　化妆师这次倒是真的惊讶了。她在圈内给许多知名艺人化过妆，有的确实卸了妆就是个平常人，但哪怕她再怎么客观地看盛以这张脸……也觉得不比很多女明星差。

　　化妆师忍不住笑了笑："您是在跟我开玩笑吧？就您这张脸、这身材，不靠脸吃饭简直就是愧对老天爷啊。"

　　盛以很平淡，言语里透着视金钱如粪土的感觉："家里不缺钱，用不着我赚钱。"

　　化妆师突然就很想"揍人"……

　　她耗尽最后一丝理智转了个话题："您跟江敛舟高中时竟然是同桌吗？那看来你们那地方出美人啊，真的全长在我审美点上。"

　　盛以依旧很平淡："没有，就我俩长得好看而已。"

　　其他工作人员也不知道发生了什么，反正那位圈子里出了名技术好、话也多的化妆师，突然闭紧了嘴巴，加快了手上的动作。

　　这间接导致江敛舟那边还没拍完，盛以这边的妆造就已经结束了……

　　定妆照似乎是分了不同的主题，每一组都会拍两套造型。统一的一套造型是校服主题，另外一套则不一样，隐约听说是有旗袍中山装组、汉服国风组、制服组，还有江敛舟和盛以这样的黑西装与白纱裙组。

　　摄影师最开始听说今天是给一个纯素人拍照，多少有一些"头疼"。

　　相比镜头经验丰富的圈内艺人来说，这些素人总是不太自然的，再或者是缺少一些镜头表达感。每次给素人拍照，总是要花费他不少的工夫，但盛以着实出乎他的意料。

　　美貌得过分也就不多说了，哪怕是在镜头下被这么多人围观，仍旧大大方方，让做什么动作就做什么，不羞涩，不畏惧，动作到位又极有她自己的韵味。

　　摄影师都被盛以的美貌激发了灵感，嘴里不停地嚷嚷："对，手再往上一点，很好！"拍了一张又一张照片，收工甚至比往常还要早上那么一会儿。

摄影师拍完之后还意犹未尽，来回挑选了一下，觉得每张都很惊艳，哪张都舍不得删。

拍美人就是摄影师这种职业天生的爱好，他兴致勃勃地冲着盛以问："盛小姐，您是模特吗？留个联系方式吧。"

盛以说："你们这儿是职业中介所吗？这才一会儿给我换了两三个职业了。"

摄影师一脸疑惑。

单人照拍得挺顺利，接下来就是拍两人合照了。

说实话，本来盛以没觉得自己穿的白纱裙有什么问题，也没觉得江敛舟穿的黑色西装有什么问题，但是等她提着裙子去隔壁找江敛舟时，就觉得好像有哪里不太对了。

江敛舟本来正跟助理说着话，讨论今天发布新歌的细节，却发现聊着聊着……助理就没声音了。

他挑了挑眉："怎么了？"

助理："好……好漂亮……"

随着美女越走越近，助理从惊艳中缓慢回过神来，觉得好像有哪里不太对。

他看了看盛以的衣着，再看了看江敛舟的衣着，又扭过头看了看盛以的衣着，然后张大了嘴，再缓慢地闭上了嘴。

江敛舟似有所觉，一双桃花眼眼角微扬，转过头看向来处。

穿着白色长裙的女人正一步一步向他走来，裙子勾出曼妙的身形，腰肢不盈一握。大波浪卷发披在纤细白皙的脖颈两侧，妆容精致，眼角的泪痣更是勾人心魄。

盛以向来没什么表情的脸上罕见地带了几分笑意，更是衬得本就无与伦比的脸美得不似凡人。

盛以看向他。

江敛舟似乎在那一刻呼吸微滞。

他不知道自己为什么竟然有些紧张不安，手更是无意识地捏拳，掌心微湿，手背上青筋都明显了。

盛以走到他面前，稍稍仰起头看他。

江敛舟忽然便生出了几分不该有的期待，他抿了抿唇，别开了眼，带着些漫不经心的语气："挺好看的。"

盛以仍旧盯着他，半晌，才问："裙子吗？"

"嗯。"江敛舟淡淡地点头，"拍照吧。"

盛以琢磨了一下，打量了一下周围人的神情，好像除了惊艳之外也没有别的了，难道就她一个人觉得不太对吗？

这白纱裙和黑西装，往这一站……到底是拍定妆照还是婚纱照？

盛以向来不是个纠结的人，既然大家都觉得没问题，江敛舟也觉得没问题，那她……她还是觉得有问题。只是转念一想，江敛舟他们那边会给自己安排这套妆造倒也没什么大错，反正都是来录节目的，穿什么都一样。

她走上前，朝着江敛舟点了点头："我好了，开始吧。"

两个人一入镜，摄影师觉得画面一下子变得赏心悦目了。

他挥手示意："靠近一点，对，想象一下，你们现在是很久没见的老同学，当时关系很好。对……再靠近一点，看到对方就想到了以前的样子，会心一笑……"

摄影师最爱拍美人，何况现在是两个"美人"。

他整个人都很兴奋："盛以，抬头看江敛舟的眼睛。嗯嗯，你俩以前有没有过什么趣事？……对对对，就像是老朋友聊天一样，就是那种怀旧的氛围！"

趣事？

盛以缓缓抬起头，发现江敛舟正直勾勾地盯着她看。她微怔了怔，还真在这一秒想起来一件趣事。

平安夜那天上午，江敛舟吊儿郎当地问："想要苹果吗？"

盛以专心地画画，闻言想都不想就摇头："不要，收太多了。"大概是气氛确实沉默了太久，久到盛以都觉得有哪里不对劲了，她才缓缓地意识过来，抬起头，语气一转，"但你要送我的话，我就要吧。"

听起来还挺为难？江敛舟轻嗤一声，拿出大少爷的做派，冷淡地说："想什么呢？我送你？"

想想这位打小就活在别人的追捧中，大约是没送过别人苹果的。

盛以没在意："那你说什么呢？"

只是晚上吃完晚饭的时候，江敛舟张罗着要分苹果吃。一个挺好看的苹果被他分成好几瓣，摆在课桌上。

江敛舟跷起腿，态度散漫："怎么办，苹果吃不完就要氧化了。"说完转头看向盛以，"你吃吗？"

盛以其实很想问江敛舟：自己该吃吗？但江敛舟已经不管不顾地把一半苹果分给了她，而后几口啃完自己的，潇洒地起身去洗手了。

偏偏走之前他还假装不在意地说："不爱吃就扔了吧。"

盛以一想就觉得好笑，眼里笑意更深，泪痣衬得她整个人都带着勾人的味道。

江敛舟稍稍别开了眼，问："笑什么？"

"就是在想……"盛以蓦地就有了点叙旧的念头,"高二那年,你分了我一半苹果的事,还记得吗?"

江敛舟语气不咸不淡地说:"怎么了?"

"我真不爱吃苹果,"盛以很淡然地说,"确实挺难吃。"

江敛舟一时无言以对。

盛以边说边跟着摄影师的指挥往前迈了半步,不经意间,鞋子蓦地踩到裙边。她整个人一顿,继而猝不及防地失去平衡,往前栽了过去。

江敛舟飞速伸出手,眼看着她倒过来的方向恰好是他怀里,江敛舟微微一怔,改了动作要去扶她。

盛以的身体在撞上江敛舟胸膛之前停住了向前栽的势头,两人停在一个恰到好处的距离。

摄影师眼睛一亮,飞速按下快门。

他再回头去看这张照片,只觉得氛围好到不行,像是在一个盛装出席的晚宴上,一对曾经熟悉,如今却因多年未见而关系生疏的老同桌,带着怀念站在一起聊天。

女人突然失衡,男人立刻去扶她,却又因为不够熟悉或是一些顾忌,刻意控制着自己的动作。那种感觉既亲近又疏离,时刻关注又小心翼翼,是甜糖又像是酸橙,带着些莫名其妙的暧昧,又有些说不清道不明的怅然若失。可能这便是,时隔多年后再次遇到的同桌的你。

摄影师看着照片里如此般配的男女,忍不住暗暗揣测:在他们少年时,有一个这般出众的人同你朝夕相处,同你欢笑言语,真的不曾动过心吗?

江敛舟缓缓松开盛以。在有些莫名沉寂的氛围里,盛以垂下眸,整理了一下裙摆。

他微微压了压声线,有些平静,抬起手,取掉她头发上粘上的白色絮毛,不知道是在问她,还是在自语,说道:"怎么还是站不稳。"

03.

灯光小李:啊,绝了,我在心里疯狂尖叫!姐妹们,这个综艺我追定了!

道具小陈:高中时的同桌因为一档节目而重逢,这是我最爱的剧情!

美术小梁:今天的妆造是谁决定的,给我站出来!狠狠地挨夸!

服装小韩:我去拿的衣服!我们老大就是最厉害的,简直了。这不是婚礼现场是什么?

　　……

　　摄影棚那边的工作人员私下都聊了什么,盛以完全不知道。说句实在话,她也不知道现在跟江敛舟的关系有没有缓和,虽然每天都在斗嘴,但是毕竟是老同学,现在他又是自己的邻居和免费司机,盛以觉得还是和平相处比较好。

　　拍完两套定妆照,盛以被江敛舟的助理送回家。她没在意,反倒是助理解释了一句:"江哥今天有点事,所以才让我来送的。"

　　盛以心平气和地说:"行,回头让你老板给你加工资。"

　　助理还挺高兴,高兴之余琢磨着能让老板加工资的到底是什么人,莫非盛以真是老板娘?

　　盛以下午就知道了江敛舟的"有点事"是什么事了,原来江敛舟的新歌要发布了。

　　江敛舟是以歌手的身份出道的,这点盛以没有丝毫惊讶,毕竟读高中那会儿江敛舟唱歌就极为好听,什么乐器都玩得来。

　　他做歌手取得的成绩,好到哪怕盛以并不关注乐坛,也能知道他到底有多火。

　　他甚至有几首歌火遍大街小巷。后来,江敛舟又去做了演员,先是拍剧。那会儿没人看好他,都觉得他除了一张脸之外并没有演技可言,但江敛舟偏偏就是用实际成绩一次又一次证明自己。

　　拍过电视剧以后,就去拍电影,片尾曲也自己来……他能得到如今的地位,大家都是心服口服的。

　　至于他的流量到底有多大……下午的时候,盛以就见识到了。

　　她只是如同往常一样登录了微博,打算去发一下自己这两天画的稿件,刚一上去,微博就卡住了。

　　作为一个微博粉丝实打实破了百万的博主,盛以平时的转赞评也很多,作品更是时不时被转出圈。然而,她从来没体会过微博突然卡死是什么样的体验。

　　等到好不容易可以滑动界面,她看着那数量惊人并且还在不停上涨的评论和私信,以及飞速蹿升的粉丝数量,沉默了几秒,点开看了一眼。

　　这一看她才明白过来,江敛舟在微博上发布了新歌。

　　他向来是个很酷的人,以往发新歌的时候连个文案都不配,就直接说歌名加各个平台的链接,照样可以刷爆全网,但今天,这位"顶流"难得加了点字,竟然显得没有那么跩了。

　　江敛舟 V:《九九》,封面感谢@望久,合作愉快。

　　文案后面一如既往地附了链接。

就因为他这次多出的几个字，评论区比以往热闹了十倍。

江上一叶舟：我哥也是会感谢画师的人了?！不过这次的封面确实好看、。

行舟渡人：偶像我爱你！好激动，我最喜欢的画师给江敛舟画了封面。

江江我的光：看来舟哥这次对画师确实满意，@故舟工作室，家里又不是没钱，长期合作呗！

…………

江敛舟的一条微博让盛以十分钟涨了十万粉丝。

盛以不知道为什么，就莫名其妙产生了一种错乱的感觉……

盛以心想：江敛舟为什么突然就提到了自己？难道他知道自己是"望久"了吗？

盛以有点不确定，也有点想不明白。她甚至还琢磨了一下：要不要去问问江敛舟？但是怎么问呢？

她退出了微博。

…………

江敛舟一遍又一遍地看着微博。

庄尧："怎么了？"

江敛舟不带表情地说："没事。"好一会儿，又问，"那个画师不上微博吗？"她为什么还没关注自己？

庄尧猝不及防，说道："啊？我还以为你在看评论，你关心画师干什么，怎么了，你同意给人打广告，等着结尾款呢？"

江敛舟："啧。"

庄尧一脸疑惑，心道：这位艺人到底又在不开心什么？

元旦过后，春节便临近了。

节目组的动作挺快，修图完毕以后还返图给盛以看。

盛以挺满意，节目组那边看她没什么意见，便告知第一期节目会在春节前就开录，让她做好心理准备。

节目组确实挺到位，还让盛以放宽心，轻松自然地录制就好，不要太紧张。

盛大佬心想：紧张是什么？

贝蕾又打了电话过来，激动到不行，说："阿久！《同桌的你》终于注册官博了！虽然为了保持神秘谁都还没关注，不过我已经准备好了！我到时候要全天看直播！"

盛以："你怎么比我一个要录制的人还关心？"

贝蕾："你在说什么？阿久，你在干什么？收拾行李？"

"不然呢，拆家吗？"盛以又折了几套衣服进去，头也不抬地回复。

"你这是要去南方的城市吗？怎么都带这么薄的衣服？去干什么，度假吗？"

盛以："……录节目。"

贝蕾："哈哈哈，你真可爱，今天这玩笑还挺好笑。"

盛以一时无语。

大概是察觉到这奇怪的寂静，贝蕾缓缓开口："你该不会真的是要去录节目吧？"

盛以一脸冷漠。

没等盛以说话，贝蕾又问："陪你的小明星老同桌吗？"她的语气还挺震惊，"不是说这个节目请的都是有名有姓的艺人吗？节目组手笔很大，怎……怎么……"

盛以刚准备解释，贝蕾稍一犹豫，自己便飞快地想明白了，说道："我知道了！带资进组对吧，也是，这资源真不错，说不定通过这个节目就真红了呢。"

盛以挂掉了电话。

《同桌的你》录制流程有点特别，虽说官博现如今还没有关注任何嘉宾，也没有放定妆宣传照，但是节目已经官宣了会采用直播和剪辑的方式同步播出。

也就是说，盛以进行第一次录制时，节目组会直接采取 24 小时直播的方式，除了一些不能播的场面，会全天候有镜头对着嘉宾，而网络观众们也可以发送实时弹幕。

这是比较新颖的综艺播出方式，也是为了让大家以最真实的状态出现在节目上。

整季《同桌的你》一共有 12 期，嘉宾们分六次进行录制，每一次的录制都是一个不同的主题。每一次的录制会选取一些片段剪辑成两期，共分成 12 期进行播出。毕竟有的观众喜欢看直播，而有的观众喜欢看剪辑过后的内容，毕竟后者更省时间，精彩片段也多。

同时，为了保证剪辑的 12 期播出时，收视率不会太低，直播虽然可以全天候观看，但是在节目播出前不能回放。

这谁不佩服节目组的策划能力呢？

《同桌的你》节目组让他们这些嘉宾各自签了保密协议，所以除了最开始放出去热场子的段明霁和汪桐欣，其他的嘉宾为了保持神秘都没有公开。

别说，正是因为这保密工作做得好，加之特别的播出方式，如今节目的讨论度不断上涨。

尤其是官博注册了之后也没有关注嘉宾，更是让不少论坛都在讨论到底是哪些嘉宾会上这个节目。

节目组神秘兮兮的，只在微博上说会邀请四对老同桌，且每一对都是一男一女的组合。

对此，论坛上流传着这样一句话：表面上是拍同学情谊，实际上是拍恋爱实录。

为了配合节目组，盛以这次没有跟江敛舟一同前往录制地。

说到底她是个素人，又有诸多不便，庄尧那边还是很贴心地从工作室派了一个小助理过来。

小助理叫孟元，刚毕业一两年，很年轻又很有活力，长着一张圆圆的脸，笑起来也很可爱。

"盛以姐，你叫我元元就好。"孟元帮盛以拖着行李，手脚很勤快，"我这还是头一次去海岛呢，好兴奋。"

没错，第一次的录制是在一个海岛上，四季不分明只有夏天，节目组称之为"夏日岛"。

节目组给嘉宾们订的房间也全都是套房，盛以舒舒服服地休息了一晚上。

只是在睡觉之前，她收到了节目组发给每个嘉宾的消息：请注意，录制将从明早开始，请大家做好准备。

当第二天一早六点钟不到，睡眼惺忪、随便拨了几下头发便被敲门声吵醒的盛以，从房间里一出来便直面镜头时——

她深深地沉默了几秒，心想：原来这就是你们说的"从明早开始"？谁能想到是从素颜没睡醒状态开始的？节目组你太狠了一点！

她按亮手机解锁了手机，把屏幕伸到镜头前面，一脸"现在好不开心"的表情："现在才几点？"

…………

观看直播的观众们则并不想看现在的时间，他们只看到了解锁屏幕时，出现在上面的微信消息弹窗，是凌晨两点半发的。

02：30

Ivan：早上起来化个妆。

02：35

Ivan：能睡醒吗？

02：40

Ivan：别睡过头了。

Ivan：猪猪。

04.

目前是每个嘉宾的早起叫醒服务。

因为并不知道节目组的流程，所以绝大部分的嘉宾都不会意识到节目组说的"明早开始录"的意思是从素颜开始录。

这会儿是所有嘉宾们的第一次出镜，尽管现在早上六点钟都不到，观看直播的观众人数却已经直线上涨了。

八个嘉宾目前还没有合体，所以分了八个直播房间，很多观众都是同时开着好几个房间看的，弹幕已经满屏了。

当然，既然分了八个房间，那肯定每个房间人气并不一致。

人气最高的当然丝毫不用质疑，肯定是江敛舟的直播间。

之前只是网传江敛舟会录制节目，但嘉宾一直没有正式官宣，粉丝和路人们都不怎么相信他真的会来。

毕竟在江敛舟出道的几年间，人气一直居高不下，但他深知作品才是第一位的，并不喜欢录制综艺消耗人气，偶尔哪个节目能请他上一期，已经可以敲鼓鸣锣了，更不要说网传的他会上一整季的节目。

那怎么可能！不过大家还是抱了一点希望的。

直到敲响房门，那个顶着素颜也帅到逆天的男人从房间里晃晃悠悠地出来，语气冷淡："你们知道我以前早起是做什么的吗？"

举着摄像机的工作人员几不可见地晃了晃身子，抖着声音问道："做……做什么的？"

"练习拳击。"江敛舟面无表情地倚着门框，"所以我现在手有点痒。"

弹幕已经密集到看不清人脸了……

·真的是舟舟！你竟然真的来录节目了，我要一直盯着屏幕看！

·手有点痒，哈哈哈，果然是熟悉的江哥，笑死我了。

·好羡慕哥哥以前的同桌。

·············

为了保持嘉宾们的神秘感，他们的房间特地没有安排在一起，每个人都离得很远。

这会儿每个嘉宾的直播房间上写的是本人的姓名。

共有四组也就是八位嘉宾，四位艺人的直播间人气明显高于四位素人搭档。

四位艺人，除了江敛舟和汪桐欣之外，还有一个叫宗炎的男艺人，和一个叫薛青芙的女演员。

薛青芙和汪桐欣虽说都是"小花"，但两个人的路线完全不一样。

汪桐欣主要演青春偶像剧，她最开始便是因为出演一部校园剧中的清纯女主角而出名的。

薛青芙走的更多是青衣路线，童星出身，后来成功转型，经常与一些老戏骨搭戏拍上星剧。对比汪桐欣，她的国民知名度更高，喜欢她的人很多，但粉丝粘性却不大。而宗炎是前年一个大火的选秀节目第二名出道的男艺人，唱跳俱佳，为人也很爽朗。

现在四位艺人的个人直播间热度是江敛舟最高，宗炎紧随其后，然后是汪桐欣和薛青芙。

至于四位素人嘉宾，直播间没有标明是哪位艺人的同桌。

节目组哪怕找的是素人，也肯定不会是真的默默无闻的素人。比如汪桐欣的那位同桌——段明霁，就是一位知名游戏主播，除了真的一丁点名气都没有的盛以。

当然，这也是因为盛以给节目组的微博账号是一个新注册的号，并非"望久"的微博。

因此，八个直播间里标着"盛以的个人直播间"的那个房间，观看人数显然是最少的，不过指的是盛以素颜露面之前。

就在明明没什么形象可言，头发也乱、妆也没化，甚至还在打着哈欠的女人从房间里走出来的那一瞬间开始，盛以单人直播间的观看人数开始以一个可怕的速度飞涨了起来。

·这也叫素人？现在的素人究竟是什么水准？！

·我朋友叫我来看大美人的，我本来还不信，现在我相信了！

·眼角的泪痣太漂亮了！从另外几个人的直播间来的，这位长得不比女明星差啊……

·…………

一长串的夸赞盛以的弹幕飞快滑过，直到——

盛以举着手机给大家看了之后。

弹幕寂静了三秒钟，接下来以一种更加可怕的速度滚动了起来。

·救命，我看到了什么，我到底看到了什么？

·Ivan，是那位吗？这位大美人是那位的搭档吗？

·啊啊啊,"猪猪"这样的称呼能随便叫吗?
....

盛以自然是看不到弹幕的,但是她能看到工作人员脸上震撼的目光,仿佛看到了什么不该看的东西似的。

她沉默两秒,把手机屏幕转向自己,细细看了两眼。

盛以一时无语,心想:……哥,舟哥,您真的觉得您在两点半的时候提醒我,我可以看到消息吗?

当然,事实是就算盛以看到了,她也绝对不可能提前半个小时爬起来化妆换衣服的,她宁愿素颜见人。

"盛小姐您好,欢迎您来到《同桌的你》节目,请问您有什么要跟您的老同桌说的吗?"

盛以再次抓了抓鸡窝头。

同时开着江敛舟和盛以两个直播间的观众,就在这一秒,看到两个人同时被工作人员问了一样的问题,同时沉默斟酌,而后同时开了口,甚至就连语气都是如出一辙的"爷踏上天了":"希望他/她好好表现,不要丢我的脸。"

八位嘉宾被叫醒了之后,便开始了第一天的录制。

嘉宾们肯定是不能以这样的状态露面的,节目组给他们各自都安排了妆发。在真的盛装打扮之后,盛以直播间的人气又开始直线上涨。

不过盛以一不关心人气,二打小被人夸太多了,三也没什么争奇斗艳的念头,所以一点不像别人那么关注直播间的反馈。

她就那么顶着她那张艳杀四方的脸,面无表情地跟在工作人员的后面走,并且因为太早被叫起来了,还有点低血糖,所以她身上甚至顶着"十步杀一人,千里不留行"的气势。

她在工作人员的指引下,进了一个空荡荡的房间。说是房间其实都有点太高估它了,因为它真的很小、很逼仄,人刚一进去就油然而生一种局促感,是连两个人都很难一起挤进来的局促。

工作人员把门关上,留盛以一个人待在房间里。

只是,还没等她打量完周围的空间,所有的光源全熄灭了,一瞬间屋子里黑如沉夜。

连盛以都被吓了一跳,而后在心里暗暗为节目组"叫绝"。太黑了!她不知道多久没体会过这种程度的黑了,一丝光都透不进来。

怪不得在节目录制前,节目组那边问她有没有幽闭恐惧症呢,还再三强调,如果有的话一定要讲出来。

盛以确实没有幽闭恐惧症，但人类天生是有趋光性的，突然被独自一人关进这么一间又狭窄又黑暗的密闭空间里，或多或少有些不舒服。

可能是对未知的恐惧，也可能是孤身一人造成的不安，总而言之，哪怕明知道这是节目组的设置并不会对他们真的造成什么伤害，依然会让人有些不适应。

盛以到底是个心大的，所以在初期的不适过后，很快就开始了探索。

她朝前试探着摸了过去，摸到了像是一扇门的存在，上面似乎有一个凸起，但并不能摸出具体的功用是什么。

直播间的观众们也感到害怕了。

盛以这边是纯黑的，观众看到的画面只是在经历了最开始的黑暗后，很快就有了夜视拍摄，能看清嘉宾大致在做什么。

如今八个嘉宾中，只有素人嘉宾被分别关进了小房间里。

四个人中也只有盛以这么胆大，连尖叫都没有，只是在简单习惯环境后，就开始了摸索。

观众们都被吓傻了！

弹幕一片的"啊啊啊"，混杂着另外三个嘉宾的"啊啊啊"，热闹得不可思议。

唯有盛以的直播间里一片寂静。

·漂亮姐姐好歹叫一声，不然节目组会感到无语的。

盛以来回摸索几圈后，并没有什么发现，便在心里排除了密室逃脱的可能性。

正思索着，她便听见有脚步声靠近，而后，是一道熟悉的，语气稍显冷淡的声音，悦耳但讨打："盛以？"

也不知道为什么，明知道这是节目组的安排，但一个人在黑暗里待得久了之后，蓦地有熟悉的人走近，盛以还是不可避免地产生了几分依赖。

"嗯。"

门外的那位"顶流"几不可见地松了口气，稍一抿唇，脸色有些难看。

下一秒，广播响了起来。

"各位嘉宾好，欢迎大家来到《同桌的你》节目。你们的四位老同桌，目前正在各自的房间里，等着你们来一场时隔多年的旧友重逢。多年未见，你们是否依然记得他们的一些特点呢？

"在真的见到他们之前，先来一场默契问答吧。每答对一道题目，房间里的灯会亮一个度，如果全都答对，房间的门就会打开。

"各位，你们能拯救你们的搭档吗？现在，开始——"

05.

节目组确实给了这几位艺人大致的节目流程，但流程很粗略。

这个环节节目流程单上写的是"旧友相逢"四个字，听起来就很感人对不对？可问题是如果说你对老同桌真的一丁点都不了解，那还感人吗？

固然，你可以用"时间太久了"来解释，观众们稍微代入一下自己，也不会觉得记不住同桌当年的一些喜好，是多么不可饶恕的罪过，但两个人之间还是会有一些尴尬存在。节目一上来就这么刺激，观众全都开始激动了。

·……好刺激，没有愧对我今早定时起来看。

·啊啊啊，期待段明霁和汪桐欣，我已经准备好了！

·不知道为什么，我已经提前开始担心舟舟了，舟舟好胜心向来很强，输了可怎么办。

·……你想想，江敛舟是那种会了解同桌喜好的人吗？

·…………

总而言之，在这一瞬间，省略号的弹幕充斥了江敛舟和盛以两个人的直播间。这么一想之后，大家仿佛都不在意了，重在参与嘛。

"各位嘉宾请听题，第一题是房间里的'ta'以前很受欢迎吗？"

这个问题显然比较简单。

江敛舟跟盛以同时出了声："是。"

另外一边，汪桐欣和段明霁则稍稍落后一步，也同时说出了"是"。

宗炎和他的搭档，也就是现在的短视频平台博主尹双则报出了不同的答案，宗炎答"是"，尹双答"否"。

薛青芙和她的老同桌——某站百大视频博主俞深一起报出了"否"。

第一轮只有宗炎和尹双这对搭档回答错误。

话音刚落，三个人的房间同时亮起了一点极其微弱的光。尽管灯光微弱，可依旧比之前的漆黑一片强上数百倍。

盛以甚至有那么一秒不习惯，但下一秒，她还是忍不住因为这微弱的光，而产生了一些安全感。

节目组并没有刻意为难嘉宾们，所以提问的自然也都是并不过分的题目。

比如："房间里的'ta'有很多好友吗？""'ta'中学时最不喜欢的科目是什么？""你们是哪一年成为的同桌？"

…………

总共有十道题目，一直持续到第七题的时候，江敛舟和盛以的组合，以及汪桐欣和段明霁的组合，都是全对。

汪桐欣和段明霁会全对，其实并没有人会意外，毕竟大家对他们两个人已经很熟悉了。

尽管节目里的形式新颖，但"默契问答"这个环节还是很常见的，他们两个人有可能是真的记得，也有可能是提前准备了一下。

但不管是真是假，这会儿他俩的直播间里，弹幕是最多的。让人吃惊的则是江敛舟和盛以两个人。

·怎么回事，我哥突然超常发挥？

·我同时开着舟哥和盛以两个人的直播间，看着盛以的房间里的灯一点一点亮起，我真的有种说不出来的感动。

·舟舟是真的记得还是假的记得？

…………

门内，盛以回答完第七题的声音刚落，门外的江敛舟便抬起腕上的手表，看了眼时间，

距离他们起床，已经过去了一个多小时。

他没什么表情，只是垂眸的瞬间，桃花眼里多了几分焦急。

下一秒，他抬起头，趁着还没进行下一题，走近一旁的工作人员，低声说了些什么。声音很小，江敛舟又刻意避开了麦克风，大家都没听清楚。

·舟舟在说什么，有什么东西是我这个尊贵的会员听不得的？！

·我音量调到最大了，什么也没听清，有听清楚的姐妹共享一下吗？

·……我好像隐约听到了"糖"，不确定。

…………

工作人员的表情似乎有些迟疑，打量了一下江敛舟的表情，好像不是在开玩笑，便犹疑地走到负责人那边，去跟负责人商量。

整个过程并没有持续太久，甚至没有耽搁游戏进行。

工作人员很快回来，站在江敛舟一旁。

游戏继续。

第八题和第九题，汪桐欣、段明霁的组合顺利回答一致；盛以、江敛舟这边也有惊无险地答对了。

每次嘉宾稍一迟疑，观众就开始紧张不安，参与感倒是很重，仿佛亲临现场的是他们本人一样。

最后一题，也就是这场游戏的赛点了。

目前，段汪组合和江盛组合都是全对，最后一题如果两组都能回答正确，那

就并列第一；薛青芙和俞深回答正确六道，而宗炎和尹双就比较惨了，只回答正确三道。大致场面的局势已经定下，就看最后究竟哪组是第一名。

广播里的声音再次响起。

"最后一题，房间里的'ta'最不喜欢的菜是什么？三、二、一，请作答！"

汪桐欣和段明霁依然保持了绝对的一致，第一时间一起回答了出来："胡萝卜！"

话音刚落，段明霁在的小房间灯全部亮起，门锁"咔哒"一声落下，他推开房门，走了出去。

门外，汪桐欣站在那里，看着近在咫尺的段明霁，伸手捂住了嘴，眼睛里隐隐有泪光闪过。

段明霁笑着抬手，拍了拍她的头顶："Hello，怎么不说话？"

汪桐欣眨巴了几下眼："不……不知道该说什么好……"

·快啊段哥，抱抱桐桐！

·看到桐桐眼里带泪，我的心都碎了，是不是真的很多年没见了？

·…………

段明霁和汪桐欣这边的反应，其他嘉宾们自然都是不知道的。

这道题说简单也不简单，说难也不难。起码不会像别的题目那样什么都答不出来，像这道题，毕竟公众普遍讨厌的菜也就那么几样，随便说一个就有挺大概率说对的。

薛青芙和俞深一起回答了"香菜"，宗炎和尹双则一起回答了"芹菜"。

四组中，已经有三组回答正确了。

盛以和江敛舟直播间的粉丝已经提前开始狂欢，觉得前面那些难的题目两个人都回答正确了，这道简单的题目也百分百没有任何问题。

盛以抿了抿唇角，向后靠在了墙上，整个人看上去懒懒的，不想动的样子。

她半垂着眼皮，就连声音都没什么精神，没睡醒一样，回答道："折耳根。"

她听不见门外的江敛舟说了什么，只是琢磨着终于结束了。

节目组太"坏"了，起这么早录节目就算了，居然在录完第一个环节后才能吃早饭！

盛以暗自腹诽着便听见了广播里的声音。

"江敛舟、盛以回答不一致，恭喜段明霁、汪桐欣组合获得本环节第一名！"

盛以一愣。

江敛舟答错了？不应该吧……

不过转念一想，她又明白了过来。参加节目前，庄尧那边也有人来跟她聊了聊喜好问题，今天倒也押中了五六道，但她最不喜欢的菜这个问题，好像还真没聊到……怎么回事！说好的专业的工作室呢，这么简单的题目都没想到吗？

门外回答错误的嘉宾需要完成惩罚后，房间里的素人搭档才能走出去。

毕竟是对"江大顶流"的惩罚，盛以还带了三分兴致听了一下。因为他们两个人只回答错了一道，江敛舟的惩罚只需要做十个俯卧撑就行。

盛以一时无语，心想：这叫什么惩罚？对于那位体力强大的"顶流"来说，你让他做十天十夜的俯卧撑还差不多吧。

她百无聊赖地打了个哈欠，漫长的哈欠都只打到了一半，门锁就打开了。

盛以半张着嘴，微微眯着眼，眼角还有因困顿而生的眼泪，整个人昏昏沉沉的。

而门外的江敛舟，衬衣的袖口微微翻折起，领口的扣子解开了两颗，桃花眼微微勾着，挂着几分轻松的意味。

他稍稍垂眸，看向盛以。盛以的哈欠只打到一半，这会儿莫名其妙有些打不下去了。谁也没说话，两个人沉默对望。

好半天，江敛舟朝着盛以的方向伸出了手，掌心向上，定定地看着她。

盛以有些意外，但只是稍加犹豫，还是配合地把右手放进他的掌心。

江敛舟的手温度比她高很多，跟他外表的冷淡截然相反。不过这个念头只来得及在脑子里一闪而过，盛以便蓦地感受到一股拉力。

她没设防，只能跟着这股拉力往前冲去，只是稍一踉跄，下一秒便被拉进了一个温热的怀抱里，怀抱里有很熟悉的香气，仿佛带着同学情谊一般，疏朗的男人轻轻拍了拍盛以的背。

向来淡漠的声音里带了需要细细分辨时才能听出来的怀念和笑意。

盛以知道，江敛舟是按着剧本说的。

他说："盛以，好久不见。"

06.

・家人们怎么回事，我怎么一不小心就掉眼泪了。

・身高差好配，两个人站在一起真的太美了！

・啊，但是好可惜，没想到最后一题竟然回答错了，跟第一名擦肩而过啊。

・…………

跟段明霁和汪桐欣的气氛不太一样，江敛舟和盛以的互动很……奇特。

你甚至不知道他们两个人读书时关系到底怎么样，也不知道这些年里各自如何，不过依然可以感觉到是一种说不清道不明的，比朋友更亲密，却又比陌生人更熟悉的关系。

毕竟这只是一个满含同学情的拥抱而已，江敛舟抱得很虚，并且在盛以还没有反应过来的时候就已经放开了她。

盛以不得不感慨，哪怕知道这是剧本，这位"顶流"的演技也着实太好了。果然，能以歌手的身份参演电视剧和电影，并且拿了无数奖项的人就是不一样。

盛以提前拿到的剧本并没有对她做出什么限制，而且"江敛舟暗恋多年"的梗也不用一早就揭露，盛以装都没有装。

她扬了扬唇，上下打量了一番江敛舟："嗯，好久不见，老同桌，你还是这么……"

江敛舟挑眉。

弹幕飞快划过一片的"帅""好看""厉害"之类的话。

盛以："……热爱做俯卧撑啊。"

·为什么？盛以你欠我的眼泪拿什么来还！

·爱做俯卧撑，哈哈哈，这不就是在提醒舟哥最后一题答错了吗？

·就我发现了亮点吗？舟舟高中时也很喜欢做俯卧撑吗？

江敛舟一时间有些失语，还没说话，盛以便又问他："那你刚才答了什么？"

江敛舟顿了顿，单手插进裤袋里，没什么表情，漫不经心地说道："问这个干什么？"

"看看你对爸……"盛以稍顿，"……对我有多大的误解呗。"

"无聊。"江敛舟一副懒得回答的样子。

盛以心想：不是，哥你在节目上还这么录，别人真能觉得你暗恋我？

既然旧友已经重逢了，接下来肯定是要大家一起吃早餐，再宣布接下来的任务。

工作人员走过来，示意江敛舟和盛以跟着他往前走。

盛以早已饿得想要生吞节目组了，是最后的本性让她得以维持了表面的镇定，这会儿迫不及待就要跟过去。

"盛以。"路过江敛舟身边的时候，男人低声叫住了她，盛以略带疑惑地回过头。

江敛舟没看她，只是刚才插进口袋的那只手拿了出来："伸手。"

盛以下意识地便摊开了手，下一秒，一个硬硬的带着塑料膜的东西被放进她的掌心。

她连带着那个东西，一起握成了拳。

江敛舟不甚在意的样子，仿佛只是随手给了她一个东西一般，没再说话，径直绕过她向前走去。

盛以看着那位"顶流"散漫的背影，再次摊开手，低头看去，是一颗似乎有些廉价的硬质水果糖。

节目组准备的早餐确实很丰盛。甚至还贴心地考虑到嘉宾的口味不一样，中式和西式的早餐都准备了。

一张长长的餐桌上摆满了各式食物，小笼包、生煎、油条、煎饺、粥、豆浆、三明治、饭团、麦片、牛奶……

一个长镜头扫过去，直播间里顿时响起了一片抽气声。

· 饿死我了！本来开开心心赖在床上看直播的，现在哭着点了一个外卖。

· 只有我还在焦急地想刚才舟舟跟以以说了什么吗？怎么能避开麦克风啊？我崩溃啦……

盛以感觉血糖恢复了一些，头也不晕了，这会儿看这一桌的食物越发觉得心情好了起来，头一次觉得来录节目好像还不错。

八个人这是第一次齐聚一堂。

别说，节目组还真的挺会选嘉宾的，四个艺人嘉宾也就算了，这四个素人嘉宾也都各有特点，但盛以倒也不怎么惊讶，毕竟除了她之外，其余的素人不算纯素人了。

这一大群的俊男美女聚在一起，看起来就很养眼。

· 世界上的美人那么多，怎么就不能算我一个？

· 别说了，四位素人同桌，全员出道水准。

男人和女人各自坐一排，同组搭档面对面。

大家分别做了自我介绍，还说了一下自己的职业爱好等。

盛以的脑子里只有早餐了，最后才轮到她做自我介绍。

盛大佬非常淡然，没有一丁点面对明星的紧张，眼睛努力从那颗晶莹剔透的虾饺上挪开："大家好，我是盛以，是江敛舟的搭档。"稍加斟酌后，她按照之前别人的自我介绍模板继续说，"大学是在明泉市读的，学的计算机，目前已经毕业了，现在的职业是……"

盛以颇为诚实地说："自由职业者。"

哦，在场众人都明白了过来，自由职业者嘛，换个说法，那不就等同于……没有工作？

不过再看看盛以这张脸,大家也就觉得没什么了。

坐在盛以右手边的是男偶像宗炎的搭档,那个叫尹双的短视频平台博主,她在短视频平台上有很多粉丝,视频播放量和点赞量也都奇高无比。

这会儿,尹双亲热地揽住盛以的胳膊:"自由职业好呀,我也在明泉市,下次我找你一起拍视频可以吗?"

盛以稍加沉默,而后点头:"偶尔拍一个也行。"说完,她又颇为中肯地点评道,"我这张美丽的脸是应该多出现,也算是造福大众了。"

众人齐齐转过头,看向了盛以和她对面的江敛舟,最后又看向了盛以。

漂亮姐姐看上去文文静静不怎么说话,一开口竟然是这样的说话风格吗?

江敛舟靠向椅背,坐得潇洒自在,丝毫不同于别人的端庄。

他像是没看见别人目光似的,斟酌两秒,闲闲出声:"有点道理。"

众人的脸上都带着疑惑。

江敛舟:"我也应该发几张自拍,好对得起我这张脸。"

充斥着问号的直播间弹幕里,只有江敛舟的粉丝陷入了狂喜。

·自拍!自拍!对的舟舟,你就是要多发自拍!

·本人现在只想感谢盛以!

餐厅里陷入了一阵难挨的沉默,显然,大家都不知道该怎么接这对老同桌的话,但是他们突然就明白了,盛以能做江敛舟那么久的同桌果然是有原因的……

直到广播里提示大家可以动筷子了,宗炎才第一个笑着应和:"对对,我都快饿死了,大家快吃早餐吧。"

虽然八个人并不熟络,但总体而言,这顿早餐的氛围还是很不错的。一群人聊聊天,互相吹捧一下,再适当地聊一些过往,最后夸一夸餐桌上的美食,整个餐厅气氛一片和谐。

只是,大家似乎都有意无意地避免了跟江敛舟和盛以聊一些敏感话题。

毕竟大家的心脏都不是特别"好"。

盛以倒是乐得自在,只在别人提到自己时讲几句话,其他时候都在安安心心享用早餐。

只是当她再次跟坐在左手边的薛青芙撞上胳膊时,盛以沉默两秒,说道:"很不好意思。"

薛青芙性子温和,丝毫没在意,问:"你是左撇子吗?"

盛以点了点头。这件事还挺麻烦的,别人都用右手,她太久没和别人坐一排吃饭了,倒是把这件事给忘了。

读中学那会儿,她有时候会跟江敛舟他们一起聚餐,江敛舟次次都坐在她左手边，他俩每次吃饭都会胳膊打架。

江少还挺贱，说道："能碰到我的胳膊，是你的荣幸。"

盛以："那能直接把我的荣幸兑换成现金吗？"

等到大家都放下了筷子，餐厅内一片岁月静好的时候，广播再次响了起来。

"好，现在各位已经用餐完毕，开始宣布下一个任务。本期《同桌的你》主题是'夏日岛音乐节'，但目前音乐节缺少观众，各位嘉宾需要先行分组，各自寻找观众售卖音乐节门票。"

众人一时之间无言以对。

盛以沉默，继而瞥了江敛舟一眼。

江敛舟扬了扬眉，语气凉凉地道："怎么，是觉得哥帅得过分惹眼了吗？"

盛以懒得理他的自恋，说："我只是觉得，卖票这事你应该挺擅长吧。"

毕竟他原来可是"黄牛"呢。

他冷笑一声："那得看有没有盛小姐这样愿意砸钱的买主了。"

直播间内——

· 到底是在聊什么？我怎么听不懂！

· 声音太小了啦，求求两位不要把我们当外人好不好？

· 主镜头！求求两位的主镜头！

当全部嘉宾集中在一起时，只会显示主镜头的直播，不然会显得混乱。

单人镜头当然也会继续拍，但是会在成片放映时再放到网络上去。

这会儿的主镜头自然是给了在场所有人，江敛舟和盛以讲话的声音又不大，直播间的观众们看得抓心挠肺的，却什么也不知道。

广播员继续说道："刚才我们的第一环节默契问答中，段明霁、汪桐欣组合获得第一名，江敛舟、盛以组合获得第二名，薛青芙、俞深组合获得第三名，宗炎、尹双组合获得第四名。"

嘉宾们都是一愣。毕竟早餐都吃过了，大家自然而然就觉得刚才的第一环节已经彻底结束了，现在怎么突然又提起了这个名次？

"我们需要前往岛外售卖门票，而前往的方式就由刚才的名次来决定。第一名的组合可以乘坐直升机前往，第二名乘坐汽艇，第三名和第四名的组合均乘坐小渔船。

"好了，现在大家可以出门了，祝大家今天一切顺利！"

嘉宾们不禁感叹节目组为什么不提前说。江敛舟眸光微闪，而后懒懒举起了手。

"请问……"

所有人都看向了他。

"江大顶流"语气平淡:"如果自己来开,会有额外的奖励吗?"

07.

除了第一名的直升机格外让人羡慕之外,其实第二名的快艇也不错。

关键是江敛舟还挺有理有据,比如他有专业的执照,有较为丰富的驾驶经验,而且也可以让专业的工作人员监督他的操作是否安全。

大家听了几句,齐齐看向旁边安静嗑瓜子的盛以,眼里简直写满了"我的漂亮姐姐,都什么时候了你还有心情嗑瓜子"的八卦之情!

盛以好像感受到众人的目光,茫然地分析了一下,终于意识到现在是什么情况。

她稍加斟酌,看向江敛舟。

江敛舟有一搭没一搭地把玩着一个不知道从哪里拿来的魔方,像是没什么兴致,不断打乱,然后又拼好。

盛以刚才是在状况外,这会儿倒确实挺关心的,问道:"需要现在吃颗晕车药吗?"

·我要笑死了,哈哈哈,真的不是什么人都能做哥哥的同桌。

·谁关心你有没有吃晕车药的!是让你劝他,劝住他!

·到底为什么两个人都这么自然啊,一个人自然地说要自己开,一个人自然地就接受了……

江敛舟桃花眼里划过一丝笑意,吊儿郎当地从口袋里拿出一个东西放到了桌面上,稍稍一推,那个透明小盒子往前滑去,最后稳稳当当地停在了盛以面前。

"顶流"的语气傲娇,一扬下巴:"准了。"

盛以觉得无语。

·……等等,只有我想知道,为什么舟舟口袋里会有晕车药这种东西吗?

·怎么,晕车药还是专门给她备着的?

不过到最后盛以没反对,节目组也没反对。

当然,节目组不反对是出于节目可看性考虑的,既然江敛舟各种执照都有,他们也会派随行的船时刻注意,如果有特殊情况医生会第一时间上前,那总体来说就没什么问题,但为了保险起见,江敛舟和盛以上快艇之前,节目组还是派了专业的驾驶教练过来，把注意事项说了一遍。

江敛舟开汽艇时，教练跟救生人员会一路随行。这个岛的居民都说法语。驾驶教练自然说法语。节目组非常贴心，还配了翻译。

翻译还没来得及开口，江敛舟倒先淡淡开了口："不用翻译了，直接说吧，我会法语。"

· 对啊，舟舟之前有在法国拍过一年电影，不得不说语言天赋真的强大。

· 路人进来都要感慨一句，现在当艺人已经这么难了吗？

· 可不是，要求颜值、身材、才华就算了，诸位别忘了江敛舟可是景大毕业的，现在倒好，还要求会多种语言了？

翻译眼看着没有自己的事，就退到了一边，听驾驶教练给江敛舟讲一些注意事项。

驾驶教练撸了撸袖子，边说边手舞足蹈，大概是因为知道在录节目，他先夸奖了江敛舟一番："Vous avez as l\'air en super forme.（您的状态很好。）"

江敛舟懒洋洋地回道："Merci beaucoup.（非常感谢。）"

他的语调十分自然，发音也很好听，没有一丁点和当地人对话的紧张感。

盛以在心里暗自夸奖几句，还不忘转过头看了一眼翻译。果然，翻译也是一副"厉害"的表情。

驾驶教练又夸奖盛以道："Cette veste vous va très bien.（这件夹克很适合你。）"

盛以满脸问号，心想：还有她的事吗？

翻译估摸着让"江大顶流"充当翻译实在不该，自己又确实领了不菲的薪水，于是尝试着开口："他……"

然而他刚说了一个字就被打断了，江敛舟翻译道："他说你今天的衣服挺好看，很适合你。"

盛以明白过来，顺便猜了一下，刚才教练也是在夸江敛舟好看吧。

她朝着江敛舟扬了扬下巴："帮我道声谢。"

江敛舟发出一声轻"啧"，看上去还挺不耐烦。

翻译再次琢磨了一下，感觉按照"江大顶流"的脾气，方才翻译的那句已经是极限了，所以再次开口："我……"

刚说了一个字，翻译再次被打断，听见江敛舟朝着教练点头："Elle a dit merci pour le compliment.（她说谢谢你的夸奖。）"

翻译心想：江敛舟的脾气到底是好还是不好……

寒暄结束，教练也终于开始了注意事项的说明。

反正江敛舟能听得懂，翻译就安心做自己的背景墙，脑子里自动过滤教练的话:"上船时,把开关绳系在手腕上;汽艇快要靠岸的时候,要慢慢减速,不能一下子关机……"

江敛舟每听完一句,都向教练重复一遍以表确认,法语确实说得熟练无比,盛以当然什么都没听懂。

盛以看着江敛舟,眨巴了几下眼,表情倒是挺镇定。

江敛舟缓缓转过头,瞥了她一眼,说道:"想知道?"语气像是下句话就要提什么要求一样,可话到嘴边,又变成了赏赐一般的语气,"算了,那我就讲给你听吧。"

他满脸写着"我可真是善良得不得了啊"。

"……那真是谢谢你了。"

"不客气。"江敛舟淡淡点头,开始给盛以翻译,"他说等会儿我开汽艇时,你应该坐在我后面。"

盛以点了点头表示明白,江敛舟继续说:"穿好救生衣,抱着我的腰。"

盛以:"哦……啊?"

她一愣,下意识地看向了驾驶教练想要求证,驾驶教练当然不知道江敛舟到底在说什么,见盛以看向自己,还友善地朝她笑了笑。

盛以心想:竟……竟然是真的吗?怎么会这样?

江敛舟稍稍一顿:"还听不听了?"

盛以:"……说吧。"

江敛舟一副"我真是人美心善"的表情,漫不经心地说:"他还说,如果你坐上去觉得害怕的话,就坐得离我近一些,那样会比较稳。"

· 江敛舟你看见我满脑袋的问号了吗?你到底在翻译什么啊?

· 只有我一脸蒙吗?所以舟舟翻译得有问题?就算是有问题,诸位也没必要这么着急吧,反正还有翻译在呢,没事的。

· 对啊,而且看江敛舟之前的表现,就算有哪里翻译得不太对,也不会错得多离谱吧,别急啊。

· 所以有没有知情人士告诉我,刚才他翻译的那句原本应该是什么?

· 上船时,把开关绳……

翻译还在试图挣扎:"你……"

说了一个字,他再次被江敛舟打断了,江敛舟问盛以:"还有问题吗?"

翻译察觉到江敛舟轻飘飘地瞥了自己一眼。不知道为什么,明明是什么意味也看不出来的一个眼神,翻译这会儿就是觉得有股压力传来,他直接噤声,保持沉默。

翻译没说话，教练点点头，盛以也就只能把疑惑放在了心里。

大佬风采在此刻展示出来，她装作丝毫不奇怪也接受良好的样子，仿佛江敛舟方才说的就是天经地义的话一般，从容一颔首，说："没问题了，走吧。"

江敛舟从容地坐上了驾驶位，朝盛以的方向看了一眼。

全程自认为一切进展良好的教练和全程默默在心里骂人的翻译都穿好了救生衣，坐在汽艇后面，还把离江敛舟最近的那个位置给盛以让了出来。

盛以沉默两秒，在心里暗暗"问候"那两个人，面上倒是不显山不露水的，始终保持着大佬风范，镇定地坐了上去。

这个位置确实离江敛舟很近。她之前坐过好几次江敛舟的车，但跟这次是完全不一样的感受。以前坐的是副驾驶，跟他总隔着一点距离，可这次……他们确实离得太近了，稍一低头，那熟悉的浅淡气息又充满了鼻腔。

盛以有些说不清自己现在的感受，不知道是被这气味给安抚了些许，还是更让她忐忑紧张了几分，再或者说就连她自己也说不清，这一刻的慌乱来自什么，又该如何破解。

他的腰近在咫尺。盛以向来不是一个扭捏的人，她知道这会儿应该按照刚才江敛舟的提示，自然随性地抱住江敛舟，可她一时之间竟有几分局促。

江敛舟似乎察觉到了盛以的这几分局促，回过头看了看她。

他戴着安全帽，表情看不清楚，就连声音都闷闷的，有些听不分明。

在盛以兀自纠结的时候，听见了他开口："抓紧我的衣服。"

从抱腰变成了抓衣服，似乎一瞬间就让人觉得好多了。

盛以应了一声，往前倾了倾，跟男人之间的距离又缩短了些许，而后紧紧抓住了江敛舟腰两侧的衣服，这是她在这汽艇上唯一能获得安全感的依靠。

汽艇启动，一点一点加速，最后彻底在水面上飞驰。

盛以的心跳也应和着汽艇，一点一点变快。

马达的轰鸣声不绝于耳，溅起的水花向上打湿了衣服，迎面有咸咸的海风吹来，盛以的衣服向后鼓起。无数的声音夹杂在一起，一瞬间像是回到了中学时代，青春、躁动、沸腾的气氛包围了她。

轻狂又恣意的少年把一顶头盔递给她，她坐在后座上，在轰鸣声里跟他一起穿梭于夜色之中，在黑暗中向着前方的光，飞驰而去。

在这一刻，同样的山呼海啸，同样的狂风骤雨，让世界里只留下往前的冲刺和流在血脉里的狂妄。

她不知道从哪里生出来了一种冲动，在各种杂乱声音的背景中，盛以仰起头："江——敛——舟——"

她有太久太久没这样叫过他的名字了。

大概是冲刺的速度可以带给人勇气和激情,那些从最开始见面时就想说又说不出口的话,全都顺着风喊了出来,像是要把所有的不知为何的情绪,都宣泄出来一般:"你——过——得——好——吗——"

她有点鼻酸,又想起了那句"好久不见"。

盛以没有等江敛舟回答,她吸了口气:"我——有——一——点——点——想——你——"

她听见江敛舟似乎轻笑了一声,可风声太大,她没有听清,是那种很轻的声音,夹杂着一丝容易错辨的、向来不属于江敛舟的温柔。

很奇妙的是,随之而来的,就连喧闹的风都温柔了起来,吹过她的发梢,像是有指尖落在那里轻抚。

他像是低叹一般,说:"我也有一点点……想你。"

Chapter 3

单曲循环

01.

·我为什么会在一瞬间热泪盈眶……

·明明我上一秒还在笑，可是看到他们现在的模样，我又感动又有些说不出的感慨。

·有生之年，我竟能从我舟哥的嘴里听到一句"想你"，我刚才立马起身看了看今天的太阳到底是从哪里出来的。

·好想知道以以跟我江哥高中时坐同桌是怎样的情形？哈哈哈，俩人是不是天天互撑？

············

节目组的人正在实时监控各个组合的直播热度，导演恨不得自己有四双眼睛。

因为从夏日岛到岸边的这段行程，节目组并没有做出任何安排，所以每组的两个人都可以自行决定要做什么。

"杨导，段明霁和汪桐欣正在聊他们当年的一些趣事，直播间弹幕反馈很好。"

"薛青芙正在听俞深聊博士的项目，俞深在讲人工智能，讲得挺有意思的，还讲了一些自己做视频博主的有趣经历。"

"宗炎和尹双在聊最新的时尚单品，刚刚从衣服聊到了鞋子。"

杨导点了点头，很是满意，又问："那现在直播间热度最高的应该是段明霁他们组吧？"

"嗯，本来是。"工作人员擦了擦额角的冷汗。

"现在不是？"杨导还挺惊讶。

工作人员："嗯，现在人气第一的是江敛舟和盛以的直播间。"

杨导这会儿也理解了，也是，毕竟有江敛舟的粉丝撑着，热度第一倒也正常。

他走过来看了看镜头，问："他们刚刚是在干什么，直接飙上了第一？"

工作人员："……翻译法语。"

这些观众好奇怪啊，想看翻译法语，有那么多专业的外语频道都能看。为什么要在我们一个表达同学情的节目里学知识？

杨导："那现在呢？他们现在总该在聊些什么吧？观众在看什么？"

工作人员："看江敛舟开汽艇。"

杨导更无语了，心想：观众到底把我们节目当成什么了！

江敛舟和盛以在直播间众人的担忧之中，顺利开过一片水域，上了岸。

这一带临近海岛，风景美如画，来来往往的人有不少是游客。他们有着各色的皮肤和头发，也有着各种各样的口音。往前走一走，临街有不少卖纪念品、食物饮料的摊子，摊子前都竖着一个牌子。

摊主们很热情，一个个也不管路过的游客能不能听懂，就是一顿招呼。这些摊主有不少是外地人，但说的语言还是以法语居多，显得整条街颇为热闹又繁华。

江敛舟和盛以站在街道入口，望着这里来来往往的人，一起陷入了沉默。

・跟方才在汽艇上的氛围完全不一样，谜一般的寂静就此开始。

・如果不是背景音确实还挺热闹，我都会怀疑我没开声音。

・跑去别的直播间围观了一下，身哥，以以，清醒一点！别人都开始拦路人卖票了，你们在做什么？做雕像吗？

好半天，盛以大概是琢磨着这么下去不行，咳嗽了一声，清了清嗓子，说道："你去招呼人吧。"

江敛舟一副少爷脾气，轻"啧"一声，带着不爽的表情问道："凭什么？"

虽然他没说出口，但他脸上已经写满了"这种事情也配让我来做"的疑问。

毕竟还有任务在身，盛以忍了忍斗嘴的冲动，再忍了忍把江敛舟按在地上暴打一顿的念头，挤出几分怎么看怎么虚假的笑："毕竟你会法语。"

江敛舟一时无语。

江敛舟确实会法语，说得也流利，可他稍微一想，四处拦人问要不要买票，便觉得不上档次，偏偏江少向来视"档次"如生命。

两个人正僵持着，不远处突然传来一声"江敛舟"。

他们俱是一愣，一起转头看向声音来源处。

节目组保密工作做得很好，怕影响拍摄效果，所以根本没有提前透露拍摄地点，连航班都很难查到，按理来说应该不太会遇见粉丝。不过在听到那一声字正腔圆的"江敛舟"后，他们有些不确定了起来。

等到目光触及那位叫他的人，江敛舟和盛以对视一眼，都从对方眼里看出了无奈。

叫江敛舟的竟是一位小摊摊主，是一位烫着小卷发的中年时尚阿姨。

阿姨的表情很惊喜，没想到自己出摊也能碰到大明星，自己的摊子也不要了，一路小跑，说："哎哟，我真没认错！果然是你，我们家里可全都是你的海报！尤其是我女儿房间！"

江敛舟这会儿倒挺客气："您女儿是我粉丝吗？"

"哪能啊，"阿姨连连摆手，"我是你粉丝啊，你的那些歌我可都听了，我都能唱的！还有你之前拍的电影，我都带着我全家去电影院支持你呢。我女儿房间的海报也是我贴的，就想让她跟着你好好学习，考个好大学！"

盛以默默低下头。

江敛舟淡淡地瞥了她一眼，心道：怎么这么多年过去了，一想偷笑还是低着头，耳朵又红成这样。

阿姨实在热情，节目组没想到在这里还能碰到江敛舟的粉丝，不知道拦还是不拦，便干脆任其发展了。

盛以悄悄笑完，想起他们的任务，琢磨了一下，再打量了江敛舟一番。

江敛舟一脸疑惑。

盛以没理他，转头看向激动的阿姨："姐姐，您摆摊是做什么的？"

盛以刚一开口，江敛舟就明白了她的意思。

阿姨立马指了指自己不远处的摊子给他们两个人看："看到没？做美甲的。"

两人不禁感叹在这支个摊做美甲，还真挺有想法。

阿姨一拍手："对啊，我怎么给忘了呢？舟舟，姐姐给你免费做美甲怎么样，我技术可好着呢。"

盛以默默低下头。出于人道主义，她憋笑了好久后，终于一脸正经地清清嗓子："姐姐，我们想借用一下你的摊子，可以吗？"

江敛舟淡淡瞥她一眼，一副自己猜中的表情。

找个摊子，竖块牌子，往那儿一坐，愿者上钩，真不愧是盛以。

大姐琢磨了一下，又看了看江敛舟干净且修剪整齐的指甲："……也不是不行。"还没等江敛舟和盛以道谢，大姐就自信一笑，"但是舟舟好不容易来一趟，怎么都得做美甲吧？"

还没等江敛舟那张嘴里蹦出来什么话，热衷于"死道友不死贫道"的盛以就是一挥手，大佬的气息自然流露。

"准奏。"

江敛舟更无语了。

大姐非常开心，正准备带着江敛舟往摊子那里走，便见"江大顶流"下巴稍扬，指了指盛以的方向，语气冰凉地说："那我要盛以来给我做。"

盛以都已经要安心做一条咸鱼了，闻言一怔，下意识便拒绝："我不……"

"可以啊！我怎么没想到！"大姐一拍手，"小姑娘你放心，做美甲可有意思了。"

江敛舟带着几分怪异的笑意，闲散地站在一旁。

盛以直到穿上围裙坐在小摊后面，看着面前这位"顶流"伸手的时候，她还兀自迷茫。到底是怎么变成现在这个场面的？说好的要卖票的呢？

· 我妈妈刚走过来问我在看什么，我沉默好久，说看别人做美甲。

· 好着急！一共有100张票呢，舟哥和以以现在一张票都还没卖出去！隔壁那组都卖了快10张了！

· 前面的姐妹莫着急。

…………

大姐还在旁边指挥："先来洗个手，再把指甲边缘修一下。"

江敛舟听话地洗了手，他的手向来是好看的。

盛以望着他还在滴着水的指尖，有些错乱。

高中那会儿也是，哪怕他只是作为学生代表站在礼堂舞台上发言，她都能听到有不少女生交头接耳讨论他。大概是脸已经夸倦了，实在夸无可夸了，她们开始改夸别的。

盛以频繁听到她们夸江敛舟的手好看。

她向来对这些不够敏感，以前还注意不到，后来大概是真的听多了，便也不由自主地开始关注江敛舟的手，不过确实好看。

上课时在指尖转动的笔，围着手指熟练拼凑的魔方，被老师点名上台做示范时拿着的粉笔……明明太多平平无奇的东西，可只要跟他的手一牵扯上，便瞬间带了一层让人心颤的滤镜。

江敛舟的手很有美感，直到后来盛以画画时，男性的手好像多多少少都有点江敛舟的影子。

没办法，现成的模特就在那里。

此刻亦如是。

江敛舟不像是来做美甲的，倒像是来拍广告的。与以前相比，现在他的手看起来少了几分少年的稚嫩，十指纤长，青筋微微浮现，骨节分明。

周围无数目光绕着他那双手打转，江敛舟毫无所觉，自顾自地抽了张卫生纸，有一搭没一搭地擦着手上的水珠，而后把湿透了的纸巾丢进垃圾桶，往椅子上一坐，随意地把手伸到盛以面前，语气淡淡，却怎么听好像都带着几分得意："开始吧。"

·啊啊啊，江敛舟的手好好看，我好喜欢！

·怪不得前两年，江敛舟的粉丝商量给他的手买保险，这确实……

……………

洗完手之后，第一步是要修剪一下指甲。

其实按盛以的想法，这一步完全可以江敛舟自己完成，剪个指甲而已，又不是什么高难度的事情。

偏偏江敛舟这么随意地往椅子上一坐，扬了扬眉："怎么还不动？"

大姐帮着腔，把指甲钳递给盛以："快开始吧，修得一致就可以了，再剪一下死皮，很简单的。"

盛以沉默两秒，拿了起来。她戴上一次性手套，保持着大佬风范，坦荡而自然地把指甲钳凑过去。

江敛舟挑了挑眉，一双桃花眼却带着不满的意味，把手举了起来。

盛以一脸疑惑。

江敛舟鼻孔里飘出尾音："怎么，就让我这么举着手吗？"

盛以心道：那不然呢？

旁边的大姐看不过去了，"哎呀"一声，说："小姑娘，拿着他的手来剪啊！这样多不方便。"

三秒后，她还是握住了江敛舟的手，低头像做科研一样，认认真真地修剪起了他的指甲。

江敛舟指甲的形状很漂亮，表面也泛着一层淡淡的光泽。

大姐的工具很好用，现场都是指甲钳"咔嚓"的清脆声响。

一切都很自然，如果可以忽略掉隔着手套传来的温热。

江敛舟看着她头顶的发旋，抿了抿唇角，眼里泛起几分笑意，另外一只手握成拳，抵着唇清了清嗓子，他的指尖不由自主地动了动。

盛以本就心里有些忐忑，好不容易顺利剪了一些下来，江敛舟的手指还要捣乱。

她熟稔地拍了一下江敛舟的手背，凶巴巴地说："不要动！"

江敛舟动了动嘴唇，最后什么也没说，几不可见地点了点头，从喉咙里挤出一声:"嗯。"

他的语气带着从没出现过的乖巧意味。

他又盯着盛以的头发和垂下的睫毛看,半分钟后,江敛舟转过头,看向远处。

·节目上线后我一定要补舟哥单人镜头!他现在百分百在偷笑,你们懂吗?

·我真的从没见过有人这么跟舟舟说话,他居然没生气,还这么乖地应声,绝了绝了!

·姐妹们,快看,江敛舟的耳朵是不是红了?

…………

好不容易修剪完右手的指甲,盛以在心底悄悄松了口气。

正准备进行下一步,便看见江敛舟毫不客气地撤掉右手,又把左手伸了过来,而且,直接伸到盛以的手心里。

盛以一脸疑惑。

江敛舟表面依旧淡淡的,好像一切都很理所当然一样,朝着盛以单挑了挑眉,语气慵懒地说:"继续。"

盛以沉默两秒:"我真后悔没收你十个亿。"

这个时候说什么好像都没用了。

盛以继续剪他的左手指甲,这才算把第一步完成。

接下来第二步就是打磨指甲了。

她拿着大姐殷勤递来的指甲锉,看着江敛舟的手,在心里默默数了三声。

三声后,大佬的脾气降下一点。

她自然是做过很多次美甲的,但不得不说,作为服务方和被服务方的感觉完全是不一样的。

盛以又抬头看了一眼江敛舟,再次冷声警告:"给我安分一点。"

当然,盛大佬语气很冷,动作却小心翼翼,拿着指甲锉一点一点地磨着江敛舟的指甲,一时间两个人都没有说话。

盛以认真磨指甲,江敛舟认真看着她。明明他们什么也没说,可好像就是有一种气场包裹在他们周围。

周围的人都静了下来,仿佛不愿打扰他们两个人一般。

直到盛以磨到最后一个指甲,再次轻轻松了口气的时候,才听见江敛舟开了口。他的声音莫名放得很轻,所以盛以有那么一瞬间,以为自己听错了内容。

她听见江敛舟问:"你为什么同意参加这个节目?我没想到你真的会来。"

盛以缓缓抬起头,真的很想问一句:您的脑子是不是出了点问题?

她为什么同意,江敛舟是真的不知道吗?

但盛以一瞬间回忆起那个剧本。按照剧本上说的，江敛舟对她的出现应该是又意外又惊喜。

盛以心想：这人还挺敬业的，敬业到让自己一瞬间不知道该怎么回答了。

她思索几秒，反问："你希望我是因为什么？"

"我能希望什么？"江敛舟一副不怎么在意的样子，简直就差把"你爱因为什么就因为什么"说出口了。

盛以瞥他一眼，没说话，继续下一步的操作。

她打开透明底胶，用刷头蘸取一点，谨慎地开始给江敛舟涂指甲。

底胶涂上去的那一瞬间有点凉，江敛舟下意识地就想抽回手，不过很快又被按住了，仿佛盛以手上的那个刷子，刷的不是他的指甲，而是他的心脏一般。

涂完右手，盛以示意他把这只手放在美甲机内，再换另外一只手上来。

江敛舟抿了抿唇，桃花眼里透着一片潋滟，尽显笑意、温柔、怀念的感觉……左手递给盛以的那瞬间，盛以又听见他没头没尾地说："我……"

她没听明白，边涂边问："……你什么？"

清俊的男人别过头，下一秒转了回来，直勾勾地看着她，声音不大，却很清晰。

"因为我。

"希望你是因为我来的这个节目。"

…………

·这到底是什么故事啊，我是在看综艺还是在看电视剧？

·谁能受得了江敛舟这么直接啊！

·我舟哥真的是能说出这种话的人吗？救命！

·舟舟清醒一点！谁能不是因为你上的节目啊！

盛以听到也是一怔，抬头看向江敛舟，意外地发现他好像挺认真。

她莫名觉得自己的心情好像突然变得有些美妙，向来毫无波澜的脸上染上了几分笑意。

她不知道江敛舟说这句话是出于剧本，还是出于本心，但不得不说，他确实没说错。

盛以又低下了头，示意江敛舟换一只手进美甲机，而后开始琢磨该给"江大顶流"涂个什么颜色的指甲。

江敛舟其实没指望盛以会回答。她向来是没太多情绪起伏的人，以前读书的时候，他也是在很了解盛以之后，才能知道她表现出来的样子是开心还是生气。好像除了画画，这个世界上并没有太多能让她在意的事物。

可他就是很想让她在意他，哪怕一点点。

他张了张嘴，准备跳过这个话题，却听见盛以用很轻的声音说："好啊。"

江敛舟愣了愣。从他这个角度看去，她眼角的泪痣好看得有些过分。

她难得弯着眸朝他一笑："那就是因为你。"

江敛舟一怔，垂下了眼。

有一些花，无声盛放。

两个人都沉默了很久，气氛静谧安然，有几分柔软在无声流转。

旁边放了罐可乐，江敛舟正好右手是空的，他随手拿过来，单手拉开可乐拉环，而后随意地放在盛以左手边。

盛以还在选着花色，蓦地就有些迷茫，说道："嗯？"

江敛舟恢复了那副大少爷做派，下巴一扬："赏你的。"

盛以心想：嘴里怎么就吐不出半句好话呢？

…………

二十分钟后，江敛舟看着新鲜出炉的缀着星星的美甲，一阵无语。

盛以满意地说："不要生气啊，这都是老同桌我对你满满的爱。"

江敛舟也不知道是出于什么心情，甚至轻笑了一声，慢条斯理地回复："对我满满的爱？"

盛以点了点头，诚恳至极。

江敛舟摩挲了一下自己的指甲，一扬下巴："你想让我怎么相信你？"

"嗯？"

江敛舟斟酌一番，像是宽宏大量般提议："不然你现在站在街口，大喊一声'江敛舟我爱你'，我就信，怎么样？"

·好心机！你承认吧江敛舟，你就是想听漂亮姐姐说爱你罢了，还说什么信不信！

·我是不是审美出了问题？我竟然觉得以给舟哥做的美甲还挺好看……

·逐渐忘记他们两个人现在是要做什么，又是为了什么来美甲的……

·前面的人一提醒我才惊醒，现在得卖票啊！别的组都卖了20多张了，你们在干什么？

…………

总而言之两个人总算是完成了美甲摊大姐的心愿，大姐终于答应把这个摊子借给他们，不过摊位前立着的牌子肯定得换。

盛以很干脆地把这件事交给了江敛舟，毕竟江敛舟虽然为人放荡不羁，但因为家风影响，倒是被强压着从小练字。

江敛舟的字写得很好，骨架很大，潇洒有力，某种程度上来说跟他的性格倒有几分相似。

那会儿学校办书法比赛，江敛舟被语文老师要求参加还挺不乐意的，回过头毛笔一挥，写了"盛以"两个大字就交了上去。

当事人盛以完全不知道这件事，还是后来在橱窗那里看到"景城一中201×届书法比赛特等奖江敛舟"的作品时，才发现自己的名字就在他的作品上面。

因此，有如此书法大家站在旁边，盛以倒乐得轻松，拿了纸笔递过去，就等着江敛舟写牌子了。

江敛舟倒也没客气，拿着纸笔去了一旁，就着桌子把牌子竖起，拿起笔潇洒一挥手，几个大字便出现在牌子上面。

盛以收拾桌子的空隙抬头瞄了一眼，上面的字的确很好看，行云流水，恣意淋漓，只是内容跟盛以预想得不一样。

她设想的就是"卖票"这样的内容，而牌子上面写的是"打牌"。

她冷冷抱臂一笑："江敛舟，人干的事你是一丁点没打算做，是吗？"

江敛舟的动作慢条斯理，也没解释，只是继续在那牌子上写："打赢一局，送一张票；打输一局，买一张票。"

盛以沉默了。

·看到现在，我还挺佩服江敛舟多年老粉的，别的不说，心脏都挺好的。你家哥哥真的是各种操作层出不穷啊，让你猜都猜不透的男人。

·不是……我就想知道如果舟哥打输的话，这票真的要送吗？那还要怎么跟节目组交差？哥哥你简直是在拿命玩扑克啊！

·以以，呼叫以以！快点劝住他，让他不要有这么多乱七八糟的想法，给"麻麻"好好录节目！

·…………

盛以看了看那个牌子，再看了看江敛舟，沉默几秒，问："哪有扑克牌？"

·……没救了，没救了！

江敛舟早看好了，懒洋洋地迈步去隔了几个位置的摊子，跟老板交涉了一会儿。

这边的摊主大多热情好客，加上看出来是在录节目，老板大方地把扑克牌借了出来。老板是当地人，说的自然是法语。

随行翻译虽然觉得自己没多大用处，但还是跟上了。眼看着江敛舟顺利解决，随行翻译就继续当起背景墙。

只是江敛舟从老板摊位上拿起扑克的时候，随行翻译听到老板用法语说："帅哥，看不出来啊，你还做了美甲？"

随行翻译当时就紧张起来，恨不得冲过去提醒老板，千万不要哪壶不开提哪壶。

"江大顶流"正觉得烦呢，现在还提……

随行翻译默默低下头，只是，他没等到江敛舟的不悦。在盛以完全看不到的地方，江敛舟朝着老板挥了挥手，桃花眼里满是春风得意。

他的语气挺自在，问道："好看吗？"

老板确实没明白江敛舟在得意什么，但做人留一线，他还是勉强夸赞了一下："还……还不错。"

"是吗？你觉得很好看吗？"江敛舟强行曲解别人的意思，轻笑一下，语气淡然，"我觉得也就那样吧。"

这到底是喜欢还是不喜欢！

江敛舟慢悠悠地说："不过，这是我老同桌给我做的。"

老板没反应过来，又听这位问："你有老同桌给你做吗？啧，看来应该是没有吧。"

说完，"江大顶流"拿起扑克牌，缓缓朝着老板一挥手，道了声谢，再次悠哉悠哉地回去了。

随行翻译莫名其妙想到自己之前看到的一个问题，问你最后悔的事情是什么。他当时自觉一路顺风顺水的人生里，好像没什么太值得后悔的事情。但如果让他现在回答，他一定会说，有，学了法语。没学法语就不会做翻译，不做翻译就不会陪江敛舟录节目，不陪江敛舟录节目，现在哪里用得着经受如此大的精神攻击？

·我现在就真的很想知道，舟哥，你到底是个什么样的人……

·江敛舟五年老粉了，但说实话，五年来，从没有一天让我承受如此之多的……我现在整个人已经恍惚了友友们。

·好期待第一期上线后，以以从电视上看到这一幕是什么反应。

·前面的人提醒我了！我现在就去关注漂亮姐姐的微博！等到节目上线，第一时间提醒她看这段！

盛以收拾好了桌子，江敛舟正好也把扑克牌拿了回来。

其实盛以之所以同意江敛舟这么做，倒也不是因为对他盲目信任。实在是江敛舟此人，高中那会儿就已经是闻名整个景城一中的"战神"了。江敛舟样样玩得好，时常让盛以疑惑他的家风是严还是松。

俩人就这么围着小桌子坐下，支了四个小板凳，然后静静地等待愿者上钩。

大概是这里的画风实在奇特，加之有摄像机架着，还真有人好奇地走过来看看。

脾气实在不怎么好的"江大顶流"，话都懒得说，随手一指竖牌示意自己看，然后继续有一搭没一搭地洗牌。

好事的人还真挺多。大家也都看明白了，报名的人要做地主，做地主赢了就送票，输了就买票；另外一位没抽中地主牌的，可以留到下一局，但下一局就默认做地主了。

不少看热闹的人围过来，有了第一位勇士，举手要上场，就有了第二位，加上盛以，四个人迅速凑成一桌，开始第一轮战斗。

第一位勇士抽到了地主牌，直接上了。

江敛舟和盛以对视一眼，各自露出几分笑意。

…………

地主拿着手里的最后两张"K"，得意扬扬地抛出了一张"小王"。

看来地主胜利在望啊。

对面的盛以手里只剩下一张牌，他就非要堵死她的所有路。其他的人又一直放任他丢牌不管，看来是没有其他牌了。

地主不赢，谁赢？

江敛舟轻飘飘地笑了一声。在地主准备扔下最后一对"K"的前一秒，他打着哈欠，扔下了一张"大王"。

地主一脸问号。

另外一位参赛人员心道：哥你有牌怎么不早出？！

江敛舟扬扬下巴，问地主："要吗？"

地主没说话，江敛舟轻拿轻放，桌上多了一张"3"。

盛以拨拨头发，把手里最后那张"4"丢了出去。

"江大顶流"再次打了个哈欠，把他还剩下来的一把牌随手丢在桌上，而后带着没散尽的困意摸出一张票，递给地主："谢谢惠顾。"

·我怎么没看明白，什么时候赢了的？

·原来舟哥说的速战速决，真的就是速战速决……这一局这么短。

·在我只顾着看牌的时候，江哥怎么就卖出去了一张？！

但显然江敛舟的耐心实在有限。

第二位勇士默认成为地主，刚拿到地主牌，便听见江敛舟语调平平，却莫名挑衅的话。

"翻三倍，三张票起比，敢吗？"

……………
尹双擦了擦额角的汗,只觉得累得不行。

她数了数手里的票,面上一喜,回过头问节目组的人:"我们组现在是第一对吧?之前一直是第一,现在应该遥遥领先了吧?"

节目组的人看了看实时数据,沉默了下来。

宗炎心头生起几分不妙的预感,问:"难道有人超过我们了吗?是谁啊,桐欣他们组吗?"

节目组:"不是。"

节目组:"江敛舟和盛以他们组。"

尹双一脸疑惑。

他们对视一眼,又问:"那他们现在在做什么,也挺累吧?卖得这么快。"

节目组:"在打牌。"

尹双和宗炎双双失语。

他们都有点累了,干脆决定中场休息一下。

节目组肯定不会放任盛以跟江敛舟坐那儿什么都不干的,工作人员及时上前,送上两部手机:"作为今天上午直播间综合热度第一名,你们可以各自抽一位直播间的观众进行连线,连线时需要问他们一个问题。"

·节目组厉害,我爱你节目组!

·抽我抽我,求求了一定要抽我,问我什么都行!

…………

因为要分别连线,盛以跟江敛舟为了互不干扰,便先行分开,跟观众连完线再卖剩余的票。

江敛舟抽到的是一个女孩子。

女孩子十分激动:"舟舟……我……我喜欢你四年了,我那个……你……"

江敛舟缓缓点了点头,对着粉丝多了几分耐心,散漫一笑:"嗯,慢慢说,有时间。"

"我,我会一直支持你的!你能参加这个节目我超级开心,我也很喜欢盛以小姐姐,那个……你想做什么就去做吧,我们都会一直支持你的!"

·小姐姐说的就是我想说的,舟舟照顾好自己就好!你开心我们就会开心!

·你们怎么突然开始煽情了……

江敛舟认真听完了这一番话,诚恳道谢。

他脾气算不上多好,可出道这几年来一直都是一个优秀的偶像,有才华,也很敬业，没有绯闻，经常做慈善，从不欺骗粉丝，一直以来都在努力做好公众人物。他爱这份事业，所以才有这么多人爱他。

女孩子稍微平复了一下情绪，声音也不打战了："那个，你有什么问题想问我吗？"

是哦，按照节目组要求，是要问一个问题来增加互动才对。

江敛舟斟酌三秒，举起了手，手背朝着镜头，语调淡然，用像在问"今天天气怎么样"的语气问女孩子："我的美甲好看吗？"

02.

· 这个美甲真的不能卸掉吗？
· @盛以，求求了宝贝以以，马上把江敛舟的美甲卸掉！
· …………

连线的粉丝此刻也是不知道说什么，确实没想到上一秒还在煽情告白，下一秒江敛舟就突然变身为"狗"，骚操作一个接一个，让人根本接不住。

不过粉丝也不希望自己就此成为被偶像拉黑的第一例，虽然大大的眼睛里写满了对这个悲惨世界的无助，但是依旧昧着良心，沉默三秒后回答："还……还可以吧！"

"你也觉得很好看吗？"江敛舟再次毫不客气地曲解了粉丝的意思，语气中还透着苦恼，"我觉得好像没有很好看，但这是盛以做的，我要是卸下来她是不是会生气？"

也不知道是出于何种心态，竟然在听江敛舟讲话的翻译也无语了。

· 我看到了我看到了，我真的已经看到了！求求了江敛舟，做个人吧！
· 刚刚还在羡慕被抽中的小姐姐，此刻我竟然打从心底里，真情实感地开始同情她了……

"江大顶流"的桃花眼里显出笑意。他的眼睛很奇特，明明是最勾人最显多情的桃花眼，可大概是因为他平时常常没什么表情，所以只会透出疏离感。

可若是他如同此刻一般带了几分笑意，便会显出平时不会有的潋滟。

小姐姐似乎一瞬间有些看呆了。

好半天，直到节目组提醒时间差不多了，小姐姐才恋恋不舍地挂掉了连线，挂的前一秒，还要用最后的时间喊出："舟哥加油！拿下一切！"

江敛舟垂眸一笑，慢条斯理地说："我会的。"

节目组给的时间差不多了，所以江敛舟这边刚挂，盛以那边也就结束了。

不知道是不是他的错觉，江敛舟总觉得盛以看他的眼神，有那么一些奇怪。

他挑了挑眉："怎么？"

盛以摇了摇头，稍加斟酌，说道："没想到你对我还挺关心的，我一时有点感动，觉得自己对你的好不算喂了狗。"

但显然，盛以并没有太多跟江敛舟解释的欲望，拍拍他的肩膀："走吧小朋友，继续卖票。"

拜江敛舟的顶级牌技所赐，两个人真的一局都没输，不过最让人叹服的是，江敛舟竟然什么都会。

扑克、骰子这些基本款也就算了，后来的参赛者提出比什么的都有，比如出题让江敛舟做五局三胜制的趣味问答、拼魔方……甚至还有提出要跟江敛舟比背诵。

盛以自然是知道江敛舟中学时就是一个喜欢做理科题目的人，数理化各科都很厉害。

她画画的时间占了太多，尤其是高三集训那段时间，回过头再去上课时，是有那么几分吃力的。

江敛舟向来自诩人美心善，当时颇为勉强地提出要帮盛以补课。不得不说，他的方法真的有效，盛以高考能考好，大半的功劳都是江敛舟的。但相对于理科来说，江敛舟就不怎么喜欢单调的背诵了。语文老师那会儿天天盯着他背古诗词，次次早读结束都要点江敛舟起来背诵。

江敛舟说："我不背其实是有理由的。"

语文老师一脸疑惑。

江敛舟回答道："我写得其实比他们写得好。"

…………

所以听到比背诵的时候，盛以第一时间就想拦下来："这个就……"

还没说完，江敛舟下巴一扬："背诵去找我老同桌。"

江敛舟抬眼，懒洋洋一笑。

总而言之，两个人终于把票尽数卖完，一张没剩，顺利拿到了本环节的第一名。

第一名自然是最轻松的，两个人悠哉地往集合地走。正好这一路都有各种小摊，两个人还挺自在，不像是在录节目，倒像是出来旅游的。

·度蜜月！

·哼，小情侣氛围不要太浓哦。

·公费旅游哪家强？夏日岛上找江江！

"这个要吗？"江敛舟从一个小摊子上拿起一个手作小陶人，是一个披散着长发，穿着很有当地风情的女孩子。

盛以歪了歪头。

被问的人都没来得及吭声，江敛舟已经点头，说道："没说话那就是要。"

这位哥真的是从高中一直大方到现在啊。

两个人买了一堆杂七杂八的纪念品，溜达着回到了集合地。

其他组终于卖完票陆陆续续归来，一个个都疲惫得仿佛负重跑了一万米，回来一看那两位一起瘫在躺椅上，喝着果汁戴着墨镜，偶尔还聊上几句。

碧天蓝海，浮云旖旎，日光温柔。景美，人更美。

唯有其他几组成员们心情不是特别美……

幸好节目组没有再发布别的任务，让他们休息了一会儿，再进行下一步。

几个人围成一圈开始休息，有说有笑地聊着天。

盛以有些沉默，安静地喝着橙汁，若有所思。

江敛舟瞥了她一眼，稍稍敛眸，似乎在思考什么。

他终于准备说什么的时候，广播再次响了起来："各位嘉宾好，恭喜大家全部完成售票任务，为我们的音乐节找来了500名现场观众。"

"为了让观众们有更加完美的视听体验，记住这个热情而独特的夏日岛音乐节，我们的嘉宾们现在需要一起筹办这场音乐节，这场音乐节的表演者……就是你们！"

嘉宾们一时无语。

广播继续响："节目单我们已经准备好了，共有五个节目，音乐节会在后天晚上六点钟准时开始。在音乐节开始前的这段时间里，你们需要挑选好节目、排练、挑选服装、设计妆造，努力为观众呈现一个完美的舞台。

"现在，请大家看左侧的大屏幕，上面列出了我们挑选好的节目。"

八位嘉宾一起看了过去，屏幕上面列了五个歌名。

最后一首歌的歌名上还跟着一行标注：这首歌曲为八人共同表演。

这个节目单还真丰富多彩。

宗炎抽了抽嘴角，率先举起手问："那前四首歌我们要怎么选？"

"真是一个好问题！"节目组夸了夸宗炎，"选歌的顺序和卖完票的顺序先后有关。"

"第二个环节的排名依次为，江敛舟、盛以组合，薛青芙、俞深组合，宗炎、尹双组合以及段明霁、汪桐欣组合。"

"按照排名的先后，我们会依次统计一分钟内直播间观众投票总数，让观众们为你们选歌！"

节目组在策划活动这方面，永远都不会让人失望呢。

直播间的弹幕迅速多了起来。

·我突然从吃瓜群众变成了决定命运的导师？我好荣幸！

·@江敛舟官方粉丝后援会，@故舟工作室，快快快，告诉我们投哪首歌！

·不是，我突然想到500名现场观众的话……难不成他们的现场票是决定最后胜负的？

·前面的姐妹，你说得很有道理！那选歌可太重要了，怎么办？我好紧张，我好怕选一首舟哥不想唱的歌。

"好，按照先前的排名，第一组是江敛舟和盛以。直播间的观众们准备好了吗？二十秒后，直播间里会出现一个投票链接，点进去就可以选四首歌中的一首。只有六十秒的投票时间，请大家务必珍惜。"

江敛舟的官方粉丝后援会向来靠谱，哪怕这次如此猝不及防，也迅速决定好了一首歌，避免分票。

在一切都显得无比紧张刺激的时候，两位当事人颇为自在，仿佛要表演的不是他们一样。

不过话又说回来，江敛舟又怎么可能会畏惧舞台呢？

盛以再次喝了口果汁，问："你希望是哪首歌？"

"哪首都可以唱得很好。"江敛舟语气淡淡的，却遮不住他的眉眼飞扬，透着的全是自信和骄傲。毕竟那是他最熟悉的、也最心怀爱意的战场。

"但，"他稍稍一哂，"我猜会是第三首。"

话音刚落，便听到"叮咚"一声，投票截止。

广播再次响起："恭喜，江敛舟、盛以组合，你们所表演的曲目是……"

盛以偏头，目光落在大屏幕的第三首歌上。

耳熟能详的配乐伴着视频画面一起响了起来。

在场的人都几乎不由自主地跟着哼了两句："明天你是否会想起，昨天你写的日记。"

江敛舟果真没有猜错。

他们要表演的便是与这个综艺同名的那首歌，几乎人人听了无数次、人人都会唱的《同桌的你》。

可听着响彻全场的这首歌，盛以瞥了一眼一旁同桌的他，脑海里再次响起了今天卖票时跟观众的那次连线。

盛以的话向来不多，所以那个女观众很激动地说了一番话后，她只是笑了笑，由衷地表示感谢。

女观众越看盛以越觉得她美得不可方物，说道："以以，你真的太漂亮了！"

直播间里的观众被逗得直发笑，盛以也跟着笑。

"你的性格我也很喜欢，我如果中学时就认识你的话，我一定会和你做朋友、闺密，天天给你买吃的。"

盛以也想起了中学时的日子。她平时太专注于画画了，话又少，所以和别人的交流向来不多，容貌太胜，有时候便会看上去难以接近，所以其实不太会有很多同性主动向她示好，可能也是认为示好大概率会被盛以拒绝。

江敛舟性子其实也有点冷，但朋友特别多。

偏生他们两个人的相处意外地合拍，跟景城一中的一哥相处得好，所以盛以平时会被带着一起吃饭，认识了不少朋友。

也可以说，她能在景城一中过得那么开心，很大一部分原因都是因为江敛舟。

女观众看盛以眼神有些飘，便再次主动提话题："那以以，该你问我问题了！"

盛以突然被这句话叫回了现实，一时间还有些发蒙，但她还是迅速思考了一番，沉吟两秒，提问道："刚才第一环节默契问答的时候，我说我最讨厌的菜是折耳根，江敛舟跟我回答的不一样，那他答的是什么？"

女观众："就错了一道题嘛，舟哥已经很厉害了！他答的是……"可能是脑子有些短路，女观众还认真回忆了一番，才回答道，"带刺的鱼。"

盛以唇角的笑意停滞。她愣了很久，一时间竟忘记了自己的表情还能被这么多人看见。

许久，她才在女观众连番"怎么了"的追问下，摇了摇头，没说话。

"带刺的鱼"，这好像是盛以从未设想过江敛舟会回答的答案。

那是她高中时最讨厌的菜，他记了七年。

03.

盛以其实挺爱吃鱼的，毕竟鱼有那么多好吃的做法，什么做法都有自己的味道，但她很怕吃鱼，尤其是带刺的鱼。

以前在盛家倒还好，毕竟盛家家大业大，想吃个既没刺又鲜美的鱼有的是办法，哪怕是偶尔吃顿刺多的鱼，也自然有人把鱼刺给剔干净了。

可去了景城就不一样了。

外公和外婆都是小时候过苦日子过来的人，习惯了节省，不喜欢铺张浪费，所以哪怕生活条件好了也依旧守着景城的老房子，日子过得安静祥和。在他们老两口眼里，草鱼便是味美价廉的存在了。

外公和外婆心疼她读书费脑子，便时不时地炖鱼汤，不过也只舍得给小外孙女一个人买条鲫鱼来炖，但说句实在话，不管是草鱼还是鲫鱼，对实在不会挑刺的盛以来说，都是灾难般的存在。

她又实在舍不得拒绝外公外婆的一腔爱意，夹到碗里的鱼盛以都会吃掉。

去景城的两个月里，光是因为刺卡喉咙里弄不出来，盛以就进了三次医院。

自此，"带刺的鱼"便成了她高中时最不喜欢的菜。

她有一次跟江敛舟还有班上几个同学一起出去吃饭，江敛舟有个叫池柏的哥们儿，张罗着就要点鲫鱼豆腐汤。

菜端上来之后，池柏非说这家的鲫鱼汤一绝，给每个人都盛了汤，还夹了一大块鱼肉。

盛以当然不要，池柏还挺不理解，说："怎么了？你不喜欢吃鱼吗？"

盛以沉默两秒，坦诚无比地说："鱼刺会卡喉咙。"

桌上的人都跟着池柏大笑了起来，倒也没有别的意思。池柏如同开玩笑一般，说道："真看不出来，竟然还有人……"

话只说到一半，另外的一半……被江敛舟给堵了回去。

池柏的椅子都差点被踹翻了，好不容易才稳住了平衡，整个人都蒙了，问："怎么了？"

江敛舟笑了一下，动作懒洋洋的，可偏偏语气很跩地说："我同桌爱吃什么吃什么，你管得着吗？"

那是她唯一一次在江敛舟面前，表露自己不爱吃带刺的鱼。

这件事太小，不过是繁忙充实的高中生活里，一件小到根本不起眼的事罢了。

就连盛以自己，都在那次之后，忘得干干净净了。

她读大学后回了明泉市，又做回了那个不食人间烟火的盛家大小姐，带刺的鱼连同很多回忆一起都成了遥远的过去。

直到此刻，在这众多的摄像机面前，回忆上涌，她一瞬间有些恍惚。

在这"明天你是否会想起"的背景音乐里，并没有太多时间给她发呆。

节目组的效率实在是快，因为第三首歌先被选走，第二组的观众便只能从剩余三首里面选。

总而言之，盛以也只是走了一会儿神，再回过神来的时候，所有人都在盯着她看。

盛以一脸疑惑。

性格温软的薛青芙最好心，及时帮盛以解围："以以，第一天快要结束了，节目组问你对其他三位异性嘉宾有没有什么想说的或者好奇的事情。"

盛以心想：如果我没记错的话，我来录制的是一个体现同学情的节目吧？

·节目组的问题真的好刁钻啊。

·舟哥明明跟以往一样面无表情，但不知道为什么，我总觉得隔着屏幕……温度都降了三摄氏度。

·节目组确实很绝，永远都知道靠一些巧思来维持直播的热度。

对其他三位男嘉宾想说的话……

盛以从早到晚录制，这一整天下来，压根没机会跟其他三位男嘉宾讲话，而且她真的很好奇，节目组为什么只问了她一个人这个问题。

盛以的目光在三位男嘉宾的脸上巡视了一圈。

盛以斟酌三秒，开口敷衍道："那就……俞深吧。你做的算法科普分享视频很有意思，我读大学的时候看过你的视频，获益匪浅。"

江敛舟偏过头，瞥了她一眼。

盛以似有所觉，本以为按照江敛舟的秉性，他肯定不会开口讲话的。

谁知道，江敛舟漫不经心地开了口："这么喜欢学霸吗？"

本来觉得事不关己的俞深一时哽住。

"啧。"江敛舟提问题，压根儿就不等回答，他毫不客气地截住盛以的视线，也不管节目组接下来还有没有别的安排了，懒腰一伸，朝着盛以扬扬下巴，"还不准备休息吗？明天要排练，起不来床可没人叫你。"

·……哥，你知道你的漫不经心，装得有多么让人同情吗？

·明明就在意得不得了，还一副若无其事的样子，江敛舟我看透你了！

·大家体谅一点吧，男人的面具就是如此薄弱，唉，替舟哥抹眼泪。

·盛以不就夸了一句别人吗？等等，那算夸奖吗？江敛舟你够了……

这满屏的弹幕，"江大顶流"自然是看不到的，还自以为伪装得挺好，不过话又说回来，毕竟江敛舟属于娱乐圈的风云人物，这个面子大家还是会给的。

工作人员迅速圆场："好，录制了一天，大家都辛苦了，请大家今天早点休息，明天便开始节目的排练。解散！"

直播间肯定不会立即关闭，观众们便看着嘉宾各自往酒店的方向走。

江敛舟第一个走，他虽说看似动作散漫，但胜在腿长，走得还挺快，这会儿已经走到台阶下面，看不见了。

汪桐欣跟段明霁走在一起，都在后面，而尹双和薛青芙似乎都对盛以颇感兴趣，两个人走在盛以身旁，你一句我一句地问盛以问题。

盛以刚走下台阶，头也不回地准备拐弯，便听见压得有些低的男声，叫她："阿久。"

对自己的小名太过熟悉，盛以下意识地"嗯"了一声，回过头才发现江敛舟并没有走。

刚录完节目，他便从助理那里拿了顶鸭舌帽，扣在脑袋上，干净的碎发压在帽檐下，一双桃花眼若隐若现，眼尾稍稍上扬。

他这会儿正斜倚在墙上，单手插在口袋里，两条长腿交叠，哪怕看不清他那张清俊的脸，依旧帅得让无数人侧目。

她没意识到江敛舟突然叫了她的小名，只是反问："你还没走？"

"嗯，"江敛舟懒洋洋地颔首，尾音有些发飘，更显得有些不自知的勾人，"等会儿我让助理给你送杯牛奶，喝了再睡。"

盛以有些蒙，但不会显示出自己的状态，镇定自若地点了点头："好，我知道了。"说完之后，看江敛舟没有走的意思，也没继续说话，盛以眨了眨眼，"……嗯？"

江敛舟嘴角动了动，但依旧没说话。

可太过熟悉他的盛以知道，这说明江敛舟对自己的反应并不是很满意。

盛以思索两秒，补充道："谢谢？"

江敛舟点了点头，可依旧没动。

盛以心想：还不满意啊……还有什么需要说的吗？

盛以再次沉默几秒，语气中带着不确定以及试探："晚安？"

空气立马沉静了下来。

盛以一时间有些后悔，她不知道自己怎么脑子一抽，便想到了"晚安"这种莫名其妙的话。毕竟是盛以，泰山崩于前她也能面不改色，飞快地动起了脑子，琢磨着再说点什么来补救一番。

只是还没等到她补救，本来怎么都一副不开心表情的江敛舟，稍稍一顿，便在这安静的气氛里，缓缓开了口："晚安。"

他的语气中带着几分一贯的矜贵和骄傲，可是细细一听，便能听出他声音里透着的是怎么也遮不住的笑意，"晚安"这两个字被他说得慵懒又温柔。

说完，江敛舟又稍一抬手压了压帽檐，一用力手腕上便显出青筋。

他站直了身子，缓步走过来，绕过她们三个，信步往前，全程跟薛青芙和尹双的交流也只是路过时点了点头罢了，仿佛刚才站在那里，只是为了跟盛以说送牛奶的事情。

·是非要听以以亲口说"晚安"你才能睡着是不是？江敛舟你完了，你栽了！
·刚才我没听错吧诸位？他是叫了一声"阿jiu"吧？那是以以的小名对不对？
....

现场沉默良久。

好半天，尹双才讪笑一声："你跟你老同桌关系还挺好。"

薛青芙说："我也想听以以跟我说声'晚安'，以以，你说我配吗？"

盛以觉得不必如此。她跟尹双和薛青芙笑了很久，才又在脑子里过了一遍江敛舟方才的表现。

他的演技太厉害了，自然，不做作，也不刻意，怪不得给她剧本的时候，剧本上对她的反应并没有做过多限制，主要还是因为盛以自己的演技太差了，到时候别人很容易就看穿了啊。

盛以忍不住叹服。

毕竟辛苦了一整天，再喝了江敛舟助理送过来的牛奶后，盛以往床上一躺，很快就睡着了。

盛以一晚上的睡眠情况很好，在凌晨的时候还做了个梦，在梦里回忆起了一件很小本以为早已经忘干净了的事情。她梦到高中时有一次跟江敛舟、池柏，还有班上一个叫龚奇瑞的男生，一起去隔壁城市滑雪。

之所以还能记得那个叫龚奇瑞的男生，是因为他高三时转学之后与他们失去了联系，但后来他竟意外和贝蕾到了同一个公司。

贝蕾说最近有同事在追她，几番描述之下，盛以才发现竟然就是高中时的同学。

盛以梦只做了一半，梦到她那次在滑雪场没站稳，直冲下面的江敛舟而去，江敛舟张开双臂似乎准备拯救她的时候——她就被扰人的电话铃吵醒了。

盛以没好气地接了电话。

昨晚还口口声声说"你起不来可没人叫你"的江敛舟，这会儿兀自带着早起时的沙哑声，尾音稍扬地打了电话过来："早。"

她一时间竟有点分不清是梦境还是现实，但可怕的是不管是梦境还是现实，她的生活里竟全都是"江敛舟"这个名字。

盛大佬揉了揉太阳穴，翻了个身，盯着天花板看了一会儿，清醒一番后才问："江敛舟，你还记得我们高二时，班上那个叫龚奇瑞的男生吗？"

正好有门铃响起，电话那边也同时传来了门铃声，估摸着是不让人安生的节目组按的,盛以翻身起床,趿着拖鞋慢悠悠地往门边走。

电话里,江敛舟"嗯"了一声,不在意地说:"记得,你说老拱啊。"

盛以强迫症突然就犯了。

他们高中班上所有男生,都叫龚奇瑞"老拱",非得把人家的姓给改了。

她一边按下门把手,一边没好气地说:"我都说了多少次了,第一声,念作……"

江敛舟那边大概同时也在给节目组开门。

起得比鸡早、睡得比狗晚的热心网友们,这会儿已经进了直播间。

· 啊啊啊,又看到了早起的舟哥!我好幸福!

· 姐妹们怎么回事?我明明压根就没睡几个小时,却精神得能下去跑个800米。

在万众期待下,江敛舟终于缓缓开了门。

今天的他穿了一套黑色的丝质睡衣,头发也不凌乱,一身慵懒感尽显。

哪怕是早起,哪怕是素颜,"江大顶流"依旧好看得让人心头小鹿直撞。

只是,大家蓦地发现,江敛舟手里拿着手机,似乎在打电话。观众们还没来得及确定,便清楚无比地听见电话里传来一道熟悉的女声。

女生的语气斩钉截铁,掷地有声,说:"老公!"

04.

随着电话里传来的那道声音响起,江敛舟单人直播间的弹幕突然就陷入长长久久的沉默。

本来刷得满屏都是的弹幕,这会儿足足空屏了三秒钟。

所有人满脑子都是:"我到底听到了什么?"

唯有风暴正中央的江敛舟似乎全无所觉,甚至无比自然地倚在门框上,还朝着摄影师点了点头,示意自己在讲电话,暂时不方便跟观众打招呼。

一切好像都很平常,唯有那声字正腔圆的"老公"仿佛还回荡在空气中。

江敛舟拨了下头发,冷静地对着电话应了一声:"嗯。"

三秒钟过后,弹幕再次刷屏。

· 姐妹们快告诉我,我是不是没睡醒……我怎么突然就开始幻听了?

· 那是盛以的声音吗?

· 我同时看两个人的直播间,你们没听错!就是盛以!

…………

　　举着摄影机的节目组工作人员沉默了下来，他总觉得此时开口也不好，不开口也不好。

　　他这会儿能想到的就是给江敛舟和盛以的录制费用真没白给啊，很快就能给节目制造一个热点出来。现在这急速上蹿的直播间观看人数……

　　众目睽睽之下，仍旧举着手机的"江大顶流"丝毫没有慌乱。

　　他稍稍垂眸，遮住眼里一闪而过的笑意，又压了压唇角，才坦坦荡荡又面无表情地接了话："……你说老拱他怎么了？"

　　"我去年见过他一次……"电话那边稍稍一顿，又是那样坚决的语气，"我都跟你说了多少次了，那个姓念龚！"

　　·我男朋友说今天带我去游乐园坐过山车，我刚告诉他，用不着了。他问为什么，我说大早上的已经坐过了。

　　·怎么办？我是不是疯了，我明明只喜欢舟哥，我这会儿应该开心的不是吗？我怎么突然就很失落？

　　·前面的姐妹，别逃避了，承认吧，你已经喜欢上江敛舟和盛以这对搭档了！

　　·大家别急着低落啊，起码他们是真的大清早还没开始录节目就开始打电话了！这还不够甜吗？

　　大早上的这一幕，盯着各个监视器看的节目组都被吓醒了。

　　节目组的人盯着那个"盛以叫江敛舟老公"的热搜，一时间均有点无语。

　　副导演："……我觉得江敛舟的综艺录制费用，还是要少了。"

　　宣发组组长："我愧疚自己领的薪水。"

　　不管怎么说，起码这个乌龙算是解开了。

　　明晚就要开始音乐节表演了，日程安排得很紧凑，嘉宾们就连聚在一起吃早饭时的氛围，都比昨天要沉默些许，大概都在挂念着自己那组的表演。

　　对比起来，盛以反而很轻松，一方面是她压根儿没什么包袱，尽自己所能就好了；另外一方面她好像打从心底里无比信任江敛舟。

　　尹双喝了口牛奶，看了眼旁边不作声吃着饭，但依旧光鲜亮丽得像是发光体一般的盛以，由衷在心底赞叹。

　　她叫盛以："以以，你是左撇子吗？"

　　"嗯，"盛以点了点头，"从小就是左撇子。"

　　"哦，这样啊。"看起来尹双对这个问题并不怎么感兴趣的样子，毕竟左撇子虽然不多，但也并不少见，她只是用来开个话题罢了。

　　下一秒，尹双立刻转了话题，兴致勃勃地说："那个……"她还瞄了一眼坐在盛以对面的江敛舟,"昨晚舟哥叫你什么啊?阿'jiu'?哪个'jiu'?是你的小名吗?舟哥都叫你小名的吗?"

盛以心道:你这么好奇,为什么不去问江敛舟本人?

·谢谢双双,双双真好!

·在舟哥本人面前八卦他,真的不怕被他说吗?那么多媒体被他都说过了……

尹双其实也忐忑,要放在以前,借她十个八个胆子她也不敢这么问。

可自从她昨晚亲身经历了现场之后,回去简直抓心挠肺,这些问题她都好奇一晚上了!

盛以吐槽归吐槽,但觉得这些也没什么不能说的,便道:"嗯,是我……"

话说到一半,就被"江大顶流"给打断了。

他语调懒散,理所当然地说:"是,阿久是她小名,长长久久的久。我们高中在一起做同桌时,我就是这样叫她的。"说着缓慢抬眼,勾着一双桃花眸,带着几分不正经的意味,跟尹双说,"还有什么好奇的吗?问我就行。"

听到此,尹双失语了。

·这还是那个拒绝任何人八卦他的江敛舟吗?小伙子,你竟有两副面孔!

盛以微微怔了怔。

江敛舟其实以前也这样,她最开始被江敛舟带着融入他那个圈子时,他的那些哥们儿也会对她表示好奇,奈何又不敢问江敛舟本人,所以只能过来打趣她。

江敛舟便是如此,带着笑意,说道:"我同桌,盛以。好奇什么就来问我,别打扰她。"

跟盛以打趣还行,跟"江大顶流"本人直接对话,尹双多少有几分害怕了。

她讪讪一笑:"没、没有……阿久?这小名真好听。"

薛青芙也来解围:"阿久,你们的表演形式想好了吗?"

听着这左一句"阿久"右一句"阿久"的,江敛舟突然就有些不开心。

他轻"啧"了一声,往椅背上一靠,有一下没一下地转起了魔方。

只是江敛舟向来耐心不多,也有可能是三阶魔方对他来说实在简单,他转了两圈就又随手放在一旁了。站起身,顶着众人暗戳戳的目光,江敛舟慢悠悠地绕到盛以旁边,语气里带着凉意:"吃完没?练习了。"

尹双和薛青芙一时无言,不约而同觉得江敛舟看不惯她们……

表演形式这个问题,其实盛以还真思考过,但说到底《同桌的你》这首歌还能有什么丰富多彩的形式呢?难不成还有热歌劲舞吗?

两人进了练习室,声乐老师、钢琴老师甚至是道具老师已经在等着了。

盛以知道,这些老师主要是为了帮助她。

老师们很热情，上来先问他们两个人自己的意见："对于明晚的表演，你们有什么想法吗？"

问完，三位老师和盛以齐刷刷地看向一旁的江敛舟。

他懒洋洋地打个哈欠，问盛以："你没主意吗？"

盛大佬坦诚地点了点头。

"这样啊，"江敛舟稍稍领首，再次反问，"那就全都听我的？"

这句话不知道为什么，听着就有点古里古怪，但声乐老师、钢琴老师和道具老师已经齐齐点了头，确实没有想法的盛以只能应声说好。

江敛舟出道多年，对舞台极为熟悉，自然掌控力极高，想法也成熟。

他沉吟两秒："这首歌是首抒情歌，其实抒情歌向来在舞台表演上会吃亏，因为激烈的曲风更能激发观众的肾上腺素，尤其我们的现场观众大多并非国内的人，对这首歌也没有我们那样的情怀。"

确实，国人对《同桌的你》这首歌大多耳熟能详，但这里的人，没听过这首歌，也听不懂歌词，这简直是抒情歌曲的大忌。

"但是……"江敛舟话锋一转，"画面和情感却是共通的，所以我们要从这上面入手，让他们哪怕听不明白歌词，也可以被我们打动。"

短短几句话，江敛舟却说得神采飞扬，跟他平日里冷淡骄傲的表情完全不一样，一说起他热爱的事情，那双桃花眼便满是光芒。

明明现在的他远比少年时代的他成熟数倍，可这会儿的江敛舟，狂傲得依旧如同十六岁。像是回到可以很自信地说"我一定会红遍全国"，也可以骄傲地宣称"阿久，我会让你因为认识我而骄傲"这样话的时代。

他说什么，别人便能信什么，他再次变得光芒万丈。

"我已经想好了流程，全程都需要你的配合。"江敛舟偏过头，扬着眼尾看向盛以，"阿久，你信我吗？"

哪能不信呢？那明明是她十六岁时最信任的人。

盛以扬起唇角，缓缓点头，说："好啊。"

既然表演双方达成一致，时间紧张，两人很快就开始了排练。这个时候，直播间发送了公告：

> 为了不影响明晚音乐节现场效果，也为了让舞台惊喜不打折扣，在四组嘉宾排练期间，直播间将会关闭。

当然，工作人员会实时跟踪，一旦某组嘉宾并没有在排练，在休息、聊天或者吃饭的时间，直播间都会再次打开。而练习室的排练也都会进行全程录像，除了将精彩片段剪进节目里之外，也会在节目播出后全程放在官网上。

本来还欢天喜地在过年的直播间网友们，瞬间如遭雷劈。

·什么！要让我这么久见不到江敛舟和盛以，还没有直播回放，你让我怎么活下去？

·由俭入奢易，由奢入俭难……以前三天两头看不到舟哥消息也就习惯了，现在让我怎么受得了……

·我不觉得明晚会没有惊喜的，让我看直播吧，不要赶我走！

然而，节目组很懂怎么样才能带来完美的效果，根本没有被粉丝们的哀求打动，残忍地关了直播间。

江敛舟瞥了一眼盛以，挑了挑眉："走吧，先跟我去服装间挑两套衣服。"

至于为什么是两套衣服，盛以很快就知道了。

没有直播看的日子真的无比难熬。

粉丝们以前还不觉得，不过也只能说《同桌的你》实在是太精彩了，一环扣一环的流程，每个环节都有无数的爆点。

直播不允许回放，也不允许录屏，导致直播开始后的这一天多时间内，虽然节目已经有了很大的讨论度，但全都把控得很好，根本没有流出什么视频。

网友们全都化身"自来水"，不能用视频，便到了考验文字功底的时候。

通过热搜点进来的路人感到茫然，只觉得是粉丝在自娱自乐呢。

不过不管怎么说，路人们还是被热搜上的关键词吸引了注意力，有注意力就有兴趣，再听说第二天晚上有免费的舞台直播可以看，还真有不少人看了时间，打算凑个热闹。

终于，在录制的第三天下午五点钟，节目组再次打开了直播间。

音乐节现场。

买了票的观众们陆陆续续检票入场。

舞台已经搭建好，专业的节目组出手，果然非同小可。一个总共没几个节目的小音乐节，被他们搞得像是要办万人演唱会一样。

·哇！路人随便点进来看看，看起来竟然还不错哦。

·舞台看起来还行，但每组的节目也就准备了不到两天的时间，估计不会精彩到哪里去吧？

・江敛舟和盛以给我冲！

在一片热闹里，时针指向"六"。

主持人准时登场，说："欢迎大家来到第一期《同桌的你》夏日岛音乐节，你们最期待谁呢？"

观众们的回答各异。

"好，话不多说，我们的节目即将开场，你们——准备好了吗？"

05.

伴随着主持人的声音，直播间的弹幕越来越密集。

这个节目本来声势就足够大，这两天又暂停了直播间，吸引了不少路人，而且现在嘉宾们都聚在一起，直播间便没有再分成单人，只有一个主房间，镜头对着主舞台。

・我以为今晚会有单人直播间的！

・第一首歌是谁唱？我已经按捺不住了。

…………

密密麻麻的弹幕飘在屏幕上把主持人的脸挡得干干净净。

主持人热情满满地说："好，我知道你们已经等不及了，但我依然要宣读一下本场的规则。"他举着手牌，念道，"我们提前找到了一百位网络评审，他们是一些专业的音乐制作人以及舞蹈老师等，他们此刻正与屏幕前的你们一样同步观看直播，请他们与大家打个招呼。"

说完，舞台后的巨大屏幕便一秒切换，一百位网络评审的脸同时出现在大屏幕上，他们已有准备，此时向大家挥手示意。

主持人笑着说："除了这一百位网络评审之外，我们还有五百位观众到了现场，很感谢你们可以参加本次音乐节。

"接下来一共会有四组的节目表演，这四组嘉宾将为大家展示他们精心准备了两天的节目。究竟哪一组会拿到第一，这——掌握在你们手中！"他很懂得卖关子，稍一顿后才继续道，"每一组的总票数会折合成三个部分进行计算：五百位现场观众的投票占比50%，一百位网络评审的投票占比30%，最后20%的投票占比则是该组表演节目时的直播间热度。"

・直播间热度也会算投票占比？节目组你真的……谁看了不说"厉害"。

・……难不成为了让我喜欢的组拿第一，别的组直播我就先不看了吗？

主持人宣布完规则，压根儿没给观众们反应的时间，开始报幕："下面有请第一组为我们带来表演，这个表演来自宗炎、尹双组合！"

台下观众很捧场，一时间掌声雷鸣。

宗炎和尹双选的歌很好，他们是第三个选的，宗炎选秀歌手出身，很有经验，他的工作室和后援会也都很靠谱，在很短的时间内分析出优势最大的曲目。

他们的选曲是一首英文歌，节奏欢快，很容易就能带起现场氛围。

这里虽然将法语作为官方语言，但英语也是他们的第二语言，观众们能听懂熟悉的歌，这个舞台又是劲歌热舞，优势自然大。

他们一上台，动感的音乐响起来，两个人又都是俊男美女，再加之热情四射的舞蹈动作……观众的肾上腺素很容易就被激发了。

不要说现场实打实看到这一幕的五百位观众了，就连屏幕前只能看到视频的网友们都忍不住跟着鼓点抖起了腿。

弹幕一片疯狂，不知道的还以为已经是一个"月圆之夜"了。

宗炎和尹双也都很有想法，并且一看就是对这首歌无比熟悉，两个人跳的速度越来越快，最后直接在一个鼓点上，用一个大动作将整场的情绪推向了高潮。

这场表演卡点极好，节奏完美，动作利落。

事实证明，人们天生会喜欢一些能够带来情绪波动的东西，尤其是这种让人兴奋到最后汗毛都立起来的类型。

现场观众反响极好，一百位网络评审们给的评价很高，直播热度更不需多提，最后算下来，竟然得到91.4分。

一支舞，能让一个人满意很容易，但能让一群人满意就很难了。

尤其是这种快节奏的曲风和带了几分性感意味的舞蹈，固然能吸人眼球，但也很容易因为尺度把握不好而被反感，这点，选秀偶像出身的宗炎深有体会。

何况这种风格的舞台，往往最考验唱跳功底，能在两天不到的时间里做出来这种效果的舞台，宗炎和尹双一看就付出了不少心血。

相比起来，第二个表演的段明霁、汪桐欣组合，以及第三个表演的薛青芙、俞深组合，就显得少了那么一些亮点。

不是不好，只是与第一个足够精彩的舞台相比，不够好，分数自然也低了些。

段明霁、汪桐欣组合，跳了一段拉丁舞，拿到了87.2分。而薛青芙、俞深，两人都不会舞蹈，舞台也没有新意，只拿到83.6分。

不过这两个组合的粉丝们看得开，毕竟不管是汪桐欣还是薛青芙，本职都是演员，比不了歌手出身的宗炎，算得上正常。

相比起来……反倒是还没表演的江敛舟和盛以的粉丝，这会儿更加忐忑。

・我们是不是给舟舟选错歌了？

・别人也就算了，江江一向被称为内娱现场天花板，要是今天输了我该如何谢罪！

・这是后援会跟工作室一起决定的吧，他们肯定更了解舟哥想唱哪首歌。

・别的不说，我觉得舟应该挺喜欢这首歌的。

・前面的姐妹，你怎么知道的？

・有一次舟哥直播，放了这首歌。他打开自己的音乐软件时，我瞥到他那一周把这首歌循环了378次。

・378次？

主持人的声音再次响起："让我们掌声欢迎今天的最后一组，江敛舟、盛以组合给我们带来的——《同桌的你》！"

节目组选了江敛舟这一组做压轴，自然是有理由的。江敛舟的人气最高，带来的热度最大，如果放在前面出场，很容易会有粉丝看完他的表演就退出直播间了。

这会儿，一听到江敛舟和盛以的名字，直播间瞬间疯狂。

在这样的氛围里，一道清丽透彻的女声蓦地响起。

在没有伴奏的情况下，甚至没看见人，只听到那道干净的声音："明天你是否会想起，昨天你写的日记。"

带着怀念从前、感慨时光的意味，让人一听，便好像看到了在某个阳光明媚的下午，盛以在整理那些舍不得丢掉的旧物，蓦地翻出来以前的日记本，席地而坐，乘着柔和的光，打开了一个本子。

本子上面写着：盛以，要做一个被很多很多人喜爱的画家啊。

几年的时间一闪而过，她大概也在笑。

在没有任何背景音乐的寂静里，盛以缓步走出来。

观众们的热情瞬间被点燃，本就艳光四射的女孩儿，这会儿竟是一副新娘子装扮。

她化了很完整的妆容，戴着洁白的头纱，长发披在肩后，婚纱长长的裙摆拖在地板上，怀里抱着一束捧花，脸上带着微笑和对未来的憧憬，还有几分甜蜜的羞涩。

与此同时，舞台后方的大屏幕突然亮起。

屏幕里，则是一个背着书包和画板，脸上没什么表情的女孩子，头发扎得高高的，穿着一套蓝白色的校服。周围似乎有很多人在看她，但女孩儿只是我行我素地向前走。

她走进教室里，到了最后一排的位置。

那里正坐着一个穿着校服的男生，吊儿郎当地跷着腿。

少女盛以在男孩子面前站定，眼角的泪痣夺人心扉。

她依旧没什么表情："你好，老师让我坐在这里，以后我就是你的新同桌了，请多指教，我叫盛以。"

男生缓缓抬头，终于看清了他的脸。全场观众倒吸了口凉气，都觉得太好看了。

屏幕里的江敛舟有一身遮不住锋芒的少年气。

他漫不经心地嚼着口香糖，目光落在女孩子身上，桃花眼里闪出几分兴趣，一字一顿地重复："同、桌？"

画面就停滞在这里。

屏幕上鲜艳的颜色一点一点褪去，直到变成灰白。

终于比方才视频里低敛、温和的男声响起："明天你是否还惦记，曾经最爱哭的你。"

哪怕是现场听不懂词的观众，也不得不承认这短短两句歌词就将声音主人的功力展现了出来。

即使再寻常不过的歌曲，被他唱出来总是多了几分味道。

江敛舟唱歌时的感觉和说话时的感觉很不同。明明说话时又冷又平，可一听他唱歌便觉得世间最温柔、最长情的存在也不过如此。

所有人都坐直了身子，等待江敛舟的出现。

可是，他并没有出现。

直到声音落下来时，台上依旧只有穿着婚纱的盛以在。

背景音乐恰如其分地响了起来。

盛以在台上唱，江敛舟在幕后唱。

背后的大屏幕不再是视频，而是一幕一幕定格的照片。

有女孩子趴在桌上哭，男生小心翼翼不知所措的照片；有男生扬着眉笑，似乎说了什么，惹得女孩儿挥着拳头的照片；有两个人坐在教学楼的大树下，分享了同一副耳机，然后一起摇头晃脑的照片……

台上穿着婚纱的盛以，则似乎是在准备进行婚礼了。

她带着微笑，一步一步走到台前，似乎偏头看着司仪的方向，听他说什么，又点头说："我愿意！"

就在江敛舟唱"谁娶了多愁善感的你"时，她又把手伸出来，似乎是在等新郎给她戴戒指。

一切都很平静而美好，像是最幸福的婚礼该有的样子。

她抱着那束捧花，闭上了眼睛。

到了该扔捧花的时间，大屏幕上的视频，在反复鲜艳又暗淡过后，再次亮了起来。

这次，却只有坐在教室最后一排的男生了。

窗户没关，窗帘迎风而动，盛夏隐有蝉鸣声，教室里每张桌子上都堆着厚厚的一摞书，黑板上写着大大的"毕业快乐"四个字，只有男生旁边的桌子上空荡荡的。

他坐在椅子上，桌上铺着一张信纸，他拿着笔似乎在写什么，边写，边压低了声音念："盛以，毕业快乐。你收到这封信的时候，我肯定已经报了景大……"

婚礼现场嘈杂的声音里，少年压低的声音仿佛不值一提。

有那么多人在等着她扔出捧花，可美丽的新娘，就像隐约听到了他的话，慢慢睁开了眼，转过头向后方看去。

她在找什么？

周围的人纷纷问她怎么了，可新娘子只是摇摇头，继续找，她觉得自己像是听错了。

新娘子看了很久很久，就在大家都有些茫然时，终于，一直在幕后穿着西装的男人，走了上来。

他怀里抱着一捧玫瑰，头发也是精心梳理过，一切都是最美好的。

他带着笑，一步一步地走着，缓慢却坚定。

他看起来和新娘登对至极，新娘看到他时，也愣了一会儿，继而扬起全部的笑意，朝他看过去。

她仍旧抱着那束捧花，当她看到阔别多年的老同桌时，那种感慨以及释然的情绪不断向上翻涌。

终于，江敛舟在她面前站定。

所有的背景音乐在这一秒全都暂停了下来，就连现场的观众也都屏住了呼吸，他们也不知道自己究竟在期待什么。

盛以看着江敛舟，动了动唇，可又什么也没说。

婚礼上的宾客带着微笑，沉默了许久。

"阿……"他似乎做了个"久"的口型，可他又顿住。

两秒后。

他叫："盛以。"

新娘忽然有些鼻酸，沉默着点了点头。

江敛舟在那束玫瑰上落了个很轻盈、很绅士的吻，再把那束玫瑰奉上，由衷地说:"新婚快乐。"

没能亲口跟你说一句"毕业快乐",但无论如何,跟你讲了"新婚快乐"。

身后的大屏幕停住,少年写的信化成了灰烬。

留下最后一小片信纸,落着潇洒尾款"江敛舟"三个字的上方,写的是:要考虑我一下吗?

画面一点一点失去颜色,暗了下来,再也没有亮起。

新娘也只是接过花,定了定眼神,说道:"谢了。"

他们抱了一下,然后就此别过。

新娘走向等待着她的新郎,向后扔去捧花。

宾客走到宴席里,站在人群中,坐在最角落。

　　谁娶了多愁善感的你,
　　谁安慰爱哭的你,
　　谁把你的长发盘起,
　　谁给你做的嫁衣。
　　…………

谁啊?是谁啊?

他会不会好好珍惜你?

他知不知道,那是另外一个人在十八岁时最爱的人。

那个人,把新娘的名字写在每一个未来的计划里。

直到未来。

不过他们没有未来。

音乐声暂停。

江敛舟清唱了最后一句,带着温柔与眷恋,语气平静却又像叹息。

不知道是在提问,又或者只是在跟自己讲:能想起我便好,哪怕短短的一瞬间,想起那个举着笔给你写信,说"毕业快乐"的骄傲少年。

全场寂静。

江敛舟仍旧垂着眸,没有说话。他跟盛以谢了幕。

很久很久以后,有媒体问江敛舟,他怎么会想出这样的表演形式,一首短短的歌也被他赋予了最充沛的感情。

江敛舟沉默了很久,心道:哪有什么演技,不过是在那一周的378次单曲循环里,他想的全是这样的情景。他那么喜欢的人,有没有碰到很好的人?是不是在他根本看不见的地方，他们拥抱、接吻、走在一起，并且有很远的未来。而他，江敛舟，就是那个翻起相册时，才会一闪而过的人，甚至不再拥有姓名，只是她嘴里的"老同桌"。

哪怕他疯狂地嫉妒，但他想，如果有机会见到盛以，哪怕是在她的婚礼上，他也会说"新婚快乐"。

哪怕你嫁的不是我，我也希望你可以真的快乐……

而他愿意做378次循环里的配角——江敛舟。

江敛舟想了想，他连这首歌都做不到。

因为，除了盛以，他根本不想要以后的日子里，有别的妻子。

从前的日子都远去。

可江敛舟的未来，依旧握在盛以的手里。

其实他在想，如果那些最坏的预演里，他跟盛以说"新婚快乐"时，新娘有万分之一的犹豫，他就会告诉盛以，只要你看我一眼，我就不会输给任何人。

盛以跟江敛舟一起沉默了很久。

这场表演太消耗情绪了，她每次排练完，整个人都仿佛空了。

直到有工作人员走过来，提醒道："舟哥，盛以姐，该去看得票数了。"

盛以点了点头道谢，闭了闭眼，缓了缓情绪，才提着裙子准备再次上台。

路过江敛舟旁边时，他突然说："盛以。"

盛以回头："嗯？"

江敛舟顿了顿，摇了摇头，只说："……太好了。"

盛以没明白他在说什么，但还是点了点头，扬唇笑了笑："嗯，太好了。"

江敛舟垂了垂眸，跟着她，往前走去。

378次单曲循环，378次抱着玫瑰走向你，378次做好了最坏的预演，378次叫不出口的"阿久"，378次跟你说"新婚快乐"。

可他如今什么也没说。

他只说太好了。

你还能站在那里，等我用尽全力追向你，等我填满所有的空白。

真的……太好了。

06.

不管是宗炎、尹双组合，还是相比起来逊色了那么一点的段明雾、汪桐欣组合，以及薛青芙、俞深组合，每场节目表演结束后，都是满场的掌声和尖叫声。

直播间的弹幕也一直被塞得满满当当，粉丝自不必说，路人也都是以夸奖居多的。

内娱向来舞台不太多，更多地会认为艺人的作品应该是一部好的电影或者电视剧，再或者是一首流传度广、旋律歌词皆有韵味的歌曲，并不认为一场排练许久的唱跳舞台是拿得出手的"作品"。

但今天这几个舞台，无论哪个拿出来都是可圈可点的，尤其是选秀歌手出身的宗炎，今天更是大放异彩。

·哇，我还是第一次看到宗炎跳舞，真的挺厉害的，很有力度。

·我学过舞蹈，宗炎的动作框架确实挺大的，保持高强度舞蹈的同时还能挺稳地唱歌，很牛了。听说他从小学舞的？今天有点改观了。

·之前只知道俞深是科普类视频博主，没想到真站在了舞台上也这么有魅力。

弹幕的反响很好，偶尔有挑刺的评论也很快被淹没了。

毕竟从选歌到演出，时间都没到两天，再扣去吃饭睡觉的时间，能拿出这种效果的舞台来，嘉宾们真的费尽心思了。

之后的统计票数环节，直播间的观众们也跟着紧张，全场的氛围很好。

距离盛以和江敛舟谢幕，已经足足五分钟了。

盛以提着裙子再次上台，发现现场依旧一片静谧，安静得不像是看了一个舞台，倒像是在听演讲……

盛以抿了抿唇，回头看向缓步向她走来的江敛舟。

江敛舟到她身边，站定，朝着她单挑了挑眉。

盛以一脸疑惑。

江敛舟说："半分钟没看到我而已，就这么想我？"

她有些无奈地看着"江大顶流"，只觉得自己刚才因为那场表演而生的复杂情绪，在这一瞬间全都消失殆尽。

她……怎么能对一只"狗"心怀任何期待呢？

在他们两个人看不到的直播间里，已经停滞很久的弹幕终于滚动。

·我以为我之前一直没开弹幕。

·我怎么还在流泪……都过去了这么久，我竟然还在哭，我好难过。

·阿久宝贝穿着婚纱走上来的时候，我以为他们要现场举行婚礼了。舟哥捧着玫瑰走上来的时候，我以为他至少是要抢亲，最后……

·新婚快乐？江敛舟，我不允许你跟她说新婚快乐！

现场的观众大多没听过这首歌，但音乐是共通的，情感更是。

他们很容易被这个舞台打动，也很容易代入这个故事。

拜向来敏锐的耳朵所赐，江敛舟甚至还能隐约听到台下观众在低声讨论，其中夹杂着"遗憾""可惜""难过"这样的词。

主持人终于开了口："感谢江敛舟和盛以带来的精彩表演！说实话，我现在还沉浸在情绪里没能出来，这首歌的共情力实在太强了，相信大家也都跟我一样的感受。那你们喜不喜欢这个舞台呢？投票器已经在你们的手里了，请大家做好准备，投票即将开始。"

"三、二、一，请投票！"

· 我好紧张，不对！我一个路人到底在紧张什么？

· 啊啊啊，求求了，希望舟哥跟阿久的票数高一些，再高一些！他们值得！

· 我又开始担心了……外国人到底能不能看懂这个舞台啊？

…………

投票的时间并不长，但是似乎每一分每一秒都被延长了。

台下的一个观众大概已经投完了票，这会儿突然举起手，朝着江敛舟和盛以的方向比了个取景器的手势。

江敛舟看得懂那个观众的口型。

那人一边遗憾地摇了摇头，一边小声说："真可惜不能带手机过来，实在是一对连上天都会微笑祝福的璧人。"

江敛舟一怔，继而没忍住，扬了扬唇角。

盛以悄悄动了动脚，保持一个完美的站姿，低声问："笑什么？"

江敛舟不动声色地转了话题："你觉得我们会得第几？"

盛以暗暗撇了下嘴，但还是回答："第一吧。"

"吧？"

"嗯。"盛以缓缓地应了声。

江敛舟心道：盛以真是跟以前一模一样，不放过任何占便宜的机会。

"但你唱歌……"

盛以的话只说到了一半，主持人的声音便再次响起："现在投票已经结束，江敛舟、盛以组合的分数已经在我手上了。大家紧张吗？"

江敛舟没听清楚，侧过头问："什么？"

盛以摇了摇头："没什么。"

"啧。"江敛舟有点不开心，没再追问。

盛以遮住眼里的笑意，在心底兀自把那句没说完的话补了下去：很好听。

他们一定会是第一名。

江敛舟读中学的时候就很喜欢唱歌。有一次元旦节目表演，他就站在礼堂的舞台上，抱着吉他唱歌。舞台上的他跟平时的他很不一样，周围像是带着光，散发着做最热爱的事才有的光芒。他唱什么，大家便会觉得哪首歌很好听。他的每一个转音都让人沉浸，每一个字都带着独属于江敛舟一个人的味道。

她那会儿就在想：江敛舟，请永远站在舞台上吧，你天生就属于那里。

"我也很紧张，"主持人抑扬顿挫地说道，"江敛舟和盛以的分数是——98.7！恭喜江敛舟、盛以！"

江敛舟和盛以对视一眼，都从对方眼里看出意外，可意外里好像带了点不出所料。

他们都忍不住笑起来。

· 啊啊啊，我要去微博抽奖！谁都不要拦我，普天同庆！

· 我就知道他们能得第一！

主持人站在他们旁边，问："今天拿到了这么高的分数，也有了这场动人的舞台，你们有什么想对观众或者想要对对方讲的话吗？"

他先把话筒递给盛以，盛以稍加斟酌，说："谢谢大家的喜欢，这场表演确实花了我们很多心思，尤其是花了很多我旁边这位的心思。"

她偏过头，朝着江敛舟的方向盈盈一笑。

"至于对他嘛……"盛以顿了顿，问江敛舟，"今晚结束录制后，能早点睡吗？"

主持人觉得自己站在这里很多余。

"江大顶流"表面懒洋洋的，也挺跩，声音里却带着笑："还挺关心哥？"

盛以暗戳戳踩了他一脚。

其实根本不疼，但江敛舟还是颇为配合地"嗞"了一声，继续说道："确实很感谢观众们的支持，每一个精心准备的舞台，因为有认真从头看到尾的观众，才能变得有意义。"

他很真诚，出乎意料地真诚，连主持人都没想到江敛舟会在这个时候讲这些话。

"至于对她嘛……"

江敛舟刻意模仿了盛以的句式，连停顿的时间都和她一模一样。

就在盛以又准备踩他一脚的时候，他才慢悠悠地开口，带着一贯跩跩的感觉："盛同学今天唱得很好。"还没夸完，江敛舟语调一转，"当然，那是因为江老师教得好。"

· 告诉我，那些没放出来的练习室里，阿久有没有叫他"江老师"？

· 有时候我一个粉丝都很想揍他，舟哥说话真的好跩。

默默站在一旁，努力让自己的存在感变得低点的主持人心道：求求你们了，赶紧结束吧。

所有的嘉宾此刻都回到了台上，都在恭喜江敛舟和盛以拿到本次录制的第一名。

节目组向来会策划，哪怕第一期录制都快要结束了，还卖了个关子。

"本期录制拿到第一名的组合，除了可以得到一枚金质徽章之外，还会有一些优势。至于优势是什么……"主持人神秘兮兮地笑了笑，"下次录制再会。"

其实也不知道究竟优势是什么，只能对着台本念的主持人，在心里默默流泪，还被迫接受一群人的谴责，顺带在心里吐槽了一番后，才继续走流程："我们在之前的节目录制中，为大家一共放送了五首歌曲。现在我们已经分组表演完了四首，还有最后一首歌，这首歌是八个人共同为我们带来的曲目。"

·我惊呆了。

·我都忘了那天是五首歌了，以为已经结束了呢……

·这不就是月底以为自己一分没有了的时候，突然从犄角旮旯的地方翻出来以前藏的一百元的感觉吗？

·…………

第五首歌是大家一起表演的，不涉及排名，所以相对而言花的时间会少一些，氛围也轻松很多。

这首歌是一首外文歌，节奏富有动感，但相对而言要合唱就变得很难了。

众人商量过后，第五首歌的表演形式便是走秀，而且，是穿着之前单组表演时的服装进行走秀。

音乐声渐起。

八个人走上台，先是单人走秀。

第一个出来的是俞深。他走到台前，淡淡地用双手比了个"V"，看起来还挺萌。

大家还没意识过来时，只见俞深下一秒居然踩着音乐放空的点，猝不及防地为大家表演了一个空翻！

台下的外国观众立马尖叫，甚至还能听到他们兴奋地讨论："我就说每个中国人都会功夫，没错吧！"

直播间观众不禁心想：不，我们不会，谢谢。

接下来的每个单人走秀都很精彩：汪桐欣走的猫步摇曳生姿，薛青芙一秒变装，宗炎来了段 hiphop 地板动作……现场的气氛越来越热烈。

单人走秀过后，自然便是双人组合走秀。

这段更是每个组合粉丝的狂欢时刻，直播间的弹幕充满了各种各样狂欢的声音。

音乐渐渐来到末尾。

此时,前面三组都走过了,最后一组双人走秀自然是江敛舟和盛以。

负责放音乐的工作人员朝着他们点了点头,示意可以上台了。

盛以应了一声,再次提着裙子往台上走。

江敛舟没有迈步子,在盛以回头准备催促他时,他突然弯下腰,托起她的裙摆。

盛以愣了愣,没想到他竟然会这么做。

"江大顶流"却只是懒懒点头,态度坦荡又自然,仿佛自己的举动根本不值一提,说:"走吧。"

盛以不知为何,蓦地有些紧张了起来。她深吸了一口气,往台上走去。

在众人的尖叫中,江敛舟始终落后她半步,一起走到台前。他放下她的裙摆,走到她身旁。

这段走秀他们只排练过几次,很简单,从没出过任何差错。

他们需要伴随着相对舒缓的音乐节奏跳交际舞。

盛以看向他。

江敛舟单手背后,微微弯腰,朝她伸出了右手,这是一个标准至极,甚至可以当作模板来教学的绅士动作,他的体态既俊朗又傲然,如同松竹一般。

盛以抿了抿唇,把自己的右手慢慢放在江敛舟的掌心里。

温热的肌肤相贴,盛以忍不住眼皮微跳了跳,但她暗暗吸了一口气,努力保持镇定,等江敛舟开始这段短暂的交际舞。

可江敛舟并没有,他只是缓缓抬起自己的右手。

两个人的手交叠在一起,一只纤长有力,一只清秀白皙。

盛以眨了眨眼。

下一秒。

江敛舟轻轻垂下头,一个很轻盈,像是棉花糖般触感的吻……落在她的手背上。

07.

盛以只觉得自己可能是没睡醒,再不然就是在做梦。

她怎么会看到江敛舟吻了她的手背呢?

尽管那个吻很轻很轻，江敛舟做得极其自然，仿佛他们已经排练了无数次一般。这个很绅士、优雅的，不像是含了什么意味的吻，更像是……西方的仪式罢了，再或者只是交际舞的开场。

西方都有吻面礼了，何况这只是一个短暂且轻盈的手背吻呢？

盛以眼神扫过坐在下面熟若无睹的观众，再次暗暗吸了口气，勉强稳住，这才终于把目光从手背上移开，看向江敛舟。

江敛舟脸上挂着笑，像是他们排练时一样，透着客套、冷静、疏离。

盛以心里蓦地就有些不开心了。

江敛舟举起她的手臂。两个人接下来的动作是转圈，盛以按照排练好的转了两圈，熟练地将右臂半搭在江敛舟的肩膀上。感受到那只温热的手虚扶在她的腰上，盛以抬眸，朝着江敛舟轻笑了笑。

下一秒。

她借着裙摆的遮掩，不动声色地踩了江敛舟一脚。

江敛舟一脸疑惑。

这一脚，确实有点痛，但江敛舟是极度有舞台自觉的人。

哪怕他的脚暗暗抽痛，他仍旧波澜不惊地维持表面的清冷，半垂下眸，打量他怀中的盛以。

舞步正好到江敛舟往前半步，盛以退后。

他方才虚扶在盛以腰上的手，便借机握实，手指勾起，背着摄像机，轻轻挠了盛以几下。

腰部极度敏感的盛以，只觉得他这几下全都抓在了心上，整个人差点跳起来，强行按捺心上让人发颤的痒意。

她盯着江敛舟，瞪了他一眼。盛以自以为眼神凶狠，可她这会儿因为被抓了痒痒，所以眼里兀自带着生理的笑，又因为强忍而掺杂了几分水意，加上眼角的泪痣，这一瞪眼，不像是凶人，倒似……媚意横生。

江敛舟喉结微滚，又被手中盈盈一握的细腰吸引。

他轻轻垂眸，遮住了眼里的情绪。

舞台上短暂的几圈交际舞里发生的种种，观众们什么也不知道。

他们只能看见江敛舟亲吻了盛以的手背，距离很近地贴在一起跳舞，搭肩揽腰，眼神缠绕，默契得像是已经在一起数年。

现场的观众还能强行保持淡定。江敛舟和盛以不知道，弹幕上的粉丝这会儿已经兴奋到什么地步。

·谁的心脏在狂跳，是我，就是我！我已经傻了……

· 五年老粉不请自来。好心酸，我舟哥以前没跟别人跳过交际舞，所以我也不知道。

· 家人们，我们一起支持江敛舟和盛以吧！

…………

短短几圈交际舞而已，硬是被江敛舟和盛以跳出花样。

后台的尹双都叹为观止，不禁啧啧感慨。

汪桐欣忍不住问："双双，你在感叹什么呢？"

"幸好舟哥虽然长着一张花瓶脸，但是是靠作品吃饭的，"尹双叹服，"他的粉丝也足够理智。"

尹双一脸疑惑。

宗炎："总觉得你在骂我，不知道为什么。"

尹双没说错，这么多年了，圈子里也就出了一个江敛舟罢了。

就连他的粉丝，也是无数经纪公司作为研究案例的范本，不闹事，没上过社会新闻，经常做慈善，甚至连"未成年人禁止为江敛舟花钱"都写得明明白白。

谁不羡慕呢？

可传奇之所以是传奇，便是因为实在难以复制。

他是江敛舟，是永远无人能替代的江敛舟。

其余六人再次一起回到台上，一齐谢幕，第一期的录制才算彻底结束。

直播间的弹幕这会儿已经崩溃了。

· 怎么就结束了！刚看到官方发微博说下次录制直播是在半个月后，这让我怎么受得了……

· 我看到了！节目组通知下周五会播放第一期，同时上线前半部分的完整直播回放，半个月之后会播放第二期，再上线下半部分的直播录像，包括完整练习室录影。

· 所以播两期录一次对不对？

· 大家下周五记得看电视，收视率也很重要的。

其实盛以还特地问过小助理孟元，孟元说正常的节目组都没办法在短短一周的时间里剪辑好一期节目并且迅速在平台上线的。

一般而言，怎么也得留够半个月的时间，才能保证节目的质量，但《同桌的你》难道是普通的节目组吗？他们大手一挥，请了以速度和质量兼具的剪辑团队过来，力保节目按时上线。

盛以有时候都会好奇，节目组背后的投资人究竟是谁，竟挥金如土到这种地步？这种程度是她堂堂盛家大小姐都忍不住叹为观止的。

　　不管怎么说，第一期录制终于结束了。
　　这三天盛以每天早起晚睡，仿佛回到艺考前那段最紧张的日子。
　　多亏她心理素质绝佳，换一个纯素人，这三天完全受不住。
　　晚上节目组给大家举办庆功宴，盛以吃完回到酒店痛痛快快地睡了一个晚上，一觉睡到第二天吃午饭。
　　孟元适时叫了午餐，等盛以昏昏沉沉吃完饭，发现孟元连她的东西都收好了。
　　盛以不禁感叹江敛舟替她请的助理未免太好了。这种饭来张口、衣来伸手的废物生活，怎么会有人不喜欢呢？
　　孟元笑眯眯的，原本可爱的圆脸就显得更可爱了，说："盛以姐，机票是今晚十一点的，会有节目送我们，头等舱。"
　　盛以应了一声，顺手登录了一下"望久"的微博。
　　她抬头望了下天花板，觉得微博实在是好卡。
　　本来她的商稿就已经接不过来了，这个月的排单早在上个月末开放的第一个小时，就被卖得干干净净。
　　前不久江敛舟新歌上线，江敛舟还挺大方地替她做了宣传。
　　当然，江敛舟的宣传也就是在微博@她一下而已，但那可是江敛舟，无数公司闻风而动，有一些甚至开出天价，盛以的私信都快要爆炸了。
　　她果断退了出去，安静躺下了。
　　在酒店房间一直躺到晚上，孟元时不时陪她说话解闷，直到节目组的车过来送她们去机场。
　　过了安检，在VIP室候机时，盛以浑身发懒，躺倒在软绵绵的椅背上，随手将帽子扣在脸上，顺口问了句："元元，你们江老板明天回去吗？"
　　"真这么关心我？"
　　孟元还没来得及回答，一道慢悠悠又散漫无比的声音便由远及近，到了盛以正后方的位置。
　　她脸上的帽子被拿下，一张俊逸的脸放大在盛以眼前。
　　孟元说："老板晚上好！盛以姐，舟哥跟我们同一趟航班哦。啊对了，他座位跟你在一起呢。"
　　说完，孟元还朝着盛以眨眨眼，满脸都写着"我是不是特别会办事"。
　　盛以没好气地从江敛舟手里夺过自己的帽子，坐直身体，看向孟元。
　　孟元再眨一下眼，还歪了歪脑袋，说："怎么了？盛以姐。"

盛大佬从不泄露内心的真实想法。

谨记此条守则的盛以沉默两秒，毫无波澜地说："……没事。"

人家都给自己买了头等舱，她还有什么话可说的。

江敛舟轻轻嗤笑，倒没说话，转头坐在盛以对面的沙发上，一双长腿伸展开，坐姿散漫无比，有一下没一下地划拉着手机。

他在跟经纪人庄尧讲话。

这次录制，庄尧在国内有些事要处理，毕竟他是金牌经纪人，不能时时刻刻跟在江敛舟后面。

庄尧：几点到？我去机场接你，这次还是不走VIP通道吗？

Ivan：嗯，她们好不容易见我一次。

庄尧：行。节目录得还不错，回头把盛以叫出来，我请她吃顿饭感谢一下。

江敛舟的目光在"盛以"这两个字上打个转，跳过这个话题。

Ivan：还记得我之前跟你讲的理想型吗？

庄尧：当然记得。

当艺人嘛，尤其是当红艺人，自然少不了被人问"理想型"这个问题。

庄尧这种靠谱的经纪人，当然会先把这种问题拿出来，让江敛舟在自己这里备个案。

说也奇怪，江敛舟明明红了几年了，但可能是他实在看上去太"孤家寡人"了，问他这个问题的媒体还真不多。

庄尧说着，反问了一下：不就是要有一颗泪痣、为人善良、外表可以冷但内心要温柔，最好要会画画吗？怎么了？

除了"泪痣"有点奇怪之外，其余的都还算正常吧？

Ivan：没事，就是想起来了，再补个三条。

庄尧：什么？

Ivan：要唱《同桌的你》唱得很好听、会做带星星的美甲，还要会画画，大学学的是计算机。

庄尧一脸疑惑。

Ivan：嗯，暂时没了。

Ivan：碰到合适的，请给你的艺人介绍一些。谢谢。

庄尧：那你不如去死。

自觉莫名其妙被经纪人骂了一通，"江大顶流"挺委屈，轻"啧"一声，把手机关了。

江敛舟的助理帮他买了咖啡回来，当然，给盛以的是牛奶。

盛以轻声道了谢,刚抿了一口,便听见江敛舟轻飘飘的声音,轻到让盛以一瞬间以为是自己的错觉。

"你有理想型吗?"

盛以怔了怔,抬头看向江敛舟。

江敛舟没看她,仿佛刚才提问的并不是他。

盛以有些茫然,但她还是斟酌一番,回答道:"我从来不看重理想型,只看感觉。"稍微一顿,盛以又说,"如果会做好吃且没刺的鱼就更好了。"

江敛舟漫不经心地点了点头,这个话题就算是过去了。

他们等了一会儿,准备登机。

孟元登机前,随手刷了下朋友圈,然后发现,竟然被江敛舟刷了屏,并且,疑似全都屏蔽了盛以。

Ivan:哪些鱼既鲜美也没有刺?

Ivan:家庭常备鱼的十五种做法,你知道哪种?

Ivan:清蒸、水煮、炖汤……哪种做鱼的方法营养价值最高?

刚在候机室戴着耳机听歌,对一切都一无所知的孟元心想:老板是不是被盗号了?

孟元提前准备了舒适的衣服、鞋子,在飞机上穿很舒服。

盛以向来是上飞机就昏睡的人,除了被空姐叫醒吃饭的时间之外,她都睡得不知今夕何夕。

相比起来,江敛舟全程神采奕奕,哪怕他刚结束了一场长达三天的录制。

眼看着盛以睡着睡着又倒向靠窗的一侧,江敛舟目不斜视,不动声色地用手拦住盛以的脑袋,轻缓地移动,直到那份重量压在他的肩上。

他偏了偏头,看过去,盛以纤长而浓密的睫毛垂下,鼻梁挺翘,红唇富有光泽。

江敛舟抿了抿唇,转过头。

他突然觉得有些热,不可抑制地扬起眉眼。

…………

直到飞机开始降落,空姐轻手轻脚走过来,想要叫醒盛以。

江敛舟冲着空姐摆摆手,再次偏头看向盛以,伸手轻轻地拍了拍盛以的脑袋。

"醒醒。"江敛舟声音压得很低。

盛以动了动脑袋,将醒未醒,嘤咛了两声。

江敛舟顿了顿,嘴唇微动,补全了后面的称呼:"……宝宝。"

Chapter 4
节目首播

01.

睡着的盛以跟平时的她很不一样。平日里的她虽然话不算多，但是不开口则矣，一开口必惊天动地。偏偏大家偶尔被她说了，也不会生气，只会觉得好笑和有趣。

江敛舟深信自己并不是受虐体质，因为读中学时便是如此。

明明盛以一开口就透着冷，偏偏依然有不少人愿意往她面前凑，男生、女生都有不少，那群"哥们儿"更是天天盛以长盛以短的。

这次录制也能看出来些端倪，薛青芙和尹双时不时围在盛以旁边，问这又问那的，也得不到几句好听话。

睡着时的盛以和醒着的时候很不一样，带着乖巧和听话的意味，不挣扎，不乱动，全程安安静静地睡在他的肩膀上，偶尔似是梦到什么，嘤咛两声。江敛舟抬手轻轻拍了一下她的脑袋，她便又乖乖地睡过去了。

这一路上，江敛舟那颗冷硬的心越来越柔软，以至于最后那句"宝宝"不受控地叫了出来。

顶着空姐又惊又喜还要因为职业素养强装淡定的目光，江敛舟不动声色地敛了敛眸。

…………

盛以觉得自己做了一个奇怪的梦。

她边打着哈欠往外走，边纳闷地回想，才录了一次综艺，她就已经入戏太深了吗？以至于梦见江敛舟叫自己"宝宝"？

孟元跟江敛舟的随行助理钟旭一起去取行李。

盛以问:"不走VIP通道吗?"

江敛舟还没说话,钟旭便抢先回答:"盛以姐,舟哥很少走VIP通道,他总觉得粉丝大老远过来接机,又等他很久,不容易,所以基本上每次都会走普通通道。"

盛以一怔,欲言又止。

江敛舟没觉得这有什么好拿出来说的,轻飘飘瞥了钟旭一眼,钟旭立马闭嘴。

江敛舟抿了下唇,看了一眼盛以,什么也没说,只是转过身,头也没回地冲着盛以摆了摆手,径直向前走去。

盛以垂了垂眸,笑了出来。

她一直都知道江敛舟热爱这份事业,他比谁都渴望站在舞台上,也比谁都珍惜别人对他的付出。

可直到这一秒,盛以才发现她知道的,似乎还是太少了。

一直到出了机场,上了车,远远地还能看到有举着横幅的粉丝着急地往机场里面走,但是很有秩序,丝毫不会打扰正常旅客的出行。

盛以兀自沉思,听见孟元叫她:"盛以姐,你的右手不舒服吗?看你下了飞机就一直在揉,要不要帮你约个按摩师?"

盛以低头,看了眼自己的右手:"没事,就是夏日岛有点潮,不太习惯。"

"那确实是,毕竟海岛嘛。"孟元永远一副元气满满的样子,"我都觉得背上开始冒痘痘了,太可怕了。"

盛以轻笑着应了一声。

第二天大清早,盛以被微信电话吵醒。

她看向扰人的声音来源——贝蕾。

"我们今天开年会我都心不在焉的。"贝蕾先声夺人,"你可以啊,盛阿久,你认识江敛舟你都没跟我说过!"

盛以没说话,沉默地盯着贝蕾看。

贝蕾一时无语。

对峙两秒后,她委屈地说:"我错了,我不该大清早就把你吵醒的……"

说着说着,贝蕾就觉得哪里不太对,她不是打定主意,今天要狠狠拷问盛以的吗?

怎么没拷问几句,自己就先道了歉……

盛以闻言满意地点了点头,懒洋洋地打了个哈欠,长卷发铺在枕头上,实在是一副美人图。

"是你每次都猜小明星的，关本美女什么事？"盛以不甚在意地说。

贝蕾说："拜托，正常人别说跟江敛舟做了两年同桌，就是跟他同校过，这会儿也得天天挂在嘴上宣传的吧？你倒好，守口如瓶啊，搞得像是什么提不得的人一样。"她说着说着，蓦地一顿，语气变得小心翼翼起来，"该不会是真的提不得吧？"

作为支持段明霁跟汪桐欣的贝蕾当然全程看了直播，自然看到自家闺密跟那位"顶流"的种种事迹。以她这种看过无数综艺节目的精准目光来看，他们只是同桌，她是不信的。

盛以嗤笑："你没去当作者确实是屈才了。"

盛以面无表情，仿佛自己不值一提，说："我就是去做个配角而已，努力不拖后腿就行，不必太关注我。"

贝蕾纳闷了，说："你听听你说的是人话吗？盛以，你知道你现在微博有多少粉丝吗？"

盛以还真不知道。

贝蕾说的微博账号当然不是"望久"这个画师马甲。

节目组在录制前跟每个嘉宾要了微博账号，盛以临时注册了一个小号交了差。那个小号倒也不是完全没有粉丝，还是有一个的，就是"新手指南"关注了她。

对接的工作人员愣了一会儿："盛小姐，这确定是您的账号吗？"

这微博账号比中午吃完了饭的碗都干净……

盛以随便估摸了一下，没什么兴趣，回答贝蕾："几十个粉丝吧，没关系，不必安慰我。"

贝蕾说："……你自己上去看看。"

这有什么好看的，还能一夜之间蹦出来10万粉丝不成吗？

盛以兴致寥寥，但还是登录了微博，卡了半天，终于切了账号，不过卡的时间就更久了。

盛以隐约意识到哪里不对，抬头看了看贝蕾。

贝蕾痛心疾首，说："你一夜爆红了你知道吗？盛阿久！你清醒一点啊，你搭档的可是江敛舟！"

盛以真的不敢相信，但为了维持大佬的气质，她镇定地说："这样啊。"

"那个……"贝蕾打断了盛以的胡思乱想，"阿久，我的好阿久，你要不然什么时候带我跟'顶流'吃个饭呗？我也很好奇，让我见见他。"

"你不是早见过他了吗？"

贝蕾："什么？"

盛以："你跨年夜喝醉发疯的那个晚上，就是他跟我去接的你。"

贝蕾一时无语。

盛以问："饭还吃吗？"

贝蕾干脆闭上嘴。

隔半个月才录第二期节目，中间这段时间正好春节来临了。

盛以平日里一个人住在湖悦山色，逢年过节才会回盛家，昨天还接到了盛母的电话，告诉她今年外婆也会来明泉市过年。

盛以高中毕业那年外公去世了，外公与外婆感情向来很好，所以外婆宁愿一个人住在景城，不常来明泉市。盛母劝不过老人家，只能请了护工时时照看。

很久没见到外婆了，盛以收拾了东西，打算早点回盛家过年。

恰巧今晚有盛家的家族聚餐，盛以看了看时间，琢磨着是打车过去，还是让盛元白来接自己。

正收东西时，盛以的手机振动。

她艰难地伸长胳膊，从桌子上拿起手机解锁。

Ivan：来我家，拿下期剧本。

好想打人啊……真的很想让那些因为节目上的表现，喜欢上他们的观众们看一看，江敛舟平日里到底是什么样的人。

Ivan：庄哥前两天出差，带了点巧克力。

Ivan：在我家太占地方了，过来一起拿走。

盛以稍稍沉默，终于站起身。

她虽然外表看上去很不容易接近，但……酷爱吃甜食。

各种牌子的巧克力是她最爱的东西，既然是庄尧特地带过来的，那她就却之不恭了。

盛以到江敛舟门口，站定，刚准备抬手敲门，门开了。

江敛舟毫无波澜地瞥她一眼，用酷到不行的语气说："进来吧。"

剧本跟巧克力都堆在客厅的桌子上，一眼扫过去，堆的巧克力挺多，而且还是她从没吃过的牌子。

按捺住心里的喜悦，盛以淡定地走过去，拿起剧本翻了翻，不得不说，剧本确实写得很细节。如果说第一次录制是初露端倪，那么第二次录制就开始为"江大顶流多年暗恋"埋下伏笔了。

正翻着，江敛舟开了口："下次录制时记得带两块巧克力过去。"

盛以抬眸看了看他。

江敛舟转过眼："……免得下次低血糖晕过去。"

他这么一说，盛以想起第一天录制时，江敛舟暗里递过来的硬水果糖。

盛以到底还是有几分感动的。

江敛舟起身去卫生间，她抿唇点点头，正准备说点什么，又听见手机振动起来，是盛元白打来的微信电话，盛以接了起来。

"哥？"

盛元白在嗑瓜子，声音有些含糊不清，瞥了一眼盛以的背景，问："你这是在哪儿呢？"

"来拿个东西，"盛以不欲多说，"有事吗？"

盛元白问："你大概几点钟收拾好？需要我接你吗？"

不愧是跟她最亲近的堂哥，很容易就知道盛以在想什么了。

盛以很满意地点点头。

盛元白眼神不知道为什么有些飘，他顿了顿，又问："阿久，你这录节目录得悄无声息的，还是默默看到你的直播，问我'小姑姑是不是出道了？'我才知道的。"

默默，大名盛南默，今年七岁，盛家老四的儿子，叫盛以姑姑。

其实不是盛以不想说，她实在是不知道该怎么说。

但显然，盛元白不是很想知道盛以为什么不说，他很自动地跳到下一个话题："看你跟你那老同桌在节目上还挺亲近的，你们是真的还是假的？"

盛以一阵失语，不知道为什么，被亲人这么问，就有那么几分莫名其妙的羞耻。

她假装平静，云淡风轻地说："当然是假的，这能有什么真的？"

盛元白似乎松了口气，说："我就说嘛，嗯，那就没……"

"事了"两个字都没说完，盛以的背景里蓦地传来一道男人的声音。

声音的来源似乎朝着盛以走来，没看见脸，但声音有几分熟悉。

"我的情侣款睡衣和浴袍，你等会儿一起带走。"那男人最后站在盛以背后，微微弯腰，语气还挺亲昵，"巧克力够吗？"

盛元白一脸震惊。

沉默三秒，盛元白的手机突然被抢走了。盛家三姐的脸放大在屏幕里，看上去还挺兴奋。

"阿久，那是谁?!听声音是江敛舟对不对！你们到底是真的假的？"

她放缓了一下语气："姐，你们那边……都有谁在？"

盛家三姐这下也安静了几秒，没说话，只是用手机一一扫过去。

盛元白、盛家的几个哥哥和姐姐、盛父和盛母、盛家的叔叔和婶婶……家里人一个不少，画面最后定格在盛家爷爷那威严而肃穆的脸上。

压根儿没等盛以开口讲话,盛家爷爷那尽管苍老却依然洪亮如钟的声音响起,带着不可违逆的气势,没给她任何反驳的余地。

"阿久,把他带过来吃饭。"

02.

盛以出身名门,家大业大,家风向来颇为严格。

盛家老爷子威严十足,在家族里就是说一不二的存在。

盛以是盛家第三代最小的一个,所以在家族里向来得宠,盛家老爷子更是一贯偏爱她,不过对她的品德要求也会高一些。

别的倒还好,这仁义礼智信中的"信",盛家老爷子是最为讲究的。

老爷子一生历经风雨,朋友众多,他这辈子最骄傲的不是有了盛家现在的家业,而是拥有从不说谎,答应过别人的一定会做到这样的品质。

爷爷开口,就意味着盛以这会儿连退路都没有了。

要是只有盛元白在,再退一步,哪怕她父母也在,她还能解释说是为了帮老同学而做的戏。

可这会儿,盛家老爷子都听到了,她就再没有解释的余地了。

盛以心如死灰。

手机转了一圈,最后又回到盛元白手里。

她堂哥脸上挂了几分同情,摇了摇头:"阿久,我接不了你了,正好他也要来家宴,让他载你来吧。"

直到挂了电话,她还没回过神来,完全想不明白自己只是过来拿个剧本而已,怎么就变成了带江敛舟一起回家吃饭了。

她缓缓抬起头,看向站在自己身后,朝着自己挑了挑眉的江敛舟。

江敛舟的声音凉凉的,怎么听怎么欠打。

压根没等盛以开口,江敛舟就绕到她对面的沙发坐下,大长腿一伸:"不去。"

盛以试图讲道理,说:"如果不是你突然拿了什么睡衣过来,就不会被我爷爷听到。"盛以努力保持心平气和,"而且最开始是你邀请我上节目的,现在出了问题,那你也得帮我应付一下。"

江敛舟嗤笑了一声,语气里像是带了点刺一样:"应付一下?"他慢悠悠地说,"我给你拿睡衣只是做道具罢了,剧本里都写着呢。"

这大概是一个暗戳戳的糖点,并且那套所谓的"情侣睡衣"是大众款式,完全可以宣称是无意撞了衫,一点儿也不刻意。

盛以一时间有些词穷,沉默两秒后,说:"只是吃顿饭而已,你不必如此小气吧?"

"这倒不是小气不小气的事,"江敛舟盯着她看,"这次我假装你男朋友,之后你怎么跟你家人说?"

"男朋友"三个字,江敛舟说得有些模糊,像是不敢咬字似的。

"这个简单,"盛以不甚在意,"就说分手了呗。"

也不知道为什么,盛以在说完这句话的瞬间,莫名觉得刚才还算热闹的氛围突然冷了下来。她怔了怔,看向江敛舟,发现他的表情有些冷。

好半天,江敛舟才挑着字句重复:"分手了呗?"随后垂眸一哂,"盛大小姐觉得恋爱分手,就是这么容易的事?"

盛以张嘴想解释什么,一时偏偏说不出什么话。

江敛舟先移开了目光,耸耸肩膀,轻笑一声,声音里意味不明,站起身,想离开这里。

转过身的瞬间,盛以莫名开口叫了出来:"……舟哥!"

江敛舟顿住。

盛以抿了抿唇,有些迟疑地稍稍放软了声音:"舟哥,行不行嘛?"

两人沉默许久。

最后,一道很轻盈的声音传入盛以的耳朵:"……行。"

…………

其实前不久许归故还跟他说,他脾气这么差,到时候怎么会有人忍得了他。

江敛舟后来想哪有什么脾气差不差的,再差也没他差。

盛以只要问一句"行不行",无论是末日来临,还是狂风煦雨,他都会回答"行"。

这是盛以数不清第几次坐江敛舟的副驾驶了。

盛以琢磨了一下,小心翼翼地试探:"你月薪多少啊?"

这个问题,盛以问出来的瞬间就觉得自己实在无脑。

江敛舟瞥她一眼,没说话,只是把放在驾驶座右手边的手机解了锁,翻了一会儿,递给她。

盛以沉默两秒后,将手机放回去。

江敛舟朝着她挑了挑眉。

盛以说:"之前有点想高薪聘你做我专职司机的,但现在突然觉得,我确实不配。"

江敛舟一时间有些失语，大概是实在不知道她那个小脑瓜里天天都在想什么。

车子里又莫名陷入寂静。

直到在红灯前停下。

盛以看着窗外，声音压得很轻。

可江敛舟就是听清楚了，每一个字、每一个停顿他都没有放过。

"我没有觉得恋爱和分手是多么随意的事，"她似是轻笑了一声，摇了摇头，"毕竟我也没谈过恋爱。"

绿灯亮起。

江敛舟一时间有些失神，直到后面的车流响起车笛声，他才回过神，启动车子。

盛以瞥他的瞬间，江敛舟遮住笑意，连他自己此时都不由得感慨，他可太好哄了。

江敛舟之前知道盛家是名门望族，但他的确不知道到底是什么程度的名门望族。

几出几进的院子，处处精致，摆件和盆栽植物恰到好处。

江家在景城也是上流家族，他这些年来又看惯了这些，是以一眼便能看出这些并没有加什么保护设施，似乎也不是很怕被破坏的摆件和盆栽，到底是个什么价位，只是贵当然不行，还都颇为罕见，可在盛家这么一看，却好像并不觉得有多宝贵一般。

等盛以带着他到了最里面，推门一进去。他转头，看了盛以一眼，他之前的确知道盛以的小名叫阿久，是因为家里排行第九，但文字的描述，远远不会有画面来得震撼。

盛家的家宴向来办得声势浩大，凡是赶得及来的人都会参加。

一屋子的人齐刷刷地朝他看过来，哪怕是时常活在别人目光下的江敛舟，此时都有些压力。

最后是向来大大咧咧的盛家三姐盛琳先开了口："江敛舟是吧？进来进来，长得确实挺好看的，我们全家一起看了你俩的直播。"

盛以觉得真的不必如此……

江敛舟不愧是江敛舟，这会儿能保持镇定和风度。

他走进去，不卑不亢地和大家打了招呼，还送了礼物。大家都颇给面子，一会儿看看盛以，一会儿看看江敛舟，热情地打着招呼，直到坐在首位的盛家老爷子开了口："阿久，给爷爷介绍一下。"

盛以最后以她一贯的淡定情绪拯救自己于水火之中。

盛以清清嗓子，说："大家好，这是江敛舟，我的高中同学，现在是一位歌手，也是一位演员，是我的……"

她咬咬牙，有几分犹豫……尤其是觉得对不起江敛舟。

大明星的清白分外珍贵，此时却任由她随意玷污，让她由衷生出愧疚。

无奈形势逼人，毕竟节目还好解释，可刚才"情侣睡衣"真的不好解释。

盛以顿了顿，还是把那句话补充完整："……男朋友。"

江敛舟眉心一跳，不动声色地瞥了盛以一眼。

心虚的盛同学转开眼，愧疚到不敢看他。

江敛舟突然觉得有这一句话，今天便值了，做的一切都值了。

盛家的人虽然多，但确实能看出来都对盛以颇为偏爱，这又是盛以第一次带男朋友回来，大家表现甚为和气。

七岁的盛南默正是调皮的时候，但他向来黏盛以得紧，刚从国外回来，好不容易见到一次盛以，张口闭口就是"小姑姑"，吃饭非得跟盛以坐在一起。

这个年纪的小孩儿，对婚姻嫁娶已经有了一定的意识，但又没有足够的概念，中文也不够好，懵懵懂懂地问妈妈："妈咪，什么是男朋友？"

盛以的堂嫂就给小孩儿解释道："就是以后要跟你小姑姑结婚的人。"

盛南默登时饭都不吃了，童音里带着慌张，普通话也不够标准，说："不……不行！小姑姑要嫁给我，谁要跟他结婚！"

说完，盛南默恶狠狠瞪了江敛舟一眼。

江敛舟一阵无语，转而一瞬失笑。

大概是笑得太好看了，江敛舟的皮囊没有人不喜欢，一双潋滟桃花眼更是在带了笑的瞬间夺目生辉。

盛南默看到帅哥，顿时有些纠结了，但纠结完，他还是恶狠狠地瞪了江敛舟一眼，还出声警告："漂亮小姑姑是我的！"

盛以听到这话，倒也没在意。

毕竟江敛舟虽然脾气算不上多好，但也是个心地善良的人，脑子也还行，不会跟七岁的小孩儿争执一些无意义的话题。

她放心地夹了一筷子菜往嘴里送，还没来得及咀嚼，便听见左边悠悠传来的一道声音，明明怎么听怎么闲散，但就是透着挑衅、嚣张、倨傲，一字一顿："我——的。"

盛以差点被嘴里的菜给呛到。

七岁的盛南默小朋友生平第一次碰到"真"恶人，不用恶狠狠的语气和恶狠狠的表情，也能压倒他。

小孩儿目瞪口呆，感觉自己整个世界观都被推翻了。

以大欺小的江敛舟还没有打算结束这场闹剧，看着小朋友，挑眉，宣示"主权"："你小姑姑以后是要嫁给我的，你得叫我小姑父，知道吗？"

盛南默："不啊，小姑姑啊……"

小朋友普通话本来就讲不好，这会儿一着急更是吞吞吐吐什么也讲不出来，越讲不出来越急，越急越讲不出来，最后一嘟囔，嘴一瘪就准备哭出来了。

盛以一愣，看堂嫂刚去卫生间了，正准备哄一哄"小豆丁"，听见江敛舟开了口："你该不会是要哭吧？"

盛南默动作一顿，不知道自己该不该哭了。

江敛舟单手撑着下巴，另外一只手捻了缕盛以的发丝在指尖绕，语气透着散漫："你小姑姑最不喜欢爱哭的男人了，她喜欢勇敢坚强的人。"

被抓住了命门的盛南默张了张嘴，最后用肉嘟嘟的小手把眼里打转的那丁点泪水一抹，小心翼翼地拉起了盛以的右手，说话时还微微抽噎，又压抑住自己不敢抽噎，小模样非常可怜。

盛以哭笑不得，摸了摸小豆丁的脑袋，回头瞪了江敛舟一眼："你吓他干什么？"

盛南默偷看一眼江敛舟，半晌，倔强又不服输地说："好吧，你现在是比我强那么一点点，但我以后一定会超过你的！"

盛以都不知道该怎么吐槽了。

总而言之，庆幸的是小孩儿的家长回来的时候，健忘的小孩儿已经开开心心再次吃起菜了。

盛以压低了声音："没想到你还挺会对付小孩子。"

她一看见这么大的小孩子哭就头疼，完全不知道该怎么哄，江敛舟倒好，哄都没带哄，小豆丁的情绪全没了。

江敛舟似是笑了一下，没说话。

他哪里会对付小孩子，只是知道什么是软肋罢了。

肆无忌惮、无所畏惧的江敛舟，似乎也会有害怕的时候，他怕听到什么呢？怕审判的结束，也怕头顶迟迟落不下来的刀。

江敛舟第一次上门，盛家老爷子大概是出于拳拳之心，罕见地没有找江敛舟单独谈话。

只是江敛舟过去敬酒时，老人家的眼神落在他身上，最后难得地笑了笑，拍拍江敛舟的肩膀，说："久丫头是我最疼爱的一个，你可得好好对她。"

听到此话，盛以更心虚了。

刚准备说点什么，她就看见身旁的江敛舟端起酒杯一饮而尽，爽快应声："您尽管放心，我一定会的。"

看到江敛舟还挺认真，盛以有些不自在地别过头，不知道为什么不敢再看，也不敢多想。

盛家老爷子满意地笑了笑："我们家阿久向来眼光高，还真没跟什么人谈过恋爱，这头一次带对象回家，还不错。我时常教育她啊，这搞对象也是要负责任的，谈几天就掰了，那都是不好的！"

盛以抿了抿唇："爷爷，您这话……"

"是的，我也这么认为。"江敛舟打断了她的话，"尤其我是一个公众人物，更应该以身作则。"

结束时江敛舟还不忘征求盛以的意见："对吧，阿久？"

盛以到嘴边的吐槽压了下去，走开几步去柜台那里帮盛家老爷子拿饭后吃的降压药。

江敛舟看了看她的背影，垂眸一笑，压低了声音跟老爷子道："但如果我跟阿久……最后没能在一起，也肯定是我的原因，您千万不要怪她。"

03.

第一期《同桌的你》节目首播定在大年初一晚八点。

直播录制结束一周后，终于迎来了节目组"迟来"的官宣。

与此同时，一栋高楼在论坛立了起来，并且飞快地打上了"hot"的标签。

报！《同桌的你》已官宣，后天晚上八点准时开播！

主楼：说了一万次了，好勇，真的好勇，大年初一首播，这收视率还能看吗？

1L：哈哈哈，大年初一开播啊？笑死我了，哪来的勇气，别人连年都不过了看你们的节目？

2L：不过话又说回来了，《同桌的你》应该本来也没有怎么指望收视率吧？

3L：可不是嘛，粉丝直播的时候已经看过了，非粉丝哪有兴趣看这个。反正我们一家四口已经决定过年这几天，全都要打麻将了。

8L：官宣了？定妆照放了没？

9L：还没，听到消息说半小时放一组，马上就该放第一组了吧。

13L：江敛舟难得当一次综艺的常驻，收视率要是不好看，啧啧啧。

这档从还没有任何官宣消息，就已经在微博和各大论坛拥有高楼的节目，从一路的直播录制到现在的档期官宣，全都充满了话题度。

这会儿的官宣微博自然转赞评数涨得飞快，论坛的讨论度也很高。

78L：哇，放出来的第一组图是薛青芙和俞深。哈哈哈，以前只觉得俞深是个学霸，这收拾一下就是不一样，头一次get到他的颜值。

103L：快看第二组的图！旗袍尹双和中山装宗炎，我疯了，民国风小情侣！尹双那件旗袍可太好看了，有没有人知道多少钱，我也想去买一件。

192L：第三组是段明霁跟汪桐欣，汉服……绝了。

198L：所以最后一组是江敛舟跟那个谁，叫什么……这个纯素人的名字我记不住。

199L：叫盛以。我去翻了翻，她一条微博都没发，头像都是空的，94万粉？生怕别人看不出她买粉？

200L：你才买粉，等会儿官宣照出来了你可不要关注她微博。

201L：楼上到底在说什么……

……………

微博和论坛全都热热闹闹的，可被无数人议论纷纷的盛以，却丁点没受到影响。

她正连同盛元白一起，陪同她外婆和她老妈搓着麻将，享受快乐。

盛母打出了一张"幺鸡"："元白，你爸妈确定不回来了？"

"对，"盛元白点了点头，出了一张牌，"临时有桩案子……"

话还没说完，外婆笑眯眯地把牌一推："和了。"

盛元白那张英俊无比的脸上，此时已经贴了五六张条子，眼看着再贴不下其他的了。

盛以一阵感慨："我就跟你说外婆技术高超，你还不信。"

正说着，盛以的手机就连续振动几下，她边单手把牌推进麻将机里洗牌，边拿起手机看了眼消息。

好一朵蓓蕾：啊啊啊！

好一朵蓓蕾：我今晚的尖叫没有贡献给段明霁跟汪桐欣，全都贡献给了你跟江敛舟！

好一朵蓓蕾：求求你们了，结婚吧，我随两千元还不够吗？

盛以没看微博，还真不知道发生了什么，随手点开那张大图看了看，点开的那一瞬间，盛以愣住了。

当时节目组拍了定妆照，返给她看时是单人图，只说双人图江敛舟那边已经确定好了。

盛以当然相信这种大工作室的审美，便没有再要求看成图，所以……这是她第一次看到她跟江敛舟的双人定妆照。

她将倒未倒，江敛舟伸手去扶她，这是一个介于搀扶和拥抱之间的动作。

穿了白色纱裙的女人一头长鬈发，美丽且妩媚，因为踩到了纱裙往前倾，眼里带了抹慌乱，可……

直到这一刻。盛以才看明白自己那一秒的想法。慌乱自然是有的，失衡让她有些手忙脚乱，可更多的是信任，对前面站着的人的信任，仿佛是相信，只要有他在，她便永远也不会感受到疼痛。

就像是高中那时在滑雪场，她没站稳向前滑去时，突然的意外让她惊叫出声后，在看到前面那个人时的安心感。

他会张开双臂，救下她。

那一天在滑雪场时，其实是她扑在江敛舟身上，江敛舟压根儿没能抵住那巨大的冲力，倒在地上，两个人一起仰倒在厚厚的雪堆里相视大笑，她依然本能地相信他。

这张照片确实拍得很好，自然而不刻意，却把照片上的男女之间的氛围拍得生动有趣。

更不消说江敛舟那张清俊的脸，以及她的……全天下第一的美貌！

刚在心里狠狠夸奖了自己一番，坐在她左手边上家的外婆瞥到盛以的屏幕，愣了愣。

老人家凑过来看了看："结婚照啊？"

盛以还没来得及说话，外婆就再次确认了一番："哟，这不是舟舟嘛。前两天家宴外婆没去，听你妈妈说你带了男朋友回来？要我说啊，还是舟舟好看。"

盛元白也来凑热闹，而后一脸深意地盯着盛以看了一会儿，才笑道："外婆，阿久带的男朋友就是他。"

"真的？"外婆惊喜不已，"舟舟这孩子真好，以前就老来陪我打麻将。长得好，也懂事，这牌技也挺好的。跟我打麻将有输有赢，你说要是脸被贴满我还有什么意思？"

盛元白心想：您最后一句好像带着那么一点人身攻击……

外婆说着说着又绕回来："这就是你们的结婚照？阿久，你们什么时候办酒席啊？"

盛以沉默两秒，解释道："这不是结婚照，是一档节目的官宣照。"

"哦，这样啊。"外婆恍然大悟，盛以还没松口气，又听外婆问，"现在这节目还挺洋气的，大家都在电视上结婚啊？"

盛以心想：外婆到底为什么如此坚定地认为，我跟江敛舟就要结婚啊？

最后还是快要笑抽过去的盛元白耐心解释了一番，外婆才勉强听明白。

外婆看上去有那么一点遗憾，又问盛以："那你跟舟舟什么时候结婚呢？"

盛以的微信再次响起，打断了这个无尽的结婚话题。

盛以松了口气，低头看去。

Ivan：记得转发定妆照那条微博。

Ivan：后天节目开播。

阿久：嗯。

阿久：滚。

"阿久，三饼要不要？"盛母又叫了她一声，"跟谁聊天呢，这么起劲？"

"来了来了，不要。"盛以应声。

很快，外婆又和了一把，老人家精神不好，赢太多了觉得无聊，便准备上楼睡觉，睡觉前还叮嘱盛以："我们后天可得一起看节目啊。"

盛以应了声，这才有时间拿出手机上微博。

再次好生卡顿一番后，她点进官博，转发她跟江敛舟那条微博。

刚一发送成功，瞬间，她本就卡顿无比的手机……像是卡成板砖。

盛以一时间有些失语，愣了一会儿，问盛元白借来手机，看了看自己的微博，那些她本以为是节目组，再不然就是江敛舟的工作室买来装饰门面的微博粉丝，竟然是活的！

她才刚转发成功八分钟，点赞数竟然已经过万，转发评论也都有好几千。

点开评论。

木以成舟：宝贝！你终于发微博了，"麻麻"想你了！

舟哥的美甲：这哪里是定妆照，我立马去冲洗店打印出来挂我家客厅！

阿久宝贝：后天见，放心吧，我会把我们家三台电视机都开着的。

…………

她感慨了一下，再一刷新，发现刚才还是七千多条的评论，这会儿直接变成了两万条。

盛以似有所感，点进去看了一眼，果然热评第一已经换了人。

江敛舟 V：我怎么这么好看？

盛以有些无语。

这一刻，她莫名回忆起高中时，江敛舟那个叫池柏的哥们儿说的话。

"盛以，你能跟舟哥玩那么好，真的是有原因的。"池柏还卖了个关子，"你俩真的是一模一样的自恋。"

盛以登录自己好不容易卡完的微博，慢悠悠地打字回复了这条评论：能扶住我是你的荣幸。

江敛舟V：啧。

隔着屏幕，盛以都能想象到江敛舟这会儿不悦到了极致的语气。

成功扳回一局，她美滋滋地关掉手机准备上去画画，刚站起身，微博又弹出来关注人评论的提示。

她不甚在意地解锁手机，看了一眼。

江敛舟V：行吧。

还没等她思考完，江敛舟又评论了一条。

江敛舟V：我的荣幸……

当天夜里的论坛。

374L：是谁……深夜还在放大看那张照片。

375L：是我。

376L：也是我……

377L：为什么？这张真的没修图吗？真有素人长这样？

盛以在这个春节前倒是真的想不到，她的大年初一是在看自己录制的节目中度过的。

外婆爱热闹，准备了各式各样的糖果、点心、饮料，盛家一家四口人加上盛元白，齐聚客厅一起看节目。

下午七点钟的时候，大家就已经全都坐在客厅。

盛以是真的不明白为什么要提前一个小时就在这等着，又不会提前开播。

电话突然响了起来，是江敛舟打过来的微信视频。

盛以接起电话，视频接通，没出现那张好看至极的脸，而是一片漆黑。

她沉默两秒，问："你终于被绑架了吗？"

江敛舟轻"啧"了一声，懒洋洋地走了几步，到了窗前。

借着温柔的月光，视频里终于显出了他脸部的轮廓，一半在月色下，一半在黑夜中，隐隐约约，神秘而动人。

他靠在窗台上，慢条斯理叫了一声："盛以。"

盛以突然想起来，他今年过年没回家，隐约听孟元讲，在忙新专辑的事。

这张专辑的作词作曲，江敛舟一个人包揽了，顺利的话，专辑差不多会在节目录制完时发行。

想到此，盛以便有那么几分心软，问："你在哪儿呢？"

"湖悦山色，刚从工作室回来。"江敛舟说话慢悠悠的，语气闲散，"湖悦山色停电了。"

盛以："什么？"

江敛舟用摄像头扫了一眼窗外。

果然，平素灯火通明的湖悦山色，此时一片漆黑，似是隐入山林，安静而出尘。

江敛舟淡淡道："说是电路出了问题，临时检修，大概得十一点来电了。"

盛以再度沉默两秒。

江敛舟扬了扬眉："没事，我就是打电话来提醒你，记得今晚看电视，还有……新春快乐。"

向来吃软不吃硬的盛以斟酌一下，问："那你怎么办？"

"我？"江敛舟随意地端起水杯，抿了口水，"去工作室看呗。"

盛以没说话，脑子里自然浮现在这大年初一阖家团圆的日子里，到处都充斥着热闹，而"江大顶流"一个人孤零零坐在工作室看节目的画面。

盛以向来是个有些节日氛围感在身上的人，盛家这种大家族又一贯注重团聚，她有些于心不忍。

外婆递过来几瓣橘子，问："谁啊？阿久。"

没等盛以说话呢，耳聪目明的江敛舟就先听见了，礼貌且乖巧地说："外婆过年好，我是江敛舟。"

"舟舟啊！"外婆立马笑眯了眼，凑过来讲话，"你现在在哪儿呢？在景城呢？"

"不，我也在明泉。"这会儿的江敛舟跟换了个人似的，"我回头再去看您，这会儿正准备去工作室看节目。"

"哎呀，你一个人啊？去什么工作室，来跟我们一起看啊。"

盛以愣了一会儿，没讲话。

江敛舟很客气地说："这……不太好吧？大过年的，你们都在家里团聚，我还是先不过去了。"

"没事没事！"外婆打断了他的话，"你可是我们阿久的男朋友，哪有什么不好的？哦，对了，你们打算什么时候结婚啊？"

盛以一时间无言以对。

…………

半个小时后，盛家的门铃响了两声，顶着一家人齐刷刷的目光，盛以倍感压力地走过去开了门。

门外，提着大包小包礼品的江敛舟，带着一身暖意，破开冬夜的凛然寒气，面带笑意地站在那里。

他的身后是华灯夜火，星夜尽明。

他轻笑了声，嗓音发懒，偏又满是认真。

"女朋友，晚上好。"

04.

盛以被那声"女朋友"叫得一怔，愣了一会儿，她记起他们现在的关系，有些不自在地抓了抓头发。

父母跟盛元白其实都还好说，但……她到底不忍心扫了外婆的兴致，外婆确实喜欢江敛舟。

从高中时起便是这样，盛以的性子算不上孤僻，但的确不喜欢凑热闹。

她刚去景城的时候没有什么朋友，也懒得去参加别的活动，每天的生活都被画画和学习占据着，直到后来和江敛舟他们相熟。

外婆爱打麻将，外公却向来不喜欢这些活动。

她有一次跟江敛舟提起这个事，正做着物理题的江敛舟便停下来，漫不经心地瞥她一眼："麻将？"

盛以应了一声。

江敛舟慢悠悠地把笔在指尖转动几圈："我会。"之后很自然地接了句自夸的话，"而且打得还不错。"

盛以一脸疑惑，转过头看了江敛舟一眼，然后继续画自己的素描。

江敛舟轻"啧"一声："你什么意思？"

"没什么意思，"盛以捏起来拇指和食指比了一下，"就是想看看你脸皮到底有多厚。"

江敛舟不满极了，把笔转了几圈，往桌上一放："试试不就知道了？让你看看哥的技术到底怎么样。"

在周末的时候，盛以带了江敛舟和池柏回家，陪外婆搓了几圈麻将。别说，虽然看上去他的动作并没有很潇洒，但牌技还真不错。

几圈搓下来，外婆很开心，还热情地做了饭，从那之后江敛舟便时不时陪外婆搓麻将，几次下来之后，动作就日益富有"雀神"风范了。

别看江敛舟脾气差,但对老人家挺好。外婆说什么他都听,且事事有回应,捧得外婆常常合不拢嘴。就连外婆做了家常菜,自小锦衣玉食的江敛舟都能夸出新花样,所以,这会儿外婆看见大年初一来到他们家的江敛舟,笑得眼睛都快看不见了,连连招手让江敛舟进来坐,问长又问短的,盛元白还在旁边帮着腔,老人家开心得不得了。

老人家一开心,盛父和盛母自然心情好。

再加上他们对江敛舟的印象也很好,这会儿看他上门拜访都不忘带礼物,更是在心里夸了几番。

在一片和气之下,外婆推了推江敛舟:"去,舟舟,跟阿久坐一块儿。知道你们小年轻儿就爱聊些不想给我们听的,回头再跟外婆聊啊。"

盛以心想:外婆,您是有那么一些媒人天赋在身上的……

等江敛舟和盛以在沙发上坐下,外婆更是乐得不行,拍着盛元白的手连声感慨:"这比那画报上的小情侣都好看呢,真登对。"

盛元白一向会哄老人家,应声道:"可不是嘛,就没见过比他俩更般配的。"

江敛舟垂眸,遮了遮桃花眼里的笑意,倒没似往常一般懒洋洋一坐,而是整个人都坐直了,更衬得他方雅清俊。

要不是盛以对他颇为了解,这会儿也得被他这模样骗到。

江敛舟端起茶杯抿了口水,声音压得挺低,脸上带着往常很难见到的和煦笑意,他的样子确实像是在聊外婆说的小情侣之间的私密话题,但他的语气和说的内容,显然就不是那么回事了。

"等会儿就要在电视里看到哥那张绝世容颜了,开心吗?"

盛以慢悠悠地瞥了他一眼,嗤笑一声:"能看见你的美甲更开心。"

江敛舟微微一笑:"承认哥是绝世容颜了?"

盛以一脸疑惑,心想:您真的是从以前到现在,都这么擅长曲解人意呢……

那边的外婆还在兀自拍着盛元白的手,一脸感慨:"看,这小情侣在一起就是甜蜜蜜的,真好。"

盛元白满心狐疑,嘴上倒是应和得好:"天造地设。"

盛以不由感叹盛元白这见人说人话、见鬼说鬼话的毛病,到底还有没有治了?

没聊上几句,时针便晃晃悠悠地指向了"八"。

这次节目的首播平台定在樱桃卫视,樱桃台极其准时。

《同桌的你》抒情版背景音乐缓缓响起,盛以也没看过这个片头,此时也有些好奇。

一片纯黑色的屏幕上，伴随着打字机的声音，慢慢地显示出一行字：你还记得坐在一起时间最久的一位同桌，叫什么名字吗？

接下来便是一段街头采访，很快速地闪回无数镜头。

"记得，一个男生。"

"记得，当时每次上课睡觉的时候都让她帮我盯老师。"

"不记得了，时间……就……有点久了吧。"

直到最后，画面切到一个小男孩儿身上。

小朋友戴着红领巾，一脸天真："当然记得！是我一年级的同桌！我们在一起坐了两年！"

画外音问："那你现在几年级啊？小朋友。"

小朋友鄙视地看他："叔叔你这么大了都不会算数吗？从一年级开始坐了两年，所以我三年级啊！"

盛家一家人全都忍俊不禁。

画面再次切走，这次依次出现了四位艺人的采访。

地位最高、也最受期待的江敛舟，自然放在最后。

他实在好看，自认为对他长相免疫了的盛以，这会儿也忍不住由衷赞叹。

江敛舟听清问题的瞬间，沉默两秒，才漫不经心地回答："记得吧，是个……挺好看的女孩子。"他稍稍一顿，"等一下，这段采访她会看到吗？"

"不会的，请放心。"

江敛舟慢条斯理地点了两下头："那就好，免得她看见我这么夸她而太过骄傲。"

她缓缓地转过头，看了一旁的江敛舟一眼。

江敛舟沉默两秒，苍白辩驳："我没想到节目组这么……不讲信用。"

节目组继续问："如果有机会再见到她，你会跟她说些什么？"

江敛舟似是有些失神，又笑着说："这个问题仿佛是在问，如果突然有一天中了大额彩票，我会怎么花。"

节目组没放弃，继续追问："那如果见到了呢？"

江敛舟稍稍敛眸，懒散颔首："我大概会说……"

他停顿了那么一下，似乎是在心里补上了那个称呼，才继续往下道："好久不见。"

盛以愣了愣，她确实不知道节目组还在录制之前给几位艺人进行了单人采访，这会儿只觉得心情复杂。

江敛舟偏头，看她："怎么了？被感动到了？"

"不是，"盛以叹了口气，"是没想到再见到你，跟你说的第一句话是内场票多少钱。"

江敛舟心想：我确实也没想到呢。

接下来便是节目组制作人的露面，称为上面的四位艺人找到了校园时期的同桌，并邀请他们一起登岛，录制了这次节目。

首先，自然是要完成历史性的会晤。

别人都挺正常的，唯独到了盛以这里……

屏幕前的她看着自己素颜举着的手机屏幕上江敛舟凌晨两点半叫她早点起床化妆的微信，以及那声观众们发的弹幕，她只觉得尴尬。

盛以觉得如果今天不是在家里，父母外婆都在旁边，江敛舟一定会死，但显然跟得上潮流的父母和外婆都对这几句话很认可。

外婆还帮腔："舟舟可真贴心，这么晚了都不忘叫我们阿久早点起床。"

当播到默契问答那段时，更是惹得盛家人连番夸奖。

盛元白吃惊道："敛舟竟然还记得阿久低血糖？"

"可不是嘛，"盛母赞叹，"阿久中学时喜欢的和讨厌的科目都记得，挺好的。"

一直到最后一题，江敛舟回答错误。

盛家人都有些遗憾，不过也都在安慰道："没事没事，十道题才错了一道，已经很厉害了。"

盛以倒没觉得什么，但她无意识地瞥了一眼外婆时，却发现外婆这次倒没讲话，只是看着他们两个人的方向，笑着摇了摇头。

盛以觉得外婆大概也记起了那时候的事吧。

她垂眸一笑，接下来的节目倒也正常。

同桌们久别重逢，几乎每组见面都相互拥抱了一下，而后是八个人一起聚餐。

节目组高价请的剪辑团队确实值得，不但速度快，而且质量奇高，这画面被剪得温馨又感人。

光看盛家一家人脸上怀念的意味，便知道这"同桌的你"是有多"回忆杀"。

画面放到了江敛舟声称要自己开游艇，并且表明自己会法语而不需要翻译。教练说一句，江敛舟重复一句，看上去确实完全不需要翻译。节目组自然是把教练说的话同步翻译在字幕上，看上去江敛舟熟练无比，极为可靠。

连盛以都忍不住在心里又夸了一次，刚夸完，便听到教练说，汽艇要慢慢减速……

而"江大顶流"转过头，看着一无所知、茫然无解的盛以，表情是一副"我真人美心善"，嘴上说的跟翻译过来的字幕……不能说一模一样，只能说毫不相干。

坐在沙发上的盛以，眼睁睁地看着电视机里的自己，满脸认真地听江敛舟翻译："穿好救生衣，抱着我的腰。"

盛以面无表情地转过头，看向江敛舟，突然发现方才跟自己坐得隔了两个拳头的江敛舟，此时已经坐到这张沙发的边缘。

客厅里充斥着谜一般的寂静。接下来诸位眼睁睁地看着像只小白兔似的盛以同学，相信了那句话，并伴随着海浪叫出"我有一点点想你"时，众人不约而同沉默下来。

盛以知道这期节目播出后，可能会有很多路人被吸引，但她什么都不想知道。她只知道，江敛舟绝对活不过今晚了。

接下来的卖票环节，屏幕里的盛以暴躁地给江敛舟做着美甲，屏幕外的盛以暴躁地看着屏幕里的盛以给江敛舟做美甲。

江敛舟瞥了盛以好几次。直到播放到江敛舟去跟借扑克牌的摊主炫耀美甲时，盛以还是面无表情。再播到江敛舟跟连线粉丝炫耀美甲时，江敛舟再次看了她一眼，发现她好像没那么生气了。

江敛舟一点一点挪回来，再看了看她，又转过了头。他好像说了句什么，声音压得很低，但离他很近的盛以听得一清二楚。

接下来的节目也剪得很好，将江敛舟和盛以这组夺得第一名的轻松跟其他组的艰难卖票交叉剪辑，笑点十足。

若是个普通观众，这会儿估计已经笑得受不了了，最后，则是卖完票的大家聚在一起，开始选歌。

那首当时循环播放了两天、最后听到有点腻的歌，再次在耳边响起时，盛以又回忆起那个穿着白色婚纱，听他说"新婚快乐"的舞台。

这期节目就结束了，选歌、练习室和舞台都放在下一期。

一百分钟的节目，每分钟都是精华，泪点笑点齐飞，让人不由得感慨高价请的剪辑团队就是如此靠谱。

看完节目，也不知道为什么，盛以的气消了不少，可能是再次想起那首《同桌的你》。

其实刚才也算不上生气，她其实很少生气。

以前读书时跟江敛舟时不时拌几句嘴，倒也从不往心上去。偶尔确实会因为意见不同，冷战几分钟，不过通常，也只有几分钟。

因为脾气很差的江敛舟似乎总会先来找她讲话。平时他似乎总是妙语连珠，各种借口信手拈来。可每当这个时候，他从不替自己找补，不解释什么，更不会当那件事从未发生过一般绕开那个话题。

江敛舟最常说的一句话便是："不要生气了。"

就像刚才……盛以看着屏幕里播放的片尾曲，有些失神。

她又想起了方才因为江敛舟胡乱翻译的"抱着我腰"而冷战时，江敛舟在她耳边压低了声音说的话：

"不要生气了。

"当时……

"确实很想让你抱我一下。"

05.

回忆起那个"腥风血雨"的晚上，时隔很久之后，"江大顶流"依旧有那么几分心惊肉跳的感觉。

想他纵横江湖这么多年，大场面不知道已经经历过多少次，出道时的比拼、无数媒体关注着的万人演唱会、知名音乐奖项候选人的颁布现场……在这些场合上，江敛舟向来是云淡风轻的。也只有那么一个晚上，他看着盛以没什么表情的侧脸，手心悄悄出了汗，大概是盛家太过暖和的缘故吧，他这么想。

但颇有些奇妙的是，盛以竟然似乎真的没再生气了，就好像他胡乱翻译的事情没发生过一般，她沉默几秒，跳过了那个话题。

看完节目将近晚上十点了。

琢磨着大年初一留外人过夜并不算好，江敛舟主动地站起身："时间不早了，我就先回去了，改天再来拜访。"

外婆夸赞道："今天的节目很好看，那首《同桌的你》外婆还会唱呢。你们是不是又要录节目了？这次外婆可得盯着你们的……"

盛元白适时补充道："直播间。"

"对对对，盯着你们的直播间看。"

盛以一阵无语。

外婆他们不说倒好，他们一说，她就忍不住想到自己在录着节目，而家人们在屏幕前直勾勾地看着她的画面，羞耻心立马就出现了。

盛以只在心里吐槽了一下，便听见旁边的江敛舟笑道："好，外婆。到时候我有哪里表现不好了，您可得告诉我让我改了。"

盛以一脸疑问，看看人家这强大的心理素质，谁看了谁不感慨？

那天过后，盛以便时不时能在盛家听到"江敛舟"三个字。

"哎呀，舟舟这首歌挺好听，不错不错。"外婆看电视听到一首歌，一看是江敛舟的，立马喜上眉梢，连番夸赞。

就连赖在他们家不走的盛元白抬头看了一眼，也一本正经地说道："这首歌拿了金曲奖呢。外婆，敛舟好多歌都很好听，我改天给您下载到唱戏机里，您慢慢听。"

向来很少夸人的盛父也一阵感叹："确实，敛舟长得好，做事也知进退，录个节目都比别人有趣。"

盛母点头："对阿久也好，还聪明懂事。"

更离谱的是他们说完后，齐齐看向一旁安静举着小锤敲核桃吃的盛以。

盛以心想：难道还非得让我附和？

那齐刷刷的目光实在是让她颇有压力，所以盛以沉默两秒后，试探道："的确很有才华，是个挺好的艺人。"

她刚夸完，便听见盛元白对着手机话筒说："听见了吗？敛舟，阿久夸你呢。"

话音刚落，便传来语音发送成功的提示音，盛元白满意地放下手机，一副"小爷今天又做了一件天大的好事"的表情。

盛以问："你在做什么？"

盛元白的脸上写满了明知故问，说道："当然是把你夸奖敛舟的话发给他听啊。"

盛以还没说话，盛元白的手机"叮咚"一声响了。

"哎哟，敛舟回消息了。"说着，盛元白还特别及时且周到地把江敛舟的语音播放给盛以听。

微信语音里，江敛舟的声音和平时听起来稍有差别。

他大概是刚睡醒或者是刚忙完，声音比平时哑了几分，稍稍有些倦怠的意味，却又染着一听便分明的笑意。

"谢谢元白哥，我很开心，如果能听到她亲自对我说……那就更好了。"

盛以捂了捂自己快要炸裂开的羞耻心，颇有几分羞愧地低下头，继续砸自己的核桃。

"有事吗，庄哥？"江敛舟长腿一伸，懒洋洋地往椅背上一靠，招呼了一声走进录音室的庄尧。

庄尧递过来一沓纸："今年的《时尚周刊》封面邀约，我大致选了几个主题出来，看看你接哪个。"

江敛舟不甚在意地拿起笔画了几个，还给庄尧，庄尧应了声准备往外走，还没迈开两步，江敛舟叫住了他。

庄尧回过头："怎么了？"

江敛舟把手机在手心里打了个转，解锁后说："有个东西给你听。"

庄尧有些惊喜："又出小样了？最近你灵感不少啊。"

江敛舟挑了挑眉没说话，等庄尧走近几步凑过来听。

两秒的寂静过后，庄大经纪人便听见了一道熟悉的女声。

"的确很有才华，是个挺好的艺人。"

庄尧安静了三秒。这三秒里，他的脑子里闪过了无数想法。最后，他平静地问："这是什么？"

"不是听见了吗？"江敛舟掀了掀眼皮，"盛以夸我的话。"

庄尧微微一笑，打开自己的手机："说起来，我也有东西想给你看。"

江敛舟闻言，抬头给了他一些注意力。

手机上是浏览器页面的搜索记录。

"怎么才能让一个人一辈子不开口讲话？"

过了一个颓废且舒适的假期之后，盛以再次收拾了东西，带着盛父和盛母满行李箱的爱，回到湖悦山色。

此时，时隔半个月后，《同桌的你》第二期录制如期而至。

第一期首播的反馈实在好，在大年初一晚上开播的《同桌的你》得到了颇为惊人的收视率和讨论度。热搜连上几个，一些精彩片段更是被拿出来反复讨论。

本来杨导还有几分担心，觉得之前已经直播录制过，现在即使把高光片段剪出来，收视率也多少会受到影响，然而一切都美好得像是做梦一样。

《同桌的你》官方微博的粉丝在这几天直线上涨，转评赞的数量更是迅速翻了几番。准时收看第二次直播录制的观众，不知道比第一次翻了多少倍。

因此，第二次录制的直播间刚一建立，瞬间就有一大批时刻蹲守的观众迅速进入。

一时间涌入量太大，合作的直播平台都差点崩了，一时之间卡顿无比，直播平台的程序员提心吊胆地迅速维护。

跟第一次直播一样，这次的八个单人直播间的地址全都显示在酒店。

此时直播画面里还没有嘉宾，弹幕倒是已经刷起来。

·现在晚上七点，今天甚至不等嘉宾们睡一觉就开始录制吗？他们会不会太累了？这是在哪？

·前面的姐妹一看就是上次便看过直播的，真有经验，羡慕……
·我也好后悔为什么没有第一次就看啊。
·听说这次的录制好像没在国外，应该是在国内的 Z 市。
·真的？Z 市人突然开心！

不得不说，直播间是有那么一些粉丝消息极其灵通的。

哪怕《同桌的你》保密工作已经做得很好，也依然有录制的消息隐隐约约传出来。

与第一期的夏日岛相比，这次的《同桌的你》录制地点并没有选在国外，而是选在了 Z 市，国内南方的一个城市。

旅游业占当地产业的比重挺大的，不但自然风景优美，而且这个城市里有国内最大的游乐园之一——云霄乐园。

是以，一说录制地点是在 Z 市，弹幕上立即就有不少人在猜这次录制会不会是游乐园主题。

·听起来有点没新意啊……
·前面的你真的不懂，要什么新意……不用说别的，只要开着直播间，他们就是吃着火锅聊着天，我都能看很久。

《同桌的你》第一期获得了大成功，自然会有人猜这档节目会不会高开低走。

观众们看到八个单人直播间的工作人员，敲开了嘉宾们的房间门。

盛以并不知道今晚要录制。她刚到酒店也就两个小时，吃了晚饭卸完妆，又换了一套舒适的睡衣，正准备画一会儿画就休息，门突然被敲响了。她没多想，随手整理了一下衣服便打开了门。

盛以冷冷淡淡地说："你们节目组已经狠到了不提前通知、直接开录的地步了吗？"

工作人员心道：他就说他不要来负责江敛舟和盛以嘛！

这两位一点不像别组的嘉宾，别组的嘉宾总能顾及着自己是在录节目。

工作人员胆战心惊地把任务卡递交过去。

"本次录制的第一个环节，依然是考验同组两位老同桌默契度的。"工作人员解释给直播间的观众们听，"但相比上次的默契问答，这次则是形式更为简单的物品价格猜测。"

同时开着两个以上直播间的观众就会发现，四位素人同桌都接到了这个任务卡，而四位艺人却没有。

江敛舟这会儿正懒洋洋地在桌前听着录音棚的录歌效果，戴着头戴式耳机，左手的中指扣着，跟着音乐有节奏地打着节拍，另一只手在纸上勾勾画画。

他耳机里的声音开得很大，所以负责他的工作人员敲了很久的门，他都没能听见。

观众们眼看着同画面里，盛以已经接到了任务卡，而"江大顶流"才悠哉地从房间里晃出来。

他拉开门，看着门口的摄像机，单挑了挑眉，继而把耳机慢吞吞地摘下，挂在脖子上，倚着门框，眼神和盛以如出一辙："来送夜宵吗？"

工作人员："不……不是。"

"这样啊。"江敛舟稍稍颔首，继而在工作人员还没反应过来的时候，便起身准备关门。

工作人员一时失语。

·我真的要笑死了，怎么会这样！江敛舟你跟盛以不在一起，还能跟谁在一起？！

工作人员一把拦住江敛舟，擦了擦额头的冷汗："那……那个……舟哥，我们想邀请您完成第一个任务，可以吗？"

看着工作人员满含期待的眼神，江敛舟沉默，最后拉开了门："进来吧。"

工作人员立马松了口气，他当然知道，这其实也是节目效果。

不管是在夏日岛还是这次在国内，节目组都相当大方，并没有在吃住上委屈嘉宾们。

江敛舟刚住进来便开始工作，甚至没有在房间里左看右看，连行李箱都没来得及拆开。

工作人员很快就把镜头固定在了地板上的行李箱上面。

江敛舟在椅子上坐下，隐约猜出了节目组的意图："是要做开箱吗？"

工作人员问："您箱子里有什么不能看的东西吗？"

江敛舟摇了摇头。

"接下来的环节里，需要嘉宾打开行李箱，在行李箱中挑选一件自己心中价值最高的物品。然后我们会邀请您的同组搭档对您的这件物品进行估价，它的真实价值和您搭档估算价值的差价越小，便认为默契度越高。"

观众们这才明白过来。

·不是在考默契吧，是在考对方识不识货？

·对啊，如果拿一个奢侈品出来，对方岂不是很容易猜到价格？

"当然，为了防止作弊，您的物品只会留下轮廓，再给对方猜价格。"工作人员继续道，"鉴于舟哥跟您的搭档上次录制是第一名，因此你们获得了一定的特权，即……盛以姐会拥有五秒看清图片本身的权利。"

・这简直是在给舟哥跟阿久送分！

・好开心，阿久是唯一可以看清楚的，那稳赢了好吗？

江敛舟自然听明白了赛制。他微微点了点头，把脖子上的耳机放在桌子上，走到行李箱前，缓缓拉开。

他行李箱里的东西并不多，只有一些衣服和生活用品。

工作人员眼看着江敛舟在行李箱里挑挑拣拣，最后选了一样东西出来，说："就这个吧。"

待其他三位艺人嘉宾挑选好了物品后，八位嘉宾便被召集到一起。

节目组只给了盛以换衣服的时间，妆都没来得及化。

她面无表情地看着另外三位妆容精致、光鲜靓丽的女嘉宾，只觉得自己大概确实跟这个节目……属性相冲。

没等盛以说什么，尹双便冲过来拥抱她，还左蹭右蹭，说："阿久，我已经半个月没见到你了，我真的好想你！你怎么素颜也能漂亮成这样！"

话刚一说完，尹双便察觉到有一股强烈的视线投在自己身上，若有所觉地转过头去。

"江大顶流"正直勾勾地看着这边，发现尹双回头，便朝着尹双露出微笑。

尹双打了个寒战，愣了一会儿，清了清嗓子，放开了盛以。

为避免作弊，这会儿同组搭档自然不能交流。

节目组已经在大厅里竖起了四张屏风，艺人嘉宾们站在屏风后。屏风上有一块黑色的长方形板子，不打光时什么也看不见，打着光透过屏风的时候，也只能看清楚物品的轮廓，完全看不清细节。当把那块黑色的板子抽出来时，才可以看清物品。

素人嘉宾们站在屏风前，开始准备猜测物品的实际价值。

这是这个环节比较特别的点，艺人嘉宾选的可能是实际价格最高的物品，也可能是自己认为最宝贵的物品，所以素人嘉宾一个劲儿往高价格猜，也并不可行。

广播响起：

"江敛舟、盛以组合获得五秒的时间看清物品机会，但其余的组合也可以通过接下来的游戏获得相应的时间。"

"请四位艺人嘉宾戴上眼罩和耳机。"

"屏风前的嘉宾们，请拿起你们旁边放着的橘子，取一小瓣，再把手绕过屏风，喂艺人嘉宾吃。第一个吃到橘子的组合可以获得三秒的时间，第二名获得一秒，第三、第四名没有奖励。"

・好刺激。

·怪不得说这个节目很好看呢，这环节一个比一个……

·好喜欢，我好喜欢，江敛舟和盛以给我冲！

广播："计时，开始！"

盛以拿起橘子，飞快地剥下皮，从中取了一小瓣。

橘子算是盛以最爱吃的水果之一，所以她这会儿动作无比熟练，另外三位素人嘉宾刚把皮褪到橘子最底部，盛以已经拿着一小瓣橘子开始往屏风后送。

江敛舟蒙着眼戴着耳机，自然看不到盛以的动作，也听不到任何外界有用的声音信息。但他能隐约闻到很熟悉的香气，是独属于盛以身上的味道，不是任何一种香水的气息。这种味道最开始的时候很淡，可他和盛以相处的时间越久，闻到的便越浓烈，所以江敛舟读高中时，经常没有抬头，便知道是谁在向他走近。

这会儿也是如此，是盛以身上的香气在向他靠近。

哪怕现场橘子的味道很浓烈，还夹杂着许许多多不同的香水味，节目组甚至为了干扰他们用味道辨别方向，还特地在客厅点了熏香，不过他依旧可以无比精准地从各式各样的味道里捕捉到盛以的存在。

江敛舟微微扬起唇，蒙着眼，向盛以手臂的方向走近几步。

·舟哥怎么这么厉害，他是头顶长眼了吗？

·这……说没有默契我都不敢信，这就是爱啊，姐妹们！

·刚才舟哥不是开了行李箱吗？我在他行李箱的角落里看到了他的睡衣，好像……跟阿久刚才穿的是情侣款。

盛以这会儿自然不知道观众们因为睡衣已经疯狂了，刷屏的速度快到管理员不得不限制发言速度，但依然满屏都是"啊啊啊"和"这就是真情侣吧"这样的评论。

她只是弯着手肘，不太熟练地用右手举着那瓣橘子四处晃荡，试图在这巨大的空间里摸索到江敛舟的位置。

直到她再次把橘子用大拇指和中指捏着，来回扫荡时，蓦地触碰到一片柔软，感觉很软，不知道是江敛舟的脸颊、鼻子，再或者是……唇瓣。在轻轻抖动之下，她的食指便在这一片柔软上弹跳了一番。如同条件反射一般，盛以已经顾不得是不是在游戏之中了，下意识地便想收回手指，但没等她收回手，江敛舟便以为橘子送到嘴边，张开嘴，想要咬住。

牙齿触碰到她食指第一个关节的瞬间，江敛舟便意识到哪里不对，舌尖在指尖轻轻一舔，等他明白是什么后，便迅速张开嘴，松开了盛以的食指。

盛以稍稍一怔，赶忙撤回了手。

她的心尖都在颤抖，面上只是抿了抿唇，强装淡定，不动声色地吸了口气。

广播再次响起："恭喜薛青芙、俞深组合获得本游戏的第一名，得到了三秒的白板时间！也请其余三组再接再厉！"

盛以这才回过神来，意识到他们还在比赛中。

平复心跳后，她又把指尖往前送。

这次，盛以显然就有经验了。她用食指再次触碰到江敛舟的那一秒，就迅速地将手指换成橘子。

江敛舟这次很配合，顺利地吃了进去。

唇瓣与指尖分开的时刻，盛以悄悄地松了口气，这游戏实在是太考验她的心脏了。

下一秒，广播响起："恭喜江敛舟、盛以组合获得第二名，一共获得了六秒的白板时间！同时遗憾地宣布，段明霁、汪桐欣组合与宗炎、尹双组合，无缘奖励，接下来的环节请继续加油哦。"

坐在监视器前面的工作人员看着这满屏的弹幕，暗暗咋舌。

· 《同桌的你》真的……我太喜欢这个节目了，求你们了，一直录，好吗？

· 江敛舟，橘子好吃吗？

虽然这次是八个人聚在一起玩游戏，但因为这个游戏的特殊性，直播间还是分开的。

对比另外三组直播间的弹幕，隔着屏幕都能看出来江敛舟和盛以这组弹幕的密集。

第一天玩的游戏就这么……

盛以揉了揉指尖，垂下了眼，这是她无法描述的感觉，明明江敛舟压根儿没用什么力气，他的牙齿只是轻轻磨到她的指尖而已，但她就是觉得又痒又疼，甚至过去几分钟了，那种感觉反而越来越浓烈了。

盛以轻轻咬了咬下唇。

在工作人员的提示下，江敛舟摘下眼罩和耳机，瞥一眼屏风外的方向。他刚才确实是无心之举，所以这会儿心情复杂，既有些说不出口的开心，还有些害怕，生怕自己方才的举动让盛以不高兴。

广播的声音打断他们两个人的思绪。

"好，预热小游戏已经结束。下面就开始真正的默契大比拼了！请各位嘉宾各就各位，做好准备。四位艺人嘉宾，请从你们旁边的宝盒里，拿出你们刚选择的心目中价值最高的物品。"

"为了让游戏更加公平，四位艺人嘉宾报的价格已经做了统一处理，价格区间均平衡为一百万元以内。艺人嘉宾拥有一次提示机会，提示字数不超过两个字，提示内容为物品属性。

"现在——开始！"

盛以向来是能稳得住大局的人，所以哪怕刚才那几秒确实心乱如麻，但当她听见宣读游戏规则时，已缓缓平复了心跳。

屏风上统一开了灯，这会儿能透过黑色板子看到物品轮廓了。

观看时间统一为一分钟，在六十秒里，盛以可以看到六秒的白色板子。

计时开始。

艺人嘉宾们全都把选好的物品放在黑色板子后。

盛以一脸疑惑，怎么看起来像是个普普通通的长方形？而且是和手掌差不多大的。

是盒子吗？里面放的什么？钻石？黄金？翡翠？相比起来，其余三位嘉宾的物品好歹可以看出来一些特殊的地方。比如包包、麦克风等等，江敛舟的这个东西太方方正正了。

"好，三十秒时间已经结束。"广播响起，暂时关闭灯光，"接下来的时间里，盛以和俞深分别拥有六秒和三秒的白板时间。再次计时开始！"

黑板撤去，盛以毫无遮挡地看到了江敛舟选的这件物品。

它确实是一个盒子，是一个像是手工制作的盒子，没有任何的花纹，根本不像是奢侈品。

盒子倒是打开的，但里面只有白色的纸张。

盛以一脸疑惑。

六秒的时间飞快结束，对比起兴高采烈、仿佛已经猜到了价格的俞深，盛以简直想杀了江敛舟，这就是传说中的"猪队友"吧？

其实不光盛以，弹幕上看完始末，拥有上帝视角的观众们，也都一头雾水。

· 舟哥这到底是什么东西啊？我刚才就没猜到。

· 别人选最宝贵的东西会把盒子里的东西拿出来，舟哥选最宝贵的东西，就是给你们看看大致长什么样。

· 是纸？难不成……支票？购房合同？

· 别说，折得还挺整齐。

弹幕上的观众们这样猜，盛以自然也如此。纸本身没有什么价值，但要是购房合同之类的，自然昂贵。

她揣摩了一下，江敛舟这么有钱，选的最宝贵的东西自然贵。

价格区间最高是 100 万，要不然……就猜 99 万？

一分钟的时间结束，接下来是最后的提示。

盛以满怀期待地看向屏风后，只听见江敛舟慢悠悠，颇为自信地报出来两个字:"和你。"

盛以瞬间一拍手。

这提示太明显了,这不就是说的湖悦山色吗?那盒子里肯定是湖悦山色的购房合同。

湖悦山色的公寓自然超过 100 万,那她这下连 99 万都不用猜了,直接猜 100 万,保证能得第一名。

大概是盛以自信的模样感染了直播间观众,弹幕上的大家这会儿都跟她一样,满怀信心。

盛以在答题板上写下答案,交给工作人员。

广播:"现在开始公布答案。"

"第一组,汪桐欣、段明霁组合。段明霁猜测价格 31 万,实际价格 39 万,差价八万元。"

"第二组,宗炎、尹双组合。尹双猜测价格 12 万,实际价格 76 万,差价 64 万元。"

"第三组,薛青芙、俞深组合。俞深猜测价格 45 万,实际价格 44 万,差价 1 万元。"

观众们瞬间被震惊到,毕竟薛青芙和俞深的差价已经很小了。

"第四组,江敛舟、盛以组合。盛以猜测价格 100 万,实际价格……"

广播顿了顿:"0.3 元。差价 999999.7 元。"

"接下来,请各位开始公布自己的物品是什么,从差价最大的江敛舟开始公布。"

江敛舟捧着那个盒子缓缓走了出来。他把盒子里的东西全都拿出来,放在桌子上。盒子里面不是一张纸,而是一沓,有很多很多张,有大的,有小的,有便笺样子的,也有像是从角落里随手撕下来的。

盛以突然觉得有些眼熟。

"是……"

江敛舟微微一顿,语气似乎有些漫不经心,却又是小心翼翼。可他好像怕被看出什么,甚至避开了盛以的目光,说:"她以前写给我的小字条。"

Chapter 5

喜欢我吧

01.

盛以其实在这些年里，有时会想起江敛舟这个人，再或者说，甚至不需要她刻意想起。

毕竟江敛舟出道后的确够红，哪怕不去刻意关注，也依然可以在走进一间咖啡厅时，听到他低缓的歌声，旁边有女孩子小声地讨论，说这位歌手的声音怎么这么好听。

再或者是在大街上，不经意地抬头，便会在街角的那个巨型大屏上，看到他的照片。甚至也有可能是在她自己画师微博的评论区，再见到顶着"江上一叶舟"等身份的粉丝，热情地赞叹她画得真好。

江敛舟读高中时，穿着最普通不过的校服走在茫茫人群中，依然可以吸引众多人的目光。更不用说这些年来，他少年的青涩一点点褪去，可锋芒依旧，却更显清俊。

…………

林林总总，让她只觉得生活的小细节全都被"江敛舟"这三个字给塞满了。再或者……可能也没那么多，但盛以的注意力总是会分出去一些。

毕竟，那可是江敛舟，是中学时同她嬉笑打闹的江敛舟，是她高中时期最鲜艳的一道颜色，鲜衣怒马、张扬肆意，是她想起来"少年"两个字时，就忍不住画上等号的人。

可说句实在话，盛以没想过毕业后，自己还会与江敛舟有交集。

毕竟学生时代的同桌有那么多，哪怕当时关系确实密切，可这么多年没有联系，对方也早已是一个会渐渐忘却在时间长河里的陌生人。

江敛舟有名到如此地步，可能就算有一天他们在哪一条街上见上一面，他也顶多只会朝着自己点一下头，甚至点一下头都是足够给面子了，他完全可以装作两人不认识。

是以，哪怕一同参加了这个节目，盛以也不会觉得自己以后跟他能再有其他的联系。

但此时此刻，在这不知道多少人观看着的直播间，盛以看着江敛舟那一张张保存完好，连边边角角都压得整整齐齐的小字条，蓦地生出几分流泪的冲动。

其实不止她，所有人都没想到江敛舟拿出来的，竟然会是学生时代的小字条。

·所以，舟哥竟然珍藏了阿久以前写的小字条吗？这能不是爱？如果不是爱我当场倒立吃饭！

盛以忍不住走向前，抿了抿唇，拿起一张看。

她高中时的字写得和现在很不一样。大概是她上数学课的时候，写给江敛舟的，字条上写着：好困，我要困死了。

从字条上能看出来确实困到了一定的地步，第一个字还挺方正，越往后越乱，到最后已经乱到了盛以自己都辨认困难的地步，但那个时候的江敛舟还是能看明白。

他懒洋洋地提笔，回："吃口香糖吗？哥赏你的。"

盛以琢磨了一下，觉得吃口香糖动静可能有点大，又写："不吃了，我看会儿漫画，你帮我盯一下老师。"又想了想，再写下，"下了课再帮我补一下这段。"

江敛舟拆开字条，盛以掏出了漫画，那边字条还没看完，数学老师已经晃悠到盛以座位旁边了。

江敛舟读字条读得认真，丁点没意识到危险已经来临，还散漫地轻笑一声。

数学老师凑过来问："看什么呢，这么有意思？"

最后的结局自然是数学老师把漫画和小字条都收走了。

那是盛以很喜欢的一本漫画，江敛舟自然知道，所以下课后，江敛舟漫不经心地站起身，就要往外走。

池柏见了赶忙问："去哪儿？舟哥。"

江敛舟头都没回，摆摆手，一句话也没说。

盛以去了趟卫生间再回来，便发现那本漫画已经静静地躺在自己桌子上了。

她还挺意外，问起来时，江敛舟头也不抬地拼着魔方，说："你舟哥开了口，数学老师当然给。"

这么多年了，盛以竟从不知道，江敛舟去拿漫画的时候，连那张小字条也取了回来,和以前写的字条放在一起,堆堆叠叠,整齐干净。

节目组在广播里问:"江敛舟,你能说一下为什么会选这个作为你最宝贵的物品吗?"

江敛舟轻笑了一声:"嗯……其实是不久前搬家时发现的,最近在重看,所以放进了行李箱里,是我……"他顿了顿,又道,"很重要也很怀念的一段过去。"

说来好笑,他有多小心呢。

话只敢说一半,一半真,一半假。

盛以也抿唇轻笑,拿着那张纸,心里百感交集。

时过境迁,她的心境与那时早已不同。

她看着如今的江敛舟,只觉得他好像依旧是那个光芒万丈的少年,轻而易举便能吸引所有人的注意力,是天生的主角。他是她偶尔想起来,抑或午夜梦回时回忆起,依然可以带上几分笑意,感慨一声"真好"的存在,是年少时见过,便一辈子都难以忘却的模样。

她从未如此想念过一个人。

站在他身边,便觉得自己也在肆意地活着,过去是值得感谢的过去,未来是心怀期待的未来。

江敛舟话锋一转:"所以为什么你们评估只值 0.3 元?"

选物品是艺人嘉宾选的,但他们自己心中最宝贵的物品不一定真的拥有特别高的实际价值。

如果任由艺人嘉宾来报实际价格,并不合理。

于是便交由节目组来进行评估,节目组会根据物品购买时价格进行折旧计算,给出一个相对公允的参考价值,但显然江敛舟对这个结果很不满意。

节目组回答:"我们并没有在纸片上找到其他价值的存在,便按照废纸的价格,称重计算后,得出了 0.25 元。"

言外之意这价格还是我们四舍五入后的了。

江敛舟挑了挑眉:"这怎么能按废纸的价格计算?"

节目组说:"那不然呢?"

江敛舟轻轻松松地从桌子上的小字条里,挑了一张牛皮纸材质、条纹格图样的出来,还拿在手里晃了一晃:"看到没?"

盛以确实觉得这个也有几分眼熟。

她脑子里灵光一闪,还没来得及拦下江敛舟,便见江敛舟拆开来,气定神闲地念:"今江敛舟与盛以立下赌约,若日后江敛舟成功拥有百万粉丝,盛以便支付江敛舟人民币100元，并心甘情愿地叫一声'舟哥'；反之，江敛舟若不能做到，则支付盛以人民币100元，并心甘情愿地叫一声'盛姐'。"

盛以真的想不明白，她读高中时候，居然是一个幼稚到如此地步的人……

江敛舟把那张字条放回原处，似笑非笑地说："看到没？起码值100元。"

您现在到底在得意什么……

节目组的工作人员沉默两秒，而后开口："好，那我们为江敛舟的物品再次估价，价值为100.3元，差价为999899.7元。恭喜江敛舟、盛以组合，以绝对的优势高居本环节倒数第一名！"

除了他们两个人之外，现场的所有人，不管是其他六位嘉宾，还是在场的工作人员，全都笑了。

笑点本来就不怎么高的宗炎，这会儿连偶像形象都不顾了，捂着肚子笑瘫在桌子上。

· 宗炎：别人花钱看节目，我领着工资看现场节目。

· 非江敛舟粉也想夸一句了，真的又帅又可爱，我都能想象到他以前读书时是怎么样的，哈哈哈。

· 啊啊啊，江敛舟高中校友来了！可惜我考进景城一中时，学长已经高三了。他那会儿真的就是我们学校标准的风云人物。

· 还没说完，我第一次见到学长，是第一次月考完，学长作为年级第一发言的，太帅了……

·············

盛以沉默着放下小字条，沉默着环视一圈周围还在狂笑的大家，走远两步。

算了吧，她压根儿就不认识江敛舟。

大概是因为江敛舟跟盛以的开局实在是过于重磅，之后的几组介绍就显得比较潦草了。

比如宗炎，他的笑点简直太"高"了。

"我选的最宝贵的物品是……哈哈哈……这个，我很赞同你们的估价，确实是……哈哈哈……"

江敛舟一阵无语。

· 我真的又哭又笑的，看个节目让我的情绪跟坐过山车似的……

· 本来我已经停住了笑的，但宗炎一笑，我就又立马想了起来，开始跟着他狂笑……

环节草率归草率，大家也不是很在意，反正他们不是最后一名。

因为拿到了三秒的白板时间，所以相较于别组拥有巨大优势的薛青芙、俞深组合拿了第一名，段明霁、汪桐欣组合第二名，宗炎、尹双组合第三名。

·……谁能想到，本来优势最大的舟哥跟阿久，这会儿竟瞬间成了倒数第一名呢。

·开局不利啊，有点慌了。

·你在慌什么？你以为你是来看男生女生向前冲的？管他谁赢谁输。

盛以也确实没想到自己这会儿竟成了倒数第一。

她想了想，觉得自己好像还是个正常人，只是江敛舟有病罢了。

节目组宣布："今晚的录制即将结束，请各位嘉宾回房间后早点休息，明天一早我们将开始全新环节的录制。"

"Z市是我国著名的旅游城市，当地旅游业十分发达，拥有美丽的自然风光和无数极具特色的美食，除此之外还拥有我国最大的游乐园之一——云霄乐园。"

"因此，本次录制的主题即……游乐园奇妙夜。"

·狠狠期待了，一听就知道很好玩。

·真的吗？竟然真的是游乐园啊，也有不少综艺在云霄乐园录制过了，《同桌的你》还能录制出来新意吗？

"与往常一样，排名越靠前，优势会越大。"广播继续，"这个优势……"

"明天再行揭晓！"

嘉宾们毫无波动。

江敛舟甚至还伸了个懒腰，不甚在意的样子，兀自开始收拾自己的小字条。

节目组的工作人员心想：到底能不能配合一点……你们这样，让我们卖关子卖得很没有成就感，知不知道？

录制已经结束，接下来的内容即使在直播，也不会放进剪辑放映版里，就如同第一次录制时，江敛舟等着盛以说的那句"晚安"一样。

盛以没有特地去补完整的直播回放，所以直到现在，也并不知道这会儿其实还在直播。

她琢磨了一下，看着江敛舟已经收拾好了，便走了过去。

"江大顶流"掀了掀眼皮，看了她一眼，盛以问道："你这次录完节目之后，什么时候有空？"

江敛舟拿起盒子，散漫一笑："怎么了，有求于我？"

盛以说："对，求你快去死一死。"盛以又说，"我外婆快要回景城了，想在走之前跟你搓几局麻将。我妈让我问你什么时候有空来我家，还问你想吃什么菜。"

江敛舟闻言，还真摆起了谱似的思索几秒。

"嗯,上次那道凉拌苦菊是你做的吧?"江敛舟直勾勾地看着她,那双染了笑意的桃花眼里,映着的全是她的倒影。

明明只是一道再普通不过的菜,没什么技术含量,可他此时就是在认真评价,点头夸奖:"喜欢。"

02.

·喜欢什么?江敛舟你把话给"麻麻"说清楚!
·凉拌苦菊……救命,谁大冬天的说喜欢吃凉拌苦菊啊,江敛舟求你清醒一点吧。
·诸位,你们到底有没有发现关键点啊!这意味着什么,这意味着连家长都见过了!
·他们的对话太自然了,导致我竟然没意识到,而且看起来不仅见过了,家长还挺满意的!
·…………

盛以也确实没想到,挑剔如江敛舟,琢磨了半天后……就报了个凉拌苦菊。如果这还不答应,未免显得自己太过小气和苛刻了一些。

她稍加斟酌:"你来洗菜。"

江敛舟思考几秒,点了点头。

盛以稍稍满意一些:"你来切菜。"

江敛舟这次挑了挑眉,再次思考几秒,不情不愿地点了点头。

盛以"嗯"了一声:"你来给我递材料。"

江敛舟轻"啧"一下:"好好好。"

盛以点头,一副"我给你做菜已经是给你面子了"的表情,慢悠悠地朝着江敛舟挥了挥手,示意自己回房间了。

在她完全看不到的直播间里充斥着满屏的问号。

·阿久做菜?
·不,你们不懂,这叫阿久陪江敛舟做菜。

夜里飘飘洒洒地落了些雪,没过元宵便还没过完年,这雪倒是给这个年添了几分韵味。

八位嘉宾们已经有过录制经验,所以颇为清楚节目组的"尿性"。

第二天清早，大家不说光鲜靓丽地被敲响房门，起码没有再像第一次那样，穿着睡衣、睡眼惺忪、头发凌乱了。

对此，直播间的观众们纷纷表示失望。

· 我早起就是来截表情包的！上次俞深那个"你还不起吗？""对不起"的表情包可太好用了。

· 我每次看到阿久被叫醒的表情都好想笑，哈哈，仿佛下一秒就要炸穿整个节目组。

…………

盛以再次打了个哈欠，困倦得确实差点想扛着炸药包炸穿整个节目组。

最近事情太多，她昨晚又突然来了灵感，画画就画得有些晚，这会儿早起，整个人都困得不行了。

化妆师给她做妆造时，一旁的汪桐欣正低头玩着手机，薛青芙温柔地问盛以："怎么，昨晚去偷炸药包了？"

盛以心想：到底是怎么用这么温柔的语气，说出来如此伤人的话的！

等八位嘉宾都做完妆造，再次聚集在一起，广播又响了起来："昨晚各位已经进行了第一轮的默契大比拼，比拼的结果将会直接影响今天的环节。游乐园奇妙夜已经在布置中，而我们今天的比拼，为的就是……"再次刻意地一顿，广播才继续，"争夺在奇妙夜做游乐园游客的权利！"

· 啊？

· 哈哈哈，昨天是谁说节目组不会玩的，给我站出来，难道你还能见到比节目组还会玩的吗？

· 不是，连做游客的权利都要争夺……那要是今天输了，做不了游客呢？

"没错，并不是每一位嘉宾都有在奇妙夜做游客的权利。只有在今天的争夺战中获得第一名的一组搭档，才可以拥有两个人同时做游客的权利；第二名和第三名，则只能一人做游乐园非玩家角色，另外一人做游客；最后一名的一组搭档，两个人都需要做非玩家角色。"

盛以沉默了两秒，转过头跟江敛舟说："如果我们今天有幸夺得第三名，我要做游客。"

江敛舟一脸疑惑。

"江大顶流"看起来很不满，单挑了挑眉："你怎么知道我们当不了第一名？"

· 救命！我还以为他不满的是阿久让他做非玩家角色，原来不满的是阿久觉得做不了第一！

· 我现在还真的挺想看江敛舟做非玩家角色的……江敛舟是不是长这么大，

都没尝试过打工的滋味?

盛以盯着他,缓缓开口:"我怎么会觉得我们当不了第一名呢?"还没等江敛舟得意,盛以又开了口,"我就是怕又遇到上一轮的情况。"

宗炎登时笑了。

显然,江敛舟这次就没那么好心了,他面无表情地递过去一个眼神,宗炎到了嗓子眼的笑声就又……憋了回去。

段明霁心有余悸地拍了拍宗炎的肩膀以示安慰。

宗炎回头看了他一眼,段明霁好心地替江敛舟翻译了一下:"他管不住盛以,还管不住你?"

宗炎心想:别说了哥,我开始哭还不行吗?

一阵笑闹过后,广播继续。

"好,那我们开始宣布本次争夺战的规则。昨天我们说过,Z市除了云霄乐园之外,还有秀丽多姿的风景、流传已久的风俗文化,以及各式各样的美食,所以我们今天要做的就是探索Z市。"

"请大家转过来,看大屏幕上的Z市地图。"

Z市整体呈竖直的半月形,这张地图上除了Z市整体之外,还有四个圆圈。

四个圆圈分别标在了半月的北部、中部、东部和南部。

"这四个圆圈就是大家探索Z市的活动范围,今天的要求是拍摄30张带有风景的双人合照,以及十张一起品尝到的美食照片。"

"我们找到了一些摄影师,会根据每组的完成速度、构图风格等进行综合打分,以决定这个环节的排名。"

"现在开始,按照昨天的排名顺序进行选择。第一组,薛青芙、俞深。"

盛以和江敛舟不禁感叹,节目组真的好狠。

知道了第二次录制是来Z市,江敛舟的工作室第一时间找了Z市的一些基础资料,来录制之前,江敛舟跟盛以都大致翻了翻。

这个旅游城市很有特点,中部是市区,代表热闹;北部是民俗风情聚集地,代表特别;东部有大片美食街,举办过很知名的美食节,代表美味;至于南部,则大多是郊区,代表荒凉。

这几个圆圈里,想要拍到好的风景和美食照,能去北部和东部自然最好,去中部也不错,但……他们是最后一名。

这会儿,就连刚才还颇为自信、等着一雪前耻的江敛舟都沉默了。

盛以缓缓地看了他一眼,转过了头。

十分钟后。

两个人拿着放大的南部郊区圆圈地图，相对无言。偏偏另外三组，此时都得意扬扬地各自拿着地图，从他们两人身边走过。

"哎呀，真不好意思，我们拿了民俗风情聚集地呢。"得了第一名的薛青芙和俞深说。

"唉，我们本来也想选北部的民俗风情聚集地的，现在只能选东部的美食街了，不过起码美食照有着落了。"第二名的段明霁和汪桐欣说。

"我们也只能去市区碰碰运气了，看来今天无缘第一名了。"第三名的宗炎和尹双说道。

·我又同情又想笑，救命啊，真的太惨了吧，哈哈哈。
·舟哥，风水轮流转，做人留一线，切莫太嚣张啊。
·本来好好的第一名，现在都被舟哥弄丢没了，舟哥，你老婆打你绝对没人管的。

盛以虽然经常和人斗嘴，但她有个绝对的优点就是不怎么喜欢翻旧账，主要是她一贯觉得，事情已经发生了，再去掰扯是谁的责任好像也没什么意义。

坐在前往Z市南部郊区的车上时，盛以看了一眼江敛舟，一脸冷漠，酷味十足地说："你真应该庆幸我不喜欢算旧账，要不然你绝对得拿自己的命来赔罪。"

债多不压身，现在开始摆烂的江敛舟，已经深刻明白了这个道理。

他打了个哈欠，靠在座椅上，嗓音发懒，咬字有些模糊："那我就拿我自己来赔罪好了。"

盛以一顿，江敛舟说得有些含糊不清，整个人又半闭着眸，一副快要睡着的样子。所以就连她自己，这会儿都要怀疑她是不是听错了。比如漏听了"的命"两个字，虽然只差两个字而已，但……个中意味也差了太多了。

她似是想再问一遍，可又觉得再问只会显得无比刻意。

瞥了一眼态度自然没觉得自己说的有什么问题的江敛舟，盛以张了张嘴，最后还是没问出口。

她侧过头看了眼窗外的风景。就在盛以转过头的瞬间，刚才还"困得不行"的江敛舟，睁开了眼，看着她的背影笑了笑，在盛以转回来之前，迅速闭眼，压平唇角，仿佛一切都没有发生过一般。

Z市并不算太大，所以到达目的地也并没有花费太久的时间。节目组的车只负责把他们两个人送到目的地，不可能一路随行。

江敛舟和盛以走下车，看着面前太过自然的风光，久久站立，一言不发。昨天夜里落雪的时候还只觉得快乐，但现在两人站在这一片积雪前……哦，不，或许不应该称之为积雪。

心狠手辣的节目组就这么把他们放在一片雪与泥水交融的土地面前。其实这片泥水地倒没有多长，也就几十步罢了，再往前那里就有铺好的水泥沥青路。但哪怕只有几十步，也可以料想到走过去后会多么狼狈。

　　节目组的工作人员显然早有准备。

　　这会儿各个全副武装，穿的鞋子也都是节目组发的胶鞋，等会儿过去了再换成普通鞋子就行。

　　唯有看上去光鲜做好了全套妆造的江敛舟和盛以……盛以低头，看了看自己带的鞋子，一阵失语。

　　江敛舟看了她一眼，漫不经心地说："我有个提议。"

　　盛以一脸疑惑。

　　江敛舟似笑非笑地说："我们来猜拳，输的人背赢的人走十步，然后再猜拳，再走，怎么样？"

　　她一脸的匪夷所思，只觉得江敛舟好像真的有病。

　　"怎么，"江敛舟淡淡地问，"是怕你输了背不动我？"

　　盛以嗤笑一声："不，是怕你根本赢不了我。"

　　这倒是事实，读高中的时候就是这样。按理来说，猜拳主要是跟运气有关的，江敛舟平时也不像运气多么烂的人，但就是这么奇怪。

　　他们那会儿也会用猜拳来决定一些事情，比如谁去饮水机那里接热水，谁去课代表那里交作业，谁去写上自习一起戴耳机听歌的检讨……

　　林林总总，大都是盛以懒得做的事所以拿来猜拳，顺理成章地由输的江敛舟做了的事。

　　赢的经验实在太多，所以盛以并没有思考什么便答应了下来。

　　所以，几十万的观众在直播间，看两个颜值极高的人，一本正经地……猜拳。

　　盛以压根儿没多想，上来就出了"剪刀"。

　　果然，江敛舟出了"布"。

　　盛以一扬眉，朝着江敛舟点了点下巴示意。

　　江敛舟似乎没想到自己真的又输了，轻轻了摇头，转过身，半蹲下。

　　猜拳的时候没有多想，这会儿赢了，盛以才觉得忐忑，心想：他背自己好像是个很亲密的动作。

　　正准备说什么的时候，江敛舟回过头看了她一眼："怎么？"

　　真正的大佬，怎么能容忍得了别人的挑衅！盛以抿了抿唇，吸了口气，朝着江敛舟走近。

　　她不断告诉自己，就十步而已，然后……轻轻趴了上去。

即使Z市是南方的城市，这个时节也还是有些冷的。她穿的衣服并不薄，可也不知为什么，就是隐约感觉到来自江敛舟的温度。

盛以闭了闭眼，还是没敢环住江敛舟的脖子，只是捏住他的肩部。

江敛舟的手倒是颇为绅士，轻轻放在她的腿弯处，而后，大步向前走去。

一步、两步……

江敛舟在一片稍干的地方放下盛以，不甚在意地又伸出了右手："再来。"

盛以伸出了左手，没怎么思考，便出了"石头"。

江敛舟出了"剪刀"。

他"啧"一声，苦恼自己这见了鬼的运气，又转过去，半蹲下。

…………

两人不断重复猜拳……

江敛舟竟然真的次次都输。

直到第五次，两人距离前面的水泥沥青路已经没有几步了。

再来一次就可以结束。

盛以又下意识地想出剪刀，但出之前突然有些好奇，如果她这个时候突然换了第一时间的思维方式，江敛舟还是会输吗？难不成他的运气也会随之改变？

盛以向来是想到就会做到的人。就在出拳的前一秒，她从"剪刀"，换成"石头"。

她看向江敛舟，江敛舟出"布"。

他赢了。

03.

盛以正紧紧盯着江敛舟的表情看。

果然在他看到自己没有出"剪刀"，而是出了石头的那一刻，脸上出现了诧异的表情。

但不知道他诧异的究竟是他自己竟然赢了，还是……盛以竟然出的是"石头"。

没等盛以多想，江敛舟脸上的那一抹诧异，已转变成独属于江大少爷的嘚瑟。

他伸出手，在盛以面前晃了晃自己出的"布"："看，哥迟早有翻身的那天。"

她一时间有些无语，甚至有点想狠狠踹江敛舟一脚，但还没等她动，江敛舟又看了眼没差几步就到了的干净沥青路面，摇头感慨，一副"我怎么会人美心善到这个地步"的模样，说："算了，看看你那身板，回头该说我压榨童……"

他那个"童工"在舌尖打了个转，顿了顿，似乎隐隐回忆方才的触感，换成："……工人了。"

说完，江敛舟摆了摆手，信步往前走过去。

方才背着盛以走的这几十步，让他本来干干净净、一尘不染的鞋子上，已经溅上不少的泥点。

盛以跟他做了两年同桌，自然知道江敛舟有轻微的洁癖。

高中那会儿很多人都忙于学习，似乎也没那么多注意形象的人。可江敛舟就是能从头发丝到鞋带，都干净得仿佛刚从包装里拿出来一样。

这会儿的模样，已经算是江敛舟颇为狼狈的时刻了，当然，指的仅仅是外表。

哪怕鞋子和裤脚都沾上泥点，但他看起来依旧随性且自在。

这就是江敛舟特别的地方所在，从以前到现在亦如是，会有在意的事情，比如有一些洁癖，但却从不会为这些"在意的事情"所困扰，所以，他好像永远志得意满，潇洒自由。

盛以有时候都会忍不住想，江敛舟这样的人是真正的天之骄子。他会有因为某件事、某种物品而感到困窘的时候吗？

她轻哂一声，没再多想，抬起头来，正好撞到江敛舟回过头看向她的目光里。

他似乎有些无奈，也有些盛以看不分明的别的意味。

他问："怎么，这几步也想让我背你？"

盛以缓缓回神，嗤笑一声，抬头挺胸："哪用得着？"

嘴上这么说，但本来干干净净的鞋子，就要因为这短短几步路而沾上雪泥，盛以多少还是有些不愿意的。

盛以刚准备抬脚，便见江敛舟漫不经心地走回来，转身蹲下。他垂着眼皮："行了，大小姐，是我主动想背您，可以吗？"

盛以没忍住，别过头，压了压已经溢到唇角的笑意，这才轻轻趴上去，压在他背上，面上偏偏淡定一扬头："这都是你的荣幸。"

江敛舟"啧"了一声，继而忍不住笑了："也是，旁人想背盛大小姐，还没这资格呢。"

盛以面上冷冷淡淡，如同傲视苍穹般，说："你知道就好。"

杨导看了眼实时数据，走向江敛舟和盛以这边的监视屏，觉得自己的心脏实在不算太好。

他深吸了口气，努力稳住身形，问负责监视的工作人员："他们这是在做什么？我就是去看了看薛青芙那边，江敛舟这里的观看数据怎么就瞬间飞涨了？"

每次他一转身，江敛舟和盛以的直播间就保准出意外！

工作人员："……也没做什么吧，就猜拳了。"

杨导："什么？"

工作人员："然后舟哥背了背盛以姐。"

杨导心想：现在的观众们，到底都爱看什么？

杨导最初想到，只要请江敛舟来，收视率保证没有问题，但确实也没想到能没有问题到这种程度。

这次的任务目标是要拍三十张带有风景的合照，以及十张美食照。

美食照要求嘉宾们自行拍摄，但带有风景的合照则可以找别人来拍。

当然，如果找别人来拍的话，在评分时会降低技术的比重，主要看两个人的姿势与风景的适配度。

方才江敛舟在背盛以时，突发奇想，在放下盛以前，让一位工作人员帮他们抓拍了一张。

这里虽然条件比较艰苦，但风景确实还算得上清新自然。

尚未完全融化的积雪与泥土交融，远方白雪皑皑，山影重重，近处草木堆叠，叶子上的雪水欲滴未滴……

不过最吸睛的，自然还是那对男女。

俊朗的男人脸上带着笑，鞋子上溅着泥，可他依旧清俊疏懒，背上的女孩儿穿着的鞋子一点点脏污都没有沾到，表情倒是平静，可细细看去，怎么都觉得她的耳朵透着粉意。

本是静态的照片，可一看就会惹得人会心一笑，一眼便好像能看到所有的故事，两个人仿若天生一对。

· 我只想问，到时候这些照片能全都放出来吗？三十张，一天换一张桌面背景。

· 太美好了，我今年最大的愿望已经许过了，让我再相信一次爱情吧！

· 无论怎么说，前面的这段路虽然也荒凉，但起码好走了一些。

走出泥水地后，江敛舟又往前走了几步，到了完全干净的地方，才把盛以放下来。

女孩子很轻，他有时候都会想，盛以并不矮，看上去也匀称，但只有趴在他背上的那一瞬间，他才会暗暗心惊她怎么会这么轻，她每天有好好吃饭吗？

盛以其实还是有几分不自然的。她从未跟男人有过如此亲密的接触，哪怕比起刚刚重逢时，现在的她和江敛舟已经找回熟悉感，但她依然……

她清了清嗓子，环视了一下周围，问："我们现在要往哪儿走？"

节目组倒是给了他们挺大的自由，只要不出圆圈即可，并没有对路线做任何限制。

当然，在盛以看来，只要是在这个圆圈里，路线究竟如何，有没有做出规定，也没有什么太大的意义，反正这里都很荒凉。

但显然，江敛舟向来是一个不懂放弃的人，所以这会儿还在垂死挣扎。

他对着地图琢磨一下，而后伸出食指，在地图的一角轻轻点了点："先去这里吧，这里靠近中部的市区，应该会有一些店面，去吃点东西。"

盛以无可无不可地点了点头。

确实，风景合照还算好办，不过这美食确实实打实地让人头疼，总不能别人拍的都是极具风情的食物，他们……拍条泥鳅？也算极具风情了。

考虑到嘉宾们需要步行，节目组给出的圆圈并没有很大，两个人慢悠悠地走在路上。

·去看了看，这次真的劣势好大。民俗风情聚集地那边，到处都是可以拍的特色民俗。美食街那边，段明霁和汪桐欣已经吃嗨了，就连宗炎跟尹双都在市区玩得开心。再看看这里……

·别人录的是《同桌的你》，江敛舟和盛以录的是《我与自然》。

在弹幕如此绝望的时刻，直播间里的两位大佬依旧悠哉。

这里算是郊区，偶尔能碰上村民。

两个人甚至这会儿还能停下来，跟村民聊两句。

Z市是旅游胜地，以前也有不少节目来Z市拍摄过，所以别看这里的村民住在郊区，但对江敛舟和盛以身后的摄影机都见怪不怪了。

两人拐个弯，碰见一位大叔，他提着一只红灯笼，灯笼上还带着点雪印子。

大叔看见江敛舟和盛以，说："哟，大侄子、大侄女，拍节目呢？"

江敛舟看盛以："你认识？"

盛以反问："你认识？"

看来这位大叔挺自来熟，大叔不仅自来熟，还热情，说："这都十一点半了，你们吃饭了吗？录节目还挺辛苦吧？大过年的也不能休息。"

盛以闻言，蓦地眼睛一亮："还没呢叔叔，您吃了吗？"

朴实的大叔丁点没意识到这是圈套："正准备吃呢，家里今天做的火锅。"说完，他就像平时跟邻里客套一般，"来吃点呗？"

江敛舟跟盛以的默契，在这一刻达到顶峰。

两个人齐齐一点头："好啊，谢谢叔叔。"

·太好笑了，哈哈哈。

- 上次录制蹭阿姨的摊子，这次又来蹭大叔家的饭吗？
- 你们看见大叔脸上的迷茫了吗？简直写满了"我是谁"……

大叔张了张嘴，正准备说点什么，便见到江敛舟看似懒洋洋，实际上一点也不慢地走了过来。

大叔不关注娱乐圈，只觉得这位看上去眼熟但对不上名字。大叔还没说话，便见江敛舟轻轻笑了笑。

说句实在话，大叔活到现在，就没见过好看成这样的人。

人的本质都是喜欢长得好看的。

他到嘴边的话顿住，江敛舟已经笑着开了口："大叔，您这红灯笼是要挂上去吗？我帮您吧。"

大叔愣愣地回答："被风吹下来了，准备再挂上去。"

江敛舟轻轻一点头，从大叔手里接过灯笼："没问题，包在我们身上。"

江敛舟说完，回过头看了盛以一眼。

盛以心领神会，带着笑走上来。

大叔再细看盛以，她就像那画报上的仙女似的。

也不知道怎么回事，反正等他回过神的时候，自己左右手里的灯笼已经全都递了出去。

那神仙和那仙女一人手里提了一个，本来很普通已经有些陈旧了的灯笼，在他们的手里一瞬间就成了艺术品。

工作人员起哄道："挺好看的，就在这拍一张吧！"

江敛舟向来五感灵敏，人家随口嘟囔的，他也听得一清二楚。

稍一思索，江敛舟觉得竟然还挺不错。

…………

两分钟后，盛以看着那张新鲜出炉的照片，怎么都想不明白自己到底是哪里不对，竟然同意了这样拍。

照片上，江敛舟跟盛以一人提着一只灯笼，站在大叔家门前，分居左右。

红色的春联、红色的铁门、红色的灯笼和忍不住带了微笑的两人，构成了一幅美好的画面。

大叔看了眼，直夸："真喜庆！就跟那结婚……"

他顿了顿，一时间有点捉摸不透这神仙和仙女的关系，"照"字就没敢再往下说。

- 又甜又可爱，江敛舟跟盛以每次都有完全不同的任务解决方案。
- 可以啊，来大叔家这一趟，风景合照和美食照都解决了一张。

・大叔倒没想到，江敛舟说帮他挂灯笼，就是真的帮他挂灯笼。

他本来觉得江敛舟这模样，怎么都不可能是会做这种事情的，但梯子一搬来，江敛舟还真就提着手里的灯笼，对盛以道："帮我扶着梯子。"

盛以应了声，走上前，双手扶住。

江敛舟边挂边问："偏吗？"

没等大叔开口，盛以已经接了话："往右一点……嗯，好。"

说完，江敛舟还没说话，她便自然而然把另外一只灯笼也递给了他。

江敛舟没接，盛以抬头看他，一脸疑惑。

江敛舟有几分无奈："得把梯子搬个地。"

盛以："……哦。"

盛以在心里疯狂骂自己蠢，面上倒是什么也不显，保持着大佬风采。

看着江敛舟把梯子挪到另一边，再上去，盛以又扶住梯子，给他递灯笼："嗯，对，再往右一点……好了。"

等江敛舟下来，目睹了全程的大叔，一句话也没能插进去。

也说不出为什么，明明看江敛舟和盛以刚才的表现，看上去都不是不好接近的人。他们两个人说话的频率也没有太高，不至于连个缝隙也没有，可就是让人插不进话，也不想插话，这是一种无比奇妙的感受，仿佛只是看着他们对话，就能让心情平和下来，莫名的幸福感油然而生，似乎他们只是站在一起，便已经成了"美好"的代名词。

・这就像是新年里小夫妻一起挂灯笼的画面啊，我被狠狠治愈到了……

・好，以后阿久嫁了，我也很放心，看江敛舟的样子，像是会做家务的，不错不错。

・我现在只想变成大叔，大叔，您能写个一千字小论文告诉我，氛围有多好吗？

灯笼挂好，大叔搓了搓手："进来吃火锅吧。"

自认为做了事的江敛舟和盛以也没客气，主要是临近中午，再不吃饭他们就快不行了。

他们跟在大叔身后往里走，面上是一个赛一个坦荡。

能隐约看出来，大叔家也就是普通的人家。

院子里养了几只鸡，大叔莫名有些不好意思，过去拿了几个蛋出来，带他们两个人进了里屋。

大婶正在准备食材，摆在电磁炉上的锅里煮着汤，没放辣椒，似乎快要煮开了。

锅的周围放了些盘子，上面堆着各式食材，看上去没什么值钱的，大都是青菜、豆腐之类的，但大婶依旧喜气洋洋的。

眼看着一窝蜂进来一堆人，还有扛着摄影机的，大婶愣了愣：“……你不是去挂灯笼了吗？”

这是挂了灯笼，还是捅了马蜂窝？

大叔似乎也没料到事情会发展到这个地步，不自在地挠挠头：“那个……大侄子跟大侄女没吃饭，刚帮了我忙，想来吃点火锅。”

江敛舟以退为进，说道：“是不方便吗？”

跟大叔一样朴实的大婶，哪里见过这种招数？她连连摆手：“不是不是……很欢迎你们，就是怕你们吃不惯。”

大叔这会儿倒是拿着鸡蛋先去了旁边似乎是厨房的屋子。

盛以正跟大婶说着话，没怎么注意，江敛舟倒是漫不经心地瞥了一眼。

这顿火锅吃得很奇妙，江敛舟和盛以都是无辣不欢的人，往常吃过的各式美味不知凡几，虽然对火锅的口味各有偏好，但往常大概不会以青菜为火锅主菜的。

这顿火锅虽然食材并不丰富，但可能是大婶的手艺很不错，或者是氛围实在温馨，江敛舟和盛以都吃得很舒服。

这张美食照是江敛舟拍的，到底是在圈子里待了几年的人，颇有一些审美。

冬日里冒着热气翻滚着汤水的火锅，周围青色、白色、红色均匀分布，说不上是多难得的美味，可就是看了便让人忍不住想大快朵颐。

盛以都不想出去录节目了。

她琢磨了一下，跟江敛舟商量：“你说，反正我俩都是最后一名了，要是没完成任务也没什么差别吧？”

江敛舟听到这话要多不满便有多不满，说道：“谁说我们是最后一名？”

盛以一脸疑惑，缓缓朝着他竖了个大拇指：“确实，莫欺少年穷。”

江敛舟跟没看出来盛以是在嘲讽他一样，扬了扬眉：“上次录制那样的全程第一有什么意思？大家现在都爱看逆袭剧本。”

江敛舟一时无语。

眼看着盛以还要继续说，江敛舟无奈道：“你的书单还挺丰富。”

盛以无波无澜地点头：“有一段时间因为也做不了别的事情，实在无聊，就看了一些。”

她顿了顿，"有一些写得还挺好，要给你推荐一下吗？"

江敛舟：“回复推倒。”

眼看着节目组催进度的工作人员，眼皮都快要抽筋了，江敛舟随手拍了拍衣角,站起身,跟盛以一起朝外走。

直到走出去了这条街,盛以才回头看了眼已经落在后面很远的那扇门。

她似乎是斟酌了一下,问道:"你刚才在桌子上放了什么?"

盛以的第一反应肯定是钱,但下一秒又觉得不对,也不知道为什么,她就是觉得江敛舟即使想做什么,也不会做直接放钱的事。

江敛舟懒懒看她:"你看到了?"

盛以点了点头。

江敛舟轻笑了笑:"一张写了电话号码的字条罢了。"

"电话号码?"盛以有些意外。

"嗯,我朋友是研究阿尔茨海默病的权威,可能会对他们有所帮助,我也跟我朋友打了招呼,他们应该负担得起。"

江敛舟依旧是那副漫不经心的态度,仿佛他压根儿没做什么一般。

盛以顿了顿:"你怎么知道?"

"看到大叔拿着鸡蛋去了厨房,又端了鸡蛋水进了隔壁的房间,大概是去喂病人了吧,所以我就看了眼。"江敛舟寥寥几句,"正好我朋友是研究这个的,我在他那里看到过一些患者用药,那位大叔家里就有。"

盛以一时间有些语塞。

她倒是一眼能看出来大叔家里的经济条件并不算好,不管是陈旧的很容易被风吹下来的灯笼,再或者是吃火锅时的青菜豆腐,以及家里掉了漆的家具和像是二十年前买的电视机,都能看出大叔家的经济条件,但她也只以为是普通的经济条件,并没有往因病致因去想。

永远都看上去对很多事情不甚在意的江敛舟却想到了,又不动声色地帮忙,用根本不会让人有任何不适的方式。他甚至不会觉得自己有在做什么值得宣扬的事,悄悄地放字条,一句话也不说。

如果不是自己问起,他大概只会当这件事从没发生过。

盛以一时间有些难以说清自己的感受。好像有些意外,可又好像觉得是江敛舟,不愧是江敛舟。

江敛舟瞥了她一眼:"怎么了?"

盛以抿唇,摇了摇头。她似乎是有几分犹豫,又问:"好奇你那时给我买晚餐写字条时,在想些什么。"

他就连买晚餐都默不作声,大概比她这个当事人还要在乎一些。

江敛舟大概没想到她会突然提起这件事,微微一怔,继而笑了笑:"没想什么。"

盛以见过很多从小顺风顺水、锦衣玉食的人。

他们大多少了一些同理心，再或者说，很难对一些事情感同身受。

盛以其实并没有什么异议，哪怕她自己并不会如此，但事实是，要别人对你感同身受，本就是极其苛刻的要求。

盛以见过的这些人里也不乏一些慈善家，他们把"慈善家"这样的标签戴在身上，以此为荣。

江敛舟却很奇怪。他说："如果非要想些什么，大概会在想……有没有冒犯到你。"

盛以愣了愣，下一秒，低头笑开。

"嗯，现在倒是有些后悔。"江敛舟慢悠悠地说。

"后悔？"

江敛舟眼里带了几分吊儿郎当的笑意，说："可不是嘛，早知如此，当时就应该写——以后可得以身抵债。"

04.

· 是我的错觉吗，我感觉刚才阿久似乎……有那么一点心动了。

· 拜托，都这样了，谁能不心动？

· 刚才我明明看了直播间全程，为什么就丁点也没看出来？舟哥聪明就算了还这么温柔，一个平时那样冷的人突然温柔起来，我真的完全抵抗不住。

· 阿久刚才说了晚餐？是以前做同桌的时候，舟哥给阿久天天买晚餐吗？

…………

哪怕明知道江敛舟那句"以身抵债"是在开玩笑，盛以一瞬间还是有些失语，或者说有些不好意思，起码总觉得不够自然。

她张了张嘴，最后停在了原地。

江敛舟走了两步，又回头看她："我的大小姐，您怎么又停下来了？"

盛以苦着一张漂亮的脸蛋，倒吸了口凉气："脚……脚崴了……"

江敛舟登时皱紧了眉，一贯慵懒的步伐都变了，几步走到盛以旁边："哪只脚？怎么崴的？还能走吗？"

盛以的声音听起来可怜巴巴的："你离我近一点。"

江敛舟以为她伤得严重，立马又走近了两步，准备扶她。

刚伸出手，盛以迅速抬脚，重重地踩江敛舟一脚，而后迅速往前跑。哪里有半点脚崴了的样子?

他又觉得好气又觉得好笑,缓了缓脚上的疼痛,语气冰凉:"盛以,你给我站住。"

盛以倒是很冷静:"我是傻子吗?"

· 你俩今年加起来有三岁吗?

· 为什么那么幼稚还那么甜?

· 哈哈哈,我都不知道酷妹阿久还有这样的一面。你们俩高中时,是不是经常会因为谁超过了三八线而打架?

…………

俩人到底是蹭到了午饭,并且也休息过了,所以这会儿精神了不少。

他们这一路走来,陆续拍了几张照片,再往前走走,又拍了些风景照。合照的姿势很奇特:江敛舟背着盛以、江敛舟和盛以一人提着一只红灯笼、江敛舟帮盛以提着鞋、盛以踩过一片清水,相当别致。

直播间的观众们一边看着江敛舟和盛以的直播间,一边时不时跑去看看别的组进展如何。

时刻有精神分裂的危险。观众的感想就是:看着江敛舟和盛以的直播间,慢慢就会思绪跑偏,会不自觉想他们是要做什么?有什么任务?做到哪了?

本环节任务的截止时间是傍晚六点,嘉宾们需要在此之前把所有的照片传给节目组,节目组会在第二天上午进行排名发表。

到晚上五点五十五分的时候,其他三组嘉宾都已经提前结束了任务,正在返回酒店。

而江敛舟和盛以这组……风景照倒是都拍完了,可十张美食照实在困难。

他们又在靠近市区的地方发现了两三家小餐馆,凑来凑去,最后还是差了一张美食照。

如果没有拍够照片,那会直接默认任务失败,成为最后一名。

江敛舟跟盛以对视了一眼,抬起头问:"老板,您这里真的没别的菜了吗?"

老板擦了擦额角的汗:"对啊小伙子,你都问了好几遍了,要是有我早就拿出来了对不对?我们这小店就没有别的菜。"

江敛舟屈起中指在桌子上敲了几下,微微敛着眉,似乎在思索什么。

这没摆几张桌子的店里,蓦地安静了下来。

盛以也垂着眼,听墙上的钟表滴滴答答,一点一点逼近最后的截止时间。

她抿了抿唇,偏头看了眼江敛舟的表情,正准备说些什么的时候,见江敛舟蓦地站起了身,手伸向了口袋。

盛以一脸疑惑。

江敛舟没解释，径直走向老板："我能借个盘子吗？"

所有人都迷惑了，他是准备自己现做菜吗？

盛以偏过头，看了眼时间，只剩下两分钟了。

老板也挺不解，但只是借个盘子的要求，还是挺容易满足的。他点了点头，快步走去柜台拿了个干净的盘子，递给江敛舟。

江敛舟道了声谢，接过，放在了桌面上，而后从口袋里拿出了一把巧克力。

盛以自然是认识这个巧克力的，就是她上次从江敛舟家里拿的那个牌子。

江敛舟飞快地撕去了几颗巧克力的包装，而后手上的动作飞快，似乎在摆着什么。

时间还有二十秒。

他停下了摆盘的动作，迅速把盘子端过来。

盛以默默配合。

时间还有十五秒。

江敛舟拿起摄像机，拍完照，发送给节目组，动作一气呵成。

"滴嗒"一声，墙上的挂钟时针指向了"6"。

这个任务环节结束。

·让我看看图片！到底是什么，舟哥最后撕开的是巧克力的包装吗？

·所以舟哥是赶在最后结束前发了照片对不对？那起码完成任务了，第几名已经无所谓了！

·等等，江敛舟是会随身携带巧克力的人吗？原来这就是真正的跩哥？

·不是吧，江哥不吃甜食的呀，怎么可能往口袋里塞这么多巧克力？除非……

盛以的心一阵狂跳。在最后的那十几秒里，一向自认为淡定，对这种游戏输赢无所谓的她，握着盘子边缘的时候，手却在轻颤。

她似乎在心里疯狂地许愿，希望无论如何都能赶上最后的截止时间。

甚至到此刻，知道已经成功完成任务的时候，她的心跳速度都没能完全平复下来。

盛以捂了捂心口。盘子已经放在她面前，最后那张照片是江敛舟和她握着盘子两边拍的，但她当时甚至没有顾及盘子里到底是什么。

她先是缩回握着盘子边缘的右手，再看向盘子里的巧克力。

方形的巧克力像是马赛克一样，被江敛舟一块一块地拼接，最后在盘子里成了"Z&Y"的形状。

盛以终于看到照片是什么样子，她跟江敛舟分别握着盘子的边缘，一只手白皙柔美，一只手纤长有力，对称和非对称的美都在此刻完美展现。

盘子里的巧克力是纯黑色的，更衬得两只手骨节分明，左边那只手似乎有些用力，手腕上青筋显出。画面只有大片的黑和大片的白，很简单的元素，却勾得人完全挪不开眼。

·@同桌的你节目组官微，求求了，我要这张的原图！

·这张图确实蛮有美感的，明明别人拍起来会又土又普通，但可能是这一大一小两只手太美了，这张照片甚至可以去做巧克力的广告图了……

在一片夸赞声里，江敛舟倒是对这张照片不是很满意。他来来回回地看了看，最后跟盛以说："这不算一道菜。"

盛以心想：您在说什么？

"不是我做的一道菜。"他又重复了一遍，最后几个字低沉含糊了起来，"……我会做很多。"

盛以有些没听懂，甚至怀疑自己没听清楚，毕竟她怎么会听到江敛舟说他会做很多菜？

她顿了几秒，试探着问："那……我以后尝尝？"

江敛舟别开头，没看她，却几不可见地轻点了点头。

盛以抿了抿唇，盯着江敛舟的耳垂看，最后没忍住，轻轻低头笑了起来。

她自己也说不清楚到底在开心什么，可好像就是很开心。

最后一天的录制行程才是重头戏。

盛以昨晚睡前看了节目组发来的行程单，上午主要是第二环节排名的发表，下午则是妆造。下午六点钟，游乐园奇妙夜准时开始。

八个人再次齐聚在大厅时，尹双打量了一番盛以，再悄悄打量了一番江敛舟。

宗炎拽了拽她的袖子，压低了声音，但恰好嘉宾们和直播间的观众都能听见，说："你不想活了？大清早看舟哥做什么？"

尹双也压低了声音："想知道他们昨天几点回来的，听说那里很荒凉，什么也没有，幸好我们上个环节拿了第三名。"

"好，"主持人走上台，"那我们开始本次排名发表，本次排名结合了任务完成时间与任务完成质量进行综合考虑。话不多说，让我们先看第四名的组合，他们的代表作是什么样的呢？请看大屏幕。"

节目组还挺专业，一个小小的照片排名，甚至有了选秀的味道。

大屏幕上，展示出三张照片，分别是两张风景合照和一张美食照，是宗炎和尹双拍摄的Z市市区很有名的一栋建筑。

尹奴："……我们怎么会是最后一名？"

主持人把各项打分数据亮在大屏幕上，透着不容反驳的意味。

第三名则是段明霁和汪桐欣组合。

所有人大惊失色："那也就是说……"

主持人接话："没错，第一名即将在薛青芙、俞深组合，以及江敛舟、盛以组合中诞生，那么，第一名是哪个组合呢？恭喜——"

盛以面无表情，却悄悄捏紧了衣服下摆。

"薛青芙、俞深组合，你们再次获得了第一名！"

大屏幕上先后显现出两组的照片和分数。

江敛舟这组的两张风景代表作，是江敛舟背着盛以的照片以及两人提着灯笼的照片，而美食代表作……竟然是巧克力。

他们这两组的分数相差不大，江敛舟和盛以这组主要是因为时间拉得久而占了劣势。

盛以顿了顿，有些失落。

江敛舟看了她一眼，压低了声音："你都看过那么多书了，还不知道吗？"

盛以有些疑惑。江敛舟朝着她扬了扬眉，肆意张扬地说："让哥告诉你，什么叫真正的一路逆袭。"

下午的妆造，并没有进行直播。

很多观众都不太理解，往常也不是没有过妆造，这次难道是有什么特别的吗？

直到八个人的单人直播间再次打开，观众们才瞬间明白了过来。不愧是《同桌的你》节目组，永远都知道怎么带给大家惊喜。

八个人都穿汉服，窄袖长裙衬得众人潇洒飘逸，发型和妆容与之相配。不仅如此，更让人讶异的是他们每个人的脸上都戴了一副面具。面具很漂亮，遮着上半张脸，上面隐隐能看出精致的刺绣，女嘉宾的面具上还有羽毛装饰。

一打开直播间，就让人仿佛瞬间穿越到那个勾栏瓦肆、文人泼墨的朝代。

与此同时，广播里宣布这次盛大的游乐园奇妙夜的规则。

"本次云霄乐园的门票已经提前售罄，门票与本人的身份信息绑定，只允许退票，不允许转让。所有的游客均需着宋制汉服入园，可以穿自己的，乐园门口也提供短时衣物租赁与妆造服务。以上信息均提前与游客们沟通，谢谢各位参与本次奇妙夜活动。"

游乐园大型活动只有嘉宾们参与肯定是不够的。

节目组保密工作做得好，前天才宣布了云霄乐园的行程，在此之前，今天的门票已经作为普通门票售罄。

为了防止有人高价转让的行为，节目组规定只允许退票，不允许转让，同时今天的所有拍摄都是隐蔽拍摄，嘉宾与游客都需要戴上面具，保证录制时不出现意外。

同时，为了避免普通游客通过直播间找到嘉宾，影响录制，游乐园会开启信号屏蔽，游乐园中的游客不能登录直播间。

·之前我男朋友问我想不想来玩，他买了票。我本来拒绝了他的，说要看直播，现在我只想说老公我爱你！

·有一些人，有男朋友还有门票，而我单身这么多年就算了，还只能眼睁睁看着那么多人去跟我舟哥近距离接触，我好惨，我是全世界第一小可怜。

·想想这么多人穿汉服进游乐园，突然确实有了奇妙夜的奇妙观感。

…………

广播继续播报："今晚，我们会于晚上十点在清许河前放飞孔明灯。在此之前，每一组嘉宾，无论是游客身份还是非玩家角色身份，都会被分开放置在游乐园的不同地点。同组嘉宾需自行找到对方，一起打卡两个游乐设施后，开始制作孔明灯。截至晚上九点三十分，制作孔明灯最多的组为今天的获胜组。"

清许河贯通了整个Z市，其中有一段流经云霄乐园。

往常云霄乐园有不少活动都会在清许河畔举行，灯影重重，波光粼粼，传出了不少佳话美图。

"非玩家角色可以等待对方找到自己，或者在奇妙夜开始一小时后恢复自由身。作为非玩家角色时，不能通过语言提示对方。"

盛以此时才明白过来，她跟江敛舟的拍照打卡环节获得了第二名，因此他们组一人扮作非玩家角色，一人是游客。

当然，江敛舟是非玩家角色，她是游客。

在第一个小时里，如果她一直没找到江敛舟，那江敛舟必须和普通的游乐园工作人员一样。

但话又说回来，不管是非玩家角色还是游客，在那么多戴着面具的人群中找到对方，都是无比艰难的事。

"现在，我宣布，本次游乐园奇妙夜，云霄乐园游园会……正式开始！"

直播主镜头里，云霄乐园一片漆黑。

门口那口大钟像是穿越千年般，带着古韵和禅意悠悠敲响。

下午六点的钟声响起，乐园的门"吱呀"一声缓缓敞开。

一瞬间，刚才还漆黑的乐园，灯火通明，霓虹闪耀，五光十色，华灯漫天。

门外，无数着宋制汉服、戴半面面具的游客缓缓踏入。

喧闹与寂静，古意与现代，黑暗与光彩，于此刻一点一点交融，仿佛成千上万的宋代民众，坐了时光机，相约完成这场跨越数百年的相会。

隐藏拍摄的直播间里，数十万的观众看着混在人群里的盛以，正捧着那张云霄乐园的地图研究。

节目组倒也没有那么狠，怕所有的嘉宾都找不到对方收不了场，节目组给了五个对方可能会在的游乐设施，分别是海盗船、垂直过山车、大摆锤、旋转木马以及鬼屋。

盛以正对着地图认真研究，琢磨着先去哪个设施时，两个女孩子拦住了她。

两个女孩儿都跟她差不多的年纪，一个穿了紫色汉服，另一个穿了浅蓝色的汉服。

紫色汉服的女孩儿叫她："小姐姐，你是一个人来的吗？要不我们一起？"

盛以没说话，抬头看了她一眼。

蓝色汉服的女孩子也说："我们想去海盗船，但三人组队通过最高难度才可以获得一份元宵精美礼品，我们正好三个人。"

还有这种任务……听起来就很像是设置了嘉宾做非玩家角色的样子。

盛以稍加斟酌，点了点头，两个女孩儿齐齐一笑，三人便一起向海盗船的方向走去。

紫色汉服的女孩子说："你可以叫我悠悠，叫她安安，我们怎么称呼你？"

盛以："久久。"

安安瞬间眼睛一亮："久久！江敛舟和盛以今天会来，你知道吗？我好激动，我好喜欢他们！"

盛以压低了声线，跟平时清亮的声音带了些差别。

她看了眼安安："你喜欢他们？"

安安猛点头："对！"

安安一副遇到家人的模样，压根儿没等盛以否认，兴致瞬间高扬了起来，说了一些节目里的糖点。

盛以对这些话左耳朵进右耳朵出。

直到安安突然压低了声音，很认真地对悠悠说："你不知道，前天晚上开录的时候，我观察得特别仔细。盛以的脖子上有红痕，这可是冬天，连蚊子都没有！别跟我说什么过敏，鬼才会信。"

确实是因为皮肤敏感对毛衣领过敏了的盛以一时无言以对。

05.

- 所以……有没有人告诉我,宝贝阿久那天脖子上真的有红痕吗?那是什么?
- 大家别猜了,阿久皮肤敏感,应该就是过敏了,别问我为什么知道的。
- …………

大概是察觉到盛以这一瞬间的无语情绪,悠悠有些不好意思,用手肘悄悄撞了撞滔滔不绝的安安。

安安愣了愣,瞥了眼沉默不语的盛以,从疯狂中清醒过来,羞涩地抓了抓头发:"那……那个,不好意思,刚才是我讲太多了。"

盛以愣了愣,倒也没想到安安会因为这个道歉。

她其实也没怎么在意,大概是因为这段时间被误解得多了,习惯了。

人嘛,总是要靠一些习惯来麻痹自己。

盛以摇了摇头,跳过了这个话题。

三人正好也到了海盗船前,盛以走到那张公告前看了看。

确实如刚才安安所说,三人组队一起成功挑战海盗船的最高难度,就可以获得一份精美礼品,但说句实在话,海盗船本来已经挺刺激的了,这还号称是"最高难度"。

盛以站在人群中,都能听见有不少人在低声议论。

"我都不知道云霄还有最高难度,但我以前玩过它普通的程度,就是'人在前面飞,魂在后面追'的感觉。"

"不知道最高难度送的精美礼品是什么,值不值得我玩。"

"反正我是不敢……我太恐高了,光听别人的尖叫我的腿就已经开始发软了。"

刚才还兴致勃勃、胜券在握的悠悠和安安,这会儿对视一眼,都有些紧张。

普通难度的海盗船正在摇,每次急速从高空降落,便能听到一阵撕心裂肺的呐喊声,更不要说最高难度了。

悠悠清了清嗓子:"那……那个,久久,你敢玩这个吗?"

盛以淡定地点头。

安安:"你不……恐高吗?"

盛以淡定地摇了摇头。她确实不怎么恐高,有时候甚至会喜欢这种刺激感。

她会有些享受那一刻的心脏加快,所以盛以可以接受海盗船。

人家一个看起来文文静静、漂漂亮亮的女孩儿都不害怕，而且是她们主动找的盛以组队，这会儿要是自己先退却，未免太过分了。

悠悠和安安正踟蹰不决时，海盗船前的广播响起："各位勇士，奇妙夜第一艘最高难度海盗船即将开航，请想要上船挑战的勇士在入口处排队上船。"

盛以看了眼时间，朝着悠悠和安安点头示意。

两分钟后，三个人坐在了船头。

· 我真的要笑疯了，悠悠和安安怎么回事？你们拘谨的模样仿佛是被强行绑上船的一样！

· 哪怕你们戴着面具，我也能看透你们的表情！我这会儿已经有同感了，哈哈哈，仿佛坐在船上的人是我。

· 这个位置就已经看出来了最高难度的可怕。船头船尾就是最刺激的……

· 我现在就是想知道，阿久，你真的一点儿都不怕吗？

· 装的吧，哪有不恐高的人？

…………

海盗船缓缓启动，普通难度在刚启动时其实也只是在低空中来回摇晃而已，甚至像是坐秋千，但这艘船的起始高度就已经让人心惊胆战了。

等到船第二次摆过去，便成了与地面平行的角度，在空中稍一停滞，再急速下滑。

下滑的瞬间，船尾无数尖叫声响起，悠悠和安安下意识也要跟着叫，而后便瞥到一旁的盛以。

盛以真的一点都不害怕，她甚至唇角上扬，她在笑！

· 阿久保护我。

· 有没有人知道舟哥在哪？舟哥直播间怎么样？

· 黑的，节目组说是会录像，上线后也会放出来，但是在同组搭档进同一个游乐设施之前，舟哥直播间都会黑屏。

悠悠跟安安到嘴边的尖叫声吞了进去。

接下来，任凭海盗船晃的高度有多么可怕，甚至做起了圆周运动，直播间第一视角的人都尖叫起来的时候，永远淡定的盛以同学依旧面无表情，轻松地坐在那里，安然不动。

悠悠和安安忍住快要吐出来的欲望，问："接……接下来要玩什么？"

盛以展开地图，纤纤手指轻轻在地图的一角画了个圈，无波无澜地说："垂直过山车。"

下了垂直过山车后，俩人的魂彻底没了："这……这次呢？"

她们算是体会到什么叫舍命陪君子。

盛以轻笑了笑，悠悠和安安甚至还没来得及为她过分悦耳的笑声陶醉一下，听见她又报："大摆锤。"

悠悠和安安觉得自己彻底不行了。

盛以看了她们一眼："你们看着我玩就好。"

·原来你们久也有怜香惜玉的那一天！

·别人眼里是玩命，阿久眼里全是找江敛舟。

…………

终于，等到盛以安然下了大摆锤，悠悠再次胆战心惊地问起时，盛以出人意料地报："旋转木马。"

悠悠和安安不由感叹盛以的画风变得实在太快，让她们有点接不住……

等到从旋转木马下来后，盛以依旧没有任何收获。

她方才一口气不停地玩了四个项目，距离开园已经三十五分钟了，如果她接下来二十五分钟里依旧没有找到江敛舟，江敛舟就会从非玩家角色恢复成游客。

说句实在话，盛以并不觉得恢复自由身有什么好处，那只意味着更加难找罢了。

她顿了顿，缓缓把目光放在了地图上的最后一个圆圈处。

安安问道："决定好了下一个去处吗？"

盛以张了张嘴，沉默，再张了张嘴，又继续沉默。悠悠和安安的心跟着盛以的张嘴和闭嘴起伏。

这么难决定吗？

三秒过后。

盛以终于从长长的沉默中平复下来，开了口，下巴扬了扬，指向一旁的路标："……鬼屋。"

鬼屋向来是游乐园的热门设施，今天自然不例外。

盛以站在鬼屋前，轻抿了抿唇。

悠悠和安安这会儿倒是放松了一些，甚至还有心情对鬼屋的门口评头论足。

"我以前没来过云霄，它的鬼屋布置得还挺像模像样嘛。"

"可不是嘛，我以前去别的游乐园，那叫一个敷衍……还没我上次玩密室逃脱的场景吓人呢。"

她们评价完，一起回头看盛以："久久肯定觉得就那样吧？也是，我都没见过比久久胆子还大的女生。"

盛以扯了扯嘴角。

不得不说，云霄鬼屋的布置的确特别。外形是一个废弃医院的造型，破旧而衰败，走近一看便能发现它墙上的血迹。

刚一进入口，便一片漆黑。绿色的灯光慢慢亮起，路口处坐了一位穿着白色制服的女子。

她的白色制服肮脏不堪，抬起头，朝着三人幽幽一笑："挂号吗？"

话一说完，她的嘴角便缓缓流下了鲜血，绿灯再一打过去，她的头顶赫然是白骨！

悠悠和安安尖叫出声，往盛以身上靠。

盛以捏紧了拳头，咬了咬下唇。

不过这只是开端而已。三人慢慢走过去，到处都是脏污的血迹以及随处可以踩到的尸体，会有提着头颅的护士蓦地从你身边飘过……

悠悠和安安胆子不大，一阵接一阵的尖叫声在盛以耳边响起，给这恐怖的鬼屋再添了几分气氛。

盛以深深吸了口气。

接下来的这个环节，更是动人心魄。

眼睛里流着血的医生给她写了一张处方单，拍响了桌上的铃，如同敲着破铜烂铁一般的声音在屋子里回荡。

房间里蓦地黑了下来，很安静，也很压抑。

直到盛以感觉到有毛茸茸的触感在她脖颈处厮磨。她猛地一回头，房间里的红光亮起，不远处，是一只眼窝空洞、脸上血污交错的"鬼"！

盛以的尖叫声已经在嗓子眼了，但却在听见悠悠和安安撕心裂肺的叫声时，又生生咽了回去。

她再往下一瞥，便发现这只"鬼"不仅是飘着的，甚至……心脏处是空的。

医生的嗓子哑得像是锯齿在磨，他哈哈大笑两声，跟那只"鬼"说："带一个人去开药！"

三个人中要带走一个，悠悠和安安都在打战，显然已经跟着鬼屋的氛围陷入游戏。她们一齐看向站在中间的盛以。

盛以抿了抿唇，握了握拳，掌心已经一片湿润。

盛以又深吸了一口气，垂着头，往前走了一步。

"好，"医生的破锣嗓子有些刺耳，"就你吧，带她走！"

"久久……"悠悠和安安都快哭了，仿佛这会儿是生离死别一样。

盛以安抚地看了她们一眼，跟着那只没有心脏的"鬼"往外走。

这条路，不像是去药房，更像是去手术室。

她沉默着，跟着"鬼"走进手术室。

手术室里有一个紧闭着的柜子，旁边放了些玻璃罐子，里面像是泡着福尔马林的人体器官。

"鬼"示意她上手术台。

她擦了擦手心的汗，摇了摇头。

又有脚步声靠近，跟刚才那个医生如出一辙的破锣嗓子："新鲜的人又来了是吗？来，我准备好动手术了！"

"鬼"再次看向盛以。

在没有光的手术室里，盛以看不清什么。

踢踏声越来越近，盛以心脏的跳动速度也随之越来越快。

"鬼"向盛以靠近，而盛以不知道这一瞬间哪来的勇气，她猛地伸手抓住了"鬼"的衣袖，声音很小："救救我！"

"鬼"顿住，看向盛以。

在门外提着手术刀的医生按下手术室门把手的瞬间，"鬼"拉住盛以，打开柜门，一起躲了进去。

医生推开手术室的门，拿起手电筒，在手术室里晃了一圈，如同破锣的嗓音再次响起："怎么没人？弄错了吗？"

他走进手术室，再次拿起手电筒细细照着，最后，灯光停在柜子上。

踢踏声又一次靠近。

盛以紧紧握住"鬼"的衣袖，大气也不敢出。

"鬼"似乎察觉到她的紧张，顿了顿，轻轻抬起手，隔着衣服在她的腕部拍了两下，动作很轻很缓。

就在医生准备打开柜门看的时候，门外又响起声音："不要抓我，啊啊啊！"

医生笑了两声："原来在那里啊。"

手术室的门被关上。

盛以从极致的紧张里脱离出来，整个人蓦地失去力气，瘫坐在柜子里。

她的手还紧紧抓着"鬼"的衣袖，怎么都不肯放手。

盛以只觉得脑子里一片空白，心脏还在疯狂跳动，脱力感传来，一瞬间莫名想流泪。

泪还没流出来，她的声音已经开始颤抖。

她不知道自己这一刻在想什么，可她就是下意识地想叫，下意识地往可怖的"鬼"身旁挪。

"江……江敛舟……"

叫出来的瞬间，盛以眼角的泪也随之掉了下来。

"鬼"的身体僵了僵。

盛以又挪动了些，和"鬼"挨得很近。

她的声音都在抖："我……我好害怕……"

"鬼"像是叹了口气。

仅容得下两人的柜子里，他熟悉的声音近在咫尺，很轻，很缓，也很温柔，和他方才的动作一样。

他轻轻张开双臂，将还在打战的女孩子，以最柔软的力道一点一点揽进怀里。

"不要怕，阿久。"他拥着她，温声安抚。

"我在这里。"

可大概是因为害怕，即便有了如此温软的安慰，怀里女孩子的泪却流得更凶了。

她已经开始抽噎，话都有些说不清。

"我……我就是……我就是好怕……你……你怎么才来，我为了找你，我都玩了好几个项目了，我还……"她甚至打了个寒战，边流泪边说，"我还进了鬼屋，你不知道吗？我……我最怕鬼了……"

他拍了拍她的后背，带着耐心摩挲下去。

与平时竖着刺一般的他截然相反，此时的江敛舟像是把所有的刺全都拔掉了。哪怕鲜血淋漓，哪怕任人宰割，可他心甘情愿面带微笑，在这一刻把她抱进怀里。

"嗯，都怪我，我应该上个环节拿第一名的，这样我就不会在鬼屋了。"他又抚了抚她有些凌乱的长发，"可是，你不用来找我的，你不要为了我冒任何险。阿久，你开开心心的就好。因为……我一定会找到你。"

他飞天，他觅地。

他穿越未来和过去。

他会找到你。

06.

· 我要疯了……

· 原来你们舟哥不是不温柔，只是只对她一个人温柔罢了。

· 心疼阿久，我本来以为阿久什么都不怕的，她之前玩那些项目的时候我还在狂笑。结果阿久怕"鬼"啊。

·她怕归怕,但是"鬼"要选一个人带走的时候,她还是站出来了。

·在别人面前不说害怕,舟哥一来就开始哭。哪怕我人是假的,他们俩的感情也是真的。

…………

大概是哭把所有的害怕情绪都发泄了出来,本就情绪起伏不大的盛以慢慢地平复了下来。

她直到这时才发现在这密闭狭窄的柜子里,她……跟江敛舟的姿势有多么暧昧。

盛以稍微动了动身子,还没来得及说话,江敛舟便放开了她。

两个人狼狈地从柜子里出来。江敛舟就不说了,因为扮"鬼",穿的衣服血迹斑斑也就算了,云霄的妆造更是电影级别的。方才盛以还不觉得,现在平静下来,她觉得……江敛舟怎么看怎么丑。盛以倒是本来打扮得格外漂亮,可刚才在鬼屋里走这一遭,头发也乱了,衣服也皱了,脸上更是因为流泪将妆弄花了。

盛以现在的心情很糟糕,主要是很嫌弃,嫌弃自己,更嫌弃江敛舟。

此时,八位嘉宾隐蔽的耳麦里,同时传来节目组的播报。

"恭喜江敛舟、盛以组合成功会合,于千万人中准确找到对方,暂列本环节第一名。其他组合请继续加油。距离下午七点还有五分钟,五分钟后,目前的非玩家角色段明霁、宗炎、尹双都将恢复游客身份。"

没想到这么戏剧性地找到了江敛舟,盛以有些失语。

向来分外顾及形象的江敛舟,这会儿大概也想到了自己的模样。

他张了张嘴,最后别开了头,一句话也没说。

他现在也挺无语,要是早知道是在鬼屋,说什么他也会在上个环节拿第一名的。

手术室里蓦地安静了下来。

门外又有脚步声传来,而且这次显然不止一个人。

盛以心道:有完没完啊!

大佬这会儿心情正烦闷呢,烦到都不觉得害怕了,顺手就抄起了手术室里的棍子。

虽然很不愿意深想这件事,但是她抄起棍子究竟是想做什么……

"久……久久,你在吗?你还好吗?"盛以已经走到手术室门口,正准备按下门把手,就听见门外传来压得很低的声音。

原来是安安。

悠悠似乎又壮着胆子多问了一句:"你……你的器官还在吗?"

盛以只觉得倒也不必如此沉浸于剧情。

·我真的要笑死了……

·所以如果本来是医生或者是"鬼",阿久准备做什么?我真的好想知道。

盛以应了一声:"嗯,我还在。"

说完,她推开了手术室的门。走廊里微弱的光照进来,悠悠和安安都看清了盛以的状态。

面具完好,头发稍有些凌乱,衣服也皱了些,带了些脏污,但除此之外倒还一切安好。

悠悠和安安都松了口气,同时都有些愧疚。

安安问:"你没什么事吧?你经历了什么啊?恐怖吗?啊啊啊!"

悠悠问:"你又怎么了?你怎么跟嗑……啊啊啊!"

悠悠跟安安的动作此时如出一辙,齐齐指向盛以身后映着微弱的红光缓缓抬起头的"鬼"。

悠悠胆子稍大一些,一把拽过来盛以,压低了声音问她:"久久,你怎么跟'鬼'共处一室这么长时间啊,你真的没事吧?"

盛以:"……没事,刚才是他救了我。"

安安:"'鬼'救了你?你俩……人鬼情未了?"

江敛舟轻笑,一贯懒洋洋的语气:"不,只是她遇到了一位心软的'鬼'罢了。"

大概是没料到"鬼"这时竟然正常开口对话了,更没料到这位面容可怖的"鬼"声音,竟好听到这种地步。悠悠跟安安对视一眼,有些搞不清楚状况。

安安顿了顿,恍然大悟,再次压低了声音问盛以:"久久你好厉害,连'鬼'都能被你诱惑。"

她一脸崇拜地朝着盛以竖起大拇指。

悠悠实在是不想听安安继续说傻话了,飞快转移了话题:"久久,我们接下来要去哪儿?这个鬼屋差不多已经可以出去了。"

盛以沉默两秒:"更衣。"

到底为什么,盛以每次的答案都如此出乎意料?

更离谱的是她俩眼睁睁地看着盛以身后的"鬼"缓缓点点头,甚至出声附和:"是该更衣了。"

二十分钟后,悠悠和安安看着换了一套衣物重新整理好了发型和妆容的盛以,再看看她身后那位翩翩君子,即使戴着半张面具,依旧好看得如同从天而降般,半点看不出之前的狼狈可怖模样的"鬼"。

悠悠和安安已经无语到了近乎麻木的状态。

到底为什么会如此离奇?

安安来来回回地在江敛舟和盛以身上看,越看越觉得哪里不对。

一个有些过分胆大了的念头,一点一点在她脑子里成型。

安安猛地瞪大了眼睛,叫:"江……"

"敛舟"两个字还没叫出口,盛以手疾眼快地捂住她的嘴,朝着安安比了个"嘘"的手势。

安安眼睛已经瞪得圆溜溜了,猛点几下头,示意自己明白,盛以这才放开她。

安安几度吞下想说出口的话,却怎么都吞不掉自己震撼到极致的情绪。

悠悠也不是傻子,这会儿看江敛舟和盛以的模样,再看看安安的反应,又联想了一番刚才一系列奇怪之处,也明白过来。

相对于安安亲眼看到江敛舟的兴奋,悠悠显然有那么一些……

她拽了拽安安,安安一脸疑惑。

趁着江敛舟和盛以说话的工夫,悠悠面如死灰地跟安安道:"你想想,你在刚见到盛以的时候,你都跟她说了什么?"

安安歪了歪头:"我说了什么?我先是邀请她一起坐海盗船,又问她知不知道江敛舟和盛以,最后说盛以脖子上有红……"

·我还以为安安会在节目播出后,才能深切地明白她今天都做了什么,没想到……啧啧,好可怜。

·啊,身哥真的太好看了,这一身浅蓝色的汉服穿在他身上,再跟旁边的阿久站在一起,绝了,真的绝了。

…………

换了衣服的江敛舟确实好看。

盛以向来承认他是俊朗的,不管是锋芒毕露的少年,再或者是如今慵懒矜贵的"顶流",他永远都光彩夺目。

可方才看着一身竹月色汉服、戴着面具,乘着如水月色缓缓踏来的他,盛以还是有一瞬间的愣怔,本想坦坦荡荡地夸他一句,可话到嘴边时,却又有些不自在了起来。

盛以抿了抿唇,到最后只说一句:"衣服还挺好看。"

当然,盛以这是太小低估江敛舟的自信心了。

他点了点头,很坦然地接受了盛以的夸奖,说:"嗯,这衣服我挑的。"接着夸赞,丁点都没不好意思,"衣服确实不错,但主要是我穿,所以好看。"

盛以说:"听说你披个麻袋都好看?"

这当然是粉丝们吹的，毕竟江敛舟本来就足够好看，粉丝还自带十级滤镜，自然觉得江敛舟披个麻袋都好看。

江敛舟缓缓点头，应了一声，还挺骄傲，说："那是。"

盛以微微一笑："看来刚才你在扮鬼的时候，也有很多人夸你好看呢，真替你开心。"

江敛舟一时无言以对。

·也不知道为什么，明明江敛舟每次夸自己都夸得挺对，但我依然油然而生一种想揍他的冲动。

·要不为什么会说江敛舟和盛以是天生一对呢？你们看看，除了阿久，还有谁能和江敛舟一争高下呢？

·有时候我会想，要不是江敛舟那张脸，他从小得挨多少揍啊……

两个人换衣服再进行妆发，花了一些时间。

刚斗完嘴，两个人的耳麦里同时传来节目组的声音："恭喜段明霁、汪桐欣组合成功会面，暂列本环节第二名！剩余的两个组合请继续加油！"

两位大佬终于想起接下来要做的事，他们需要制作孔明灯。

悠悠和安安似乎从崩溃的情绪中暂缓了过来。

当然也不能算暂缓，安安只是觉得，崩溃这件事可以留在以后那么多漫长的深夜里慢慢拿出来回味，但现场看江敛舟和盛以的机会，只有这一次！

她坚强地爬了起来，再次拉着悠悠，跟在江敛舟和盛以身后。

孔明灯的制作地点在云霄乐园的云梦广场上，不只是嘉宾们，今天的普通游客也可以现场制作孔明灯，到时候一起去清许河畔放飞。

云梦广场上灯火通明，广场周围的树枝上都挑着红色宫灯，广场的上方更是拉了无数灯串，一排排的桌子上还放了造型别致、各式模样的台灯，远远望去，如入花海，不说亮如白昼，起码照明是完全没有问题的。

游园活动已经开始近一个半小时，自然有很多游客在玩游乐设施，但也有不少游客已经聚集在云梦广场上。

这会儿的云梦广场已经很热闹了，许多桌子前坐了游客，一部分人正专注于自己手头的孔明灯，另一部分人则在与同伴讨论怎么做一些新的花样或者哪位游客手里的灯很好看……颇有些过节的氛围。

嘉宾们的位置自然是提前预留好的，为了防止过早暴露身份，他们的座位并没有很特别，甚至处于人群之中。

工作人员带着江敛舟和盛以去了预留的位置，桌上堆着各式各样的材料，特地叮嘱他们，如果材料不够尽管说。

盛以先翻了一下桌子上的材料。

节目组很负责，他们一早就公布了防火方案，制作孔明灯的纸都是特殊的防火灯纸，蜡烛削得很薄，保证燃烧的时间较短，而放飞孔明灯的地方很是空旷。除此之外，所有人制作的孔明灯都要交节目组，由有经验的工作人员统一点燃放飞，再实时观测并在录制完成后回收。

他们现在比拼的自然不仅仅是孔明灯制作的数量。毕竟，单一重复的工作，直播效果全无。节目组还有个附加的要求，就是嘉宾们制作的每一盏孔明灯，要各不相同。同时，每一盏孔明灯的美观度也会折合成系数，来计算最后的孔明灯数量。

盛以仔仔细细地阅读一遍比赛规则，转过头问："那一种颜色做一盏不就行了？"

江敛舟面无表情，指了指规则里一行小字。

盛以又念："所有孔明灯需两个人合作完成，同时，仅有颜色不同不算作不相同的孔明灯。"

两个人对着桌上成堆的材料沉默半晌。

江敛舟问："决定好了吗？"

盛以强行按捺住和节目组终极对决的想法，冷冷一点头："画画吧。"

江敛舟瞥了她一眼。

盛以的语气透着凉意："怎么？有什么意见？"

江敛舟摇头，今难得穿的宋制汉服莫名衬得他……有了几分纨绔的味道。

他声音里带了笑意："我哪敢对你有什么意见？但听吩咐罢了，只不过……"顿了顿，继续说，"好像很多年没见过你画画了。"

这倒是真的，好像以前跟江敛舟做同桌时，最常见到的画面便是江敛舟吊儿郎当但准确率奇高地做着题，她认认真真地画画。

江敛舟做着做着，还会觉得题目太过简单而失去耐心，转几圈笔，尝试跟盛以搭话。

盛以"啪"的一下，就拍在他手背上，淡淡出声警告："给我安静。"

大概这会儿想到那时的场景，盛大佬有些想笑。

· 啊啊啊，告诉我，阿久你在笑什么？你应该是想到了什么对不对！我也要听！

· 难不成阿久以前是艺术生？但我没记错的话，她之前自我介绍时说她大学读的是计算机？

・盛以的前校友来了，我没记错的话，盛学姐高中的时候很会画画，还拿过我们学校的画画比赛第一名。哦，就是那次，江学长拿了书法比赛第一名，两个人的作品还被并排放在橱窗里了！

江敛舟另外一边坐了一对情侣，大约也听见了江敛舟和盛以的对话。江敛舟旁边的那个男生用手肘撞了撞江敛舟，问："哥们儿，你也是跟你女朋友一起来玩的？"

江敛舟无语。

那男生看江敛舟没说话，以为他默认了，又拿起他们做的孔明灯，很慷慨地分享给江敛舟看："挺巧，我女朋友也会画画，看，她画的我俩。"

男生确实热情，还指着那幅画跟江敛舟介绍："这个是我，这个是她，我抱着她，怎么样，画得像吗？"

他女朋友大概有些不好意思，含着带怯地瞪了男生一眼，声音都透着娇意："好啦，不要说了，为什么还特地拿出去炫耀？"

男生环了环女朋友的肩："怎么就是炫耀了？我就是看这哥们儿他女朋友也在画，给他们参考一下而已。"说完，还问江敛舟，"你女朋友打算画什么？"

・@江敛舟，我都说了，风水轮流转，做人留一线。

・大兄弟，做得好，谁听了都要为你竖起大拇指，哈哈哈。

・上次跟别人炫耀美甲的时候，江敛舟你就应该想到今天的。

・别人甚至用不着说那幅画，一个"我女朋友"，江敛舟就直接失语了。

・・・・・・・・・・

盛以也听见了男生跟江敛舟的对话，她"嗯"了一声，语气淡淡地回复那个男生："给他画辆机甲。"

只回答了"画什么"，对于江敛舟没出声的"你女朋友"，盛以既没承认也没反对，"机甲"大概是所有男人喜欢的。

那个男生眼睛瞬间一亮："你会画机甲？"

盛以应了声，毫无波澜地说："以前不会，他那会儿借给我好多书，研究一番后就会了。"

男生登时一脸羡慕地看江敛舟，还拍了拍他的肩膀："哥们儿，你可真是幸福。"

江敛舟轻轻"哼"了一声，语气散漫，但怎么听怎么得意，说："你有老同桌给你画机甲吗？啧啧，看来是没有。"

盛以懒得再听江敛舟叨叨，活动一下手腕，提起笔："我画，你来上色再题字，分工合作。"

江敛舟无可无不可地应了一声。他手肘撑在桌子上，单手撑着脑袋，懒洋洋地看盛以开始画第一幅画,唇角噙着几分笑,目光放在她身上,看盛以想画的机甲模样,琢磨着提起笔……

突然江敛舟唇角的笑意顿住,他发现她是用左手画的。

07.

盛以是左撇子这件事,她身边的人大多都知道,所以这会儿直播间的人都没觉得有哪里奇怪的。

·阿久还真是左撇子,吃饭、写字、画画都用左手啊。

·美术系的人来了,她的架势一看就挺专业,不愧是以前专门学过的。

·道理我都懂,到底为什么要在孔明灯上画机甲……就为了哄某个人开心吗?谈恋爱的人都是这样的吗?我还以为酷妹会不一样呢。

·就刚才那哥们儿说的"你女朋友",从头到尾,两个人里没有一个人反驳的……

比起虽然不算常见但也算不上多么稀奇地用左手画画,显然,盛以画了什么、说了什么,明显更受直播间的人关注一些。

但是江敛舟知道盛以以前是用右手写字画画的。

她是左撇子,但不算是很彻底的左撇子,甚至,在跟盛以吃饭之前,他从来都不知道盛以是左撇子。

大概是盛家管得严,怕她用左手写字会有些问题,从小就让她用右手写字,画画自然也是用的右手。只有吃饭、拿东西、玩手机等,才会依旧本能地用左手。

之前在节目里,盛以并没有画过画,他们聚餐时,盛以如同以前一般用左手,江敛舟丝毫没有察觉出任何问题。

可是现在……她为什么画画也用左手了?

江敛舟飞快地在脑子里推测了一下,最大的可能有两种:一种是她不想被别人辨认出画风,不想暴露"望久"这个画师马甲;另外一种……是她只能用左手画了。

第一种可能,当然是有的,毕竟盛以的性格就是这样,很怕麻烦,她也不缺这点曝光量,从当时自我介绍时,她说自己是自由职业者而非画师就能看出来。

至于第二种可能……难不成是她的右手出了什么问题?

江敛舟的目光在盛以的右手上打了个转。

盛以若有所觉,表情淡淡地瞥了江敛舟一眼:"怎么了?"

江敛舟顿了顿，最后摇了摇头："没什么。"

他自然不是喜欢吞吞吐吐的人，倒也不是不想问，只是……他们现在还在直播。按照盛以的性子，大概率是不愿意在这么多人前讲这些的。

江敛舟向来不愿意盛以有一丝一毫为难，她不愿讲，他便不问。

这会儿，他倒是颇为自在地转了话题："看你画得还挺潦草。"

这倒是，毕竟这不是客稿，而且一会儿就要放飞，盛以懒得画得精细，三下五除二勾出外形，这会儿正拿着勾线笔动作飞快地填充细节。

她动作一顿，冷冷地看向江敛舟，端得一副大佬做派："你还想要吗？"

虽然是这么问的，但盛以脸上写着的，明明是……再提意见就给我"圆润"地离开。

· 哈哈哈，怎么回事啊？我明明是江敛舟的粉丝，但每次看到他在阿久这里吃瘪，我都会狂笑不止。

· 前面的姐妹我懂你！就是那种终于有人可以治得住江敛舟了的感受，让他也享受一下以前别人的感受。

· 阿久看上去好像真的很会画画，她明明就画得不怎么走心，甚至每一笔都落在我想不到的地方，但就是很好看，她很厉害。

…………

盛以确实不怎么走心，熟练地画完一幅，随手递给江敛舟，江敛舟这才懒洋洋地换了姿势，选了颜色开始涂画。

他漫不经心地说："你现在画的，跟高中时画的不太一样了。"

盛以点了点头，坦诚无比地说："毕竟我越画越好看。"

江敛舟另一边那对情侣中的男生听见了，笑得不行，缓了半天后问江敛舟："哥们儿，你以前是不是挺多人追的？"

当然，男生的言外之意其实是：要不然也不能自恋到这种程度吧？

江敛舟表面云淡风轻，说："记不得了。"

"真的啊？可别因为你女朋友在……"

男生后面的"所以不敢说"还没说完呢，江敛舟便再次宠辱不惊地说："可能也就是全校女生中一半的程度吧。"

男生说："别做梦了哥，真以为你自己是什么大明星呢？"

说到这里，盛以突然来了几分兴致。她在孔明灯上画的画，对现在的她而言都太过简单，简单到盛以都不怎么专心了。

她偏了一下头，手上的动作不停，问江敛舟："你读大学那会儿，是不是每次去上课都会被围观？"

算算时间，江敛舟那时已经红了吧？

她自然知道江敛舟读的是景城大学，景大在全国排名都很高，但是是一个综合性大学，并非专业的影视戏剧学院。江敛舟这样的当红艺人，肯定会受到不少关注的吧？

江敛舟眸光一顿。

几秒后，他才若无其事地别开目光，继续低头上起了色："还行，我那会儿很忙，主要是人太低调了。"

盛以心想：那我真是半点没看出来。

江敛舟上完色，开始题字。

他拿起笔，对着那幅酷炫的银灰色机甲图琢磨了一会儿，而后大手一挥，一行潇洒有力足够漂亮的字便出现在孔明灯上。

· 我竟然开始羡慕一盏孔明灯能拿到舟哥的亲笔签名。

· 也不知道江敛舟写了什么，这画再配上他那样的字，这盏孔明灯肯定超级无敌好看！

· 舟哥写之前竟然还思索了一下，挺难得……

盛以画完第二幅，交给江敛舟时，抬眸看了眼摆在桌上的第一盏灯。

她看过去了，摄像机也终于给到了那行字特写。字体苍劲有力，龙飞凤舞，不愧是江敛舟出品。只是那行字写的是：银河保卫甲——盛以画给她最敬爱的江敛舟老师。

后面还落了日期。

盛以一阵无语。

· 哈哈哈，江敛舟我每天都在说，求求你了，做个人不好吗？

· 哪门子的老师啊？

…………

盛以沉默两秒，甚至这一瞬间已经懒得再跟江敛舟斗嘴了。

她静静抬起脚，不动声色地压在江敛舟脚的上方，而后狠狠地踩下去。

蓦然吃痛的江敛舟"嘶"了一声，偏偏盛以还微笑地看他："怎么了？"

江敛舟："没事。"

盛以继续微笑，又踩了一脚："那要好好上色写字哦。"

"好好"两个字被她狠狠重读了一下，近乎读出了"咬牙切齿"的语气。

两个人开始流水线作业，聊着天，手上的动作倒是飞快。

连续做了十盏孔明灯后，耳机里传来节目组的提示音："时间到，请所有嘉宾停止手上的动作，到广场的舞台上集合。"

舞台？哪来的舞台？

还没反应过来，广场上所有人只听"刷"的一声，似有幕布拉开，大家齐齐抬头朝发声处看去。

下一秒，大家惊呼一声。

只见本来搭了黑色幕布，完美隐于夜色里的地方，此时一片大亮，突然出现一个舞台。

主持人正在舞台上微笑，说："欢迎大家来到云霄乐园游乐园奇妙夜，现在，让我们掌声有请今晚的嘉宾上台！"

人群中暂时没什么动静。

大家你看看我，我看看你，不知道节目组葫芦里卖的什么药。

直到陆续有人站起来，他们摘下脸上的面具。

在一声又一声的惊呼中，观众们发现，原来这几位嘉宾今晚就隐藏在人群里！甚至……就坐在他们旁边，同他们一起做着孔明灯！

江敛舟慢悠悠地站起身，摘下面具，懒洋洋地朝着旁边的男生露出一个笑容。

· 哈哈哈，喜闻乐见的场面来了。

· 真以为你自己是什么大明星呢？

八位嘉宾齐上台，工作人员负责把大家做的孔明灯端上台。

一眼望去，很是明显，江敛舟、盛以这组，以及段明霁、汪桐欣这组，两组的孔明灯数量远超另外两组。

· 舟哥跟阿久做了十盏，段明霁和桐欣好像做了……十二盏？

· 啊啊啊，不会吧，我还以为舟哥阿久稳拿第一呢！

工作人员将各组的孔明灯一一进行展示，评委也在台上，一盏一盏地欣赏评价。

盛以摇头叹气。

江敛舟看她，盛以压低了声音："看来你拿不到第一名了。"

江敛舟不甚在意："那倒未必。"

主持人笑了笑："好，本次录制的排名已经在我手里了。首先，要恭喜宗炎、尹双组合，成功制作四盏孔明灯，折合美观度等数据进行计算后，最后计为三盏！"

"薛青芙、俞深组合，成功制作八盏孔明灯，计为六盏。"

"第一名，将在段明霁、汪桐欣组合，以及江敛舟、盛以组合中选出。"主持人故意一顿，"那我们先来看段明霁、汪桐欣组合制作的数量。他们成功制作十二盏，最后计为……十一盏！"

盛以的心一沉。他们成功制作的数量只有十盏，也就是说，无论如何，他们都只能拿第二了。

"最后公布的是江敛舟、盛以组合的孔明灯数量。他们成功制作十盏，但评委们认为这十盏完成度都很高，同时，评委们内部选择的最具创意以及最为美观奖都在这十盏里。因此，最后计为……十二盏！"

盛以一愣，下意识地看向江敛舟。

江敛舟压低了声音，带着笑问："这么紧张吗？"

盛以心道：谁紧张了！

主持人再次看向他们。

"恭喜……江敛舟、盛以组合，获得本期第一名，蝉联冠军！"

·我好开心！这期的环节真的跌宕起伏，第一个默契环节拿了最后一名时，我以为这次录制肯定没戏了呢。

·舟哥说会带阿久一路逆袭拿到第一就真的做到了！江敛舟永远不骗盛以！

·真的就差一点点，要不是阿久画得好，就被超过了。

…………

江敛舟和盛以对视了一眼，都忍不住笑了笑。

江敛舟慢悠悠的语气里带着一贯的肆意张扬："怎么样，哥说带你翻身，就真的继续拿第一了吧？"

盛以不在意地说："都在夸我画得好，你没听见吗？明明是我带你上分好吗？"

江敛舟懒洋洋地点了点头："也是，从头到尾都是我在抱你的大腿。大佬，下次继续带带我，行吗？"

"这都是你天大的福分。"盛以扬着眉，一脸骄傲。

江敛舟噙着笑："可不是嘛，全都是我的荣幸。"

盛以没忍住，轻笑出声。

广播适时响起："好，现在请大家准备前往清许河畔，我们将在清许河畔放飞孔明灯。在此之前——"

节目组顿了顿，说："每盏孔明灯上都可以写上自己的心愿，交由我们统一放飞。但嘉宾们的孔明灯心愿只能由小组内的一个人来写，大家可以自行决定选人的方式。"

"同时，嘉宾们的心愿涉及隐私问题，因此可以选择不在摄像头下书写。现在请每组决定自己的心愿选人方式。"

盛以终于明白什么叫"生命不息，操作不止"。

别的不说，每组都有那么多孔明灯可以写心愿，一人一半是会死吗？还非得决定由其中一个人来写?

江敛舟还是有那么几分绅士风度在的,问:"你有什么提议吗?"

盛以说:"抽签?掷骰子?猜拳?"

江敛舟琢磨了一下:"猜拳吧。"

说完,江敛舟还朝盛以看了一眼,脸上的表情明晃晃地写着:"我就这么让给了你,我可真是人美心善啊。"

盛以觉得倒也不必。其实说起来,盛以也没那么多心愿可写。那么多盏孔明灯,她自认为生活已经足够美好,悠闲自在,父母双全,经济独立……但不管怎么说,江敛舟都把这个写心愿的机会让给了她,盛以这会儿还真就认真思考了起来。

其他小组很快决定好自己的方式,当然,不外乎盛以刚刚列的那几种。

所以,在刚刚目睹完江敛舟和盛以猜拳的第二天,直播间上百万的观众再次见证了他们两个人一本正经的猜拳时刻。

· 我都懒得看了,这还猜什么猜,有什么好猜的。

· 江敛舟,你就宠她吧,你要不然干脆直接说"你来写心愿"不就行了吗?浪费时间,啧啧。

· 我觉得阿久这会儿,大概已经在心里盘算起了究竟要写什么心愿了……

盛以也确实提不起精神猜拳。

偏偏什么也不知道的尹双还挺兴奋,非要当见证人,说:"准备好了吗?来,剪刀石头布——"

盛以跟着自己的直觉,不过脑子地出了个"剪刀",无精打采一抬眸,看向江敛舟,果然,他出了"石头"!

盛以一时间不敢相信,瞬间瞪大了眼,看看自己出的"剪刀",再看看江敛舟出的"石头"。

· 我现在跟阿久一样,太震惊了!

· 我要举报!江敛舟肯定进行暗箱操作了,他怎么可能会赢!

看着目瞪口呆的盛以,江敛舟得意扬扬地一挑眉,甚至还在盛以面前晃了晃自己出的"石头"。

明明他也没阴阳怪气,但是怎么听怎么让人想揍他,说:"我赢了啊,看来今天运气挺不错。"说完,还朝着盛以散漫一点头,"谢了啊。"

伴随她郁闷的心情,节目组宣布:"四组嘉宾中,获得许心愿权利的分别是,江敛舟、汪桐欣、薛青芙和尹双,恭喜四位!"

其他几个人齐刷刷看向江敛舟,倒也不是因为别的,而是因为这可是唯一写心愿的男同胞啊。

江敛舟丝毫没觉得哪里不对，从工作人员那里客客气气地接过纸条。

·等会儿，我怎么突然有种不祥的预感？

·我也……我觉得按照江敛舟的性格，他大概率会选择不在摄像头下写心愿吧？

·好想看江敛舟写了什么啊，在摄像头下写吧，我们没准还可以替你实现呢？

要不然怎么说江敛舟就是江敛舟呢。他慢慢离开，一身宋制汉服，更衬得他一副公子如玉的模样。当然，确实没见过这么气人的如玉公子。

在一众人的注视之下，江敛舟悠哉地进了密闭小屋子里，写了他的心愿，交由工作人员放进孔明灯里，全程没有其他人知道他写了什么。

众人看不见江敛舟，齐齐看向盛以。

盛以："干什么？"

薛青芙温温柔柔地问："阿久，你不好奇舟哥写了什么吗？"

盛以："不太好奇。"

薛青芙继续道："我们还以为你肯定会知道呢。"

这自然的语气，让盛以都忍不住想起以前读书时，前桌的孔怀梦转过身，想找江敛舟问问题，一看江敛舟不在，很自然地问盛以："你同桌呢？"

池柏来找江敛舟去打球，看江敛舟不在，第一时间也问盛以："你同桌呢？"

就连老师找江敛舟报名参加竞赛，看他不在，也问盛以："你同桌呢？"

她那会儿实在想不明白，他们是觉得她给江敛舟身上装了什么追踪器吗？

…………

等到嘉宾和游客们都写完了心愿，就到了放飞孔明灯的时间。

游乐园里的所有人，齐齐迈步走向清许河畔的广场上。

云霄乐园今晚已经惊艳过大家很多次，尽管已经有了心理准备，但看到精心布置的清许河畔广场，仍有不少人惊呼出声。

天公作美，今晚是明月夜。

广场的上空为了保持空旷，只在广场地面上装了不少小夜灯。从远处望去，一时间分不清哪里是天上，哪里是人间。

只觉得无数星辰闪耀其间，清风徐来，清许河水光粼粼，远处花香似有若无。

明月坠天边，星辰耀路前。宋制汉服、孔明灯、星月银河……是时空的交汇，是足以铭记太久的浪漫。

广场上先是有叮咚作响的古琴声传来，大家还没找到声音的来源，又听到有鼓点声、笛箫声、琵琶声……

有人惊讶一呼，众人齐齐跟着看向远处，才发现竟有十几位同样着宋制汉服的女性舞者，踏着月色，伴随着乐声齐齐舞动，还没看几眼，却又听到"嘭"的一声，看向高处，便发现有烟花点燃，是一个数字"3"，再是"2"，最后是和着无数人齐声高呼的"1"。

下一秒，数不清的孔明灯一点一点从低空而起，向高处飞去。

夜色正浓，众人恰酣。

孔明灯带着那么多的心愿，在这美到无法言说的夜晚升起。

·我怎么会突然这么想哭。

·节目组可太厉害了，天啊，我如果在现场的话，这一幕真的能让我记很久。

向来喜欢安静的盛以，此时此刻像是被感染了一样，注视着那些明亮的孔明灯，又看了一眼旁边的江敛舟，真真切切地跟着大家一起笑起来。

她录第一次节目之前，其实一直在想，来录节目到底合不合适。

盛以一贯是个怕麻烦的人，录节目对她而言便已经足够麻烦了，更不用说它同时带来的热度和曝光。况且……她与江敛舟已多年未见，录节目前的几次见面也都不算特别愉快。

有时候她会想，如果在节目里的相处只会让他们两个人更尴尬的话，那还不如不要来，起码当年的回忆都做不得假，偶尔拿出来回味一番，便也足够了。但两次节目录制下来，盛以开始庆幸，她当时同意来这个节目。

有一些人，他生来便是如此。

见之难忘，若再没有交集，固然足够平静，可再想起来时，似乎总有几分遗憾。

人在遇见过足够特殊的色彩后，好像就很难再习惯一些无色清水。

能在阔别的几年后再次遇见江敛舟，再次与他重修旧好，再次看到那份骄傲肆意……

也让那几分遗憾，全都飘散在了岁月中。

盛以偏过头，问江敛舟："你当时为什么会突然想来这个节目？"

江敛舟看她一眼："这不是我上次问你的问题吗？大小姐，做采访可不可以不要用别人的问题？"

在这美好的氛围里，盛以难得不想斗嘴，便换了个叙述方式："如果我当时始终没同意来录制，你会怎么样？"

江敛舟这次倒是沉默了一会儿，盛以也没说话。

远处的鼓点声越来越快，舞者的动作也跟着紧凑起来，"咚"的一声音乐到了最高潮时，盛以听见江敛舟的声音。

他的声音很轻也很低，让她都差点误以为是自己的错觉。

他说的是："那大概，也不会有这个节目了。"

江敛舟感受到盛以微微诧异的目光，却没再说话，只是看向那些升至半空的孔明灯。

那无数的光点里，夹杂着他写好的心愿。

方才他去写心愿时，完成的速度很快。

就连交接的工作人员都愣了愣："江哥，您的心愿已经许好了吗？"

江敛舟漫不经心地点了点头。

工作人员实在按捺不住好奇，再三犹豫过后，开玩笑似的问："您都许了什么愿望呀？"

"这么好奇吗？"江敛舟一哂。

工作人员连连点头。

江敛舟稍一斟酌，冲那位工作人员摆了摆手："那你看吧，也辛苦你帮我放进孔明灯了。不过……"

工作人员连忙比手势："我懂我懂，我绝对不会跟任何人说的，请您一定要放心。我如果说了，我就出门……"

还没发完誓，江敛舟便摇了摇头："我相信你。"

说完，他便步态慵懒地往外走去。

直到周围空无一人，工作人员才打开了那沓心愿纸，好奇地一一看过去。只看了第一张，他便愣了愣，而后，工作人员迅速地往下翻，一张一张地浏览过去。

那些心愿写的是：

　　盛以岁岁平安。

　　盛以天天开心。

　　盛以永远做自己喜欢的事。

　　盛以心想事成。

　　……………

连续翻阅，工作人员看向最后一张。

他目光稍稍一顿。不知为何，明明眼前只有这张心愿纸而已，可他仿佛透过纸看到江敛舟方才是怎样犹豫地写下心愿的，连一贯潇洒如风的字，都显得有几分拘谨了起来。

他最后一笔一画地写着：盛以……喜欢我一点点吧。

Chapter 6

云不知道

01.

《同桌的你》热度持续不断，先是直播录制的几个口口相传的大场面，继而是第二期，也就是第一期录制的后半部分上线，热度和口碑全都爆了。

盛以是在昏睡了一上午之后，收到了贝蕾消息。

好一朵蓓蕾：宝贝，我亲爱的宝贝。

好一朵蓓蕾：我已经开始想看你跟江敛舟的直播间了。

好一朵蓓蕾：哦对了，我明天就去明泉了，准备好热烈欢迎我吧！

盛以睡得迷迷糊糊的，好像因为没睡醒出现了些阅读障碍，不过症状主要是针对贝蕾的这一长串消息。

如果她没记错的话，贝蕾前不久还喜欢的是段明霁和汪桐欣这对搭档？甚至自己还花了大价钱从江敛舟那里买来了红毯票……

结果现在，贝蕾说喜欢她和江敛舟了？

盛以沉默了两秒，冷漠无比地敲过去两个字。

这两个字，相比较于贝蕾那一长串的消息而言，显得更冷漠了。

阿久：还钱。

好一朵蓓蕾：什么？

没太能理解盛以为什么突然说这个，但贝蕾显然也不怎么在意。她都没带停顿的，又给盛以发了个东西。

好一朵蓓蕾：快看这个，我觉得可能就是真相！

盛以了无兴趣地打了个哈欠，看了眼贝蕾分享过来的东西，是个论坛的地址。

她半坐起来，靠着床背，点进去看了看。

帖子的标题是：来分析一些江敛舟和盛以相处的细节吧。

主楼的内容：先说自己，第一次直播录制的时候没有看，从第一期上线开始看的，看了第二次直播录制的全程，昨天晚上看了第二期，还没来得及去补第一次直播的录屏。江敛舟是暗恋盛以对吗？

1L：有这种可能性，但是不大。江敛舟上学那会儿，成绩又好、家世又好，长得还那么好看，不是经常有校友发出来说，他那会儿一直是风云人物吗？

2L：不得不说，江敛舟这样的人，喜欢谁，也算那个人荣幸了吧？

3L：舟哥跟阿久高中时做了两年同桌吧？听他们说起来的感觉，他俩那会儿关系就很好吧。

…………

19L：楼主只是上了个卫生间而已，你们竟然已经聊了这么多了。我是想跟你们探讨一下细节而已。

20L：这次看直播的时候发现，盛以第一天晚上穿了一套睡衣，江敛舟那次去拿东西，行李箱里也放了同款的睡衣，但江敛舟只是带着，根本没有穿。这意味着什么，你们可以想想。

21L：昨天晚上看了第二期《同桌的你》那个舞台，似乎很多人都没想到这个舞台会这么设计，后来盛以说这个舞台是江敛舟的主意。我知道江敛舟演技向来很好，但那天晚上也太真情实感了吧？

22L：江敛舟跟盛以猜拳，确实太奇妙了。我可从来都不知道江敛舟有什么运气不好的传闻，大概率是他故意输给盛以的。这么推测的话，他最后那天晚上猜拳赢了盛以，又去许了愿，那些愿望……他到底写了什么？

23L：啊……

24L：我有点被说服了……

…………

盛以再往下一划拉，全都是表示赞同楼主的，还有一些人另行补充了一些细节。

总而言之，那个帖子里的人，就这样达成了和谐，最后全都赞同楼主的意见，也就是：江敛舟真的暗恋盛以很多年，这么多年来都对她念念不忘，久别重逢后，爱意再次如潮水涌来。

盛以现在真的很想知道：江敛舟工作室找的那位给他们写剧本的编剧，到底是谁？怎么这么厉害？

要是国产剧都能有这样的编剧，何愁不好看呢？

好一朵蓓蕾：分析帝们是不是超级厉害？我看了那些细节，都得相信了。

好一朵蓓蕾：所以看在我们这样的关系上，能不能透露给我，那位可望而不可即的"顶流"是真的暗恋你吗？

盛以倒也没说是或者不是。

阿久：或许你知道什么叫暗恋吗？

好一朵蓓蕾：什么？

阿久：如果我能知道，那还叫暗恋吗？

盛以的这番话就是让人觉得很无语，但好像没有什么办法反驳。

既然已经被吵醒了，盛以干脆起身下床，洗漱一番之后画了一会儿画。

这段时间因为要录制综艺，她又不喜欢为了赚钱而疯狂赶稿子，从而降低客稿质量，所以压了压客稿的数量，但她的画师ID恰好这段时间比较红，江敛舟上综艺又带来了新的流量，导致那条微博就让她更红了，所以便显得客稿的数量有些供不应求了。

她画了一半，休息了一下，又无意识点进那个帖子，刷新了一番后，竟然已经盖到了248L。

她有时候都会怀疑，难道大家都不用工作的吗？

248L：我有时候都会想，江敛舟会刷论坛吗？他要是看到了会怎么想？他那样骄傲的人，暗恋要是被发现了，得恼羞成怒吧？

盛以觉得这个人问得好，她开始好奇了。

她坐在椅子上转了一圈，伸了个懒腰，把那个帖子转给江敛舟。

江敛舟那边不知道是在做什么，并没有像之前那样秒回，而是隔了五分钟后回的消息。

Ivan：什么？

Ivan：盛小姐入戏这么深吗？

看吧，那些粉丝果然还是不够了解江敛舟。真正的"傲娇一哥"是不可能因为这些而恼羞成怒的。

阿久：看到他们在讨论"暗恋"这个话题。

阿久：我也挺好奇，你的编剧怎么写的剧本？

那边这次显示"对方正在输入……"的时间，似乎有些长。

隔了一会儿，才回复。

Ivan：那还能是因为什么？

阿久：什么？

Ivan：当然是因为你不懂欣赏哥，眼睛不是很好用。

阿久：你粉丝有没有夸过你长得好看？

江敛舟看着这条消息，轻挑了挑眉，一句"你终于发现了"都还没打出来，便看到盛以那边又发来了一条微信。

阿久：可惜就是长了张嘴。

他实在是懒得再打字，拨了一个视频电话过来。

盛以这会儿正百无聊赖转着手机，突然手机振动起来，她手机都差点扔出去。缓了缓神，她对着手机屏幕整理了一下发型，这才接起来了视频。

江敛舟那张脸清晰无比地出现在了屏幕上。

他穿了件浅色的线衫，头发乱中有型，有一些发丝垂在额前，整个人看上去干净而又清俊，确实好看至极。

这段时间见到的江敛舟，每次都能让盛以发现他有不同的感觉，穿着西装衬衫时的禁欲感，汉服时的贵公子气，休闲服的潇洒意气……他都能恰到好处地把每一面都做到最好。

他眉眼间带了几分浅淡的笑意，语气轻描淡写："盛大小姐接我的电话，还得三思一番吗？"

盛以说："你打电话过来，就是为了从文字版斗嘴，变成视频版斗嘴吗？"

江敛舟挑了挑眉，似乎有些不满："麻烦不要把我形容得如此无事生非，谢谢。"

盛以轻轻笑了一声，倒没再继续这个没什么营养的话题。

她轻点了点下巴，打量了一番江敛舟视频里的背景，似乎不太像在湖悦山色的公寓。当然，想想也知道，如果江敛舟就在这里，还打视频电话过来，未免也有点奇怪。

盛以又来回看了几眼，问："你这是在哪儿？"

"这么关心我？"江敛舟一副吊儿郎当的模样。

盛以心想：为什么会有人说的每一句话，都精准无比地让她这么想揍人呢？

江敛舟拿起手机，开了后置摄像头，给她看了一圈。

盛以这才发现，江敛舟似乎是在录音室。

"在工作室准备新专辑。"江敛舟拿起杯子喝了口水，又从一旁的抽屉里翻出一盒润喉糖，拿一颗出来丢进嘴里含着，声音显得含糊起来。

"盛以小姐呢？"

盛以被他的这个称呼给弄愣了。江敛舟对她的称呼挺多，千奇百怪，什么都有。以前读书时会叫"同桌""阿久""盛阿久"，有时候被她气了，会直呼一声"盛以"。

再次相遇后，他叫得更加随心所欲了起来。

最开始直呼"盛以"，再后来也叫"阿久"，开玩笑时装模作样叫"盛大小姐"，但这好像还是他头一次叫"盛以小姐"。

盛以甚至一瞬间都有了些说不清楚的、奇妙的感觉。她顿了顿，模仿着江敛舟的称呼往下说："盛以小姐啊……在晒太阳。"

她清晰地听见江敛舟轻笑了一声。

他把润喉糖压在舌头下，有很轻微的硬质糖果和牙齿碰撞的声音传出，不刺耳，甚至有些微妙的好听，说："看来冬季会在阳台晒太阳的，不只猫猫狗狗，还有盛以小姐啊。"

大概是因为他含着糖果，说起话来时，不管什么内容，都带了些说不清的暧昧意味。

尤其是他带着笑，一口一个"盛以小姐"，更是让这本来似乎没什么特别的对话，显得过分亲昵了一些。

盛以忍不住别开眼，抬起手将耳边的碎发别到耳后，抿了抿唇。听到耳机里传来很轻的"咯嘣"声，盛以偏头看了一眼江敛舟。

没什么耐心的江敛舟，已经将那颗硬质润喉糖嚼碎了。他嘴唇轻动，润喉糖便继续传来碎裂的声音。

盛以没说话，江敛舟也没开口。

她不知道该如何形容这一刻的感受，仿佛江敛舟是一个主播，而观众只有她一个。

隔着很远又很近的距离，她听着这细碎的声音，直到主播把那些润喉糖消灭干净。

明明隔着屏幕，盛以却仿佛闻到了薄荷的气息。

没有了润喉糖，江敛舟讲话清晰了许多。

他懒洋洋地走到窗前，打开窗户。午后温暖而柔软的阳光便落在他身上，像是瞬间拥有了金色羽翼。

江敛舟像是打量了一番窗外的风景，漫不经心地夸了句："阳光不错。"

之前在 Z 市时下了两天雪，回到明泉，这样的冬日午后，显得这光亮更加难能可贵了起来。

江敛舟的声音有些过分好听，又有这暖意融融，盛以靠在椅子上，听他波澜不惊的语调，一时间甚至有些昏昏欲睡起来。

他说："似乎不比湖悦山色的阳光差。"

盛以困意翻涌，听他讲了这话，甚至一时间觉得有些好笑起来。

她心想：江敛舟的工作室和湖悦山色都在明泉市，哪有什么太大的差别？

电话里静了两秒。

盛以彻底闭上眼睛，听见江敛舟轻缓地开了口。

他的语气实在轻盈，比起问问题，倒更像是在……哄她睡觉。

是以，她觉得越发困倦，需要维持百分百的精神，才能勉强去分辨江敛舟说了什么。

盛以迷迷糊糊中听到他说："所以，盛以小姐要来我这里……晒晒太阳吗？"

02.

直到站在故舟工作室的楼下，盛以都没太明白，她为什么会真的同意来江敛舟的工作室晒太阳……是她自己家里没有阳台？还是她家是阴天没有太阳？

可能是江敛舟问出口的那一刻，她实在是太困了，困到意识不清，再或者是她，确实足够善良，或者……

盛以不太愿意承认，是那一瞬间的江敛舟，让人根本拒绝不了他。

盛以恰好是不喜欢反悔的人。

说出口的承诺就得好好去做，盛以尽管在挂断视频电话后一秒清醒过来，懊悔涌上心头，还是咬咬牙，起身换了衣服过来。

下车时，的士司机甚至还冲着她摇了摇手机示意："美女，打车钱已经收到了啊。"

对方的服务实在过于贴心周到了些，知道她没车，甚至还主动提出帮她叫出租车，这会儿连钱都在平台上付过了。

明泉市寸土寸金，靠近市中心的位置更是以价格高昂闻名全国。

盛以以前偶尔也会从这一带经过，来来往往的都是一些精英商务人士，写字楼也各有特色。

故舟工作室作为一个娱乐工作室，更是将独特的风格体现在每一个角落。

据闻，故舟工作室在明泉市的大楼是江敛舟主持设计的，图纸的每一个细节都是他跟设计师共同商议敲定后再建。

也不知道是不是因为有这个心理预期，所以盛以这会儿站在楼下，端详每一个设计点时，总觉得……好像真的有几分江敛舟的味道在里面。

就连大门前那个写着"故舟工作室"的牌子，她都能一眼看出是出自江敛舟之手。

盛以正在心里暗自赞赏，突然看见孟元着急忙慌地从大门里跑出来，到她身前，连气都没来得及喘，说："盛……盛以姐，你等很久了吗？"

盛以摇头："刚到。"

"舟哥本来要亲自出来接你的，"也不知道为什么，孟元解释得还挺着急，"但他正准备出来时，许哥打了通电话过来，应该是有工作上的事，他就让我来接你了。"

说完，孟元还看了看盛以的脸色，小心翼翼补充上一句："盛以姐，你可别怪舟哥啊。"

盛以心道：她看上去难道是这么不好讲话的人吗？

孟元带着她往里走，盛以走到里面便摘了口罩。

盛以向来宅，现在出了门，才真正感受到她最近好像真的有点红。

刚才坐在出租车上，上车时司机看了她一眼，倒是没说话。

行驶过程中，司机师傅说："美女，我越看你越觉得眼熟，你是不是最近那个……谁来着，就特别火的江敛舟他对象？"

盛以一阵无语。

她没戴口罩跟着孟元走在大厅里，故舟工作室进进出出不少人，每个人都会回头看她。

还有上来跟孟元搭话的："元元，来接人呀？盛以姐下午好！"

这都算表现比较自然的了，还有些人一路小跑过来，先看一眼孟元，再偷偷瞥一眼盛以。

盛以："我有这么好看吗？"

那女孩儿脸都红了，朝着盛以毕恭毕敬地喊："嫂子下午好！"

感受到来来往往一众人的视线，盛以一瞬间有些说不清楚的窒息感。

孟元偷看了一眼盛以的脸色，连忙朝着那女孩儿使眼色。

女孩儿歪了歪头："嗯？"

等孟元眼都快抽筋了，女孩儿也没明白她想说什么，抓了抓头发，又猛地像是想起来什么似的叫了一声："哎呀，我得去见一个音乐人，差点就忘了。"说完，更大声地叫，"嫂子再见！"

盛以："再见。"

说完，她在心里默默补充：近期最好还是不要再见了。

等女孩儿一溜小跑出了工作室大门，孟元才胆战心惊地看了盛以一眼，生怕她生气，说道："盛以姐你别介意啊，那个女孩儿是我们工作室新签的曲作人，很有才华，就是有些天然呆。"

盛以当然不会因为这种小事就生气。

总而言之，等把盛以带到江敛舟所在的录音室时，孟元还是忍不住松了口气，嫂子果然越来越有气势了呢。

盛以站在录音室门前，屈起中指，敲了敲门。

没等到那声该有的"请进"，盛以又一次抬起手准备敲门，还没来得及敲，门便从里面拉开了。

盛以猝不及防，手都没放下。

江敛舟就倚在门框上，一副吊儿郎当的模样，语气里夹杂着笑意："怎么，准备把我的门敲坏吗？我这门……"他的下巴微微扬了扬，示意，"贵着呢，把盛小姐卖了都赔不起。"

盛以默不作声地从包里拿出一张卡，食指和中指夹着递过去："两百万元，不用找了，剩下的就留着下辈子给我当牛做马吧。"

也不知道是哪个词触到江敛舟的敏感点，盛以明显察觉到江敛舟似乎一瞬间心情变好了很多。

她都纳闷了，自己应该是在骂他没错吧？他到底在高兴什么？

江敛舟扬了扬眉，颇为矜持地将那张卡推了回去。

该怎么形容这种矜持呢……

盛以在自己的词库里搜索了一番，才精准无比地找到了描述江敛舟这副作态的词，那就是"欲拒还迎"。

江敛舟挺客气地说："这儿人来人往的，不太好。想买我，也得选个安静的地儿吧？"

盛以有一瞬间确实不明白，她到底为什么放着画稿不画，过来这里跟江敛舟斗嘴。

盛以收回卡，转身就要往外走。

江敛舟在后面慢悠悠说："是突然发现两百万元不够，回家取钱了吗？"他稍一停顿，"其实，我也没那么贵。"

盛以嗤笑一声，停住身子，回头上下打量他一番，点了点头："也是，再随便加点儿，大概也就差不多了。"

庄尧沉默两秒，看了他们两眼，推了推眼镜，问："你俩的聊天话题，一直都是这样的吗？"

盛以确实不是很清楚庄尧为什么会对他们有这种误解，当然也确实不是特别想知道。

庄尧显然不想听他们解释，只是把文件递给江敛舟："行了，我的工作到此为止，你们的交易要继续的话，麻烦到里面去，再把门关紧，好吗？"

说完，庄尧朝着盛以一摆手，转身下楼。

现在的经纪人，听到有人要买自己的艺人，都已经如此淡然了吗？

江敛舟也没怎么在意，翻开文件浏览了一下，站直身子："要参观一下我的工作室吗？盛以小姐。"

盛以倒是无可无不可地点了点头。

故舟工作室占地面积挺大的，大本营在景城，但毕竟江敛舟是工作室最大的招牌，所以他带着一匹人马在明泉市也建了工作室的分部，景城那边便是许归故在管理。

盛以听说过一些故舟工作室的传奇。

那会儿的江敛舟跟许归故都还是大学生，两个人是大学室友，一拍即合，成立了故舟工作室。

工作室成立初期时，许归故负责日常事务管理以及找资源，江敛舟则是这个工作室唯一的艺人。哪怕江敛舟的脸人见人夸，一身才华，但那会儿谁也不看好这两个大学生搭起的草台班子。直到后来，江敛舟一夜爆红，再在这个圈子里维持了这么多年的"顶流"地位，故舟工作室才越做越大。到现在，工作室签了不少艺人、编剧以及词曲作。

高三时的江敛舟，还只是一个空有梦想的纯素人而已；再见面，他已经是一个功成名就，荣誉在身的大明星了。

听起来好像很简单，但想想便知道，世界上哪有那么多如此容易的事。

盛以跟着江敛舟进了电梯，忍不住问："你当时要去做歌手，你父母没有反对吗？"

"他们反对什么？"江敛舟按了二楼，头也不抬地说，"我一看就是标准的紫微星，是注定会红的人，他们当然不会反对。"

正好江敛舟的手机微信响了一声，他解锁看了看，是许归故发来的语音消息。

电梯里没外人，江敛舟点开了那条语音，这好像还是盛以第一次听到许归故的声音。

和江敛舟一贯带着些冷嘲的语气不同，许归故说话时的语气颇为温和，尾音似乎是习惯性地上扬，微微勾着，像是波澜不惊的柔和水流。

她刚在心里夸赞了两句，便听见许归故说："敛舟，织织刚才翻我旧手机时，突然发现了刚建立工作室那会儿，我俩坐在马路上就着咸菜啃馒头的照片，还挺有意思的，你要看看吗？"

然而，不等他有什么动作，许归故的下一条语音便自动播放了起来，这次语气里的笑意就更明显了。

"现在想想,那会儿是真的挺穷。但不得不说,你还挺善良,明明只吃了一个馒头,非得跟我说吃了两个,最后一个让给了我,下午上完课又饥肠辘辘地去做群演跑通告。"

他缓缓抬手,按了语音的暂停键,没再播放第三条语音。

电梯里谜一般寂静。

直到"叮"的一声,电梯到了,江敛舟这才沉默地把手机放回口袋里,抬腿往外走。

盛以看着他的背影,一时间竟不知道该说些什么。

她跟在江敛舟身后出了电梯,顿了顿,开口问:"你那时候……穷成这样吗?"

盛以确实无法想象。

江敛舟自小生活优渥,吃穿用度一应都是最好的。

有江家这样的背景,她总觉得江敛舟刚进圈子起步时,再怎么艰难也该比别人容易太多。

她读高中时虽然家里断了经济来源,但起码吃穿都可以保证,外公和外婆又心疼她,还有江敛舟时不时给她支援。

她现在有点不敢想,刚开始做艺人时的江敛舟是怎么过的,是怎么接受从一个人人艳羡的大少爷,变成坐在马路边以干粮果腹的。

江敛舟停下脚步,回头看她。

他轻轻一哂:"倒也没有那么惨。我妈倒是想偷偷给我点资助,但我那时候确实心高气傲,觉得靠自己总能闯出一片天下。啃馒头也就那么一次,没那么穷。"

盛以抿了抿唇:"你好像从来没提起过。"

江敛舟从来不说,好像他真的是随随便便就成了现在这样,好像他的成功就是与生俱来一般。

"这有什么好提的?"江敛舟单手插进口袋,"我不觉得有多苦,那么多人都是这么过来的,我提这个做什么。"他又笑了笑,"再说,我已经比别人幸运太多了。"

他的语气坦荡,坦荡到盛以都觉得,再提那些事反倒像是在可怜他。

江敛舟生性骄傲,活得恣肆狂妄。他从来最不需要的便是别人的可怜和同情。

盛以还是没来由叹了口气。

江敛舟单挑了挑眉,语气里有些无奈:"我的大小姐,您又怎么了?"

"就是在想,我当时如果能在马路边看到你,给不了你两百万元,但给你两百元,再请你吃顿饭还是可以的。"

江敛舟张了张嘴，最后什么也没说，只是带着她往前走。

他那时实在心高气傲，眼睛又比盛以好很多，肯定能在盛以看到自己前先看到她。

他哪会等盛以过来跟他搭话？他只会迅速把馒头和咸菜都收好，把身上的衣服整理得一丝褶皱也没有，再故作平淡地跟盛以打招呼，最后潇洒大方地说："走，哥请你吃顿饭。"

哪怕身上只留了下午的车费，连馒头都买不起了，他也会毫不犹豫地把预留的所有钱都拿出来，淡淡地问盛以想吃什么，再眼睛也不眨地把钱全拿出去，一分都不会给自己留，完全不会思考他下午怎么回去，因为这些全都不重要，只有她重要。

似乎有太多人夸江敛舟是个足够理智冷静的人，在这个圈子里走的每一步，都堪称是最绝妙的一步，但江敛舟想，那不过是因为他没在盛以面前罢了。

故舟工作室确实大，江敛舟带着她逛了一圈，介绍了工作室的分区，偶尔碰见工作室的负责人再聊上两句，回到大厅时竟然足足花了两个小时。

只是走这一圈，盛以接收到的目光实在太多了。

每个人跟江敛舟聊天的时候，总是会自以为不动声色，实际上很明显地看盛以很多眼。

她……有这么红吗？在被连续很多人观赏过后，盛以默默地从包里又拿出口罩戴上。

江敛舟瞥了她一眼："挺有偶像自觉的。"

盛以沉默几秒："你这些年，难道不会有自己是动物园里的动物的错觉吗？"

江敛舟琢磨了一下："那应该也是最贵的？"他甚至兀自畅想了一番，"人人都以能买票见到我为荣，我的场馆门前堵得水泄不通，我的照片被所有人疯狂传阅夸赞。嗯，还行。"

盛以说："吃喝拉撒都要被人拍照？"

两个人正进行着如此无营养的对话，门外进来了一个人，快步走到他俩面前。

盛以分出目光来，是刚才那个天然呆的女孩儿。

女孩儿一脸惊喜："舟哥，嫂子，你们怎么在大厅啊？"

江敛舟一脸疑惑。

女孩儿又朝着盛以笑："刚才我出门前还碰到了嫂子呢，嫂子，你这会儿怎么又戴上口罩了？"

盛以甚至没来得及说话。

女孩儿眨巴眨巴眼，这会儿竟然一秒就懂了。

她恍然大悟，连忙捂住自己的嘴，眸光扫了扫盛以唇部的位置，一脸自责："哎呀，看我这乱问的毛病什么时候能改改！"

说完，女孩儿带着歉意朝着盛以笑了笑，又冲着江敛舟比了个大拇指，一溜小跑上了楼。

盛以一时无言以对。

03.

两人之间再次寂静了几秒。

江敛舟缓缓转过头看向盛以。

江敛舟似乎还挺不可置信，说："在我不知道的时候，你就是这么毁我名声的？"

盛以一脸疑惑。

她嗤笑一声："你哪只眼睛看见我毁你名声了？"

江敛舟虚虚朝着自己眼睛一指，像是在说"两只眼睛都看见了"。

江敛舟有理有据地说："她哪能自己叫你嫂子？况且，她说刚才就见到你了，那会儿已经在叫你嫂子了，你怎么没纠正她？"

行，江敛舟还挺会正反结合的。

盛以说："说得好像你还有名声这种东西一样。还记得我今天给你看的帖子吗？那么多人都怀疑你暗恋我了，你哪还有清白可言？"

说完，盛以懒得再就这个实在没什么意义的话题进行探讨，朝着江敛舟一挥手，转身朝着楼上走去。

盛以已经走了几步，江敛舟的声音自然跟着放大了几分。

如果说方才只有他们两个人能听见彼此说了什么，现在周围来来往往本就在注意着他们的人全都听得很清楚了。

大家就这么听见他们英明神武、粉丝万千的老板，对着盛以的背影，满是不爽地说："谁说我暗恋你了？"

进进出出的人都很忙碌，更重要的是老板就在这里，大家自然不能停下来交流八卦。

眼睛是心灵的窗户，这会儿留心，便能看到大家用眼神交流着，眼睛里暗含兴奋的意味，八卦得很是开心。

所有人都明白了，原来是老板暗恋被未来老板娘发现了，傲娇的老板还死不承认，老板肯定还以为别人都不知道，但他们其实什么都看透了。

当天晚上，那栋已经打上"hot"标签的高楼，又开始盖楼了。

1029L：回复248L，不用猜了，江敛舟那样的人，被人猜到了暗恋的心思，是真的会恼羞成怒，哈哈哈。

1030L：内部人士？求问你怎么知道的？！

1031L：这个不能说，但是可以告诉你，他确实很羞恼，恨不得抓住这个人来问，他怎么就暗恋盛以了？

1032L：不知道为什么，尽管并没有亲眼见到那个场景，但我好像已经想到了江敛舟的语气。

1033L：江敛舟，"麻麻"对不起你，在你小的时候没有教给你什么叫"此地无银三百两"。大家不要笑他了，现在他只是羞恼，再笑他，万一他半夜躲在被子里哭怎么办？是要让阿久去哄他吗？

…………

江敛舟自然是不知道大家都在背地里讨论了些什么。

说实在话，哪怕是在故舟工作室，工作人员们时不时就能见到这位圈子里的传奇，但江敛舟依旧是他们讨论的对象。

江敛舟对此并不是很在意。

拜托，他可是江敛舟啊，被人讨论，那不是天经地义的吗？所以这会儿，他兀自漫不经心地跟在盛以身后，一起往回走。

回到江敛舟最常待的录音室时，盛以甚至觉得自己有那么一点儿脚酸，以前路过时，怎么没觉得故舟工作室这么大呢？

她往沙发上一瘫，整个人实在懒得动弹了。

江敛舟端了一杯温水过来，坐在她对面，把水放在小茶几上。

盛以瞥了一眼，很大方地夸赞他："小舟子真的是越来越贴心了，哀家甚是欢喜。"

江敛舟沉默两秒后，把水杯拿起来，放在自己右手边的地板上。

盛以实在没忍住，长腿一伸，踹了江敛舟一脚。

江敛舟倒也没躲，结结实实挨了这实在不疼不痒的一脚，还兀自"啧"了一声，又把水杯端过来，顺带发发牢骚："我上辈子可能真是欠你的，姑奶奶。"

盛以轻轻一哼，端着一副大佬作态："知道就好。"

稍稍一顿，她端起水杯抿了口水，轻声笑了起来。

休息了一下之后，盛以放水杯时，顺手拿起小茶几上的纸看了看，倒也不是她喜欢乱动东西，相反，盛以是个相当有距离感的人，但实在是这张纸放得太过随意了，像是下一秒就能直接进粉碎机里一样。况且……

她跟江敛舟，应该也不用客气到这种程度吧？

江敛舟没反对，盛以便靠在沙发椅背上，有一行没一行地看了起来。

看到这一行，她突然觉得不太对。

直到，她的目光落在了其中一行字上：第七专 December 特别曲。

那种不对劲的感觉彻底落实了。

她缓缓抬头，看向江敛舟，问："这是什么？"

江敛舟懒懒地扬了扬下巴，好像在说"你连汉字都看不懂了"。

此刻盛以甚至有些懊恼自己为什么能看懂江敛舟的表情。

她忍了忍，手上的动作倒是很迅速，飞快把那张烫手的纸放回茶几上。

沉默了一会儿，盛以还是没忍住，不敢置信地问江敛舟："这么重要的东西，你怎么扔在这儿？"

盛以当然看懂了，她知道江敛舟最近在忙新专辑的事，除了录综艺之外的时间，他都快住在录音室了。

江敛舟发新专辑，堪称是圈子里的大事，这会儿自然有不少人在关注着他新专辑的事情。

粉丝们更是摩拳擦掌，准备支持江敛舟，更让无数粉丝们期待无比的是按照惯例，江敛舟在发了新专辑后，会开巡回演唱会。

盛以知道，江敛舟之前已经发了六张专辑，张张精品，每一张都有极为出彩的歌，他在华语乐坛上留下了太多浓墨重彩的印迹，所以哪怕她不知道 December 究竟是什么意思，也能明白这个"第七专"指的是什么。

江敛舟、未发行、新专辑、特别曲……每一个词都能自带爆炸效果，而现在就是四个炸弹组合在一起，在盛以的脑子里炸裂开来。

这张纸上，词曲都有，全是江敛舟亲自操刀，水准自然完全不需要质疑。

如果今天不是她，是别人，看到这张纸……

江敛舟一副满不在乎的模样，甚至还打了个哈欠，丁点也没有敛舟工作室最高机密被别人看到的惊慌。

他随口解释了两句："这儿向来只有我跟庄哥在，别人进不来。至于你……"

江敛舟的目光，落在盛以身上。

盛以莫名其妙，这一瞬间有些紧张起来。她开始暗中揣测，江敛舟停顿后究竟是要说什么，说他信任她吗？那倒也不必。

盛以向来觉得真正打从心底的信任，是不会宣之于口的，就好像，她无论何时，都会相信，江敛舟不会让她陷入任何危机之中一样。

江敛舟没有继续说下去，而是把方才下楼之前庄尧递给他的那份文件，放在盛以面前。

盛以一时间有些没明白。

江敛舟仍旧只是扬扬下巴，示意她打开看看。

盛以的心跳蓦然加快，抿了抿唇，不动声色地吸了口气，勉强淡定下来，翻开那份文件。

她先是看得很粗略，大致浏览了一遍后，又有些不可置信地一行一行看了起来。

盛以这次是真的怀疑自己能看懂中文了。

好半天，她才像是终于找回自己遗失的语言系统，颇为费力地从口中吐出来两个关键字："合唱？"

相对于盛以的茫然，江敛舟显得轻松了不少。

他甚至蓦然失笑，又将一颗润喉糖抛进嘴里："有这么难以置信吗？"

金属糖盒在他指尖转了一圈，硬质糖果与糖盒碰撞，"当啷"作响。他说："合作的分成都写在了条款里，有什么不满意的地方尽管提，好商量。你也知道……"

江敛舟吊儿郎当地扬了扬眉："你舟哥一向大方。"

盛以一脸疑惑，心道：这是大方不大方的事吗？

确实，江敛舟足够慷慨。这份合作合同于她而言，简直堪称天上掉的馅饼。

词、曲江敛舟包揽，设备和后续宣传由故舟工作室操刀，声乐老师全程负责，而版权费五五分成。也就是说，她只需要开口，这首歌一半的利润她都可以拥有，而江敛舟此时竟还能跟她说分成好商量……

盛以深吸了一口气，放下那份合同，看着江敛舟："我又不是歌手，没学过乐理，怎么跟你合唱？"

想想也知道，江敛舟这样的人，想找人合作一首歌，整个圈子的歌手都会排队送上门好吗？

"《同桌的你》不是唱得挺好的？不必担心，你舟哥在，还能让你唱跑调？"他一出口便是标准的江敛舟式的狂妄发言。

盛以说："可是……"

江敛舟打断了她："那都不重要。"

盛以一顿。

江敛舟疏懒一笑："重要的是，你想跟我一起唱这首歌吗？"

盛以张了张嘴，所有的理智都告诉她：应该拒绝。

按照她的计划，她只会录制《同桌的你》，其余任何事情都不会参加，广告也不会接,而这首歌,她更不应该唱。

可不知道为什么,好像就是有一道隐隐约约的声音,在不停地告诉她:如果没和江敛舟一起唱这首新专特别曲,之后一定会后悔的。

盛以问:"你这张专辑为什么叫 December？"

"……含义还挺多。"江敛舟单手撑着下巴,手肘靠在沙发扶手上,"十二月是一年的结束,所以要好好珍惜十二月,又要开启新的篇章了。"

盛以总觉得哪里怪怪的,但一时间实在说不出来。

江敛舟单挑了挑眉,有一搭没一搭地把玩着糖盒,散漫地道:"也不急,你回去……"

"再考虑一下"这几个字都没来得及说出口,盛以便打断了他:"我跟你唱。"

江敛舟怔然之间,盛以已经拿起放在一旁的笔,翻到最后一页,龙飞凤舞地在合同上签下自己的大名。

江敛舟之前已经在落款处签了名字。

此时,两个人的签名放在一起,一个潇洒肆意,一个清秀钟灵,竟透露着一种奇妙的和谐感。

他拿起那份合同,端详两眼,沉默几秒:"倒也不必把愿意和我唱一首歌,说得仿佛接受了我的求婚一样郑重。"

盛以嗤笑一声:"你以为呢？我能签下这份合同,全都是出于对你的拳拳爱护之心好吗？"

江敛舟瞥她两眼,颇有几分兴致,像是同她探讨一般:"怎么个'拳拳'法？"

"拳拳"这个词,在高中语文课上,老师特地强调了几遍,出自《中庸》,指赤诚的爱意。

盛以之所以对这个词记忆如此深刻,完全是因为当时江敛舟正在犯困,语文老师就点了他的名字,让他站起来造句。

江敛舟盯着黑板上那个词看了两秒,站得松松垮垮,说:"我同桌对我有拳拳爱护之心。"

在全班的哄堂大笑之下,正在素描本上涂画的盛以一脸蒙地抬起头。

时隔几年,江敛舟这个问题,也算是给当年的语文课画上句号。

盛以沉默了一会儿,而后站起身,走到江敛舟旁边。

江敛舟一脸疑惑,随即盛以对着他的肩膀打了两拳。

"懂了吗？就是这么个'拳拳'法。"

江敛舟一阵无语。

盛以说:"没懂吗？要不然盛老师再教你一遍？"

挨完揍的江敛舟毕恭毕敬道:"谢谢盛老师,不用了盛老师,您客气了盛老师。"

盛以突然觉得心平气和,世界美好。

今晚是一月一度的望久客稿开放日。

盛以除了一个月接少量的精致商稿之外,还会开放三份到五份的客稿,一般是私人稿件。

相比起商稿而言,普通客稿价位自然会低上一些。盛以的画稿质量奇高,她这几年来在圈子里的知名度越来越高,每个月开放的客稿数量又少,向来是供不应求的。

这个月,盛以开的客稿数量是三份。

晚上八点准时开抢。

链接先是疯狂被挤爆,粉丝们 Wi-Fi 和流量切换不停,链接还没刷新出来,望久那边倒是先发了微博:谢谢大家的支持,本月三份客稿已经预约完毕,客稿会根据老板要求,再行决定会不会放到微博上。

评论瞬间刷出来很多。

· 为什么?我怎么又没有抢到!

· 这个月只有三份,望久是不是变懒了?

· 求求老板们同意把稿件发出来示吧,想看老婆的画了……

盛以已经习惯了评论区的模样,十分淡定地打开三位抢到客稿客户的聊天框。

前两位客户都还挺正常的,照例描述了自己的需求,又约定了交稿时间、付了定金。

盛以这才打开了第三位客户的聊天框。对方是个女孩子,而且是个异常激动的女孩子。

但愿身长久:啊啊啊,太太!是我抢到了单子对不对?我好快乐!

望久:嗯,恭喜。

但愿身长久:那个……太太会接双人绘图吗?

按惯例,她除了实在画不了的客稿,一般都会接,毕竟别人辛辛苦苦抢到的。

望久:如果不是特别出格,应该没什么问题。

但愿身长久:不不不!不会的,太太您能画我已经很开心了,我想自己印出来做一些周边!

望久:嗯,有参考图片吗?

但愿身长久:服装参考这个就好,姿势的话,想要一个亲额头的行吗?

点开那张图片时，盛以的目光偏了偏，又看向这个客户——"但愿舟长久"。

盛以的脑子里突然有了些不太美妙的想法。

图片加载了出来，果然就是她跟江敛舟《同桌的你》舞台截图。

盛以画图居然画到了自己头上，客户还有一些别的要求。

但愿舟长久：太太，在发这张客稿展示的时候，您不用打码，也不用说这是客稿，直接发就好！在这个月，跟江敛舟合作过的画师望久喜欢江敛舟和盛以这对搭档的事，就会传遍大江南北。

但愿舟长久：希望我下个月还能抢到您的客稿！

盛以心道：不用了，谢谢，就让我安静地糊掉吧。

盛以走了之后，录音室里便安静了下来。

江敛舟瘫在沙发上，打开微信，懒洋洋地给许归故发消息。

Ivan：应织学妹会打你骂你吗？

许归故：什么？

Ivan：我现在每天都能体会到什么叫打是亲骂是爱。

Ivan：她好像真的很爱我啊。

哪怕身为多年好友，此时此刻，许归故依旧难以在拉黑江敛舟或者狠狠给江敛舟两拳中做出一个完美的选择。

他想了想，最完美的可能只有……先狠狠给江敛舟两拳，再永远拉黑他。

江敛舟都做好了就此结束对话的心理准备了，刚拿起曲谱，就看见许归故发了消息过来。

许归故：和探讨这些毫无根据的臆想相比，我更想跟你说的是……

许归故：下午给你发的消息，你人呢？

许归故不说倒好，他一说，江敛舟想起电梯里的静谧瞬间。

正准备与许归故就此割席，江敛舟隐约记起，许归故下午发给自己三条语音，而他好像只听了两条。

这么一想，江敛舟决定暂缓割席计划，把消息列表上滑，翻出了自己还没听的那条语音消息，还挺长的。

他纤长的手指轻点屏幕，语音开始播放。

"我突然记起来，后来你红了之后已经不需要接这种站台推广活动了，却突然大老远地跑去又接了一次。我今天收拾东西，翻出来了那次的合同，才发现那个品牌的董事长姓盛。"

许归故又发了消息过来。

许归故：听过了？

许归故：你当时想去做什么？

想去做什么啊？隔的时间确实有点久，江敛舟竟然还真的回忆了一番，大概是……想去碰碰运气吧。

04.

《同桌的你》每期录制差不多都有三个环节，一般是两个小环节加一个大的主题环节。

以第二期录制为例，两个前置环节分别是默契价格猜测和景点以及美食的拍摄，而大的主题环节，则是最后的游乐园奇妙夜。

因此，一整次的录制分剪成两期节目时，都是两个小环节剪成上期，大的主题环节剪成下期。

第二期录制和第三期录制间隔的这半个月里，盛以过得比往常繁忙很多。

除了日常的画稿子之外，因为答应了和江敛舟合唱 December 的特别曲，她也开始时常往故舟工作室跑，甚至有次还被媒体拍到。

标题是：盛以频频去故舟工作室，是要签约出道了吗？

评论区热闹无比。

·好像也不怎么惊讶……她本来也没什么工作吧？难道真的有人觉得她只是奔着同学情来的吗？

·我都看透了，现在的素人参加这种类型的综艺，不都是为了混个名气好出道吗？粉丝可别傻了。

·…………

·阿久这周应该是第三次去故舟工作室了吧？好事将近对不对？

·要是阿久签在了故舟……那他俩不就是老板和下属艺人的关系了？

·等等，姐妹，我翻了翻你的主页，你是悠悠吧？

·我是悠悠没错！

·…………

不怎么爱冲浪的盛以，自然没有看到这些评论。

奈何她有一个酷爱进行实况转播的闺密，不是截图发给她就是念给她听。也不知道为什么……看那些截图觉得好像还行，但听贝蕾念起来的时候，盛同学全身的鸡皮疙瘩都起来了。

自从经常往故舟工作室跑后,她开始时不时见到那位天然呆的女孩儿了。

孟元跟盛以讲过,天然呆女孩儿是个曲作天才,有个很特别的名字,叫别喏。

盛以沉默两秒。

孟元以为她没听清,又重复了一遍:"别喏,一个口字旁加一个若的喏。"

盛以再次沉默,看向孟元,问:"哪个'别'?"

孟元:"盛以姐,我虽然是个南方人,但我的普通话是一级乙等。"

孟元:"别离的'别'。"

别喏似乎挺喜欢盛以的样子,次次在工作室遇见盛以,都是一脸惊喜的模样:"嫂子,你来找舟哥吗?舟哥在录音室呢。"

盛以试图跟别喏讲道理:"我跟江敛舟不是那种关系,你不用叫我嫂子。"

别喏歪了歪脑袋,而后乖乖点了点头表示明白。

盛以轻轻松了口气,再被江敛舟说自己毁他清白,她真就跳进黄河也洗不清了。

别喏应了一声:"我知道了,那你快去找舟哥吧,嫂子。"

别喏还朝着她挥挥手:"嫂子再见。"

盛以一转身,就看到二楼走廊那里,江敛舟正懒洋洋地用双手手肘撑在扶手上,往前趴着看她,脸上带着几分漫不经心的笑意,但盛以一眼就能看出他的表情里写着:"看吧,我又发现了。"

刚进录音室,江敛舟就散漫地关上门,轻轻向后倚在门上,不怎么正经地说:"盛小姐这么觊觎江太太的位置吗?"

盛以说:"那你得倒贴我五百万元,我才能考虑一下。"

江敛舟稍稍点了点头,若有所思地说:"江太太的位置就值这么点钱吗?"

盛以一脸疑惑。

她今天来工作室,除了再上一次乐理课之外,还得跟江敛舟讨论一下第三期录制的剧本。

如果说第二期只是江敛舟暗恋的苗头初露,那第三期就得将暗恋这件事确定下来。

盛以翻了翻剧本,越发对故舟工作室的编剧表示佩服。

正看着,江敛舟清了清嗓子,对盛以说:"我录音室有台电脑坏掉了,没来得及送去检查。你帮我修修?"

盛以说:"我看你是脑子需要修修。"

江敛舟问:"你大学不是在明泉理工读的计算机吗?"

盛以没想到,自己毕了业后,还能因为自己学的计算机而被人觉得是修电脑的。

偏偏江敛舟恍然大悟似的点了点头："所以你不会修电脑啊。"

盛以已经懒得搭理他了。

江敛舟往后一靠，悠哉地坐在沙发上："那没事，我会，你电脑要是坏了就送过来，哥给你修。"

她真的不止一次觉得，江敛舟真的脑子有病。

江敛舟大概是无法直面盛以的怒火，或者也可能是许归故正好打了电话过来，他懒洋洋地起身出去，接了电话。

几句话聊完正事，许归故在挂电话之前顺口问："怎么样？电脑破坏得刻意吗？她有看出来吗？"

江敛舟的语气里颇带了几分鄙夷和匪夷所思："我有时候真的会怀疑，你给我出了这么多馊主意，当年你到底怎么追上应织学妹的？"

到头来不还得全靠他自己急中生智，反客为主？许归故的主意根本没用。

许归故志得意满地说："我哪需要靠让织织修电脑来见她？"

江敛舟一时之间无言以对。

许归故还假意安慰他："那也没办法，谁让织织喜欢我呢？"

等江敛舟再回来时，盛以总觉得他好像整个人都……像被谁重拳打了似的。

她顺嘴问了句："跟你朋友打完电话了？"

"朋友？"江敛舟嗤笑一声，"我哪来的朋友，那都是我上辈子欠过债的债主。"

第三期节目也就是游乐园奇妙夜的上半期开播后，网上一片热闹沸腾。

盛以这次倒没回家陪家里人看，只有盛元白来给她送东西时，两人顺道一起看了看节目。

盛以问："你不是看过直播录制了吗？怎么还要看节目？你天天不是很忙吗？这种节目没必要一期不落地看吧？"

"我看的是节目吗？"盛元白自己倒了杯温水，压根不需要主人招呼，往沙发上一坐，自顾自地往下说，"我看的是我妹妹和妹夫。"

《同桌的你》节目到底有多火，盛以直到在自己的某站首页刷到他们两个人的剪辑视频，才有所领悟。

这个视频是昨天才投稿的，但现在已经有了一百多万的播放量，并且盛以点开看的时候，竟然显示有"1.1万人正在看"。

视频的标题叫"他有多爱她，只有云知道"。

尽管在视频网站看自己的剪辑视频实在奇怪，奈何好奇心这种东西实在不是她能控制得住的。

盛以抿了抿唇，最后还是微微颤着手指，点开了这个视频。视频的背景音乐是近来很火的一首歌，叫《这世界那么多人》。

视频的弹幕有很多，滚动的速度异常快，盛以顺手就关了弹幕。视频的最开始没有音乐，是第一次录制时，江敛舟开着汽艇带着她在海面上乘风破浪的画面。

两个人之间的氛围，很明显地能看出来是故人重逢，熟络里又带着一丝尴尬。

江敛舟便是在这样的场景里，轻叹着气说："我有一点点……一点点想你。"

画面逐渐暗淡，背景音乐缓缓响起："我迷蒙的眼睛里长存，初见你蓝色清晨。"

此时，画面闪现的是《同桌的你》舞台背景里她穿着校服跟江敛舟初识的模样。随着背景音乐往前播放，每一个画面都和歌词吻合。

"光阴的长廊，脚步声叫嚷，灯一亮，无人的空荡"，切到的画面是她和江敛舟说晚安，又剪了江敛舟独自在昏暗走廊里低头沉思。

"远光中走来，你一身晴朗"，切到的画面是她穿着婚纱走上舞台。

…………

博主很会剪辑，每一个画面都被剪得自带故事感。

两个人在雪泥地猜拳的画面，江敛舟捧着玫瑰走向她跟她说"新婚快乐"的画面，车上江敛舟说"那我就拿我自己来赔罪好了"时背过她的那一抹笑容，价格猜测时江敛舟拿出那些叠得整整齐齐的小纸条说"她以前写给我的小纸条"的画面……

直到最后，唱到"这世界有那么个人，活在我飞扬的青春"。

画面最终切到第一次录制时，默契问答环节，她从那个小黑屋里走出来，江敛舟克制地抱了抱她，说："盛以，好久不见。"

画面黯淡下去，显出一行字：*他有多爱她，只有云知道。*

歌曲也到了最后一句歌词："常让我想啊，想出神。"

最后几个字，一字一顿地出现在屏幕上。

"云、也、不、知、道。"

视频结束，盛以坐在原地，莫名沉默良久。

手指无意点到评论区，她看了一眼。

·博主还我眼泪，我哭得好凶！想想那时，我看到江敛舟说"一点点想你"的时候，还在嘲笑他的傲娇，现在再看，才发现他的"一点点"到底有多少……

·我之前好爱调侃说"他好爱她"，现在都调侃不出来了，江敛舟你怎么让我这么心酸呢？

·再过三天，就是第三次录制了，真的好期待啊！

看到这里，盛以莫名轻笑了一下。

三天后，第三期《同桌的你》录制，如约而至。

和往常一样，直播间刚打开的时候，没有看到嘉宾。

弹幕已经疯狂滚动起来。

·躲得过你们铺天盖地的直播宣传，躲得过一个接一个的热搜吗？躲得过亲友们的安利，没能躲过出现在我某站首页的视频！骗我的眼泪拿什么还？

·我也是看了某站视频入坑的，就想问问，江敛舟真有那么爱她吗？

·那是当然！

·乱中插一句，有人知道这次在哪录吗？《同桌的你》保密做得太好了，连航班都没丁点消息。

·似乎是C市，但我也不确定。

·C市？好耶！舟哥跟阿久都是无辣不欢的人，应该很喜欢C市吧？

·…………

盛以的房间门再次被敲响。

说实在话，她已经习惯了节目组的套路，不知道究竟什么时候开始录制节目，也不知道在干什么的时候房门会被突然敲响。大概是抱着"反正我的素颜你们都见过不知道多少次了"的想法，盛以这次仍旧没化妆，并且做好了一开门就直面摄像机的准备。

然而，出乎她意料的是，这次只有一个面带笑容的工作人员，并且没举摄像机。

她来来回回在工作人员身上扫了一圈，目光如同扫雷。

工作人员脸上的笑容快维持不住了……不就是没带摄像机来吗，至于惊讶成这个样子吗？

他勉强保持住得体的笑容："盛以姐，我们的直播间还没开，您现在方便开始做妆发吗？"

盛以沉默两秒："你们节目组已经过分到不跟我说摄像机开了，试图让我暴露自己真实举止了吗？"

工作人员心道：跟你说了直播间真的没有开！

其实也不能怪盛以这么想。

实在是在过往的录制中，节目组在他们这些嘉宾心中展现的就是这么一个心狠手辣、奇怪的操作层出不穷、节目策划想秃了头也要让他们掉眼泪的节目形象。

直到跟着工作人员进了化妆间，做好了妆发，盛以才真的相信节目组这次好像善良了那么一点点。

直播间开启五分钟后，终于有了画面，而此时，弹幕上的网友们差不多将心中激动的情绪发泄结束了。

摄像头打开，正对着的是一个会客室的模样。

中间有一张方形的茶几，四周是四张一看就很舒服的双人沙发。

·嗯嗯？今天没有敲门环节了吗，节目组这么正常竟然让我有些不习惯？

·还以为又能见到素颜阿久呢。

会客室的门紧闭着。

有高跟鞋落在地板上的踢踏声响起，很有节奏，继而是不疾不徐的三声敲门，里面自然是没有人应的。

门外的人便又有节奏地敲了三声，而后再次一片寂静。

直到有工作人员低低的声音传来："盛以姐，里面没人，您直接进去就好。"

·哈哈哈，现在看不到阿久的表情，我也能想象她有多无语。

·半个月不见，阿久更可爱了呢，怎么这么有礼貌呀？

很轻的门把手转动的声音传来，继而门被缓缓推开。

盛以轻轻迈步，走了进来。

会客室铺了厚厚的长绒地毯，盛以的高跟鞋踩在上面没有丝毫的声响。

她环视了一圈会客室的布置，若有所思地点点头，径直走向沙发，坐在最里侧。

盛以向来就是话不多的人，一个人坐在这里，自然安静。

杨导看着监视器里的画面，微微皱着眉："太安静了，直播效果是不是很差？直播间现在怎么样？"

工作人员："……挺好的。"

杨导一脸疑惑。

工作人员："弹幕说，盛以什么话也不需要讲，她在那坐一天，他们就能看一天。"

在杨导无限的担心中，一直盯着那张方形茶几看的盛以，终于缓缓抬起了头，目光转向跟在她身后的工作人员。

她问："你们连零食、水果、饮料都不准备的吗？"

工作人员一时间发蒙了。

盛以说："C市都来了，你们不应该再准备点火锅底料当伴手礼吗？"

·哈哈哈，阿久，你是来录节目的，不是来开茶话会的！

·原来刚才阿久盯着茶几看了那么久，就是在思考这个问题的……我还以为是要思考什么哲学大问题呢。

·什么哲学大问题？

·当然是哪一天适合结婚啊，这还用问吗？前面的姐妹。

…………

幸好盛以的要求不算太难做到，杨导大手一挥，立马有工作人员送了进去，刚才还空荡荡的茶几上瞬间被摆得满满当当。

盛以肉眼可见地开心了不少，一个人兀自拿了一根香蕉吃。

只是盛以并没有吃太久，又有皮鞋踩在地板上的声音响起，继而是一阵敲门声。

那脚步声太过熟悉，盛以本来下意识地想应"请进"，听出来是谁后，歪了歪头，没说话。

安静几秒后，敲门声再次响起。

工作人员压低声音："舟哥，您直接进去吧，里面应该没人。"

这是节目组的吩咐，如果里面还没人到，直接提示嘉宾进去即可。

江敛舟慵懒应了一声，转动门把手，推门，走进来，跟盛以四目交接。

没有丝毫心理准备的他，登时被吓了一下。

·某站怎么到处都是诈骗视频？我好生气，这就是你们说的"他好爱她"？见到盛以就是这个反应？不知道的还以为见到了正追杀他的仇家呢！

·江敛舟今天也让我抬不起头了呢。

江敛舟微微蹙眉，似乎对自己被吓了一跳的反应很是不爽："你在里面，怎么没应声？"

盛以吃着橘子，声音含糊："吃东西呢，没空。"

江敛舟的目光落在她拿着橘子往唇里送的手指上。

也不知道他是不是联想到什么，总而言之，他的小情绪像是瞬间被浇灭一样，转过头没再讲话。

他抿了抿唇，从沙发后面绕过去，想坐到双人沙发的另外一侧。

只是走到盛以背后时，江敛舟步伐一顿："你的衣领压在里面了。"

盛以咽下橘子："是吗？"说着便要抬手自己去弄。

江敛舟看她抬胳膊抬得费力，微微叹了口气，轻笑了两声，向盛以走近两步："我来吧。"

盛以眨巴眨巴眼，没拒绝。

江敛舟微微弯下腰，纤长的手指触碰到她的衣领。

盛以有些不自然地稍稍一动,整个人都像是被笼罩在江敛舟的气息里,干净、清冽的气息扑面而来。

"别动。"江敛舟的声音低低在她耳侧响起。

有一股气流在耳边,盛以有些发痒,忍不住微微侧了侧头。她看见了江敛舟的睫毛,向下看,是他垂了半分的眼皮和挺翘的鼻梁,以及染了颜色的唇。

他们离得好像很近很近,盛以莫名有几分出神。

门外再次传来高跟鞋靠近的声音,盛以还没反应过来,门便推开了。

"Hello,我的宝贝们!你们……"尹双充满活力的声音在会议室响起,却又在看清室内一幕时,彻底顿住。

会议室里一片寂静。

三秒后,尹双像是一个路过的陌生人一样,礼貌而客气地说:"不好意思,我走错了。"

话音还未落,尹双立刻倒退两步,毕恭毕敬地关上会客室的门。

Chapter 7

去景大吧

01.

盛以飞快地别过头，努力维持住自己表面的坦荡模样。

江敛舟轻挑了挑眉，咳嗽一声，直起身子。

他的声线听上去有些说不清楚的飘忽："你的衣领整理好了。"

盛以"嗯"了一声，有礼貌地道谢："谢谢。"顿了顿，"尹双好像误会了什么。"

江敛舟慢悠悠，语气也不怎么正经地说："误会了什么？"

盛以说："误会你在给我洗头。"

·洗头……阿久，你不经意的话语，真的毁了我好多温柔。

·刚才的氛围真的好美好啊，好想知道阿久刚才盯着舟哥侧脸看的时候在想什么。

·我笑疯了，双双那句"不好意思，我走错了"怎么会那么可爱！感觉她去关门的时候，脸上写满了"麻烦你们继续"这几个大字。

尹双站在门口，呼出一口气。

她看向跟着自己的工作人员，一脸痛苦："这就是你跟我说不用敲门直接进去就行的原因？"

工作人员心道：这不能怪他啊！

节目组看到方才江敛舟和盛以都敲门无人应的模样，觉得这是公共的会客室，实在是没有敲门再进去的必要，所以就让随行工作人员们告诉嘉宾，到了会客室门口后，不必敲门直接进就行。

他只是听命令办事，这……这谁能想到里面竟然会是这样的场景啊！

尹双在门口踱了几步，再三思考后，最后下定决心，咬了咬牙，问工作人员："我要是就此退出录制，得赔偿多少啊？让我算算我的家当够不够。"

工作人员觉得不必如此。

尹双觉得自己真的是小可怜，说："我得收拾东西逃跑了，不然等会儿我就会被舟哥灭口。"

只是她还没来得及跑路，门内已经传来江敛舟标志性的慵懒声音："进来吧。"

・尽管没有单人直播间，看不见双双宝贝的表情，我现在也能够感同身受了。

・那是江敛舟的声音吗？不，那是"阎王爷"的声音……

尹双颤了颤手，在工作人员写满同情的目光中，握上会议室的门把手，下压，推门，并且很懂事边走边道歉："对不起，刚才我不是故意要看的。"

盛以说："你不要误会。"

尹双说："我没有误会。阿久你们做什么都可以的！"

・双双，你说的这话真的让人很难反驳。千万不要把我们当成外人！

・…………

其他几位嘉宾也都陆续进了会议室，坐在沙发上。

宗炎还挺惊喜："节目组这么周到的吗？还给我们准备了这么多好吃的。"他瞥了一眼旁边的尹双，有些奇怪，"双双你怎么了？感觉你今天状态不太好，生病了吗？"

尹双回答："嗯。"

宗炎追问："怎么了，没事吧？什么病？"

尹双叹了口气："相思病。"

宗炎心想：看来这人是精神状态不太好……

八个人聚在一起，自然是只有一个主镜头的。

此时，大直播间的摄像头一一扫过四张沙发，八个人个个颜值奇高。

扫过江敛舟和盛以坐着的那张沙发时，本来还内容丰富的弹幕突然间就变得单调了起来。

喜。

喜……

一眼看过去，密密麻麻的"喜"字，看的时间稍微一长，你甚至会开始纠结于自己到底认不认识这个字……

杨导努力平复心情后，还是忍不住问身旁的副导演："你说，我们这到底是拍的什么节目？"

副导演试探地回答："恋爱综艺？"

杨导一时无语。

《同桌的你》明明就是一档希望唤起国民同学情的回忆杀节目好不好？

大家都到齐了，节目组便开始了今天的录制。

熟悉的广播声在会议室里响起。

"各位嘉宾好，欢迎大家来到C市。C市是全国十大名都和首批国家历史文化名城，自古有'天府之国'的美誉，而当地以'辣'为特点的美食更是备受称道，被无数人喜爱。来到C市，'美食'二字自然不能不提，但与此同时，C市也是一个时尚的国际化大都市。"广播按照惯例，先是对录制城市做了一番简要的介绍，继续道，"因此，《同桌的你》第三期录制的主题就是……美食时尚秀！"

·我未曾设想过的主题出现了。

·时尚这个主题我之前倒是想到过，但是真的不知道还能跟美食结合起来，做这样一个主题。

江敛舟边听广播边剥橙子，刚剥完，盛以就不怎么客气地从他手里抢走一半。

他的声音压得很低，一副漫不经心的语调："盛小姐的两百万元里，还需要这项服务吗？"

话虽这么说，江敛舟还是漫不经心地把另一半橙子也放在盛以面前。

江敛舟自己懒洋洋地抽了张湿巾，擦了擦手，又抽出一张放在盛以那里，倒牛奶的时候，自然而然帮盛以也倒了一杯。

他的动作做得太自然了，而盛以……接受得很是坦荡，仿佛十分熟练，并没有哪里不对一样。

以前读高中那会儿，相似的场景好像就发生过太多次，江敛舟经常带一些零食和水果过来。他边垂着眼皮看书边剥水果的皮，剥完还会问盛以："吃吗？"

盛以正低头画着画，头也不抬地说："剥完放那就行，谢了啊。"

江敛舟轻"啧"一声："谁说要给你剥了？"

他说话比较欠，也不是一天两天的事了。盛以不忙的时候会跟他斗几句嘴，画起画来就当没听见。等到画完手上的线稿，她吹了吹纸上的橡皮屑，眼角的余光瞥到一旁的一抹橘色。

稍稍一顿，盛以放下手里的稿子，看向那抹橘色，是放在一张干净纸巾上的剥好的橘子。

后来次数多了，盛以就习惯了。

江敛舟虽然嘴上不饶人，为人倒是真的挺大方，带什么东西就分给她什么东西，所以现在盛以就接受得挺理所当然，还朝着江敛舟点了点头："谢了啊。"

江敛舟嗤笑一声："现在知道哥的好了？"

·好的，事实证明他真的好爱她！

·我好着急，我已经没心情听广播了，两位你们没开麦到底在聊什么？怎么就不能让我听一听了？

·按照我这个多年老粉对江敛舟的了解，他这会儿肯定嘴还很硬。只不过他对别人和对阿久的区别就是，他说完别人就是结束，而对阿久……他只会把手上的另一半橙子也给阿久，顺带附送一张湿巾纸和一杯牛奶。江敛舟，我看透你了。

…………

看着监视器画面的杨导心想：给我好好听广播！上课开什么小差！

大家好不容易才把注意力又放到广播上。

"接下来，我们将进行第三期录制的第一个环节，叫作'你敢问我就敢答'。"广播员顿了顿，卖了下关子，这才继续说，"各位嘉宾，请掀开你们那侧的沙发扶手。"

未曾设想过放东西的地方出现了，嘉宾们依言掀开沙发扶手，果然里面是一个可以容纳物品的储物空间，每一个扶手里都放着一个黑色的箱子。

……这么神秘吗？

"现在，请大家拿出箱子并打开。"

盛以率先掀开了箱子的盖子，里面放着一张纸和一部崭新的手机。

手机确实配得上"崭新"这两个字，一看就知道是完全没用过的。

"在本环节，嘉宾们需要向其他嘉宾使用手机发送短信提问，收到短信的嘉宾若如实回答问题，则计5分；若不能回答问题，则扣5分；若认为该问题涉及过多隐私，则可以进行举报，节目组进行判断后，再根据是否涉及过多隐私而决定是否需要重新发送。"广播员解释了一下本环节的规则。

"所有的问题均为匿名发送，可以选择发送给同组搭档，也可以选择发送给别组搭档。"

大家还没反应过来，广播员又继续道，"但友情提醒，如同往常一样，本环节的结果将直接影响下一环节的初始值，并且本环节将是《同桌的你》第一次……个人战。"

·会玩，确实会玩，说了一万次了，《同桌的你》策划厉害！

·开始思考下个环节是什么样子的了，居然需要这个环节个人战……

·哈哈哈，你们看，一说是"个人战"，江敛舟的脸色立马就变了。他现在就是一副"爷心情很不好，但爷不说，你们肯定不知道爷不开心"的表情，然而……

…………

盛以也没想到节目组竟然已经开始玩个人战了。

她琢磨了一下这个规则，很有意思。你有没有拿到分数，首先取决于你能不能收到短信，即别人对你有没有好奇的事情，也就是说，如果你一条短信也没收到，那就是0分，但0分也不一定是坏事，毕竟如果收到了提问短信但是回答不出来，那就直接负分了。

广播员宣布了最后一条规则："按照上次录制的最后结果，第一名是江敛舟、盛以组合，第二名是段明雾、汪桐欣组合，第三名是薛青芙、俞深组合，第四名是宗炎、尹双组合。按照名次的先后，从第一名到最后一名，依次可以获得三条、两条以及两个一条的短信发送权利。拥有两条及两条以上的短信发送权利的嘉宾，所有的短信不能全部发送给同一位嘉宾。"

"如遇到最后分数并列的，则进行一轮加赛判断结果。"

"各位嘉宾，现在给你们十分钟的思考时间。十分钟后，短信发送即刻开始。"

十分钟的思考时间，既需要思考发给谁，又需要思考发送什么。

盛以轻轻向后靠在了沙发背上，斟酌了起来，最简单的方法自然是全发送给江敛舟。但是，一来节目组不允许她四条全都发给江敛舟，二来她也没那么多能为难江敛舟的问题。

盛以的目光在江敛舟身上微微停顿。

江敛舟似乎也在思考，他单手手肘放在沙发扶手上，疏懒地撑着下巴，另外一只手则颇有节奏地在沙发上轻扣。这是他思考问题时一贯会有的动作。

· 不如来猜测一下谁会收到最多的短信？

· 男嘉宾不知道，女嘉宾里肯定是阿久啊。你们信不信，如果节目组没有规定说两条以上不能全给同一个人，舟哥两个问题全都会问阿久……

· 要是一条短信也没收到，会不会觉得尴尬？

· 没事，没收到短信的话起码不会得负分，今天绝对有负分嘉宾出现，我已经开始搓手期待了。

…………

十分钟的时间过得飞快。

会客室里的大座钟"滴嗒"作响，在一片寂静中，越发显得时间流逝的声音过于响亮。

"滴嗒"声响再次传来，思考的十分钟时间结束，广播准时响起。

"各位嘉宾，现在请拿起手机，打开那张写有通讯录的纸，按照纸上1至8的编号，编辑短信发送给指定嘉宾。你们将有一分钟的短信发送时间，超时则短信发送权利作废。现在，开——始！"

一声令下，八位嘉宾都拿起了盒子里的手机，打开通讯录，开始编辑短信。

短信全都是以匿名的形式，但节目组设置得很有意思。发出短信和收到短信时，手机都会有很短暂的提示音。

八位嘉宾都坐在会客室里，在直播间的高清摄像头下，所有人的表情细节一览无余。

盛以有三条短信需要发，她动作飞快地编辑着。

她三条短信发送给了三位不同的嘉宾，分别是江敛舟、俞深和尹双。

她发给俞深的是：你跟青芙吵过架吗？为什么？

她发给尹双的则是：你有过跟别人表白的经历吗？有的话第一次在什么时候？

会客室里时不时响起发送成功的"嗖——"和收到短信的"叮咚"声。

每当有声音响起，其他嘉宾们都会不受控地看向声音的来源。

直到广播提示："三、二、一！时间到，首先恭喜所有嘉宾，短信发送成功。八位嘉宾中，收到提问短信最多的是盛以，收到了四条短信。江敛舟和俞深都收到了三条提问短信，段明雾、汪桐欣、宗炎和尹双，均收到了三条提问短信，薛青芙没有收到提问短信。"

盛以看着自己手机里的四条未读短信，一时无语。

大家对她……有这么好奇吗？

·看吧！我就说，肯定是阿久收到的短信最多，而且我猜，里面有两条都是舟哥发的！

·啊，青芙竟然没收到……但我看青芙的表情，她好像完全不在意，甚至似乎还在庆幸她不用回答问题？

广播继续："因为本次直播间只开启了一个主摄像头，因此将以收到提问短信最多的盛以手机为主屏幕。所有嘉宾收到的提问短信都会在直播间进行展示，但只会展示主屏幕的回答。也请直播间的观众放心，节目上线后，所有的问题均会有答案。"

盛以心想：凭什么！凭什么只有她一个人的回答先被看到，难道拿到最多的提问短信，是她愿意的吗？

奈何大佬包袱实在是太重，哪怕心里已经开始不满意了，面上还得维持"我是大佬我怕谁"的淡然。

·太好笑了，阿久你现在已经欺骗不了我了！你也就是脸上看着淡定罢了，内心肯定在疯狂骂节目组，恨不得从云霄乐园鬼屋的手术室里，把那根棍子提出来跟节目组干架。

·阿久给我冲！跟节目组狠狠打一架！太过分了，我辛辛苦苦看直播容易吗？还给我卖关子，好歹让我知道舟哥都回答了什么吧？

....

摄像机绕了一圈，从盛以左手边的段明霁开始，每个人轮流展示自己收到的短信内容。

转了一圈后，倒数第二个展示的是跟盛以同坐在一张沙发上、她右手边的江敛舟。

他收到了三条提问短信。

众人齐齐看向江敛舟。毕竟不只直播间里的观众好奇，其他几位嘉宾也都很好奇。

用尹双的话来说，就是太想看看究竟是什么样的问题，值得冒着生命危险发给这位"江大顶流"。

所有人的目光全都集中过来，江敛舟懒洋洋地掀了掀眼皮，手指轻轻上划，解锁了手机。

说来神奇，也不知道节目组怎么设置的，你发送给1号的短信，同时收到了1号的短信时，并不会显示你们是来往信息，匿名工作做得那叫一个好。

江敛舟手指一点，手机屏幕上显示出来了第一条信息。

广播响起："请江敛舟将信息念出来。"

江敛舟一脸疑惑。

之前的嘉宾展示信息都只是让大家看看就行了，怎么就他的还得自己念出来？

盛以稍稍一点头："这跟你高中时，在大庭广众之下念小字条的内容有什么区别？"

他缓缓抬眼，看了看盛以，扬扬下巴："你是说，你给我发了短信，就等于给我写了情书？"

盛以一脸冷漠："谁给你发短信了，天天想得挺美。"

广播员："请江敛舟将信息念出来！"

·节目组说我是让你们公费恋爱来了吗？

·江敛舟你怎么天天诡计多端，想收到阿久的情书就直说好吗？

江敛舟慢悠悠抿了抿口水，开始念："第一条短信是：据传闻，你高中时成绩很好，为什么会去读景大而非清北这样的学校？"

"第二条短信是：你在孔明灯上许下的心愿是什么？"

"第三条短信是：你有暗恋过人吗？如果暗恋过，那跟自己暗恋的人告白过吗？"

02.

・突然醒悟过来，舟哥，你不会玩不起吧？直接扣 15 分？

・不要，啊啊啊！江敛舟给我回答问题！一个都不许剩！你不是胜负欲最强的吗？

....

会客室里也一片寂静。

尹双悄悄抬眼，看了看自己身边坐着的宗炎，给他使了个眼色。

两人不愧是之前的老同桌，再加上这段时间一起录节目，又培养了几分默契，宗炎还真就看懂了尹双的眼神。到底是谁这么胆大，居然敢问这样的问题！

宗炎默默摇了摇头，示意自己不知道。

尹双捂了捂心口。前两次节目录制时不是还好吗？为什么偏偏这次，一上来就如此……

她就是一个想上节目露露脸的小人物罢了，还想安然无恙回家见爸妈呢。

在目前的录制环节，除了发送短信的当事人之外，无论是收到短信的人，抑或上帝视角的观众们，都不知道某一条短信是谁发送的。

所以直播间里的观众们，已经开始分析嘉宾们的微表情。

・肯定有短信是阿久发的吧？不知道阿久发的哪条？

・感觉除了第三条的有没有跟暗恋过的人表过白之外，阿久都有可能会问……难不成，阿久发了两条？

・不过这三个问题我也都很好奇。别的不说，江敛舟为什么会去景大？简直堪称千古之谜了，他当时高考成绩那么好，排在全省理科前几名，但他最后去了景大。景大虽然也很好，但还是不能跟清北比吧。

....

直播间里的人议论纷纷，简直都快把平台给挤爆了。

平台的程序员看着岌岌可危的容量，又连忙开始扩容升级，生怕一不小心平台出差错，他们真的会被观众们骂死的。

江敛舟看着自己的手机屏幕，一阵沉默。

盛以瞥了一眼，看到他那只手的手指，又开始在沙发一侧轻敲了起来。

他又在思考了，不知道他在思考的是哪道问题，这个问题甚至让他已经到了有些犹豫的地步。

盛以也说不清楚自己现在的心情，似乎……有些不明不白的复杂。她忍不住又看了他一眼。江敛舟似有所觉，目光从短信上移开，看向了她。两人一瞬间目光对接。

江敛舟的眸色向来很深，是容纳万物的漆黑色，同别人带了点浅色的眸色相比，他的眸子很黑，一双桃花眼又向来勾人，眸色和轮廓很有反差，更添深意。

以前便有无数人，夸江敛舟的眼睛好看。

盛以一瞬间有些失神。

江敛舟微微勾了勾眼尾，停下了另外一只手的敲击动作，朝着她笑了笑。

盛以回过神，别开了眼。

江敛舟一副疏懒的模样，并没有开始打字回复问题，而是先慢悠悠道："有一道问题，我认为侵犯了过多隐私，申请节目组仲裁。"

全场一片哗然。

这是今天第一次有嘉宾申请仲裁。

规则已经先说明了。杨导一挥手，广播再次响起："你认为哪一道题需要仲裁？"

"第二道题。"江敛舟淡淡地说，"我当时写的孔明灯心愿多，就这么问，难道还得让我把心愿全讲一遍？"

他往沙发背上一靠："那么多个呢，我哪能记得？"

节目组大概也觉得江敛舟说得对，讨论过后，迅速通过他的提案："请所有嘉宾戴上眼罩，倒数过后，发送该条短信的嘉宾取下眼罩，再次发送短信。提问的问题请尽量明确。为保持匿名，本次短信发送成功时，将不再有音效提示。"

工作人员迅速送上眼罩，几位嘉宾依言戴上。

广播："三、二、一！请发送该条短信的嘉宾取下眼罩，不要发出声响。"

会客室里一片寂静，连直播间的观众们也不由自主地屏了屏呼吸。

此时并没有人动。

直播间里的观众也很疑惑。

直到有人缓缓抬起手，动作很轻、很慢地拿起手机，再次编辑起了短信。

短信安静地发送成功。

她又戴上了眼罩，发短信的是盛以。

·我的鸡皮疙瘩都起来了，原来孔明灯的心愿问题是阿久问的！

·我在家里大叫，幸好现在家里没人，要不然我妈肯定觉得我脑子有病。

·真没想到江敛舟的一个申请仲裁，竟然可以让我们提前知道其中一条短信是谁发的。

·江敛舟，站起来，把另外两条也申请仲裁好吗？

所有嘉宾都摘下了眼罩。广播说："现在请江敛舟将再次收到的短信念出来。"

江敛舟眼尾的余光扫过一旁默不作声的盛以，拿起手机，打开那条短信："你在孔明灯上许下的最后一个心愿是什么？"

节目组对这个问题非常满意。

盛以果然是靠谱的，他们提示要缩小问题的范围，盛以直接将多个心愿变成最后一个心愿，这就合理了。

江敛舟垂眸，点了点头，表示自己明白了。

尽管知道江敛舟说不出什么好话，盛以还是没忍住，问他："你这是明白什么了？"

"大概明白是谁给我发短信了。"江敛舟懒懒一笑，掀了掀眼皮看向盛以。

盛以闻言，心里一咯噔，表面上云淡风轻，说："谁？"

江敛舟"唔"了一声，语气带着不正经："阿拉丁神灯吧，要不然哆啦Ａ梦？天天问我心愿，是打算帮我实现吗？"

盛以冷冷一笑："说不定呢？"

江敛舟勾着一双桃花眼，眸光在盛以身上打了个转，若有所思地应道："也是，说不定呢。"

· 现在这个问题只让舟哥回答一个心愿了，应该挺好回答的吧？起码可以知道一个了，好开心。

· 前面的姐妹，你别开心得太早了。不要忘了，今天你只能看到阿久的答案，其他人的都得等到一周后节目上线了。

· ……这么一说我突然又崩溃了，节目组你好狠的心！

最后，终于轮到了盛以。

比起其他嘉宾，盛以不但需要公布自己收到的提问短信，还需要被直播间的观众们看着她作答，压力好大。

节目组酷爱搞事："现在，请盛以念自己收到的短信。"

她就知道肯定会这样！

盛以解锁手机，点进未读信息。

她一共收到了四条，自己还没看，心中不免有些忐忑。

盛以点开了第一条："为什么大学期间没有继续学画画？"

她沉默了两秒，再点开第二条："有喜欢过人吗？"

第三条："为什么现在不用右手画画了？"

最后一条："如果在在场的四位男嘉宾里挑一个谈恋爱，你会选谁？"

她看着最后一条短信，彻底沉默了下来。

会客室里再次陷入安静之中来，比之前更加安静……

在场的嘉宾们，大概也没料到，只是热场的第一环节而已，彼此竟然就问了这么多不太客气的问题。或者说，这已经不能局限于不太客气了，这简直是想直接送节目上热搜第一啊！

宗炎悄悄抬眼，冲着自己旁边的尹双使了个眼色。同方才宗炎秒懂尹双的意思一样，尹双这次也飞快地明白了宗炎想说什么。

到底是谁这么大胆，这都问的是什么问题！

尹双捂了捂自己不太好的心脏，沉默地摇了摇头。

·今天大概是可以记入《同桌的你》史册的一天。各位嘉宾们，我实在敬你们是个英雄，谢谢你们。

·为什么都在关注阿久画画的问题？好奇怪，这两个画画的问题是同一个人问的吗？

·那个问题说为什么现在没有用右手画了，说明阿久以前是用右手画画？

·我只想说，问最后一个问题的人胆子太大了……竟然会问四个嘉宾里选谁，如果阿久没选舟哥，舟哥会不会大开杀戒？

广播员才不管这几个问题究竟带来多大的冲击力，自顾自地往下继续。

"好，我们已经分别将每位嘉宾收到的提问短信展示完毕，接下来是作答时间。每位嘉宾需要在五分钟内进行作答，若五分钟内没有回答完毕，则视为放弃未回答的问题，仍旧扣分。现在，计时开始！"

茶几上的数字钟应声开始倒计时。

直播间的摄像头仍旧对着盛以的手机屏幕。

她沉默两秒，开始琢磨着回答问题。

有两道关于画画的问题有些相似，盛以先回答这两道题目。

手指在屏幕的键盘上飞舞，盛以打字飞快。

为什么大学期间没有继续学画画？

手受了点伤。

这个答案，她同样发给了问右手的人。

直播间的弹幕瞬间满屏的问号。

·阿久的右手受过什么伤？我竟然都没看出来！心疼……

·阿久后来怎么又开始画画了？是左手也可以画吗？

弹幕说了什么，盛以一概不知。

她看向了另外两个一个比一个难回答的问题。

盛以稍加斟酌，先回答了第二条。

有喜欢过人吗？

她很诚恳地回复：我也不知道，可能有。

而后盛以才回答最后一条。

如果在在场的四位男嘉宾里挑一个谈恋爱，你会选谁？

她只是打开最后一条短信的界面，直播间的弹幕就瞬间变得多了起来。

·前面那个"可能有"是什么意思啊？是自己也不确定吗？

·是在说舟哥？如果别人这么说我只会觉得是在糊弄，但阿久这么说，我知道她肯定本身就是这么想的。

·最后一个问题了，我好紧张！阿久会回答吗？会吗？求求阿久回答吧！

盛以垂下了头，再次一字一顿地扫过那几个字。

她开始打字。

她的手指遮挡住了键盘，没人看见她手指飞舞间，究竟打了什么字。

直到盛以抬起了头，手指移开了屏幕上的键盘，提示短信发送成功。

发送的短信内容，瞬间一览无余。

直播间里的所有人，都清清楚楚地看到了她发送的短信，没有任何多余的废话，直截了当地写着：江敛舟。

盛以坐直身子，把手机放回去，看一眼也已经发送完毕的江敛舟。

他们两个收到提问短信最多的人，竟然是最先放下手机的人。

一日不给自己招恨，那就不是江敛舟了。

他悠然地伸直长腿，跟盛以说："我们两个人，像不像考完试最先交卷，轻轻松松出考场的人？"

盛以点点头，表示赞同。

江敛舟还没来得及得意，便听见盛以补充道："但是最先交卷的往往有两种人：一种是无所不会的学神，一种是一无所知的学渣。你是哪种？"

江敛舟无语。

盛以一副大局在握的模样："反正我肯定是学神。"

其他的嘉宾纷纷朝着盛以投去"做得好"的夸赞目光。

五分钟的时间所剩无几。广播员的声音准时响起："时间到！本轮测试到此结束，现在我们将根据回答的结果，对男嘉宾和女嘉宾分别进行得分的排序。"

"首先，我们来公布各位嘉宾第一环节的成绩。"广播继续，"八位嘉宾得分的差距很大，最高分为 20 分，最低分为 -5 分。我们先来看男嘉宾组和女嘉宾组的第一名。"

"恭喜盛以得了 20 分，俞深得了 15 分，他们获得本轮的第一名！"

"最低分的 -5 分,在男女嘉宾中各有一名,即段明霁和尹双。"

"同时,江敛舟、宗炎与汪桐欣各获得 5 分,薛青芙获得 0 分。"

盛以有些惊讶地看了江敛舟一眼。

"现在,各位嘉宾可以查看自己收到的提问回答了。"

盛以抿了抿唇,似有所感。

她轻轻点开来看。

果然,她发给江敛舟的那个"孔明灯心愿"的问题,江敛舟的回复是:无法回答。

江敛舟有三个问题,他最后拿到了 5 分,也就是说他回答了两道。

那么,除了她提问的问题之外,江敛舟都回答了,不管是为什么读景大还是有没有跟暗恋过的人告白过。

盛以的脑袋里思绪纷飞。

她甚至也有点像直播间的观众一样,开始在心里抱怨节目组卖关子了。

为什么现在不能知道这两个问题的答案?还得等到一周后节目第五期上线,她才能知道答案。

江敛舟转过头,看向盛以,微微挑了挑眉:"这么想知道吗?"

盛以慢吞吞地瞥他一眼,语气无波无澜:"反正你又不会告诉我,我想不想知道有差别吗?"

"那倒也不一定。"江敛舟颇为得意的模样,"要是你愿意叫一声'舟哥',再说几句好话,没准我就一发善心,告诉你了呢?"

她安静两秒,蓦地问:"你酒店房间是哪个?"

江敛舟颇为不正经地表示了一番错愕:"问这个,盛以小姐是有什么企图吗?"

"那倒不是,"盛以摇了摇头,"就是想提醒你,要是没睡醒的话,可以再回去睡一觉,不要乱讲梦话。"

广播声再次响起:"第一环节的录制到此结束,也请各位嘉宾稍事休息,一个小时后,我们将出发前往 C 市美食节开启第二环节的录制。

"在此之前,我们要重申本次录制的主题,即美食时尚秀。因此,美食节将是直接关系到最后环节的内容。在最后的环节中,男嘉宾需要为自己的老同桌做造型,需要做的造型主题就隐藏在美食节中。

"同时,为了让男嘉宾可以向女嘉宾请教造型经验,第二环节的录制也将分组展开,但……"

因为涉及分组的问题,所有人都集中了注意力。

"第二环节的分组,也将是《同桌的你》第一次打乱固有分组。根据第一环节的排名结果，同一个排名的男女嘉宾将组成全新搭档。江敛舟与宗炎分数相同，但江敛舟获得的提问短信更多，因此江敛舟为第二名、宗炎为第三名。"

会客室的大屏幕上立即显出第二环节的分组。

俞深、盛以为一组，江敛舟、汪桐欣为一组，宗炎、薛青芙为一组，以及段明霁、尹双。

·今天玩这么大的吗？分组都打乱了。

·你们快看舟哥的脸色……好难看啊，导演策划你们还好吗？我现在提心吊胆，生怕舟哥把你们吊起来打……

饶是向来镇定的盛以，这会儿也有些发愣。

不得不说，今天第一个环节录制的意外实在是太多了。先是个人战，再是一条又一条的短信，现在又是打乱分组……但她也只是惊讶了一会儿。

毕竟也只有第二个环节而已，最终的环节还是她和江敛舟一起的。只不过……

盛以瞥了一眼江敛舟的表情，沉默了几秒，她总觉得江敛舟现在很有可能甩手罢工。

万分庆幸的是"江大顶流"是一个颇有职业道德的人，脾气差归差，倒也不会仗着自己有一定的地位而就此罢录。

当然，他的脸色是多多少少有几分难看……

盛以顿了顿，还是开口安慰了一句："没事，也没多久。"

此等行为，在盛以眼里是"人美心善"，但是在江敛舟眼里……

他靠在沙发上，瞥了一眼对面的俞深，挑着眉看盛以："盛大小姐这是只见新人笑，哪闻旧人哭啊？"

盛以一脸疑惑。

江敛舟又摇了摇头："没准录完第二环节，就不想再跟我同组了呢？"

她一忍再忍，最后没忍住，问："有人说过你特别像怨妇吗？"

美食节在C市是一个很盛大的节日，很多当地居民和游客都会前来参加。

几条街全都是各色各样的美食摊子，可以打包带走，也可以就地品尝。

四组嘉宾被分散在四条组成了"口"字的街道上。分组驱车前往美食节的路上，汪桐欣如坐针毡，她只觉得自己每一分每一秒都备受煎熬。

其实汪桐欣以前和江敛舟合作过，在江敛舟还在拍电视剧的时候。那会儿江敛舟的地位倒没有现在这么高，可他身上的气质实在特别，汪桐欣这个圈子里出了名的"小作精"也压根儿不敢在江敛舟面前作。

她跟江敛舟没必要讲话对吧？两个人就安安静静地坐车到目的地，再安安静静地完成任务，最后把江敛舟交还给盛以，就可以了嘛。

然而节目组可能觉得她活得够久了。跟拍导演冲着汪桐欣做手势，示意她开口说点话，以免直播间无聊。汪桐欣捏了捏手心，纠结了一会儿，最后选择了一个应该可以再活几分钟的话题。

她讪笑了一下，开了口："舟哥。"

江敛舟正百无聊赖地拼着魔方，闻言，看了汪桐欣一眼，懒洋洋地从喉咙里挤出一声"嗯"，表示自己听见了。

汪桐欣觉得很难继续说下去，但话又说回来，这才是正常的江敛舟好吗？在盛以面前那个话痨，那一定不是真正的江敛舟！

汪桐欣又给自己做了一番心理建设。

"那个……舟哥，下个环节不是你给阿久做造型吗？化妆应该也要你来？"

果不其然，提到了盛以，江敛舟的注意力便从魔方上移开，给了汪桐一个眼神。

汪桐欣缓缓松了一口气，备受鼓舞，继续说："节目组给了我一些化妆品，你有什么想了解的吗？口红色号？化妆品用法？"

江敛舟又垂下了眸，手腕再次轻轻转动，魔方的最后一个面拼完了。

他大概是觉得无聊，没再拼下去，只是拿在手里轻轻把玩。

"不用了。"江敛舟轻笑了声，像看见了什么回忆一般，"连她的第一支口红，都是我送的。"

03.

· 虽然不知道舟哥这是想起来了什么，但我确实羡慕了……

· 虽然有些对不起可怜的桐欣，但……我莫名欣赏舟哥的双标。@盛以，看到了吗，这样的老公带回家，才能让你放心。

汪桐欣也蓦地觉得自己狠狠被秀了……偏偏她还只敢在心里吐槽一番，面上还得配合江敛舟，接话："这样啊，那阿久当时肯定很感动？"

江敛舟微微皱了皱眉："也不算。"

"嗯？"

"我当时问我妈，女孩子会喜欢什么颜色的口红。我妈不知道我要送人，随口说了个……"他语气冰凉，"芭比粉。"

这一秒，她同情收到一支芭比粉口红的盛以……

她忍了又忍，明知道好奇心害死猫，仍旧忍不住好奇，问："那……阿久当时什么反应？"

实在是汪桐欣没那个胆子，但凡她胆子再大一点，没那么贪生怕死，她一定会问江敛舟："阿久当时是不是狠狠骂了你一顿？"

江敛舟懒洋洋地倚在扶手上，声音听上去好像很平淡的样子，但……就是莫名其妙很欠揍。

"没什么特别的反应。"他"啧"了一声，看上去有那么几分不满的模样。

她细品了一下这个微妙的"啧"，难不成是当时盛以真的骂了他几句？

这么一想，汪桐欣生怕自己捅了马蜂窝，再勾起这位爷一些不甚美好的回忆，开口就准备安慰："没关系……"

准备好的词都没讲完，江敛舟便轻轻摇了摇头："也就是把那支口红带回家，好好珍藏罢了。"说完，他像是不爽地说，"真不是我说，我都跟她讲了不喜欢就扔了呗，我再给她买新的。她非说浪费，硬是带回家了。"

江敛舟再叹了口气："也不知道从哪培养的节俭习惯，我送她的东西都放得好好的呢。"

· 江敛舟，做狗难道真的比做人开心很多吗？

· 阿久，你怎么这么宠他……要我说，你就应该把他送的口红狠狠地摔在地上！江敛舟你不觉得，一个女孩子人生里拥有的第一支口红是芭比粉的，听起来就很可怜吗？

汪桐欣看着一提起来"盛以"，话就很多的江敛舟，一时间不知道是该高兴还是该痛苦。

高兴的是起码车里的氛围好像没那么尴尬了，痛苦的是听江敛舟唠叨，他还不如直接闭嘴。

偏偏她表面上还得装作很开心的模样，边听还得边附和："嗯……这样，哦哦，……没错没错……"

· 有时候我确实会辨别不清，江敛舟到底是自闭还是话痨？

· 很简单，开关在于是否有"盛以"这个关键词。

· 我在外面，手机还没办法分屏，只能两个直播间来回切。阿久那边现在怎么样了？

盛以这边……确实比江敛舟那边的氛围和谐不少。

她虽然现在并没有从事相关行业，但无论怎么说，跟俞深大学学的是同一个专业，思维方式也有一定的相似度。

俞深是个很好相处的人，学识渊博，说话风趣。他做的科普内容，因为深入浅出，圈外人能够理解，圈内人也颇受启发因而很受欢迎。

俞深推了推自己的眼镜，笑问："跟我同组是不是有些尴尬？舟哥是不是意见也挺大？"

"他啊，"盛以摆摆手，浑不在意的模样，"他一天天意见多了去了。"

盛以看了一眼俞深，琢磨一番，问："今天我收到的提问短信里……有一条是你发的，对吗？"

俞深稍稍一怔，没肯定也没否认，只问："为什么这么问？"

"那就是了。"盛以点了点头，"猜的，想看看你反应罢了。"

盛以捏了捏下巴，又问："为什么不用右手画画了的那条？"

俞深这次倒是真的愣住了，继而蓦然失笑："看来上一个问题也不仅仅只是看我的反应猜到的。"

盛以不置可否，只是耸了耸肩膀："谁让我这么聪明呢？"

·我怎么觉得刚才那一段谈话，信息量这么大呢？

·等等，我没理解错的话，不用右手画画那条是俞深问阿久的？深哥是怎么知道阿久以前用右手，现在改用左手了的？

盛以问俞深："你是怎么知道我以前用右手画画的？"

俞深轻笑了声："刷到了上次直播录制时你跟舟哥画画时的照片。无意中发现，你好像从来不用右手，有时候提东西会下意识地想要伸出右手，放上去后又会换成左手。我就去查了一下你高中时参加比赛的照片，发现你那时候果然用的右手。"

盛以说："你别做视频博主了，改行吧哥们儿。"

俞深说："不好意思，不是故意探查你隐私的。"

盛以倒没介意，她摆了摆手，说："只是觉得你能力卓绝，表示一番赞叹罢了。"

俞深也不知道为什么，好像没太感受到夸奖的意味。

还没等他们开启新的话题，酷爱搞事的节目组已经送上了一部平板："恭喜二位上一轮赢得了第一名的好成绩，除了按照排名进行分组之外，还有一项额外的奖励，即你们可以在搭车前往美食节的旅途中，选一组搭档的直播间进行观看。"

俞深和盛以相对无言。

·这选谁还用问吗？给我选江敛舟！阿久，他们车里太安静了，你快去看看他不在你面前的时候，都是什么样子！

俞深极有绅士风度，这个时候也不忘征求盛以的意见："选谁呢？"俞深微微一笑，"选青芙他们组？或者宗炎他们组？"

俞深再稍稍表示了一番诧异："哦，难不成你想选舟哥……啊不，桐欣他们组吗?"

盛以一句话也不想说，只想用沉默表明自己的态度。

·深哥，干得漂亮。

·开始喜欢深哥的腹黑属性了，用在恰当的时候真是让人开心呢。

盛以沉默两秒："那就选第二名他们组吧。"

俞深恍然大悟："哦，第二名……第二名是谁来着?"他还故作深思，继而一拍手，"想起来了，是男歌手和女演员那组吧?"

说完，他朝着工作人员露出一个礼貌的笑容，又微微点了点头示意："麻烦了。"

盛以彻底陷入沉默，心道：哥们儿，你的戏真的好多哦。

·切不出直播间，有没有人说一下，舟哥那边怎么样了?

·他们还在一片安静之中，看到工作人员拼命给桐欣示意，试图让她找点话题出来。

·谁敢相信，我在阿久的直播间看舟哥直播。

工作人员飞快地点进江敛舟和汪桐欣的直播间，将平板放在俞深和盛以面前。

江敛舟那边确实很安静，安静到盛以斟酌了两秒，还是怀疑了工作人员，说："你没开声音吗?"

工作人员一时无言以对。

这时，直播间里的汪桐欣挺身而出，证明了工作人员的能力是合格的，说："舟哥，下个环节不是你给阿久做造型吗？化妆应该也要你来?"

俞深和盛以，就这么眼看着刚才眼皮也没抬的江敛舟就此打开话闸，讲起自己给盛以送口红的经历。

俞深每看一分钟直播间，就看一眼盛以。

盛以语气冰凉："……你到底在看什么?"

俞深是个坦诚的人，听了盛以的问题，诚恳地回答："尽管我不太懂色号，也没送过女孩子人生里的第一支口红，但我大致还是知道芭比粉是个什么颜色的。"

俞深："就是在想象你涂芭比粉……是什么样子?"

·舟哥你到底知不知道阿久现在在看，你要是知道了你会后悔的!

·其实我刚才也没忍住想象了一下……怎么说呢，别人涂芭比粉口红肯定很不好看，但这可是阿久，她涂什么都好看。

·所以阿久，你真的有把舟哥送的礼物，都好好珍藏起来吗?

盛以其实根本没有生气。相比起来，她可能是在惊讶于江敛舟竟然会主动提起这件事。

她以为按照江敛舟的脾气，肯定只会觉得丢脸。

那的确是她人生里的第一支口红，盛以倒不是没化过妆，毕竟以盛家的背景，在明泉市读书时，大大小小的宴会自然要参加不少，但那些化妆品，准确而言都不能算是盛以的。

景城一中是个挺有仪式感的学校，高三时还特地为他们办了成人礼，成人礼就在她回明泉市高考前不久。

那次上课前，江敛舟刚和池柏打完球回来，去卫生间洗漱了一番，发梢还在微微往下滴水。他随手抽了张纸巾，不怎么在意地擦了擦发梢的水珠。

盛以瞥了他一眼，江敛舟没说话，坐下拿了张纸，又拿起笔开始在纸上勾画起来。

等到盛以准备去问他一道数学题的时候，江敛舟却懒洋洋地把那张纸递过来，酷劲十足地跟她说："选一个。"

盛以一脸疑惑，有些茫然地接过那张纸。上面画的是有些潦草的简笔画，一共有三个图案。

盛以很努力地辨认了一下，像是刚学看图识物一样，终于辨认出了这三样都是什么。

高跟鞋、香水、口红，辨认出来后的盛以更茫然了。

她犹豫再三，还是问："选这个做什么？你欠我钱了吗？"

江敛舟轻轻"啧"了一声，一副"你这都不懂"的表情，说话的时候却怎么听都有些别别扭扭："不是要到成人礼了吗？哥向来大方，这次也不能少吧。"他又想从盛以手里拿回那张纸，"算了，你别选了，我……"

那句"都送"还没说出口，盛以便轻笑着指了指最后的图案："这个吧。"说完，又抬眼看向江敛舟，弯眸笑了笑，眼角的泪痣惑人心扉，"谢谢舟哥。"

那天，江敛舟到最后，也只能说出一句"不用谢"。

江敛舟送的那支芭比粉口红，同他零零碎碎送给她的小玩意儿一起放在抽屉里，珍藏到现在。

后来，她听池柏说，江敛舟为了选一支口红，问遍了周围的亲朋好友。

最后送她的时候，江敛舟却有几分懊恼的模样，犹犹豫豫地说："要不你扔了吧？这个颜色不好看，我下次再送你别的。"

明明时日已久，可盛以在今天，就是分毫不差地想起了当时的心情。

她说不清楚为什么心脏跳动得如此之快，像是生病了一样，甚至有一秒，她居然想要落泪。

盛以又想起今天那条提问短信，问她，有喜欢过人吗。

她自己也不知道，或者说，她不明白究竟什么才叫喜欢。

可好像就在他说"你扔了吧？"的瞬间，再或者……是无数个瞬间里，她可能确实心动了。

有人递给你压了字条的晚餐，带你在无尽的夜色里呼啸前行，送你人生的第一支口红。

她怎么可能什么都不记得。

她分明记得那些瞬间，每一分每一秒都刻进心里。

那个江敛舟啊，他活在她恣肆的青春里。

到达美食节所在的位置后，节目组递过来一张任务卡。

"为自己的老同桌寻找造型主题？"

俞深接了卡，念完后，说道："所以阿久其实是来辅助我的？帮我一起寻找造型的主题？"

工作人员："对的，这个主题隐藏在任务里，一共有四个不同的主题，需要您通过完成任务获得造型主题。最先完成隐藏任务的，可以继续寻找下一个主题，从而在多个主题中进行选择。"

盛以理解了。也就是说，在许许多多的美食摊子里，隐藏着四个看似普通摊贩的非玩家角色。他们要做的就是不停地寻找，找到非玩家角色再完成相应的任务，从而获得设计主题。最先完成任务的组，自然是有先手优势的。

工作人员又补充道："但如果你们寻找到的设计主题，女嘉宾也就是盛以非常喜欢的话，也可以留下作为你自己的设计主题，同时，你的老同桌任务自动默认完成。"

工作人员已经讲解得很是清晰明了，两个人都点了点头表示明白。

到达目的地，江敛舟和汪桐欣的直播间自然是要关闭的。

盛以下意识地又瞥了一眼平板电脑的屏幕。

俞深一副"我可以理解你"的表情："这么舍不得关掉吗？"

俞深再次微微一笑以表歉意，甚至自觉地捂了捂嘴巴："不好意思，是我失礼多言了，见谅。"

·真的，怎么会有人表面上说"见谅"，实际丁点看不出道歉的意思呢？

·以前没太看过深哥的直播间，确实不知道深哥是这样的人……某站账号已关注，谢谢您，深哥。以后能否经常给您一键三连，全看您今天的表现了！

这次不能戴上次云霄那样的半面面具，节目组还想把普通游客和当地居民拍进去，这个时候，节目组聘请的安保人员派上了用场。

节目组提前跟当地美食节沟通过，在录制的时间内严格限制人流。

直播间的观众们都表示谅解。

· 大家远远地看可以，不要上前，上前打扰你就是千古罪人！所有观众们都不会原谅你的！

· 各位要保持距离哦，去美食节就得吃美食嘛，想看人来直播间就行了。

美食节嘛，自然是要尝一尝当地美食的。

盛以向来是个无辣不欢的人，到了 C 市，就仿佛回了快乐老家似的。

同时开着盛以的直播间和江敛舟直播间的观众，看着两个人开始寻找任务点。

· 阿久吃得可真香，舟哥怎么不吃啊？

· 唱歌得保护嗓子吧，不是据说在录新专辑了吗？

· 舟哥也只是采访时说喜欢吃辣，但是他好像很少吃，很有身为一个歌手的自觉。

观众们眼睁睁看着两组嘉宾走到不一样的牛肉摊子。

俞深看着两眼放光的盛以，忍不住笑了笑，问："喜欢吃吗？"

汪桐欣看着停顿下来，微露出几分笑意的江敛舟，也问："喜欢吃吗？"

两组嘉宾，明明是在不一样的两条街上，看着不一样的牛肉摊子，可好像偏偏没有空间距离一样，连时间点也恰恰一致。

直播间的观众们，戴着左右两只耳机，听到左声道和右声道里同时传来两道声音。

一男一女，同样悦耳，同样带着不容错辨的如同跳跃着的笑意。

女声说的是："嗯，我很喜欢。"

男声说的是："不，她很喜欢。"

04.

· 怎么会这么甜，我已经语无伦次了姐妹们！

· 我真的以为不在同组就不会很甜了，谁能知道……江敛舟你真够可以的，什么叫"她很喜欢"，阿久喜欢什么你都记得清清楚楚对不对？

· 所以，对江敛舟而言，"她"已经是一个不需要提及姓名的存在了对不对？对别人来说，"她"是一个人称代词，可以指很多人，可对江敛舟来说，"她"已经只特指盛以了！

对比起来，俞深只是含笑点头，颇有绅士风度地提议："那尝尝？我还没尝过这道特色菜呢。"

而汪桐欣……怎么说呢，现在的情形大概就是只有汪桐欣"受伤"了。

小作精甚至开始崩溃了。她到底为什么要问那个问题！她要是没长嘴该多好！

刚刚开始美食节的录制，各位嘉宾们自然也知道节目组的工作人员会跟在后面结账。

这么美好的事，大家也没有立即开始在茫茫的美食摊子中寻找非玩家角色，而是都在一个摊子接一个摊子地品尝当地的美食。

当地的美食节不愧远近闻名，很多食物价格并不高，但食物却很美味。

几位嘉宾们边吃边聊，每个直播间的弹幕都是一片疯狂。

·我为什么要在这个时间点来看吃播……

·双双宝贝吃的那个看起来好好吃，叫什么啊？

·甜水面啦，我超级喜欢！不行，我现在就要直奔楼下的店买一份甜水面，边看边吃，太折磨了。

·宗炎拿着一盒明黄色的眼影问青芙，刚才那是腮红，这个就是腮黄吗？太好笑了，他到底在想什么！那么多舞台妆都白化了吗？我已经开始提前担心起双双的造型了……

盛以这边也不例外，她边走边给俞深讲解各式化妆品的用法。

俞深不愧是标准的学霸，学习吸收知识的能力无比强大，很快就记下了每个化妆品叫什么名字。

他边小心翼翼地尝试着在手腕上涂着口红的颜色，边转头问盛以："舟哥会化妆吗？"

盛以沉默两秒："按理来说，应该是不会的。"

起码在她有限的记忆里，江敛舟是不会化妆的，要不然也不可能千挑万选之下，最后给她选了一支芭比粉的口红。

俞深似乎松了口气："还行，不是我一个人不会。"

·舟哥一脸疑惑。

·哈哈哈，俞深怎么一副"没关系，考试不会也没什么，起码有人跟我一起垫底的样子"。

·不过我也觉得江敛舟肯定不会化妆，就他那副傲娇的模样……最后那个环节，四位女嘉宾可怎么办啊……

盛以越听越沉默，再一想想，她第三环节的造型可是要播出去的……

对比起其他三组嘉宾们的快乐，汪桐欣越想越后悔，她上个环节怎么就没有拿负分呢？

江敛舟吃得很少，很多美食都是浅尝辄止，也会夸奖，态度还挺真诚的，但汪桐欣就是觉得自己实在是……难以下咽。

江敛舟边拿着一份红糖冰粉，有一口没一口地尝着，边扫视着周围的摊子。直到，他看见了一处卖糖画的摊子。

江敛舟的目光微微顿住，转头问汪桐欣："你想吃糖画吗？"

其实不太想吃的汪桐欣："想。"

江敛舟露出几分满意的目光，两个人往那个摊子走去。

摊子周围倒是围了不少围观的游客，看到江敛舟和汪桐欣走过来，顿时一阵骚动。他们也不能靠近，一个个举着手机踮着脚，兴奋无比。

江敛舟走到摊子前，老板风轻云淡地看了他一眼，又继续做起了自己的糖画，一副世外高人的模样。

"老板，来幅糖画，我朋友要吃。"江敛舟点了单。

突然被称为"朋友"的汪桐欣简直有些受宠若惊。

老板指了指付款码，又问："要什么样子的？"

"简单点就行。"江敛舟稍加斟酌，"小兔子的图案吧。"

·可以啊舟哥，还知道替桐欣点个小兔子。

·简直了，桐欣一副被馅饼砸中了不敢相信的模样，哈哈哈。

老板一点头，江敛舟还挺客气，转身问汪桐欣："你呢？要什么图案的？"

汪桐欣此时此刻不知该说什么。

·是我多想了，对不起。

·哈哈哈，我笑死了，舟哥这是自己点的单啊。

·今天最惨嘉宾桐欣，这一路都有苦说不出。

汪桐欣边在心里流泪边咬了咬牙替直播间的观众们问："那刚才那个兔子？"

"哦，她喜欢的。"江敛舟懒洋洋的，语气听上去还挺不满的样子，"老板，耳朵画长点，要是短了她又该抱怨了。"

汪桐欣心想：要不是为了观众们的幸福着想，打死她都不会问这个问题的。

·江敛舟你真的够了，你的生活里是不是每一分每一秒都离不开阿久？

·表面上说"她又该抱怨了"，内心是把糖画拿去哄阿久开心！哼哼，男人我看透你了。

老板也跟着轻哼了一声，开始帮江敛舟勾画起来。

江敛舟稍稍一顿，漫不经心地说："风萧萧兮易水寒。"

老板抬头看他："嘉宾一来兮美食完。"

·不要告诉我这就是贵节目组设置的非角色玩家暗号？太土了！

・怪不得舟哥要来这个摊子。舟哥怎么看出来的？太牛了！

老板对完任务暗号，递过来一张任务卡。

摄像头并没有给任务卡镜头。直播间里的观众们争相跳脚，想知道到底是什么任务。

江敛舟和汪桐欣对视一眼，都接过节目组递过来的手机。

"在不提示对方的情况下，打电话给手机里的五位联系人，并让对方先行挂掉电话。"

这个任务看似简单，实际上颇有难度。

毕竟《同桌的你》这么红，此时此刻也会有不少人正在看直播，嘉宾打电话过去，肯定以为有什么要紧的事，大概率不会先挂电话的。

不能提示对方，汪桐欣一时之间有些为难。

两个人一共完成五次就可以了，她迅速在脑子里过着通讯录的联系人，想着哪位会先挂她的电话。

直播间的观众们，眼看着汪桐欣皱着眉思索，而江敛舟已经打开手机，拨出第一通电话。

电话应要求开的是免提。

响铃三声后，对方接了起来。

"喂？池柏？"江敛舟懒懒开口，叫出对方的名字。

众人屏住呼吸，听江敛舟打电话。

"舟哥？"电话那边的声音似乎颇为意外，又顿了顿，应该是去看了眼时间，而后更意外了，"这个点，你不是应该在录节目吗？怎么了，有什么急事？"

・果然是男人，哈哈哈，我就知道！

・江敛舟学长的高中校友又来啦，这个叫"池柏"的是当时江学长和盛学姐班上的，跟江学长一直是铁哥们儿。

江敛舟丁点没在意周围人的关注，自顾自地打自己的电话："倒也没什么大事，就是想跟你打个电话。"江敛舟语气疏懒，"说起来录节目，你知道是我跟她一起录的吧？"

他也没提名字，似乎很笃定对方知道"她"是谁一样。

池柏迟疑了两秒，还是尽量选了最保险的方式来回答："我不太想知道。"

江敛舟漫不经心一颔首："那看来就是知道了。说起来，你平日里挺忙的，应该也没时间补我俩的直播录屏是吧？"

池柏如同得救一般，连忙道："对对对，忙，还没补。"

江敛舟"嗯"了一声，不甚在意地说："那正好，我给你讲讲吧。"

池柏压根儿没来得及拒绝，江敛舟已经开了口，熟练无比，流利异常，仿佛已经讲过无数遍，压根儿不需要停顿，说："我们已经录到第三期了。第一期的时候，我开着汽艇载她去一个地方，她非得说害怕，要抱着我的腰。你说，我哪能同意？这影响多不好。"

　　·怎么会有人这样啊？而且他的语气实在是太坦荡了，要不是这么多人陪着我那天一起看的直播录制，我都会怀疑是不是我自己记忆出了差错……

　　·话说，按照舟哥的做派，他以前读书那会儿，是不是每天跟哥们儿在一起也开口"阿久"闭口"我同桌"的？

　　·……那我突然就能理解，为什么刚才池柏被问起来知不知道录制的事时，他会说"我不太想知道"了。稍微一想就可以明白，他们这群哥们儿，当时过的都是什么苦日子。

　　江敛舟闲散地摇了摇头："真不是我说，我知道盛以一向挺黏我，但再怎么说也得注意一些公众形象是吧？就像是第二期录制，我们也就是过了个雪泥地而已，她非得让我背她过去，怎么能这么娇气？我跟她说不行，她就冲我撒娇，唉，实在是哥的心太软了，下次可不能再这么心软。"

　　在汪桐欣快要精神崩溃的时候，池柏终于弱弱地开了口，尝试打断江敛舟："那个，舟哥……"

　　明明所有人都能听见池柏说的话，以及他痛苦的语气，可江敛舟就是可以睁眼说瞎话，继续说："你说你想听第三期的？"

　　池柏一时间无言以对。

　　江敛舟又轻叹了口气："这第三期我们正录着呢，也没办法跟你说太多。这不是我跟另外一位嘉宾同组了，她就开始给我摆脸色，闹着要跟我一组。唉，我就劝她，她还要生气，我这难做人啊。"

　　·看来第一期录制时，江敛舟翻译的法语被阿久知道后，还没让他长记性……

　　·当着摄像机的面都敢这么说，背地里到底都在胡言乱语些什么！江敛舟我看你真的是活腻歪了。

　　·我都开始好奇舟哥接到的任务卡到底是什么了？

　　江敛舟还准备继续说什么，池柏的精神防线彻底崩塌，连声音听上去都带着几分恍惚的意味："舟……舟哥，我这边突然有重要客户来了，你……你继续录啊，我挂了！"

　　说完，他甚至不给江敛舟再说话的机会，立马挂掉了电话，挂完后，长长地舒了口气。

江敛舟看着挂掉的电话，颇为不爽地"啧"了一声，语气吊儿郎当地说："是他自己要听的，我讲了又说忙，啧。"

・求求了，江敛舟，不管我们做错了什么，求你停下你的精神攻击好吗？我们全都认错……

可还没等大家因为电话挂掉而放轻松，就眼看着江敛舟如法炮制，又拨通了一个人的电话："喂，付承泽？"

・…………

连续五通电话后，所有人都觉得不用听江敛舟打电话的日子，真美好。

旁边什么也没做的汪桐欣不知道该怎么形容现在的复杂心情。

她确实没想到，任务是可以这么完成的，是可以让对方再也不想听到你打电话而崩溃地挂掉了你的电话，真的是赢得一点也不开心呢。

就连直播间的观众们，此刻都已经记不得他们究竟是在干什么了。

直到江敛舟挂了第五通电话，看向糖画摊的老板，老板边把兔子图案的糖画递给他，边点了点头示意。

"恭喜完成任务，成为第一组获得设计主题的嘉宾。现在，你可以将任务卡展示给直播间的观众们看了。"

直播间的观众们也都开始好奇了起来，想知道到底是什么任务，让他们就此承受了这么长时间的折磨。

直到，汪桐欣缓缓地把任务卡递到摄像头面前。

・江敛舟，你真的好狠的心。

・舟哥，我就想知道，今天过后还有人敢接你的电话吗？

第一个任务完成，也获得了设计主题，汪桐欣打开看了看任务——以刚才吃的最后一道美食为主题，需体现相关美食元素。

她琢磨了一下，看向江敛舟："舟哥，你现在是要做什么？"

江敛舟态度散漫："不是说可以再去找别的主题？"

汪桐欣："啊？哦，是这样没错。"

她压根没想到江敛舟会真的去啊，在她看来，江敛舟恨不得现在就罢录吧？

江敛舟懒洋洋一颔首："那走吧。"

汪桐欣迷茫地跟在江敛舟身后，他们后面还跟了一群节目组人员。

在未完成本组任务之前，两个人是不可以离开这条街道去到别的美食街的，但如果提前找到了设计主题，自然是可以去别的美食街继续寻找。

来参加美食节的人很多，但是在漫漫人群中，节目组在哪里录制，依旧可以一眼看到，人最挤的地方，一定是有嘉宾正在录制。

明明有四条街，但江敛舟就是很笃定地往东边的那条街道走。

远远地看到有举着摄像机的工作人员，江敛舟转了转手里的糖画棒，吊儿郎当地扬了扬下巴，问汪桐欣："那是在做什么？"

汪桐欣努力地保持微笑，睁眼说瞎话，来回答这位"江大顶流"的明知故问："可能是在拍电影吧。"

江敛舟若有所思，而后稍稍一点头："那我还真没见过，要不然去看看？"

·仿佛你的奖杯都是白拿的。

·想看阿久就说想看，还"要不然去看看"，你够了！

盛以此时正和俞深一起，各买了一小碗水饺，有滋有味地品尝着，丝毫没有录节目做任务的自觉。

刚吞下一个水饺，还没来得及发出赞叹，盛以便听到身后一阵喧哗。

她用纸巾擦了擦唇边的油渍，刚想回头去看看是哪里来的声音，便听到一道熟悉的声音在她身后响起，很好听，如同溪水穿石般清澈又悦耳，一贯独属于那个人的疏倦声线，只是怎么听都带着不悦的意味。

"真吃得这么开心吗？"

她一瞬间开始忍不住庆幸起来，幸好她刚把水饺吞了进去，要不然这会儿，她可能会被自己给呛死……

盛以稳住情绪，转头看过去。

江敛舟这会儿正扬着眼尾看她，表情同声音透着如出一辙的不悦。可再细细看去，明明眉梢眼角全是张扬的笑意。

他手里还举着一个兔子形状的糖画，兔子的两只耳朵都很长，有些滑稽的可爱，和高冷清俊的"顶流"格格不入。

可这位"顶流"，随意地拿着那只兔子，但端得一身尽致意气，恣肆轻狂。

盛以一瞬间，甚至觉得自己已经看到了许多奇妙的景象。

盛以抿唇轻笑了笑，看着江敛舟，说："怎么，我吃得开心都不行了？"她又说，"何况也不只是我喜欢，深哥也……"

边说，她边回头去找俞深，想获得一张赞同票。一回头，方才还站在她身后，只错开了半个身子的俞深，此时此刻，已经到了不可触及的地方，浑身上下就写着"我是个过路人，不必在意"几个字。

盛以心道：你到底是拿了工资来录节目的，还是拿了工资来看别人录节目的……

大概是俞深的识相，让江敛舟满意了几分，他没再发出"啧"声，但说话的语气还是透着凉意："这才多大会儿，就叫上'深哥'了，也没听你叫过我几声哥。"

盛以其实已经习惯了江敛舟这副模样，什么都得跟别人比一比。

她懒得听他在这儿无理取闹，看了一眼他手里的兔子，随口问："给我买的？谢了啊。"

江敛舟语气还挺傲："想什么呢？"

盛以随便一点头："是吗？那你继续录，我走了，拜拜。"

盛以倒没直接转身，只见"江大顶流"装模作样地低头，闻了闻那幅糖画，不太乐意似的，说道："怎么这么甜？"说完，还随意扫视一圈周围的人，"有人爱吃糖吗？"

围观群众包括本来应该是录制嘉宾的汪桐欣，沉默几秒，齐齐后退三步。爱不爱吃糖得另算，但肯定没有人爱拿命吃糖。

江敛舟面上看上去挺不满，其实比谁都满意。

他这才把那幅糖画递到盛以面前，微微转开眼，有些不自然地问："喜欢吗？"

她实在忍不住，扬了扬唇，摇头，说："不喜欢。"

江敛舟："那送……"

盛以彻底笑了出来，从江敛舟手里接过糖画，手指轻轻一动，掰下了一只长长的耳朵。

刚才谁碰都不乐意就这么小心举了一路的江敛舟，眼睁睁看着盛以破坏了糖画，眼睛都不带眨的。

盛以从袋子里拿出那只耳朵，却没有自己吃，而是走前几步，稍稍踮起脚尖，往前一送，递到江敛舟唇边。

江敛舟瞥了她一眼。

盛以命令道："尝尝。"

盛以用的是命令的语气，江敛舟倒是挺会给自己找补，有商有量地补上一个："吗？"而后再稍一点头，一副"我可真是人美心善好商量"的模样，懒洋洋地自答，"行吧。"

说完，这才稍稍张开了唇。

盛以心想：江敛舟还真是会跟自己商量呢。

她懒得理江敛舟，手指轻轻往前送，刚才还在问"怎么这么甜"的江敛舟，便把那只兔子的耳朵吃进嘴里。

"好吃吗？"她问。

江敛舟抿了抿唇，过浓的甜意在他舌尖化开，以往他只会觉得太腻，大概会想不明白怎么会有人喜欢吃这个。

今天他的语气里，偏带着自己都未察觉的笑意，说："好吃。"

05.

·阿久，你不要问他糖画好不好吃，你得知道，只要是你亲手喂的，就算不好吃也好吃……

·啊啊啊，江敛舟我好嫉妒你，你凭什么能被阿久亲手喂东西吃！

·怎么回事，我真的被刚才江敛舟那一番装模作样给甜到了。第一次真真正正感受到傲娇，明明就是给你买的还丝毫不顾及形象地这么举了一路……

盛以自己尝了尝另一只耳朵，确实很甜，饶是向来喜欢甜食的她，也觉得甜得过头了。但想想去买糖画的人，应该也没几个是为了吃吧。

瞥了一眼一旁的江敛舟，盛以因为还吃着糖，有些吐字不清地夸奖道："耳朵很长，我很喜欢，谢谢。"

汪桐欣一时间甚至有些说不清楚自己的感受，大概就是有些羡慕，能不动声色地记住你所有喜好厌恶的点，看到什么都能想起来你，做了很多却说得很少，是谁看了都难免要在心里感慨一番的吧。

盛以丝毫不知道方才都发生了什么，把没了两只耳朵的兔子糖画收进袋子里，问："你们的任务已经做完了？"

江敛舟稍一挑眉："那当然，哥能有做不好的任务？"

盛以直接忽略了江敛舟那永远得意的自夸，又问："你们的任务是做什么？好做吗？"

目睹了一切的汪桐欣沉默着退后一步，试图远离这个腥风血雨的战场。

江敛舟顺手接过盛以吃完了水饺的纸碗，很自然地丢进垃圾桶，回答她的问题："挺简单的，夸一下自己的同桌搭档就行了。"

"是吗？"听起来实在是太简单了，盛以甚至觉得这不像是怪异操作层出不穷的节目组的作风，她转口问，"那你夸了我什么？"

江敛舟轻轻一哂，一副"我都快被我自己感动了"的模样："我当然是夸了你足足五分钟，换着花样夸，沉鱼落雁闭月羞花这样的词都用上了。"

盛以瞥了江敛舟一眼，若有所思地点了点头。

江敛舟懒洋洋地轻笑一声，语气听起来也漫不经心的样子，微微拖着尾音："要是你领了这个任务，你会怎么做？"

盛以看着围观的人越来越多，觉得停在这里实在不好，便转过身往前走，而后很坦然地回答："那就夸你呗。"

江敛舟跟在她旁边,桃花眼里全是明晃晃的笑意,稍一点头,追问:"怎么夸?"

也不知道为什么,明明江敛舟并没有说后面的那些话,但盛以就是自然而然地在脑子里想象他在说"哥一堆的优点,你夸不过来吧"的样子。

她沉默两秒,开始夸奖:"首先,眼光挺好,能发现你同桌身上的优点;其次,很诚实,能将你同桌身上的优点如实讲出来;最后,运气挺好,能拥有你这样的同桌。"

・哈哈哈,果然只有阿久才能治得住江敛舟!

・我就想问,以前江敛舟注意到阿久并且慢慢喜欢上她,是不是很大一部分原因是终于找到了嘴上功夫能和他棋逢对手的人?

・要不是我刚才亲眼看了所有的过程,我这会儿也得猜猜江敛舟是怎么滔滔不绝夸了阿久五分钟的……江敛舟,收手吧!

汪桐欣快步绕过江敛舟和盛以,走到俞深旁边,和他并排走。

俞深偏头,看了汪桐欣一眼,推推眼镜,问:"你怎么一副劫后余生的样子?"

汪桐欣摇了摇头:"如果时间可以倒流,能够再次回到第一环节,我一定会当最后一名的。"

尽管并不知道汪桐欣到底经历了什么,但从她的语气里,俞深还是微妙地感受到她的血泪史。

他沉默几秒,就此送上最真挚的祝福:"要相信,大难不死,必有后福。"

汪桐欣觉得倒也不必如此。

俞深丝毫没有这是他们组任务的自觉,无比放心地把找到设计主题的任务,丢给了江敛舟和盛以,自己和已经完成任务的汪桐欣边走边品尝美食。

・……说好的本环节阿久跟深哥一组呢?某人能不能自觉一点!

・这个结局我已经猜到了,舟哥是那么听话的人吗?他能遵守规则先找到自己组的主题,再来找阿久,我已经觉得很不可思议了。

汪桐欣抽空回头看了一眼那二位。

盛以到了一处卖锅盔的摊子处,扬了扬下巴,问:"吃吗?"

江敛舟还挺傲娇:"既然你都这么有诚意地邀请我了,那我就品尝一下吧。"

盛以似乎已经习惯了他这副模样,走到摊贩前点了单,并且很明显点的是两人份。

点完之后,她才终于想起来,通知江敛舟:"红糖的和三丝的我都点了,我都想吃,一人一半啊。"

方才在第一条街上,吃什么都了无兴致,挑剔半天只尝两三口的江敛舟,这会儿已经判若两人，稍一点头应了声，还不忘告诉她："你尝个味道就行，少吃点吧，等会儿还得有不少想吃的。"

说实话，盛以还真没觉得江敛舟是个多挑剔的人。

他们读高中的时候，有一次班上几个玩得好的朋友，一起约着去逛庙会。

庙会上实在是有太多好吃好玩的小玩意儿了，盛以表面矜持，实则对这些小玩意儿丁点抵抗力也没有。

江敛舟看她一副流连忘返的模样，不劝她也就算了，还助纣为虐，跟在她后面，单手插进口袋里，每次看她的目光在一个小摆件上稍一停顿，就点点下巴："那只小熊猫还挺可爱的。"

盛以义正词严地纠正他："那不是小熊猫，那是大熊猫幼崽！"

"行吧，"江敛舟在这个时候，就显得颇为从善如流，"小大熊猫。"

也不知道为什么，一开始觉得也就还好，但和江敛舟争辩过后，那只等比例的大熊猫幼崽玩偶就越发显得可爱了。

江敛舟这人有一种魔力，三言两语间那东西就在盛以手里了。

后来，盛以就看淡了。反正她吃不完的，不怎么挑剔的江敛舟都能帮她解决掉。

总而言之，等他们两个人再和其他人一起会合时，大家便眼看着江敛舟手上提着一大堆袋子，堪称哆啦A梦的口袋，包罗万象。

付承泽目瞪口呆："你们这是……进货去了吗？"

孔怀梦琢磨了一下，试图缓和气氛："那要不你们摆个摊，我来买？"

池柏嗤笑一声："想什么呢？那可是舟哥他同桌的东西，哪能让你买到？"

盛以心想：怎么了？自己一句话都没说呢！

偏偏江敛舟思索一番后，点点头道："这话倒也没错，我就是一拎包的，做不了主。"还不忘征求盛以的意见，"是吧，盛大小姐？"

周围几个人全看着他们笑。

付承泽还非得刻意模仿江敛舟的语气，放大了几分，叫盛以："是吧，盛大小姐？"

盛以忍不住想笑，又很想揍人。这一秒，江敛舟竟和她心意相通了。

江敛舟勾着一双桃花眼轻笑了笑，又伸直腿踹了付承泽一脚，警告他："别闹。"

说是警告，但语气里怎么听都是得意。

付承泽连连告饶："行行行，我错了舟哥，是我多嘴。"

池柏还在旁边阴阳怪气："就是啊，'盛大小姐'这几个字哪是你能叫得了的？"

看似附和的是江敛舟的"别闹"，实则全是调侃的意味。

那两年里好似有太多细节，以至于盛以现在很难不想到过去。

"桐欣？"俞深叫了一声，汪桐欣才意识到自己好像回头看的时间太久了。

她忍不住再看了一眼。

老板已经装好了两个锅盔，要递给他们。

盛以压根儿没伸手的意思，那位向来号称脾气不怎么样的"顶流"，表面无奈，实则比谁都自然地接过了袋子，一看就知道，大概对这样的动作已经无比熟悉。

汪桐欣情不自禁地笑了笑。

俞深也回头看，而后了然地笑笑："很美好，是吧？"

汪桐欣点了点头。刚才那一秒，她突然就明白了她之前是在羡慕些什么。

生而在世，能拥有一个人彻头彻尾包容所有的偏爱，真的……太让人羡慕了。

那个人的眼里，大概只有"你"和"别人"的分类。

他有原则，可你已经足够凌驾于他所有的原则之上，再或者说，你就是他的所有原则。

品尝美食归品尝美食，该做的任务还是得做。盛以彻底吃不下之后，看着前面的那些摊子，还忍不住发出了遗憾的叹息。

江敛舟说："克制点，不要再叹气了。"

在前面的汪桐欣大概是听见了，说："阿久，饱了就行了，别暴饮暴食，热量都有点高。"

盛以一副不怎么在意的样子，说："没事，反正也吃不胖。"

两个人并排往前走，又往前走了几个摊位后，江敛舟突然回过头看了一眼。

他闲散的步伐停住。

盛以向来敏锐，这会儿看江敛舟停住，便也回过头，跟随着他的目光看了过去，是一个卖杂粮煎饼的摊子。

其实单看卖的东西，并不奇怪，毕竟杂粮煎饼并不是C市美食，按理来说不该出现在美食节，但确实这个美食节上，也有一些外市美食，比如肠粉、生煎等，这倒也还可以接受。

但是那个老板……

盛以微微压低了声音："他摊煎饼的动作太不熟练了，像是刚学会没多久似的。"

江敛舟颇为赞许地看了她一眼。

好像一直都是这样，他很多时候都不需要说出口，盛以总能轻而易举地知道他想表达的是什么。这种舒服的默契，很难不让人心情极好。

他懒洋洋地点了点头："非玩家角色吧。"

直播间的观众们，眼看着两个人突然停下，三言两语过后便又往回走，精准地找到摊子，跟老板对上暗号。

一切，发生在眨眼之间。

・朋友们，一个动作一个眼神就能明白你的意思，这谁不心动？

・明明我才是上帝视角，可我丝毫没觉得有哪里不对……舟哥都走过去了还能想起来，是不是开了透视？

・所以，如果我没理解错的话，难不成这个任务……是要阿久和舟哥一起做？

节目组确实没规定一定要第二环节的搭档一起做一个任务，主要是节目组也没想到，江敛舟会硬生生把人家原定的搭档挤走，仿佛自己才是本该有的搭档。大概是导演和策划的脸皮加起来也不如江敛舟一个人的厚吧。

这会儿，俞深丝毫没有被挤走的自觉，丁点没有想要上前的念头，只是再次推了推眼镜，微笑看着眼前这一幕，甚至可能还会在心里觉得这录制的钱挺好拿。

对完暗号，煎饼摊老板还跟江敛舟和盛以确认了一下："是你们两个人做任务是吗？一旦接下任务，中途不可以换人。"

盛以看了江敛舟一眼，便见他堂而皇之地点了点头："嗯，是我们。"

老板显然不是什么都不知道的，这会儿见换了人，确认过了，没再多问，把任务卡递交给盛以。

盛以看了一眼，确认一遍后，展示给江敛舟看。

任务卡照例不展示给摄像头。

江敛舟抬了抬眼皮，快速扫视了一遍那行字。而后，他稍稍一顿，又一字一顿地看了遍那行字。

盛以挑了挑眉："有问题？"

江敛舟："没问题。"

任务卡上那行字写的是：分别打电话给通话列表第五位，为"ta"讲述你老同桌的一件趣事或者窘事，并成功让"ta"笑出来，限时一分钟完成。若失败则需接受惩罚，反之，方可获得设计主题。

通话列表的第五位，也就是刚才那个任务里，打的第一通电话，又是池柏。

・啊啊啊，好想知道任务卡上写的是什么！为什么舟哥的脸色突然就变了！

・盲猜肯定不好完成，但我还是头一次见到舟哥这么犯难。

・江敛舟，加油！

盛以自然发现了江敛舟那一秒的停顿，她又看了一遍那张任务卡，觉得虽说有那么一点难度，但以江敛舟的傲娇性格，不应该在看到这个任务后皱眉吧？

煎饼摊老板见他们两个人都看完了任务卡，便拿出了计时器，说："谁先开始？"

盛以说："我先来吧。"

节目组递过来了她的手机，盛以翻了一下通话列表第五位，忍不住扬了扬唇。

运气还挺好，第五位是贝蕾。换作别人，盛以还得担心一下对方能不能接，但贝蕾的话……

果然，拨过去，刚响了一声，贝蕾那边迅速接了起来，甚至比盛以开口还要早，语气激动且开心："阿久，我正看你直播就接到了你的电话！我是不是也可以上电视了？"

盛以心道：不必如此，你的语气，仿佛是一个托……

为防止贝蕾继续说下去，盛以快刀斩乱麻地打断了她："我打电话给你，是想跟你讲一件事。"

贝蕾顿了顿："什么事，你要结婚了吗？"

盛以缓了缓心情，尽量平和了一下语气："就是突然想起来一件江敛舟的事。我们班那会儿提前拍了一张毕业大合照，拍之前，江敛舟突然说他挺烦拍集体照的。"

贝蕾说："嗯？为什么？"

盛以说："他说，因为他从小到大都一样帅，生怕给同框的别人带来烦恼，还是让他独自帅下去就好了。"

三秒后，贝蕾再也忍不住，猛地发出一阵惊天地泣鬼神的笑声。

笑得她实在是喘不过气，贝蕾才擦了擦眼泪，声音颤抖，说："我竟然觉得他说得有点道理。"

看老板打了一个任务完成的手势，盛以一句话都不想再跟贝蕾多说，飞快地挂掉了电话。

·也不知道为什么，明明根本没办法看到那一幕，但我就是能够想象到舟哥讲那句话的语气……

·等等，我盲猜了一下，刚才阿久好像直奔通话列表第五位，开口就是"给你讲件事"，难不成……这个任务是要打电话给第五位，并且讲一件老同桌的事吗？

·那舟哥通话列表第五位是谁？

·如果我没记错的话，是池柏。

盛以的任务已经完成了，她和老板以及周围的人，齐齐看向江敛舟。

江敛舟的手机，再次被工作人员拿了上来。他带着几分不情不愿，接了过来。只是接过来后，他没立刻解锁，而是先把手机在手心里转了一圈。

江敛舟看着倒是挺会耍帅的，但盛以心里只有完成任务，丝毫没有心情欣赏。

她朝着江敛舟扬了扬眉，带着催促的意味。

他虽然实在是不想打，但这会儿……抿了抿唇，江敛舟终于动作迟缓地解锁了手机，慢吞吞地翻出来通话列表。

盛以凑过去看了一眼，只看了联系人，倒没注意通话时间："第五位是……池柏？不错不错，起码他也认识我，你讲起来也不会太尴尬。"

说完，盛以再次朝着江敛舟点了点头，示意可以打了。

江敛舟沉默三秒，按下了拨打的图标。

电话响了三声，被挂断了。

盛以一脸疑惑。

他咳嗽了一下，清了清嗓子，什么也不敢说，再次拨打过去。这次比上次略有进步，只响了一声，就被挂断了。

盛以带着怀疑看了一眼江敛舟。

刚才还跩得不行的"江大顶流"，这会儿连跟她对视都不敢了，偏过头移开目光，又拨了一次。

这次，电话里终于传来了声音，但不是池柏的，而是一道好听的女声——

"对不起，您拨打的电话已关机，请稍后再拨。"

06.

·江敛舟你也有今天……说了多少遍要做个人，你怎么就是不听呢？

·心疼池柏，从今天起，他是不是都要对接电话有心理阴影了？一听见电话响，就立马害怕是不是江敛舟打来的。

节目组虽然没有料到会有人脸皮这么厚，但是从某种程度上来说，设置的任务环节倒是一环扣一环的……上个任务完成的有多快，如今这个任务就有多狼狈啊。

汪桐欣默默低下头，生怕江敛舟和盛以看到自己的表情，耸着肩膀开始狂笑不止，拼命捂着嘴巴以防自己就此笑出声。

俞深虽然不知道发生了什么，但是看江敛舟和汪桐欣的反应，再想想江敛舟其人其事……不难联想到发生了什么故事，哦不，应该是事故。

他瞥了一眼盛以的方向，拍了拍汪桐欣的肩膀，低声安慰："别担心，哭什么呀？不就是任务没完成吗？没事的。"

汪桐欣说："我就是……担……担心阿久跟舟哥……"

直播间观众们叹为观止。

· 本节目实在是不应该叫《同桌的你》，该叫《演员是如何炼成的》。

· 小声说一下，但凡桐欣拍戏的时候能有现在这演技，也不至于被骂那么惨。

· 那哪能一样？现在装哭装得不像，要是一不小心笑出来，那涉及的哪是被不被骂的问题……

盛以沉默了两秒，看向江敛舟，双手环胸，扯了扯嘴角："怎么，你们友谊破裂了？"

没等江敛舟说话，盛以又道："如果我没记错的话，你们那会儿发的誓可是除非喜欢上同一个人，再不然就是谋财害命，否则得做一辈子的好哥们儿的？"

江敛舟不愧是江敛舟，在这么短的时间里已经调整好了心态，看上去分外坦荡："这不是谋财害命了吗？"

盛以一脸疑惑。

不管怎么说，这个任务确实失败了一半。按照任务卡上的规矩，江敛舟自然得接受惩罚。

煎饼摊的老板又递过来一张惩罚卡，上面写着——双手绑在身后，不使用工具，将刚才买的最后一样美食吃完，此过程需由同伴全程手捧容器配合。

江敛舟唇角的笑意一滞，转过头瞥一眼他跟盛以方才买的最后一样食物，是足足有五个的章鱼小丸子。

这次的惩罚卡倒是没再像刚才那样没给观众们看，观众们看到之后，瞬间疯狂了。

· 会玩，不愧是《同桌的你》，真的会玩。

· 还得由阿久手捧着？我的天，这到底是对谁的惩罚！

盛以看着任务卡上的那行字，左右转头找了找。

大概是感觉到盛以身上散发出来的杀气，汪桐欣也顺着她的目光左右看了看，最后胆战心惊地问："阿久，你这是在找什么呢？"

盛以面无表情地说："刀。"

汪桐欣问："找……找刀做什么？"

盛以一点不犹豫，斩钉截铁地说："手刃池柏。"

在众人相继对视失语时，唯有江敛舟，默默松了口气，但无论如何，该接受的惩罚还是得接受。

道具组的工作人员拿着一条丝带走了上来，看了一眼江敛舟的手腕，再看一眼盛以。

只思索了一秒，工作人员便捧着那条丝带，走到盛以面前。

盛以一脸疑惑。

工作人员恭敬地笑了笑："需要你帮忙捆住搭档的手。"

盛以心道：你们节目组怎么会这么麻烦……

杨导看着监视器，又看了一眼台本，皱了皱眉："按理来说，不是应该我们帮忙绑住吗？"

监视的工作人员："可能是小李不知道具体的规定吧。"

怎么可能？

小李也不知道怎么回事，之前总觉得这些综艺里的搭档都是假的。

自从上次小李去帮江敛舟把心愿放进孔明灯里，就彻彻底底喜欢上了江敛舟和盛以这对情侣档。这不，逮着一个机会就去制造亲密接触了，还让盛以来绑江敛舟的手……

盛以接过那条黑色的丝带，走到江敛舟旁边。

江敛舟垂眸，看了看丝带，抿了抿唇角。

走得近了，盛以只能仰头看他，恰好能看见他轻垂眸时眼睫在眼下的阴影。盛以没来由地紧张，她心跳的速度微微加快，继而通过呼吸平复下来，没再看他那双桃花眼。

"转过身。"盛以一出口，才发现自己的声音莫名有些颤抖，立马稳住。

江敛舟动了动唇，最后什么也没说，转过身，双手自觉地背在身后，并拢在一起。

盛以好像很少会凑得这么近来看江敛舟的手腕。

因为背在身后的动作，他的衣袖稍稍往上滑，露出一截手腕。

江敛舟一向很白，却完全不是病态的不见日光的白，他的手纤细而有力，稍一用力，手腕上青筋毕露，很好看。

尤其是盛以把黑色丝带缠上他双手手腕的瞬间，极致的黑和极致的白交杂在一起，顷刻间便勾画出最惹眼的画卷。

丝带放上去，大概是凉意瞬间沾染上手腕，江敛舟的手腕微微一颤。

偏偏江敛舟看不见盛以的表情。

他笑了一声，语气懒倦："盛大小姐还没绑好吗？"

盛以没应声，只是把丝带再次一交缠，使出力气拽紧，又动作飞快地打了个节。

她踮了踮脚尖，怕江敛舟听不到似的，凑近了问他："怎么样？"

他们本来就离得近，盛以又踮了脚尖，呼吸的气流便全都聚在江敛舟的脖颈处。

江敛舟的呼吸蓦地一窒，匆忙别开了脑袋，动作的幅度略大，连带着手腕处跟着抬起来，可又没完全抬起。

盛以还紧握着那条丝带的两端，一点儿也没放开。

江敛舟甚至想逃开，但在拉扯间，他又想起盛以还站在自己身后。

盛以回过神来，轻轻咬了咬下唇，松开了两只手，退后一步。

她的声音似乎很平静："好了。"

弹幕一片疯狂，与之完全相反的是江敛舟和盛以之间一片寂静。

两个人都像是在沉思些什么。

良久，江敛舟转过身，轻轻挑了挑眉，还是那副吊儿郎当的模样："盛大小姐这是绑犯人呢？绑得这么紧，生怕我挣开似的？"

盛以抬眸，嗤笑一声："犯人还能吃章鱼小丸子？想得挺美啊。"

江敛舟一时无语。

绑好了手腕，盛以便继续下一步的惩罚。

她把方才买的章鱼小丸子的纸碗捧在手心，平稳地端起来。

这个高度正好是盛以可以维持一段时间而不会过于疲惫的，可江敛舟就得弯腰去吃。

他离盛以仅有一步之遥。

江敛舟看了一眼那个纸碗，缓缓地弯下腰。

距离还是有一点远，盛以又往前一些。

江敛舟张开嘴，想要去咬其中一颗章鱼小丸子，可没有工具到底有些不便，盒子里有满满五颗丸子，即便他的鼻尖沾了一些酱汁也没能咬到。

盛以的目光放在江敛舟的头顶，他的头发很黑，稍有些长，干净而蓬松，和他的眼珠是同一个色。

以前读高中的时候，每次看到江敛舟拱起来的脑袋，她都忍不住思考他的头发摸起来会是什么样的手感。

几年过去了，她竟然还会这么想。

正胡思乱想着，迟迟没能解决第一颗章鱼小丸子的江敛舟抬起头，看向盛以，他的鼻尖还沾着一滴酱汁，说不清酱汁是让他那张好看的脸，变得好笑了几分，还是更俊朗了几分。

但盛以确实蓦然轻笑出声。

江敛舟不爽地"啧"了一声，愣了三秒，开了口，声音里带着一丝郁闷："咬不到。"

　　盛以唇角的笑扩大了几分，江敛舟拖着尾音："这么好笑吗？"

　　可没等盛以回答，他自己也跟着笑了出来，边笑边站直了，单挑了挑眉："刚才那都是哥没使出全力罢了。"

　　"原来如此。"盛以不反驳他，跟着点了点头。

　　江敛舟一时无语。

　　事关尊严，他轻描淡写地应一声，又低下头去咬，这次很轻而易举便咬到了。

　　盛以左手轻捏纸碗，右手举了一颗小丸子。

　　江敛舟站直了，把那颗小丸子含进嘴里轻轻咀嚼。

　　他勾着双桃花眸，眼角全是肆意地笑，偏偏面上还非得做出一副"如此容易"的淡定模样，不忘自夸："厉害吧？"

　　盛以都被他搞得没脾气了，摇头赞叹："确实厉害。"

　　·我又来了，就是想问，这真的是对江敛舟的惩罚吗？真的会有人接受惩罚，开心成这样吗？

　　·阿久，你再夸他，他一会儿就飞上天了！千万不要对他这么好，不然等这期节目上线后，你一定会后悔的！

　　·但我还是想说，江敛舟鼻尖顶着点酱汁的样子……有点可爱，我看得都有些心软了。他们的惩罚完成，两人终于拿到了第二个设计主题——以当地美食的特点之一为主题。

　　在两个主题之间，江敛舟毫不犹豫地选择了同盛以一起拿到的主题，恰好第一个主题汪桐欣也很喜欢，两全其美，主要是汪桐欣也不敢不喜欢。

　　其他两组陆续完成相应任务，结束了第二环节的录制。

　　第三环节，也就是本次录制的最后一个大环节，是时尚展。

　　在开始做妆造之前，节目组先行宣布了本期最后的游戏规则。

　　"本期的时尚主题，除了邀请大家一起品鉴C市美食之外，还有一个目的，"广播员顿了顿，再次卖了个关子，"即为失学女童提供资助。"

　　广播继续道："本次的时尚展依旧要走T台，但并非室内T台。节目组一共在C市的四个地方分别设置了露天T台，四组嘉宾完成走秀后需要配合背景拍摄时尚杂志的封面。"

　　"节目组将于本次节目录制完成后的24小时内，于官网公布双人封杂志链接，本次杂志销售款额将全部捐助给失学女童，用于帮助她们完成学业，开启人生新的篇章。"

还没等大家质疑，节目组便说："另外，本次资助款项并非汇入某个项目链接，而将聘用专门的工作人员再行开启单独项目进行管理，所有款项使用方式将全部公布于官网，大家可以使用自己购买的杂志订单号进行查询。届时，有任何价格、渠道的疑问，都可以直接联系我们，我们有工作人员24小时进行专门的解答。"

盛以其实也挺吃惊的，节目组做的这件事，不单单是花钱的问题，更得投入很多的精力。

为了确保每一笔资金正确使用，不能相信那些项目链接，就需要自己专门找人打理。那确认资助对象、确认资助方式、购买链接、公布款项等，每一个环节都需要大量的时间和精力，但他们确实在认真做。

江敛舟倒是不甚意外的模样，他瞥了盛以一眼，递了杯牛奶过去："怎么了？"

盛以接过，压低了声音："在想到时候要不要也买一些。"

江敛舟一副挺吃惊的模样，不怎么正经地挑了挑眉："怎么，盛大小姐这是想作弊？是怕我们拿不了第一？"

盛以所有的情绪，瞬间消散。

她沉默几秒，伸出手，掐住江敛舟的手臂，稍一用力，江敛舟就做出一副夸张的模样，连连叫痛："你谋杀亲……友啊！"

瞬间，所有人都朝着他们两个看了过来。

盛以心道：怎么几年没见，你还是这么夸张呢？朋友。

广播员也顿了顿。

宣读的工作人员："请各位嘉宾认真听讲，不要打情骂俏，不对，不要打打闹闹。"

·喜欢《同桌的你》原因多了一个，你们真是一个用心良苦，用词准确的节目组！

·实名举报江敛舟碰瓷！我刚才看得清清楚楚，阿久也就是刚把手放上去，压根儿都没来得及用力，他就开始叫！

·你们信不信，江敛舟本来想脱口而出的，绝对不是"谋杀亲友"，而是"谋杀亲夫"。哼，江敛舟你真的好大胆！阿久的便宜你也敢占！

宣布完了规则，接下来自然就是选择拍摄地了。按照第二环节的完成顺序，也就是江敛舟和盛以可以先选择，但节目组向来奇怪的办法很多，这会儿的选择也并非直接给了图片，再或者是地址。

节目组工作人员说："请两位嘉宾，在四个拍摄场景的拼音首字母中做出选择。"

盛以说："参加你们节目，还得会拼音组词吗？不好意思，那我得走了，我没上过小学。"

大屏幕上出现了四个拼音首字母。

盛以逐个看过去，分别是 BJ、HT、SL、GY。

盛以久久地沉默了。

偏偏江敛舟那无用的绅士风度，此时此刻再次发挥了出来。

他往沙发上一靠，伸了个懒腰："盛大小姐选什么，我就选什么。"

以盛以的喜好当然要选 B 开头，反正有人陪自己，她越发肆无忌惮起来，犹豫都不带犹豫地说："BJ。"

选择完毕，她还看了一眼江敛舟："你知道 BJ 是什么吗？"

江敛舟稍一点头："大概知道吧。"

"是什么？"

"恭喜江敛舟、盛以组合，选择第一个拍摄地为……"没等江敛舟回答，节目组已经揭晓了答案，"蹦极！"

江敛舟还不忘夸她，但语气怎么听怎么让人想揍他："看来盛大小姐确实挺喜欢这种刺激活动啊。"

其余几位恐高的嘉宾们齐齐松了口气，看向盛以的目光，如同看自己的再生父母一般。

尹双此时已经涕泪横流了，走过来，亲切无比地握住了盛以的双手："阿久，我的好阿久，谢谢你牺牲一个人成全我们大家。"

只是不恐高，但并不怎么喜欢这种活动的盛以一时无语。

到底为什么要在蹦极的地方拍摄杂志封面……再看看另外几个拍摄场景，分别是花田、森林、公园。真挺好，除了蹦极其他拍摄场景都不错。

嘉宾们是从第二天下午开始妆造的，节目组化妆品样样管够。

刚一打开直播间，便瞬间有数不清的观众拥了进来。

· 我的天！这也太棒了，简直就是我梦寐以求的化妆间！

· 所以这是要四组嘉宾坐在一起录制吗？看墙上这长长的镜子，谁看了不羡慕。

· 这镜子、椅子、再加上可以预想到的男嘉宾们的手艺，我已经联想到了一些不太美妙的，与理发师见面的经历……

盛以坐在椅子上，心头忐忑。

也不只是她，准确来说，四位女嘉宾此时都挺紧张的。

她们刚对视一眼，男嘉宾们便走了进来。

盛以稍一思索，转过椅子，看单手插进口袋，走得闲庭信步的江敛舟，跟他商量："要是你不会化也没事，你就让我素颜出镜也行。"

江敛舟看出了她平静表面下的不安，偏要继续逗她："那可不行，至少得符合主题吧？"

盛以微微沉默，试探着说："那就叫……好吃到没有心情化妆？"

江敛舟再也没忍住，勾着一双桃花眼笑了起来。笑到盛以眼看着都要恼了，江敛舟才勉强收住，语气里却仍旧带着还未消散的笑意。

他斜靠在化妆台上，盯着她看了几秒："放心吧，我会。你舟哥能有什么不会的？"

盛以很坦荡地说："生孩子。"

他突然想起来，他出道时化的第一个舞台妆。他那会儿就是个普通人，化妆师要给很多人化，自然手忙脚乱。眼看着化妆师拿错了腮红当成眼影，江敛舟出声提醒了一下。

化妆师道了个歉："忙昏头了。"又问，"你一个男生，还认识这些化妆品啊？"

确实，男生似乎分不太清化妆品的种类。

高考完的那几天，江敛舟没日没夜地研究了一堆资料，搞不懂的就拿去问他那位精致、美丽的妈妈。

江母还挺错愕："你研究这些干什么？你一个男生，涂这些干什么？"

"谁说我是要给自己化的？"那时候的江敛舟边做笔记，边掀了掀眼皮回答，"我是要给我未来女朋友化的。"

07.

江敛舟那时候确实计划了很多事情。

他有自己存钱的银行卡，毕竟家世了得，哪怕只是压岁钱和日常的零花钱，加在一起也是很可观的数字了。

他向江妈妈问了化妆品的牌子，又问色号，记了一本的笔记，研究得头昏脑涨，觉得比做十张理综卷子都艰难。

那些色号还都是用数字来表示的，他拿着江妈妈的两支号称色号不一样的口红，比来比去看了半天，都没看出来这两个颜色到底有什么不一样。

偏偏他亲妈还要逗他："敛舟，这化妆品的学问可大了。你看这眼影，分眼影盘和单色眼影，还分色系，大地色、粉色、青绿色，再分哑光、珠光，种类可太多了。这光看化妆品可不行，你得看那人到底适合什么。你要是看不懂也没事，把人带回家，妈妈帮你研究。"

江敛舟说："妈，母亲大人，您儿子都高中毕业了，您还把他当三岁小朋友骗呢？"

江妈妈笑倒在沙发上，江敛舟却说："不过……也不是不行。您准备好大红包吧，等未来女朋友变成女朋友了，就让您看看。"他还故作大师，掐指一算，"也用不了几天了。"

江妈妈登时笑得更厉害了："这么自信啊？小姑娘喜欢你吗？"

江敛舟懒洋洋地合起笔记本，从沙发上坐起，边往楼上走边摆手，语气里带着一贯的骄傲和张扬："还能有人不喜欢您儿子吗？"

江妈妈越发觉得她儿子挺可爱的，每天看她儿子拉着池柏他们几个往商场里跑，拿了自己攒的钱，眼也不眨地买了一堆各式各样的化妆品回来。她列的清单上有的，江敛舟买；她列的单子上没有的，柜姐夸两句，说句"这色号可衬皮肤白了"，江敛舟照样大手一挥也买。

池柏跟付承泽他们都快疯了。

付承泽连连求饶："舟哥，我错了，我真不该一开始听你说想去买化妆品就嘲笑你的，你下次别再拉我了行不？叫池柏，池柏闲着呢，我得……跟我三表姐的外婆的妹妹的孙子的儿子一起出去旅游，求你了哥。"

池柏大惊失色："我？我不行的，我……我妈让我去相亲。"

付承泽："你比我还离谱。"

池柏："原来你也知道自己离谱？"

然而向来耐心不好的江敛舟，哪能容忍两个人在这里继续说下去。他扬了扬眼尾："那正好，不管是旅游还是相亲，都得保持自己的良好形象。走吧，去买化妆品。"

那段日子至今都是池柏和付承泽的噩梦，三个男生天天徘徊于各大商场的化妆品专柜，柜姐都认识他们了。

有次还听到有柜姐在低声讨论他们："现在的男生都挺注意形象啊。"

不，只是有人注意他未来女朋友的形象罢了……

可惜那个暑假里，江妈妈一天问三回，到后三天问一回，再到后来……就不问了，早就准备好的大红包，还是没能送出去。

他买的那么多化妆品，一个也没能送出去，做好的全部规划，研究的景大地图、看的景大附近不带刺的鱼的店、从学姐那里借来的美术系的课表……全没能用到，最后倒是剩下了一手不错的化妆技术。

只是说起来……江敛舟没想到，那时的设想再变成现实，已经是几年后了。

人活着，总得有点希望在。

等江敛舟从以前那个鲜衣怒马的少年，变成一个糟老头子时，盛以会不会喜欢他？他不断告诉自己，总得有点希望，就算骗自己也行。

所以这会儿，江敛舟听见盛以问他："你真的会？你什么时候学的？"

他也只是摇摇头，轻勾着眼尾笑，语气吊儿郎当地说："生来就会，你舟哥的技能哪个不是天赋点拉满的？"

盛以实在不想吐槽他，却又忍不住道："比如送我芭比粉？"

江敛舟不满地轻"啧"一声，竖起一根手指摇了摇："这你就不懂了吧？芭比粉那可是从少女到成熟女性转变的标志，既有少女时期的浪漫，又有成熟女性的柔和气度，怎么就不好了？"

盛以："那下次给你涂涂？"

·有没有人把江敛舟的简历发我一份的？我想看看，他真的没有在化妆品专柜做过兼职吗？

·要是他卖化妆品的话，奖金应该有不少吧？他也太有魔力了，明知道他是在胡说八道，但我还是莫名其妙真就想买芭比粉了……

·哈哈哈，阿久的表情更无语了，放心吧阿久，你跟舟哥拍成什么样，杂志我都会买的！

·对阿久来说，这是卖多少的问题吗？这可是要拍成杂志封面的问题！她当然想留下最美的一刻！

节目组的工作人员送上了四个小白板。

"现在，请四位男嘉宾在白板上写上你们的设计名称，写好后请直接交与工作人员，我们会在做好妆造后再行揭开自己设定的主题。同时请注意，整场妆造的时间不能超过两个小时。"

江敛舟接过小白板，用牙轻轻咬住笔帽拔开签字笔，龙飞凤舞地在白板上签上字，再交给工作人员。

妆造设计正式开始。

江敛舟走到了盛以的椅子旁，先把化妆台上的化妆品逐一浏览了一遍，这才挑了一个美妆蛋，拿了妆前乳。

他看向盛以的脸，盯着看了足足十秒，看到盛以忍不住要皱眉了的时候，江敛舟才漫不经心地捏了捏手里的美妆蛋："中性皮肤，这支妆前乳就够了。"

盛以一脸疑惑。

·不会吧，我还以为舟哥是在开玩笑呢！他在我心里已经是一个可信度为零的人了，结果他居然真的会？

·他挑的确实很适合阿久，难不成舟哥没在吹牛？

·等等看吧，挑选妆前乳是最简单的，挑合适的底妆用品和彩妆用品才是最重要的！

其他三位男嘉宾也面面相觑，他们的状态大概就是以为有很多人一起考零分，结果一个学渣上来就轻轻松松做出来一道压轴题，其他三人压力颇大。

他们对视一眼，纷纷学着江敛舟的动作，都打湿了美妆蛋，准备照葫芦画瓢。

江敛舟没理会，自顾自地用美妆蛋帮盛以上妆前乳。

盛以闭着眼，仍能感觉到江敛舟的存在，距离太近了。她做过很多次妆造，有太多的化妆师离她这么近，可她从不会觉得如此局促。

盛以坐在椅子上，江敛舟轻轻地用手压下她的皮肤，专注地一点一点擦着。

她的鼻尖全都是他的气息，太浓烈了。

盛以吸了口气。妆前乳一点一点被涂匀，带来的凉意布满全脸，又慢慢被她的皮肤沾染上同等的温热。

江敛舟又直起身，看了一圈，挑了一支粉底液。

他这次没有再用美妆蛋，而是选了一支化妆刷，又熟练地在手背上试了一下颜色。

江敛舟满意地勾了勾眼尾，把粉底液挤在手背上，手势很专业地帮盛以上起了底妆。

·用美妆蛋我已经足够震惊了，现在竟然又开始用刷子了吗？真的比我都厉害，我都不会用刷子！

·突然开始羡慕起了阿久，这要是以后出门不想化妆，还能让男朋友代劳！而且也不会等你时，不耐烦地问你怎么化妆化这么久，甚至还可以给出两支口红的参考意见，还会陪你去专柜挑化妆品……

·等等，江敛舟这样的，难道真的会去专柜挑吗？肯定是品牌直接送去家里的吧。

江敛舟的底妆上得很快，也很均匀，盛以的皮肤本来也足够好，丁点瑕疵也没有。

江大化妆师用食指轻轻勾起盛以的下巴，左右端详。

整个动作实在是暧昧而亲密，盛以一瞬间心头一紧，下意识地就想躲开江敛舟的目光。

江敛舟声音压得很低："别动。"

盛以一顿，江敛舟松开食指，轻轻从她脸上取下一根掉落的睫毛。手指与脸部肌肤短暂接触，又很快分开，速度快得让盛以都没时间思考。江敛舟转身就去拿下一步用的腮红和腮红刷了，像是方才所有的动作都只是化妆所需要的一样。

可在盛以看不到的地方，他轻轻屈起食指和拇指轻轻揉搓了一下，感受着她遗留下的温度。

他一步步地操作，腮红、散粉、眼影、眉毛，甚至是眼线，一个不少。

江敛舟的手实在是太稳了，一旁拼命示意段明霁不要选荧光粉口红的汪桐欣无比羡慕，也不知道哪来的胆子，凑过来开玩笑问："舟哥这化妆技术太好了，接单吗？舟哥。"

段明霁心想：亲爱的老同桌，不要嫌自己命太长……

江敛舟一边选了支口红，慢悠悠地拧开，一边漫不经心地说："我当时跟我妈学化妆时，我妈说她帮我算了一卦。"

明知道江敛舟接下来说的话自己肯定不太想听，但汪桐欣还是实在没忍住好奇心，问："算……算出了什么？"

这件事好像不管从哪个角度看，好像都足够离谱。学化妆为什么要算卦？江妈妈难道也跟江敛舟一样脑回路异于常人？

偏偏江敛舟丝毫不觉得自己哪里有问题，他用唇刷沾了口红，一边去为盛以涂口红，一边悠悠然回答："算卦的人说，我学的这门技术只能给姓盛的女孩儿化，要不然得倒大霉。"

江敛舟轻叹了口气，"还偏偏是这么一个不常见的姓，让我这一手的技术也没处施展。"

他轻笑道："是吧，盛大小姐？"

盛以一时间失语，实在是不知道该说什么好了，好半天，只能说一句："还没化好吗？"

"盛大小姐这是翻脸不认人啊，"江敛舟摇摇头，"怎么说我也是忙来忙去的，连句好话都得不到？"

盛以张开眼看他，江敛舟轻垂着眸为她涂口红，站得很近。

她没忍住，嗓音里带了笑声，又放软了语气，学着他讲话："行吧，我错了，舟哥。"

方才手稳得不行的江敛舟，瞬间手一抖，唇刷出了唇的边界，把口红沾到了下巴上。

他抿了抿唇，心想：怎么有人突然犯规！

江敛舟微微蹙眉，起身去拿纸巾。

・江敛舟我还以为你有多牛呢，结果阿久也就是软声叫了句"舟哥"罢了，你瞬间就不行了。

・你直接说专门为盛以学的化妆不就得了？

・这个我证明，舟哥确实没说错！

盛以只觉得这个妆造的过程花了很久。

江敛舟认认真真地为她化妆、做发型、选衣服。

观众们虽说全程目睹了江敛舟为盛以化妆，但确实没看到整体的效果，个个摩拳擦掌，想看看盛以的妆造究竟是什么样的。

然而《同桌的你》节目组岂是那么好相与的？一句"待走秀时再行揭晓"，所有观众都开始崩溃了。

・怎么有这么会卖关子的节目组！

・最后的关键环节全都没有了！论卖关子，江敛舟哪里比节目组差？别的不说，就化妆，只有基础的那些部分在直播，最后那部分是在帘子后进行的。

可不管怎么说，观众们只能翘首以待蹦极处的走秀了。

算起来，这已经是盛以参加《同桌的你》后第二次走秀了。

上次是四组嘉宾一起在海岛音乐节上走秀，短短一个多月的时间，走秀又成了一个新的环节。

任谁不说一句《同桌的你》足够厉害呢？不得不说，能想出"蹦极"这个背景的策划者很厉害，蹦极这个地点确实就是一个天然的T台。这里堪称悬崖，下方是湍急的流水，在节目组的布置下，从跳台向后延伸出一条长长的T台。

八位嘉宾走秀，就是从跳台前往回走，再走回去，最后的拍摄是在跳台前。

跳台前被节目组架起了一片幕布，而如今，江敛舟和盛以就站在幕布后。

・《同桌的你》牛！走秀都能跟别人不一样！

・啊啊啊，好期待，怎么这么会调动我的期待值！

・尽管刚才抽到"蹦极"的时候内心很崩溃，但现在还是想夸夸。

・这里的布景绝了，好浪漫啊，原野与鲜花，悬崖和峭壁，绝望与生机……太美了！《同桌的你》真的是顶级策划！

节目组就此宣布江敛舟的设计主题，很简单，也很特别，主题名叫"辣哭了"。

听上去很俗，但大俗即大雅，让人很难不期待到底是什么主题。

来自交响乐团的音乐声缓缓响起。

他们就站在不远处，穿着黑色的燕尾服，姿态优雅地奏着乐。

音乐蓦地转折，速度加快，幕布拉开，那双璧人瞬间出现在镜头里。

江敛舟一身白色西装，露出浅浅的笑意，同平时那个肆意飞扬的人完全不同,他的眼里满是温柔。而盛以则是一身绯色裙装,裙子很薄很贴身,完美地勾勒出盛以的身材,最惹眼的便是那纤细而盈盈一握的腰肢。

她怀里抱着一束栀子,是最纯的白色。最勾人的旖旎,与最纯真的洁白,相织相交。

他们对视一眼,盛以把手递给了江敛舟,单手抱着花,一起向前走。

从绝境处,走向无限生机。

直到镜头拉近,看清楚了盛以的妆容,瞬间引来无数惊叹。

最特别的便是她的眼角处,缀了无数的水钻,晶莹剔透,如同眼泪一般。

这张杂志合照,后来成了"木以成舟"超话的封面,维持了很久,直到后来才被真正的结婚照取代。

照片里,一双绝色的人相视而笑,用极致的颜色染上这片原野。

他们的身后,是平原、河流、远处的高山,是全部的世界。

绝境处,夕阳染红一片。

危险与爱意,漫山遍野。

既然来到了蹦极处,仅仅走秀、拍杂志大片,肯定是不够的。

盛以看着蹦极跳台,眼里有几分跃跃欲试。

江敛舟懒洋洋地把手插进口袋里,偏头问她:"要试试吗?"

盛以没正面回答,只说:"胆小鬼才不敢试。"

江敛舟和盛以都不怕高,这点他们两个人彼此倒是都知道。

毕竟高中时几个朋友一起去游乐园,不管玩什么游乐设施,他们两个人都是淡定的。

江敛舟还会无情嘲笑腿软的池柏和付承泽:"你们也太胆小了吧?连人家盛以都不如。"

结果一进鬼屋,江敛舟倒是立马把怕鬼的盛以护得好好的,恨不得全程捂着她的眼睛和耳朵走,丁点也不提胆子小的事。

并且自那之后,鬼屋、恐怖类密室逃脱,就彻底成了他们几个人聚会的违禁项目。

可不怕高归不怕高,说到底……这是盛以第一次蹦极。

不管是过山车、海盗船还是大摆锤,都是只需要坐在椅子上,有安全防护的设备保护安全,一切都是被动的,但蹦极不是,它需要自己跳下去。

任谁号称自己再如何不恐高,想到自己要亲自跳下去,都很难不肾上腺素飙升。

两个相邻的跳台。

工作人员熟练且动作飞快地帮江敛舟和盛以绑好了安全带，又穿好了防护工具，示意他们可以走上前了。

"等会儿如果真的害怕的话，不跳也可以的。"工作人员安慰着盛以，又觉得这个女孩儿看上去倒是挺镇定的，便又补充道，"也可以想想有什么话想等会儿跳下去的时候喊出来，大声喊出来，就没有那么可怕了。"

以往也有不少游客来蹦极，防护措施做好之后，怎么都不肯跳下去，这都是挺常见的，他们见惯不怪了。

摄像机跟着盛以的视角，给了峡谷一个镜头。

·好可怕！我已经腿软了谢谢，阿久要不我们别跳了吧？

·蹦过极的人说一句，我也不恐高的，但是这真的跟过山车不一样。站在高处会害怕，那是人类应该有的本能……

·你们看阿久的手已经握成拳头了，她肯定还是怕的。

盛以确实紧张，心里也确实不安，这些都是生理本能。她甚至能感觉到血液流动速度加快，呼吸也跟着不稳了起来，心脏越跳越快。

盛以深呼吸了一口气，压下所有的忐忑，缓慢又坚定地朝前走去，走到跳台上。

这里是真正意义上的悬崖峭壁。

跳台下方，有河流奔腾而过。

她能听到湍流飞驰的声音，可又听得不够清楚，只有真的站在这里，才能知道没有任何拉力的可怕之处。

太高了，高得像是从这里跳下去之后，便再也不会回来。哪怕心里知道这只是个游乐设施，可仍旧能感觉到来自本能的恐慌。

"怕吗？"

盛以偏头看去，江敛舟正散漫地笑着看她，如同以往一般的笑容，可她却能感受到他话里的安慰意味。

盛以点了点头，又摇了摇头："怕，但想跳。"

"那闭上眼。"江敛舟慵懒的声音传来，带着安抚人心的力量，"等会儿我倒数，我们一起跳下去。"

盛以看了一眼脚下的风景。

她应了一声，闭上了眼睛。

周围的声音很嘈杂，可她的耳里此时此刻，只能听到那道懒洋洋的声音："三、二、一！"

盛以纵身，毫不迟疑地跳了下去。

强烈的失重感瞬间传来，速度带来的风从她的耳侧刮过，吹起她耳边的碎发。

她什么都没有叫出口，张开手臂，面带微笑地拥抱这一切，自由的声音在耳边呼啸。

就在此时，她听到了一道声音。

浓墨重彩的夕阳下，喧嚣的风声和越来越大的水流声，裹着那道肆意张扬的声音，毫无保留地卷进她的耳朵里。

她听得清清楚楚。

全世界的人，都听得清清楚楚。

失重感带来的心跳速度太快，盛以张开眼，看向江敛舟。

他仍旧闭着眼睛，像是一瞬间回到了高考结束的那一刹那，会漫天遍野地撒自己的书和卷子，肆无忌惮地喊："一起去景大吧！"

他什么前缀都没有加，也只喊了一次。

盛以大概是因为心跳的速度实在太快，她好像听到了心动的声音。

清亮撩人的声音不断在她耳边回荡。

"一起去景大吧！"

她在心里想：好。

Chapter 8

时来运转

01.

从直播间关闭的那一刻开始，瞬间无数人拥去《同桌的你》官方微博下面评论，一个接一个地催快点上链接。

·那句"一起去景大吧"怎么会这么好哭，我光听着就很难受了，感觉那是身哥最大的心愿了吧？要是他们当时真的能一起去景大该多好啊，肯定早就在一起了。

·我只关心什么时候上链接，限量吗？

粉丝催就算了，甚至还催上了热搜，间接导致真的有很多路人点进来，粉丝们便开始讲述这个资助计划，竟然有不少路人表示也想参与进来。

·说了无数遍但还是想提醒大家，不要把本来资助失学女童这么美好的事破坏了！

·真的好想拥有这本杂志……今天直播蹦极真的触动到我了。怎么回事啊？气氛很好，我真的好爱！

各家粉丝们催得实在是太勤了，《同桌的你》官方微博虽说没迅速上链接，但是发了一条微博。

同桌的你V：感谢大家的支持，链接将于明天09：30于官博公布，并于10：00正式开售。首批印量为每组20万册，售价为50元每册（含邮费）。销售所得全部金额将如约用于资助计划，请大家按需购买，切勿冲动消费。同时，请大家认准官方渠道，后续会再根据需求进行加印，谢谢大家！

各位嘉宾都转发了这条微博，以提醒粉丝们不要加价买杂志，这点倒是引得许多粉丝和路人交口称赞。

录节目确实太费精神了,盛以录完回去就开始蒙头睡觉,一觉睡醒已经是第二天上午了。

昨晚就没吃晚餐,她现在饿得整个人都不好了,打电话给孟元:"元元,帮我带份饭到房间吧。"

孟元的声音透着紧张:"可以的,盛以姐,但是……"

盛以还愣了愣:"但是?"

孟元做她助理这么久,都是有求必应,这还是盛以头一次从孟元嘴里听到"但是"。

孟元的尾音都在颤,隔着电话都能感受到她的忐忑不安:"但是可不可以等十分钟之后?我……我十点钟得抢你和舟哥的杂志,好怕自己抢不到。"

盛以一时无语。

孟元还不忘跟她诉苦:"我昨晚本来想找我闺密帮我抢的,我闺密一开始也答应了,结果说了之后她突然就起了好奇心,连夜去某站补了你俩的一些剪辑视频。然后……她就说她要给自己抢了,太过分了!"

盛以:"我……"

压根儿没等盛以开口,孟元已经匆匆忙忙挂了电话:"不说了盛以姐,我准备抢了。"

盛以沉默了两秒。

她其实刚才想跟孟元说节目组会送他们这些嘉宾每人一百本,她可以送给孟元几本的。

正好十点到了,盛以打了个哈欠靠着枕头坐了起来,准备等会儿围观一下销售情况。

虽然孟元说抢不到,但盛以知道杂志有足足20万册,怎么可能抢不到?

她去围观也是因为如果销量很难看的话,她就买一些,也当捐款了。

盛以点进了链接,瞄了一眼时间,还差一分钟。

她跟着时间倒数道:"三、二、一",然后迅速刷新购物车,点进链接准备付款。

系统卡住了。

等过了三秒以后,便显示购物车里的物品已下架。

盛以一脸疑惑,认为她的购物车出问题了吧……

她稍加斟酌,发微信问江敛舟。

阿久:你找人拍了多少册?

Ivan：什么？

　　阿久：都卖光了？

　　Ivan：我的大小姐，你知道我以前卖杂志的速度吗？

　　Ivan：不看看你对面是谁，是你舟哥。

　　Ivan：你舟哥第一次给人化妆，你舟哥第一次拍双人封面，你舟哥第一次给人挑的衣服，啧啧啧。

　　阿久：那我舟哥想尝试一下第一次被人拉黑的滋味吗？

　　在孟元的努力之下，盛以这次仍旧是和江敛舟一起回的明泉市。

　　在候机室，江敛舟接了通电话，是许归故打来的。

　　那边的许归故调侃道："听说拜'江大顶流'所赐，我们景城大学上了热搜？舟哥真是景大的活招牌啊，招生办的老师那次还跟我说，每年都不知道有多少学生是冲着你报的景大。"

　　他跟熟人讲话向来不客气得很："那是当然，要不是毕业那会儿我正忙着开巡演，优秀毕业生代表哪轮得到你？"

　　盛以缓缓抬头，看了江敛舟一眼。

　　许归故和江敛舟是多年好友，自然习惯了他这种风格的说话方式，没多计较究竟谁更能做优秀毕业生代表的问题。许归故只说："我最近听朋友说有个中医，好像对保护嗓子颇有研究，你什么时候回景城一趟？我带你过去。"

　　"景城啊，"江敛舟吊儿郎当地复述一遍，却又离话筒远了些，抬头问盛以，"什么时候回去？"

　　盛以一脸疑惑。

　　许归故一时之间有点没能理解江敛舟的逻辑。他想带江敛舟去看中医，关人家盛以什么事？江敛舟为什么要问盛以什么时候回去？

　　其实盛以也不太能明白，为什么江敛舟说话永远这么理直气壮？

　　他轻挑了挑眉，反问盛以："不是你答应我的一起去景大玩吗？怎么，盛大小姐又要反悔了？"

　　盛以缓缓地说："我就算答应了，也就是随口一说，您还记在心里了？"

　　江敛舟"啧"了一声："我当然记在心里，我是谁？江敛舟，我最注重承诺，你高中时欠我的三元钱，我都记得清清楚楚。"

　　许归故已经记不清自己是为什么打电话过来的了，难道是来听江敛舟和盛以打情骂俏吗？脾气向来挺好的许归故，大概是觉得自己一秒也不想听下去了，"啪"的一声就挂了电话。

偏偏江敛舟一丁点被嫌弃的自觉都没有，还听着电话里传来的"嘟嘟"声，颇为不爽地摇头："你说这都什么人啊，自己打电话过来，事情没商量完就挂了？"

盛以向来坦诚，说："不如从自己身上找找原因。"

江敛舟懒懒往沙发上靠去："我能有什么原因，是吧？孟元。"

孟元沉默了两秒，她倒也不是不会睁眼说瞎话，只不过许归故是她上司，江敛舟也是她上司，她就是一个平平无奇的小助理，偏帮哪个上司好像都不行，所以她思索过后，看了眼时间："大概是许哥觉得您马上就要登机，所以挂了电话？"

这个解释江敛舟还能接受的，他琢磨着点了两下头，摆出一副大人有大量的模样，说道："行吧，那就原谅他了。"

盛以实在是无语，回头看了一眼孟元，诚心诚意地夸赞："真是辛苦你了，元元。"

登机前，盛以又收到了一条微信，是《同桌的你》节目组一直负责和她联系的工作人员发的：盛以姐下午好，很抱歉这个时候打扰您。恭喜您跟舟哥的杂志以最快的速度售罄，斩获第三期录制的第一名。第三期录制的上期将在一周后上线播出，作为回馈粉丝的福利，节目组希望您和舟哥一起开一个直播间看节目。请问您这边意下如何呢？

盛以看着那条消息，愣了愣。又跟江敛舟一起看节目？还是一起开一个直播间看节目？

那粉丝们到底是看他俩呢，还是看节目呢？

她稍加思索，回复着。

阿久：江敛舟同意了吗？

工作人员大概是在等她消息，所以秒回：我们跟舟哥的经纪人联系了，庄哥说让我们先问您，如果盛以姐您同意的话，舟哥99%会同意的。

阿久：那庄哥有没有说，剩下的1%不会同意的原因是什么？

工作人员回：庄哥说……那就是舟哥做了什么亏心事。

不得不说，从某种程度上来说，庄尧真的是对自家艺人了如指掌。

盛以倒没有直接答应下来，只说考虑一下并尽快给回复。

很快便到了登机的时间，跟之前一样，她跟江敛舟都买的头等舱座位，并且座位紧挨在一起。

坐下没多久，江敛舟抽出一本杂志，有一搭没一搭地翻看起来，很是放松。

盛以趁着这个时间点，漫不经心地开了口，仿佛只是随口一提一般："节目组想找我们开个直播陪粉丝们一起看第三期上期的事情，你知道吗？"

江敛舟单手撑着头，又翻过了一页，语调懒散地应道："现在知道了。"

那就说明庄尧还没来得及跟江敛舟商量。

盛以点了下头，继续随口一问："那你觉得怎么样？"

"随便呗，"江敛舟还挺好说话，大概是杂志内容比较无聊，他快速翻过三四页，一目十行地看，"你同意我就同意。"

盛以还没思索完，江敛舟突然把杂志给合上，坐直身体，一反方才的放松模样，问："第三期上期？刚录完的这次？我们一起看？"

盛以应了一声。

江敛舟以拳抵唇，咳嗽了一声，清了清嗓子："那个……我想起来我那天有些工作要忙，大概不能跟你一起开直播间了。"

盛以微微眯了眯眼。

江敛舟避开她的目光，捶了捶自己的肩膀，叹了口气："最近工作确实挺多，累得紧，不然还是早日退休好了。"

盛以慢悠悠地点点头，应声道："这样吗？"

"可不是吗？"江敛舟连忙颔首。

"但……"盛以慢吞吞地说，"庄哥跟我说，那天你没有行程，而且会专门提前空出时间看节目的。"

江敛舟一时无语。

盛以又说："庄哥还说，如果你没有同意，那就说明你做了对不起我的事。"

盛以这一番话说完，江敛舟哪敢说别的，他只能摆手："那怎么可能？"

"是吗？"盛以微微一笑，"那你为什么不同意？"

不愧是追名逐利江敛舟，岂容自己颜面扫地，愣了一会儿，语气肯定地说："我没有不同意，开直播间吧。"

盛以微微一笑，夸他："我就知道你肯定会同意的，果然没有看错，那我现在就跟节目组的工作人员说。"

江敛舟和盛以要开直播一起看第三次节目上期的消息，如风一般瞬间吹遍了大江南北。

·啊啊啊，好快乐！这不就意味着下周又可以见到舟哥和阿久，下下周又可以看他们直播录制了吗？

·先猜一下，他们两个人会在哪里看呀？阿久家里？舟哥家里？

·楼上的姐妹在想什么呢，肯定是舟哥工作室吧，阿久之前不就经常往舟哥的工作室跑吗？

·哈哈哈感谢节目组，我好爱你！本来还在郁闷看不到舟哥翻车的画面了，结果……

·江敛舟跟你说不要太坏,迟早会翻车。哼,我会盯紧每一帧直播画面的,我一定要看到你在阿久面前翻车的样子!

·之前就在想象能看到阿久的reaction(反应)了,现在美梦成真。

这些评论的欢乐程度已经到了江敛舟看到都会质疑发帖人到底是不是粉丝的地步,但不管怎么说,他都是一个心态还算良好的人。既然答应了,也没办法反悔,只能安然接受了。

接下来的几天,盛以每次去故舟工作室练歌,江敛舟都是一副坦坦荡荡的模样,提起来一起看节目这件事,全然一副坦然的模样,仿佛那天在飞机上的不自然,全都是盛以的错觉一般。

时间飞快,盛以只觉得自己昼夜不分地赶了几天的稿子,很快便到了第三次上期也就是第五期节目上线的时间。

如同第一次节目开播一样,这次的直播也定在了晚上八点。

盛以提前几个小时便去了故舟工作室,他们两个人,确实是要在工作室的会客室里一起看节目。

盛以到了那里后,如同往常一样练了一个小时的歌,工作室的化妆师又给她进行了一番妆造。

工作室确实很会做事,会客室里的小茶几上堆满了盛以喜欢的零食和饮料,小沙发也柔软无比。

这会儿的会客室里架着摄像机,专门的工作人员正调试着直播间。

届时,直播间就只有江敛舟和盛以的镜头。

节目播出后,直播间会分成两个画面,一个是江敛舟和盛以的reaction,另外一个则是同步播出的电视节目。

晚上七点半,直播间准时开启。

得亏《同桌的你》已经和这个直播平台合作多次,平台也有了不少经验,一听到是江敛舟和盛以要直播,便对系统进行扩容加固,才没让瞬间拥入的观众挤爆这个直播间。

粉丝们像是商量好了似的,先是齐刷刷地发"舟哥晚上好""阿久晚上好",再问"舟哥阿久吃了没",最后就变成了好多的"喜"字,仿佛只要江敛舟和盛以出现在同一个画面内,这条弹幕就永远都不会缺席。

先行开启直播间的这半个小时,已经提前同粉丝们说好了会有互动时间。所以这会儿,江敛舟和盛以是可以看到弹幕内容的,也会抽取看到的弹幕进行互动。

·阿久平时都会做些什么呢?

盛以向来是个对自己挺好的人，自然忽视了那些一看就很不好的问题，抽了一条不痛不痒的问题进行回答。

她慢吞吞地念出来这条弹幕后，把一瓶牛奶递给江敛舟，江敛舟自然地接过来，拧开盖子，再递还给她。

盛以抿了口，回答："我比较宅，平时也就是看书、拼积木、看视频，还有画画，有时候会上网冲浪。"

·上网冲浪……不知道为什么，这个词语从阿久嘴里说出来，就是莫名很好笑，哈哈。

·那阿久会刷微博吗？你会知道一些博主，比如很有名的一些粉丝吗？

盛以歪了歪头："粉丝？什么粉丝？"

大概是没想到盛以真的会接话，直播间的弹幕瞬间一片沸腾。

·有一个铁粉最新的那条微博被转出圈了，阿久是不是也没看到啊？

盛以大致看明白了，应了一声，偏头问旁边的江敛舟："你知道这条微博吗？"

江敛舟摇头："我怎么可能会知道？"

"您不是号称人间小百度吗？"盛以摇了摇头，"天天这也不知道那也不知道的，也就顶多是个人间小十度吧。"

"江大顶流"还挺理直气壮，说道："我事情多着呢，哪有时间看这些？"

看弹幕上都在提这条微博，盛以便也来了几分兴致，伸手问江敛舟要了手机。

江敛舟轻"啧"一声："为什么非要用我的？"

说归说，江敛舟手上的动作倒是挺诚实，解锁了手机递到盛以手里。

盛以点进那个博主的微博主页，很快找到了那条所谓的出圈微博。

确实挺出圈的，转发 10 万条以上，评论 20 万条以上，点赞正直奔 50 万次。

木以成舟：江敛舟成名多年，却半点绯闻不沾身，我以为他不可能会喜欢别人。可如今才发现，原来"顶流"也会暗恋一个人这么多年，会珍藏她以前写的纸条，会记得她的所有喜好，会在久别重逢后喜不自禁。

盛以缓缓把手机屏幕给江敛舟看。

江敛舟单挑了挑眉，一副匪夷所思的模样，说："那你还坐汽艇时说想我，给我画机甲，把许愿机会让给我呢，她们怎么不说你暗恋我？"

02.

·我从未料想到的剧情出现了友友们。

·舟哥真的要笑死我，敢情在意的不是别人说舟哥暗恋阿久，而是在意别人怎么不觉得阿久也暗恋他……

·行吧，满足你的心愿。以后我们在微博许愿时，就声称你们是双向暗恋、久别重逢可以了吗？

…………

盛以："先不说别的，我就想知道怎么就是我把孔明灯许愿的机会让给你了？难道不是你心机叵测，从我手上骗来的许愿机会吗？"

江敛舟懒洋洋一耸肩膀，长指拈起一粒葡萄，剥开皮抿进嘴里。

剥皮时，紫色的葡萄汁沿着指尖往下淌。

他抽了张湿巾，边擦着汁水边漫不经心地回答："那谁知道呢？我就是正常出的手势，以往都是我输，结果那天我赢了，不是你让给我的还能是什么？"

盛以的人生座右铭，从此刻起就变成了"不与江敛舟论长短"。

半个小时的时间过得飞快，也就聊了一会天，跟江敛舟逗了几句嘴而已，转眼之间就到了八点钟。

相比起之前的两次录制，显然这期节目收看的人更多。

一方面是之前的几期节目，《同桌的你》都以极高的水准频频出圈，被称之为本年度综艺界的清流；另一方面则是因为，第三期录制时，短信提问环节留下了好大的一个关子。究竟是谁发送的短信，谁又是怎么回答的……节目组全都没有在直播录制时公开，自然有无数人惦念不已。

说实话，盛以也挺好奇的。江敛舟那天收到了三条短信，他回答了两条，而恰恰好是自己问的孔明灯心愿，他没回答，所以对她来说，今天自然是个揭秘时刻。

时针指向"8"的那一刻，《同桌的你》准时播出。

在它极具特色的片头过后，正片便开始了。

第三次录制也只过去了一周的时间，但怎么说呢……

每次看节目的时候，盛以都会觉得做录节目的嘉宾和做看节目的观众，完全是两种感受。

比如录制的时候，她敲门进会客室没人应，也没觉得有什么问题，江敛舟敲门进会客室她没应，她也没觉得有什么。

可现在看节目就觉得……

她忍不住转头问江敛舟："你当时推开门见到我，至于吓成那副模样吗？"

江敛舟说："那谁让你一个人在里面坐，问节目组要了吃的和喝的之后，连我敲门都懒得应了？现在又怪我？"

没什么经验的工作人员压低了声音，问一旁带自己的摄像老师："老师，那个……江老师跟盛老师会不会等会儿就吵起来？"

摄像老师摇了摇头，看了那个工作人员一眼："你一问出这问题，就让人觉得你也太年轻了，丁点不知道江老师和盛老师的习惯。他俩这叫吵架吗？这叫打情骂俏，打是亲骂是爱，你懂不懂？"

单身的工作人员："不……不懂。"

摄像老师摇摇头："你看着吧，江老师可喜欢盛老师了。这就叫年轻人谈恋爱，甜蜜着呢。"

工作人员再看了几眼，江敛舟和盛以斗嘴归斗嘴，但两个人都没什么不开心的表情，斗完嘴继续看节目，仿佛任何人都插不进去他们两个人的氛围之中。

接下来的节目，自然便是江敛舟要帮盛以整理衣领，两个人贴得确实有些近，而尹双没敲门直接走了进来。

哪怕是再看一次，盛以依然觉得有一些奇妙的感觉，那些画面配上剪辑师精心挑选的甜蜜伴奏，江敛舟帮她整理衣领的这段居然显得如此暧昧。

·就是说真的不能怪双双误会，哈哈哈，舟哥跟阿久那个姿势，从双双那个角度看，就是要亲上去啊！

正好抬头，瞥到这条弹幕的盛以一时无语，她沉默两秒后问江敛舟："你看这段，有什么感想吗？"

江敛舟稍稍思索，懒洋洋一点头，回答盛以的问题："感想就是尹双进来得太不是时候了。"

盛以心想：她为什么长了张嘴？她为什么要问江敛舟这样的问题？

·哈哈哈，舟哥，我们英雄所见略同了！我也觉得双双宝贝进来得不是时候！

盛以瞥了眼弹幕，而后很礼貌地问工作人员："请问有502胶水吗？没有的话，普通的胶带也可以的。"

工作人员："盛老师您要做什么吗？"

盛以客气一笑，语气也很友善："把江敛舟的嘴堵住。"

节目接下来的内容就是第一环节的匿名短信提问了。

直播录制时是以盛以的手机为主屏幕的，但此时播出，自然会将所有嘉宾的回答全部放出来。

从盛以旁边的段明霁开始，依次展示问题，回答问题的方式则变成了补录的备采环节。

当然，备采环节也只有已经在直播时公布过答案的盛以没有进行。

终于，转了一圈之后，轮到盛以另一边的江敛舟。

后期剪掉了当时江敛舟在会客室念出短信的片段，直接补上备采片段。

毕竟是人气最高的嘉宾，节目里留给江敛舟的这段备采时间，确实比较长。

"你这次一共收到了三条短信，分别是哪些呢？"

江敛舟记忆力一向出色，这次压根就不需要看手机，懒懒答道："第一条问的是我为什么没有去更好的高校，而是去了景大；第二条问的是我在孔明灯上许下的心愿，我申诉后改成了最后一条心愿；最后一条短信问的是我有没有暗恋过别人。"

"那你可以猜到这三条短信分别是谁发给你的吗？"

江敛舟把左手肘放在旁边的桌子上，"啪"的一声碰倒了节目组的标识牌。他漫不经心地把牌子扶好，回答："我没猜错的话，第一条是汪桐欣发的，第二条是盛以发的，第三条是宗炎发的。"

此时，节目剪辑切回匿名发短信的片段。

三条短信"嗖嗖嗖"发出去的瞬间，镜头一点点上移，从手机屏幕移到手指，再移到衣服，最后是脸，依次是汪桐欣、盛以、宗炎。

对于这个结果，整个直播间的观众们都震撼了。

·我以为嘉宾们肯定全都蒙在鼓里，什么也不知道的，结果就只有我什么也不知道而已！

·舟哥可太牛了，这么神秘兮兮的环节都可以猜得这么准，是怎么猜到的啊？

·你们记不记得录制那会儿，舟哥念了自己的短信之后，双双特别惊恐地看宗炎，用眼神问他谁这么大胆问这些问题，宗炎当时还摇了摇头表示自己也不知道，结果宗炎……

"那这三条短信，你回答了哪些，又回答了什么呢？"

江敛舟稍一点头："第一条，问为什么去景大的……首先，我是景城人，自然对景城大学很有感情。而且景大也是一个很好的学校，它带给了我很多，我也在那里认识了很多好朋友，包括你们所知道的许归故，我到现在都很喜欢那里。"他顿了顿，"其次……有一个人跟我说，景大的美术系和音乐系都很好，所以我一直很向往那里。"

屏幕前的盛以一怔，这句话确确实实是她跟江敛舟说的。

景大有她很喜欢的一位美术系教授，而当时江敛舟又一心想要去学音乐。

那年跨年夜，他打电话跟她说"Happy new year"的时候，问她是不是想去景大，她说是。

艺考结束，盛以名次很高，已经相当于踏进了景大。

她回景城一中复习文化课，有一次拿了物理题问江敛舟，问完又说："那你要去哪里？"

江敛舟的笔在指尖转了一圈,掀了掀眸:"去个音乐系还不错的学校吧。"

盛以"嗯"了一声:"景大的美术系跟音乐系都挺好的。"

盛以蓦然之间,有了几分说不清楚的情绪。

她张了张嘴,正想开口跟江敛舟说些什么,便听见备采工作人员又问:"那你有后悔过当时去景大吗?"

"江大顶流"蓦地轻笑了一声,语气里带着几分无奈:"你们节目组这问题是想让我怎么回答?想让我告诉我们学校,我后悔去你们那里了,好让景大把我的毕业证和学位证都给撤销吗?"

节目组幕后的工作人员都忍不住齐齐笑出了声。

江敛舟摊了摊手:"行吧,那就如你们所愿,我后悔去景大了可以吗?"

盛以抿了抿唇,一时间竟然不知道自己该做什么,准确来说,她应该跟江敛舟道歉。尽管当时并没有真正约定好要一起考景大,可她还是失了约。

不管盛以当时是不是在开玩笑,江敛舟说后悔也都是应该的。

毕竟按照江敛舟当时的成绩,就算因为想学音乐不去清北,那全国排在前列的音乐学院,甚至是国外的学校,都可以由着他挑,而不是去了一所综合性大学里的音乐系。

可知道归知道,盛以还是因为江敛舟这句话,心情变得复杂了起来。

江敛舟继续说:"第二个问孔明灯的问题,我没有回答。而第三个我有没有暗恋过人的问题嘛……"他垂了垂眸,做出一副回忆往昔的模样,说道,"还真暗恋过,也告白过。"

·等等,不是,怎么突然这么劲爆了,不……不对啊这剧情……

·暗恋我可以猜到,告白过是怎么回事?难道当年暗恋过的人不是阿久?再不然就是跟阿久告白了,结果阿久拒绝了?!

·前面的姐妹猜的两条,我怎么都觉得这么不可能呢……

江敛舟轻笑了一声,摇了摇头:"是用QQ小号跟她说的'想和你在一起'。可惜没有任何回音,倒也算是赶了回暗恋的时髦?"

·QQ小号……江敛舟,得亏你想得出来!

·只有我一个人关心那个人到底是不是阿久吗?江敛舟有本事你就把话给我说清楚了。

盛以瞥了一眼旁边正兀自吃着葡萄的江敛舟,江敛舟又抿进去了一颗,声音有些含糊:"你也要吃?"

盛以问:"你为什么要用QQ小号说而不用大号直接说?"

"那我要是被拒绝了多尴尬,"江敛舟"啧"了一声,"用小号表白,要是能给我点客气的回应，起码表明不会让我掉面子是不是？"

盛以稍稍一沉默："正常人应该都不会有所回应吧？"

·阿久你怎么回事！正常人肯定会好奇那是谁的好不好！

·你们别忘了，阿久都不清楚这人是谁，当然不会有所回应啊。

这个话题有点无解，但幸好接下来就到了盛以的短信回答时间。

观众们尽管已经看过了这个部分，但依然把注意力放回了视频里。

答案就此揭晓。

盛以收到的短信里，有两条都是江敛舟发的，分别是"为什么大学期间没有继续学画画"和"有喜欢过人吗"。"为什么现在不用右手画画了"是俞深发的，而最难回答的那条"男嘉宾里挑一位谈恋爱"是尹双发的。

·本期节目的内容怎么永远都在超出我的想象！

·朋友们，我真的没记错，双双跟宗炎真的绝配……录制的时候，阿久刚念完这里，宗炎就用眼神问双双，是谁这么大胆问的这个问题，双双还表示她不知道！

一直漫不经心坐在沙发上的江敛舟，这时终于看向屏幕，紧盯着盛以打字的手。

直到他看着盛以打出"江敛舟"三个字并发送成功后才别过头，做出一副刚才并不太在意的模样，又捻了一颗草莓去了蒂，靠在沙发背上，像是早有预料一般说："还知道选哥，算你有点良心。"

盛以一时无语，心想：怎么回事？每次看到江敛舟"翘尾巴"，都很想狠狠地踩一脚。

·男人，不要装了，你的唇角已经飞上天了。

·你们小心都会被江敛舟那个记仇的男人给拉黑！

…………

截至目前，节目一切正常。

江敛舟今天的态度确实坦荡，坦荡到盛以都开始怀疑是自己多想了。

毕竟要说有工作好像也算正常，这几天提起直播，江敛舟的反应都很自然。

正在盛以暗自揣摩的时候，节目进行到第二环节，也就是打乱固有分组，去美食节现场寻找设计主题的环节。

一开始自然是分小组搭车前往美食节现场的过程，先播了一段其他两组的情况，而后播到了盛以和俞深这组。

江敛舟着实是个记仇的人，眼看已经录制完一周了，俞深跟盛以分在一组压根儿没多久，可播到这里，他仍旧一副兴致不高的模样。

直到节目组把平板电脑给了盛以和俞深,他们两个人开始在车上看起江敛舟和汪桐欣的直播间,江敛舟才缓缓转过头,看向盛以:"所以,你们在车上就听到我说的话了?"

盛以面无表情:"嗯,听见你在跟桐欣说,我很节俭,你送我的东西我都珍藏得好好的,哪怕是一支芭比粉的口红。"

江敛舟一时无语。

·我等这一刻等太久了!

·江敛舟,让你天天说这些,你的痛苦才刚刚开始而已。

接下来的部分,自然是江敛舟和汪桐欣去找糖画摊老板做任务了。

大概是之前盛以在车上看他直播的部分,太出乎江敛舟的意料了,直接打击到他的嚣张气势,以至于江敛舟这会儿便显得有几分心虚起来。

盛以瞥了江敛舟一眼,心里有了底,越发专注地看接下来的节目。

节目刚好播到江敛舟最害怕的部分,盛以只听到"她非得说害怕,要抱着我腰""她非得让我背她过去""她就是闹着要跟我一组"。

那天江敛舟跟她一起做任务的时候,为什么打电话给池柏,池柏会一直挂掉,有原因了。

·江敛舟你不是号称自己什么都不怕的吗?那你现在怕什么?

·不怕别的和怕阿久哪能混为一谈?再说了,我们身是妻管严又不是一天两天了。

盛以没说话。

这期节目播到大家选完主题,最后一个大环节自然如同往常一样留到下期节目再播。

直到片尾曲响起,会客室里陷入一片寂静,江敛舟没敢先说话。

盛以慢吞吞地端起牛奶喝了一口,而后语气和善地问:"听说……我抱你腰了?我非让你背我过去?我闹着要跟你一组?"

江敛舟咳嗽了一声,清了清嗓子,试图狡辩:"那个……为了完成任务嘛,我就夸大其词了,应……应该罪不至死吧?你肯定可以理解我的,对不对?"

盛以放下牛奶杯,朝着江敛舟露出微笑,而后站起身,摆了摆手:"行了,既然 reaction 已经做完了,那我们今天的直播到此结束吧。我走了,下次录制见。"

直播间关闭了,带着网友看热闹的心态,消失不见。

江敛舟站起身,挣扎着开口:"那我送你回去吧,正好我也回湖悦山色。"

"不用了,我还有些事要思考。"盛以拒绝了,踩着高跟鞋快速出了会客室。

"江大顶流"在众人同情的目光中,瘫倒在沙发上。手机发出"叮当"一声,他连忙拿起来看了一眼。

池柏：舟哥，自作孽，不可活。

盛以其实并没有生气，她的确是有些事情要思考。江敛舟在，她有些思考不清楚。

与此同时，盛以觉得江敛舟应该给自己道歉！他都那么编派自己了，现在再想想，以前读书时，江敛舟估计也没少跟他那些哥们儿编派自己吧！

盛以想着想着，没忍住，笑出了声。

她把之前接的客稿，也就是画她和江敛舟的那张画稿，收了个尾，发给单主看了一眼。

仿佛二十四小时在线的单主立马称赞了一番，最后还不忘告诉盛以："'太太'，你一定要把这张图发在微博上，这张图值得全世界的人看到！"

盛以一边想着，一边看手机，江敛舟那边还是没动静。

算了，要是等会儿她发了微博，江敛舟还没给她发消息，那她就……勉为其难地打个电话过去吧，免得"江大顶流"因为这件事自闭。

盛以轻哼了一声，心想：果然还得靠人美心善的自己。

盛以把稿件按照单主的要求处理了一番，上了自己"望久"的微博，忽视了一长串的私信，把那张图发了上去。

刷新微博的一瞬间，无数条评论加载了出来。

·我刷到了什么！太美了！吹爆"太太"。

·是谁看了图又在重温那个舞台？是我！

再刷新一下微博，最热评就变了。

·"太太"有嗑到最新的糖吗？没看到的指路@江敛舟V。

最新的糖？江敛舟发微博了？

盛以一从敛舟工作室回到家便开始忙起了工作，一直到现在十点半了，都没来得及刷微博。

江敛舟更新微博了吗？他有时间更微博，就不能给她发个信息吗？她刚还以为自己走了之后，江敛舟在忙工作的事情才没联系自己。

盛以没忍住撇了下嘴，但还是点进了江敛舟的微博主页，打算看一眼他发了什么。

刚一点进去，盛以就愣住了。

配文很简单，短短几个字。

江敛舟V：我错了@盛以。

微博的配图是一张照片，点开图片，那位向来洒脱到有些肆意妄为的"江大顶流"，此时期期艾艾地跪在搓衣板上。

03.

盛以确确实实没想到江敛舟会发这样的微博。

他出身名门，自小就备受瞩目，被无数人称赞，中学时代成绩优异，容貌出色，在附近的几个中学的学生对他的名字都不陌生。

进入娱乐圈后一路向上爬，几年间成为"顶流"，不管是演技还是唱作能力都让人仰慕，是之前的新晋紫微星，如今的不灭神话，所以在很多人眼里，江敛舟做的选择都是对的。

他本就该如此骄傲肆意，张扬轻狂，他从来都不需要道歉，可……

盛以细细回想，她好像听到过江敛舟和她说过很多"抱歉""对不起"这样的话。他们两个人每次有意见不合的时候，似乎都是骄傲的江敛舟先跟她讲话的。他总是别别扭扭找个话题尝试跟她讲话，盛以有时候还在气头上不想理他，江敛舟就清清嗓子，再跟她道歉。

盛以以前似乎总是意识不到她在被偏爱，所以，每次盛以都能信心满满地等着江敛舟先低头。以至于一开始并没有生气的盛以，知道他发了微博却没有跟自己联系时，好像才真的有了些坏情绪。

可她到底哪里来的信心，就确定江敛舟一定会先道歉？

然而江敛舟不仅道歉了，还公开道歉，还是以这样绝大多数人都会觉得有损尊严的道歉方式。

盛以盯着那张图看了足足三分钟，才缩小了图片，点开了评论区。

江敛舟的微博本来数据就很好，他的粉丝向来是出了名的粘度高，而他这次发的微博，更是直接让他的转评赞数量再上一个新台阶。

·江敛舟到底是什么当代绝世好男人？

·我真是舟哥老粉了，从没见过舟哥低头认错。这次倒好，我不但等来了道歉，甚至还能等到舟哥跪搓衣板……果然，人只要活得够久，就什么都有可能会发生。

盛以手指轻滑了一下评论，大多是正面的，但以江敛舟这样的地位，又是比较张扬的性格，自然会引起腥风血雨，评论区夹杂一些负面评论也是正常的。

盛以放下手机，仰倒在转椅上，盯着天花板。

江敛舟出道几年来，随着热度的不断升高，自然经历过舆论的压力，但他好像从来都不会因为这些舆论而改变自己。就像今天,他明知道发的这条微博会引来怎样的言论,但他依然这么做了。

盛以叹了口气,却再也忍不住扬唇笑了起来。

与此同时,江敛舟正跟许归故打着电话。

江敛舟不断看着时间。

许归故甚至有些头疼地按了按太阳穴,只觉得跟好友打电话,比处理工作还让人崩溃,说:"这才过去十分钟而已,她也不会那么快看到的。"

江敛舟斩钉截铁地说:"都过去十分钟了!"

他单手肘撑在桌子上,支着下巴,向来漫不经心的脸上此时此刻显出有几分焦灼。

随即他颓丧地靠在椅背上,顿了顿,说:"算了,她不原谅我,我也没办法。"

说完嗤笑一声,他现在整个人看起来还挺酷的,似乎跟平时肆无忌惮的江敛舟没什么不一样。

"真的?"许归故拖着尾音问,又说,"那你就以后再也不准备跟她联系了?"

"那不然呢?"江敛舟不答反问,懒洋洋地转动了几下魔方。

许归故甚至还没来得及说话,江敛舟放在桌子上的手机就振动了一下,屏幕上显出"特别关注"的字样。

刚才还像是没骨头似的江敛舟瞬间就坐直了身体,点开了那条微博提示。

许归故一时无语。

江敛舟抿了抿唇,语气听上去还有些不耐烦,说:"这又是什么特别关注提示?"

正说着,他的声音一顿。他的特别关注栏里颇为罕见地刷出来一条新微博,是望久发的。

望久发了一张图,是他跟盛以的图。

下一秒特别关注栏又多了一个红点,江敛舟甚至一时间有些失措。

他故作轻松地瞥了一眼电脑视频里的许归故,这才又点了一下刷新键,是盛以的另外一个账号。

盛以:平身吧,小舟子。

许归故说:"虽然我不知道你那边究竟发生了什么,但是江敛舟,你的嘴角已经飞上天了。"

江敛舟飞快地瞥了他一眼,轻挑了挑眉,又看向了手机屏幕。

他顿了顿,才勉强做出一副轻描淡写的样子,说:"还行,她还挺懂事的。"

许归故已经不想听江敛舟说话了,自顾自去看微博发生了什么。

他沉默半晌，最后对江敛舟的"懂事"两个字，提出了重点质疑："小舟子？平身吧？"

江敛舟吊儿郎当地说："你懂什么？别看她嘴上这么说，指不定心里多开心呢。"

江敛舟一边说着，食指一边在屏幕上轻按了几下，而后一副洒脱张扬的模样，把手机扔在一旁。

若不是许归故确实记忆力颇佳，都会怀疑自己三分钟前看到的都是假象。

看江敛舟的动作实在潇洒，许归故难免也对他回复的评论表现出几分好奇。

眼看着盛以那条微博的转赞评数量疯涨，许归故点开看了一眼。

江敛舟的那条评论，果然已经在最上面了，压根不用许归故费心思找，确实很简短，也怪不得江敛舟刚才打了没几下就发了出去。

江敛舟 V：嘁。

许归故心想：你有本事耍帅扔手机，倒是在她评论区逞逞威风啊？

偏偏江敛舟完全没这个想法，察觉到许归故的目光，语气懒散地反问："怎么？"

许归故轻笑："没怎么，"他顿了顿，又把话说了下去，"就是再次对你的脸皮厚的程度表示赞叹而已。"

盛以是在第二天上午接到江敛舟电话的。

已经二月底了，早已立春，明泉市逐渐从天寒地冻的天气中回暖。就连冬天时赖以生存的暖气，此时此刻似乎也变得多余起来。

房间里有些干，盛以瞥了一眼加湿器，发现没水了。

铃声响起，她拿起手机，看是江敛舟打来的，稍稍一怔后接了起来："喂？"

"你感冒了？"江敛舟说话的声音由远及近，大约是说话时又把话筒贴近了些。

说来奇怪，明明隔着手机，可盛以似乎能看到他微皱着眉的表情一般，又听见他问："声音怎么这么哑？"

盛以颇为艰难地坐起身，抿了口床头柜上杯子里的水，被水冰得浑身一颤，说话的声音难免有些抖："没感冒。"

江敛舟蹙了蹙眉："你等我。"说完便挂了电话。

这边听着电话里"嘟嘟"声的盛以一脸疑惑。

她还没从突然挂掉的电话里反应过来，更没来得及思考那句"你等我"是什么意思，便听见自家门铃响了起来。

她愣了两秒，翻身下了床，趿着拖鞋走到门口。

盛以打开门，方才还在讲电话的那位已经出现在门口，没等到她开口，江敛舟便说："得去医院。"

盛以稍稍一顿，江敛舟便以为她是要拒绝。

当然，盛以肯定是要拒绝的。

江敛舟垂眸看她："人不能讳疾忌医，感冒了就是得看医生。"

盛以说："那也行，给我找个帅的看。"

江敛舟懒懒掀唇："最帅的那位就在你眼前，你还想怎么看？"

盛以颇为无语，从手腕上取了皮筋，三两下便把头发低低扎起。

穿着睡衣、拖鞋，素颜又随意绑着头发的她，跟平时那副妆容精致的模样完全不同。现在的她，慵懒、随性，带着不自知的温柔。

江敛舟的目光，不自主地在她纤长白皙的脖颈处留恋几秒，而后又飞快移开。

盛以转身，往客厅里走，边走边问："你来干什么？这还没到练歌的时间吧。"

江敛舟跟在她身后走进客厅，盛以站在吧台后，动作流畅地泡了杯红茶端给他，江敛舟接过，靠在沙发上。大约是相信盛以真的没感冒，江敛舟没再提这茬，而是递了个东西给盛以看。

盛以看了一眼："明泉音乐学院的授课邀请？"

江敛舟应了一声，伸直长腿，坐得那叫一个悠闲自在，跟在自己家里似的。

盛以问："你知道你这副样子特别像什么吗？"

江敛舟答："什么？"

盛以说："像考试拿了满分，把卷子拿回家给爸爸看，等着爸爸夸奖的小朋友。"她微微一笑，满足了江敛舟的那点炫耀心理，说："做得好，'乖儿子'。"

江敛舟轻"啧"了一声："你怎么这么爱以小人之心度江敛舟之腹呢？"他扬了扬下巴，"明泉音乐学院平时不让外人进，这次想邀请我去上一节乐理课，有兴趣去转一转吗？"

这说得倒是真的。盛以在明泉理工读大学时，明泉音乐学院就离他们学校不远。学音乐的大都是艺术生，自然是有不少俊男美女。明泉理工男生很多，总是想约着去明音看小姐姐，可惜根本进不去，明泉音乐学院查学生证查得特别严。

况且，听江敛舟上乐理课这种事，似乎还挺有趣的。

盛以一时间有些心动。

"回头去把第四期录制的剧本拿走，"江敛舟话里没什么情绪，"才录了一半。"

盛以抿了抿唇，还是没忍住问了出来："等录完六期该怎么解绑？"

就他们现在这样，真的能解绑得了吗？

"江大顶流"轻飘飘瞥她一眼，不答反问："这么舍不得解绑？"

盛以一脸疑惑，心道：您曲解人意确实有一套。

毕竟是自己答应下来的，所以隔天大清早盛以就被江敛舟从床上弄起来，她也只能认命。

盛以动作飞快地给自己化了个妆，坐上车后整个人困到不行，连带着对江敛舟也没好气。

她系好安全带，打了个哈欠，问："你要上的课是几点钟的？"

江敛舟边转方向盘边淡淡回答："下午两点。"

盛以说："什么？"不可置信地又看了眼时间，"你知道现在几点吗？"

江敛舟稍稍颔首，语气还挺坦然："上午九点。"

盛以问："我们究竟为什么要这么早过去？"

"你不是想转转吗？"江敛舟挺理直气壮的模样，慢条斯理地说，"还得陪我去琴房练会儿琴。"

盛以说："停车，我现在就回去。"

江敛舟说："那你不如跳下去。"

盛以一时无语。

江敛舟开车其实还挺舒服的，虽然速度并不慢，但是出奇地稳。要不然盛以之前也不会问他要不要当自己的司机。

盛以确实有点困，坐在副驾驶上，迷迷糊糊就睡了过去。

等再睡醒的时候，她便已经在明泉市音乐学院校门口了。

盛以拿起手机看了眼时间，已经十点半了。

如果她没记错的话，从湖悦山色到明泉市音乐学院，也就是四五十分钟的车程，结果他俩足足花了一个半小时。况且，江敛舟开车一向不是慢吞吞的风格。

盛以一时间以为自己眼花了，再不然就是记错了出发时间。她怔怔回忆两秒，最后实在错愕不已地问："我们是从景城开过来的吗？"

江敛舟单手扶着方向盘，懒洋洋地拎了拎车钥匙："路上堵车了。"

这样吗？不过也确实有可能，毕竟明泉市的路况一向不算太好。

盛以没再追着这个问题问，拿了包跟着江敛舟一起下了车。

刚下来，门口的保安就跑了过来，大概是得了吩咐，说："江先生、盛小姐，请跟我来。"

盛以好奇道："我们都戴着口罩呢，你也能这么快认出来？"

保安小哥笑了一声，边在前面带路，到校门口刷卡进去，边回答："我哪有那本事啊？是刚才江先生的车在那里停了半个多小时，我看时间有点长，就过去问了句，江先生说你们等会儿再下车。"

停了半个多小时？盛以愣了愣，偏过头看了江敛舟一眼。

江敛舟一副置若罔闻的模样，淡然地避开盛以的目光。

盛以稍稍一顿，扬了扬唇角。

保安小哥带他们两个人进了校门，又递给他们一张校内手绘地图，便离开了。

江敛舟慢悠悠看了眼地图，跟盛以一起往琴房的方向走去。

明泉市音乐学院确实风景优美，建筑大都是仿古风格，雕梁画栋、飞檐斗拱、红墙绿瓦，和着这初春的煦暖日光，着实美轮美奂。

江敛舟说是要去琴房练琴，出门倒挺早，结果路上花了那么长时间不说，这会儿还在学校里晃悠。

地图在江敛舟手里，盛以又向来懒得看路，便跟着江敛舟这么走着，但走着走着，盛以就觉得好像哪里不太对了。

刚才在地图上看，琴房好像没这么远吧？如果她没记错的话，明泉市音乐学院似乎也没有这么大？

走了这么久都没到？偏偏江敛舟还一脸坦然地给她做讲解，一副向导的模样，说："那儿是食堂，看到没？再拐过弯是民乐系，哦，这条路就是情人坡啊，确实挺陡的……"

来来往往的学生大多背着书包或者乐器，有的是正要去上课，有的是下了课正要回去。

大概是日光正好，学音乐的多是感性的人，有一些人觉得氛围好，便约在一起，往草坪上一坐，在这春光里奏起了乐器。

江敛舟走到草坪拐角处时，停在原地。

盛以刚想问"你怎么不走了"，偏过头顺着江敛舟的目光看过去，顿了顿，隐约意识到了什么。

江敛舟大概是在羡慕吧。尽管他现在应有尽有，但有一些事情，并不是可以弥补的。景大的音乐系当然好，但毕竟是一所综合性大学，跟明泉市音乐学院这样的专门学音乐的院校相比，某些情况下自然是比不得，比如这样的氛围，就是景大不能比的。

能在兴致忽起时，和一些志同道合的伙伴，在这样的环境里共奏一曲，得是多少音乐人的梦想，是日后走出校园时，依旧会带着笑提起来的初春时刻。

她沉默两秒，忍不住问出口："你这次答应来明音，不只是为了上课吧？是也想看看这个学校是什么样子，对吗？"

江敛舟回过头看她，单挑了挑眉，语气也不怎么正经："这么了解我？说吧，又背着我查了我多少资料？啧，想知道什么直接问我不就行了，不用这么委婉的。"

说着，江敛舟还朝着盛以露出了个"唉，哥就是这么有魅力"的表情。

盛以问："背着你查资料？你这么重，我哪能背得动？"

江敛舟当然不怎么重。

为了避免话题越扯越远，更主要是为了避免江敛舟在这种细枝末节上反复纠结，盛以又尽力地把话题拉了回来。

"要真羡慕了，就考研究生呗，反正你也算不上太老。"

江敛舟收回了目光，看向盛以。

他没说话，只是看着面前的女孩儿，认真地盯着她。

半响，江敛舟像是下定了什么决心似的，看着盛以轻笑了声，垂着眸。

盛以鲜少看到江敛舟这副模样，她一时间也沉默了，不知道该说些什么，只能等他开口。

"你猜我在羡慕什么？"江敛舟蓦然问。

盛以突然被提问，怔了怔后回答："羡慕这样的氛围吧。就像那天直播时，听到你说后悔去景大读书了。"

"我确实后悔，"江敛舟说得坦坦荡荡，"也后悔自己没来这里读大学。"

盛以抿了抿唇。

没等盛以想好该说什么，江敛舟已经继续说了下去："因为这里就在明泉理工旁边。"

盛以一愣，眼睛微微睁大。

"盛以，"江敛舟笑了起来，"我现在来这里读研有什么意思呢？你又不在。"

过了好一会儿，盛以才隐隐约约意识到，江敛舟是在做什么，他似乎是在……

"我喜欢你。"江敛舟没给她逃避的机会，"我知道你还什么都没想好，可盛以，你总得……"他顿了顿，满是笑意的声音里带了些无奈，又说下去，"给我一个追你的机会。"

春日正午，暗香浮动，清风徐徐。寥寥春叶在枝头晃动，斑驳的影子落在他脸上，忽明忽暗。

独属于早春的气息，安静而又隐隐躁动，他的神情，比什么时候都认真。

美妙的乐声就在他们身后，向来轻狂又骄矜的江敛舟，此时敛着眸，语气放得很轻，语速却有些快，像是怕被盛以打断一般。

"我自认为哪里都不算太差，可能也有很多地方你并不喜欢，但我都愿意试着去改。"江敛舟叹了口气，语气里满是温柔，"你也不必着急回答我，只是……

"你如果哪天想恋爱了，可以考虑一下我吗？"

04.

音乐声很大，来来往往的人又很多，大概是他们两个人在这个拐角处待的时间有些长，尽管都戴了口罩，可优越的气质、穿着和身材，哪里是一张口罩可以遮得住的。

江敛舟今天来上课的消息，早已提前在校内公开。

以他这样的热度，来上节课自然早已在明音闹得沸沸扬扬。毕竟是"顶流"，而且获奖的代表作又有很多，不管是他的粉丝抑或只是个路人，都对他的这堂课翘首以盼。

据闻，在明音官方公众号官宣后不久，要上课的那个大阶梯教室的位置便被提前占满了。

到后来，甚至连教室后面和侧边的空地，能站的地方都被用书提前占领了，学生们一个个生怕自己连教室也挤不进去，见不到江敛舟。这会儿，自然有不少来来往往的人，都依稀辨认出这是江敛舟，再紧接着猜到，他对面的应该是盛以。

学生们兴奋不已，捂着嘴生怕自己尖叫出来，也有一些想上去要签名的，可这会儿看到江敛舟和盛以之间不同寻常的气氛，便也没有上前，遗憾地绕了过去。

从江敛舟讲完最后一句话，到如今……

足足三分钟过去了，他们两个人之间仍旧沉默着，像是与这个世界隔绝了一般，被屏蔽在了一个真空的角落里。

向来耐心不算好的江敛舟，此时平心静气地等着盛以开口，丁点儿催促的意思也没有。

仿佛过去了一个世纪那么久，盛以终于眨了下眼。

说来有趣，盛以被表白的次数不知凡几，什么样的表白手段没见过？当众拦下送花的、在宿舍楼下弹吉他唱歌的、每天一封情书加早餐的……她都能不眨眼地直接拒绝。

可这会儿，她听见江敛舟这比起别人显得有些普通的告白方式，竟然一时间什么话也说不出来。

那毕竟是江敛舟，收获了无数赞誉的江敛舟。

盛以有些费力地开了口："你……喜欢我？"

江敛舟轻笑出声，有些无奈地说："我之前问许归故该怎么跟人表白，他告诉我说，我已经表现得足够明显了。他说，所有人都能看得出我对你有多特别。盛以，我也以为是这样。"

盛以又沉默了两秒，似乎确实如此。

可她早已习惯了江敛舟对她独一份的偏爱，久而久之……她似乎可能真的觉得他对她的好是理所当然。

盛以好似从未想过那个可能——江敛舟真的会喜欢一个人。

就如同现在，盛以依旧有几分不敢相信。她总觉得江敛舟这样的人，从来都是被人仰望，"喜欢"这种情绪对他来说并不会很强烈。他顺风顺水，想拥有什么便能拥有什么。

她抿了抿唇后，说道："真的不是在提前跟我演练综艺剧本？"

江敛舟挑了挑眉："若我说这是在演练剧本，以后再表白，你还怎么可能信我？"

这确实是，他现在没说呢，她都有些不敢信了。

盛以再度沉默，只觉得脑子里乱哄哄的，最后艰难开口："我们现在这样不是挺好的？我一直把你当成我的好朋友，你现在突然这样说，我不知道该……"

江敛舟慢条斯理地点了点头："可是，我最不缺的就是朋友，我只缺一个女朋友。哦，还缺一个未来的妻子。"

盛以说："从你嘴里说出来这几个词，让我觉得好违和……"

江敛舟蓦地笑了出来："这样吗？那也没关系，你以后多听我说几次就习惯了。"

盛以一脸疑惑，心道：拜托，我不是这个意思好不好。

江敛舟轻轻抬起手，而后犹豫三秒，手落在低头沉思的女孩子头上，很轻地抚了抚。

之后连说话的语气里也全都是安抚的意味，刚才说那些太过直接的告白、没有留余地的话时的气场都减弱了三分："没关系的，我刚才已经说过了，你可以慢慢考虑，我不介意。你什么时候想好了再说都行，我等着你。"

盛以又抿了抿唇："万一我想了很久，还是拒绝你了呢？"

"盛以，"江敛舟扬了扬眉，眉眼间是他一贯的飞扬意味，"我可是江敛舟，你哪有什么理由拒绝我？"

盛以一时间有些无语："你怎么这么自信。"

江敛舟收回手，斜倚在树干上，挑了一下眉："自信不一直都是我的优点吗？"

这倒是，她就没见过江敛舟有怀疑自己的时候。

盛以面无表情地说:"我今天没直接拒绝你,是看在我们两个人是朋友,并且还有节目要录,拒绝了会太尴尬好吧?"

江敛舟稍点了一下头,从口袋里拿出手机,似乎翻了翻通讯录准备做什么。

盛以问:"你在干什么?"

江敛舟头也不抬地说:"打电话给导演,申请再加几次节目录制,最好永远录下去,这样你就一直没办法拒绝我了。"

盛以说:"江敛舟!"

她的声音忽然有些大,引得周围路过的人纷纷朝他们看来。

江敛舟本人却像毫不在意一般,甚至还抬头看向她,懒洋洋地勾了勾那双桃花眼,应声:"嗯,叫我做什么?是突然觉得我的名字特别好听,想叫一叫?"

看盛以一副无语的模样,江敛舟点头,说:"那行吧,别生气,让你叫。来,再多叫两声。"

盛以说:"江狗。"

因为江敛舟的告白,她刚才那会儿还觉得在他面前有些不自然,又怕自己拒绝了他之后,两个人的相处会变得拘谨,没有以前从容。但现在她突然领悟了,江敛舟就是江敛舟,怎么可能因为表个白,就变了个人了呢?

他好像只会更加肆无忌惮罢了。

乐器演奏的声音渐渐变小直到停止,似乎是这一节已经合奏完,不少学生开始收拾自己的乐器,从草坪奔向了各自的目的地。这样的画面就连盛以看了,都忍不住在心里赞叹。

这里人来人往,大约是此时此刻明泉音乐学院里最热闹的地方。

他们两个人已经在这里站了很久,该说的都说完了,似乎也没必要再在这里站下去。

两个人混在人群里,往琴房的方向去。

江敛舟蓦地"哎呀"一声,盛以偏头看他。

只见他惨兮兮地蹙着眉:"好像左脚崴到了。"说着,朝盛以伸出胳膊,"扶我一下吧,亲爱的老同桌。"

盛以垂眸看了一眼:"那是右脚。还妄图欺骗研究人体的我?"

毕竟盛以一个学画画的,专心画了这么多年,对人体结构颇有研究,崴脚的姿势怕是也研究过很多遍。

但江敛舟一向擅长曲解人意,他说:"什么?你说要研究我的人体?"说完做出一副委屈的模样,说:"也……也不是不行,但先说好,研究完你可得负责。"

盛以点了点头。

江敛舟扬了扬眉:"真的?那你早说嘛,宜早不宜迟,我们现在就……"

盛以却又打断了他的话,微微一笑,礼貌又客气:"我最近确实比较想研究解剖人体,谢谢你。"

大概是听出了盛以平静语气下暗藏的凶狠,刚才话还很多的江敛舟,此时此刻终于安静了下来。

盛以有些纳闷,她以前怎么不觉得江敛舟的话这么多?

虽然他的声音很好听,压着声线讲话时,语调慵懒又撩人,可……话这么多就是会很烦人啊!

为了达到闹中取静的效果,琴房设置在了明泉市音乐学院的最东边。

他们这一路走过来,看足了学校里的风景。

艺术类院校跟盛以大学读的理工科院校就是不一样,这一路走来,简直处处都可取景。

假山、流水、亭台、游廊……随处可见的中式园林风,据说整个学院的设计都出自名匠之手,大约是想把环境激发学生的创作欲和表达欲给发挥到极致吧。

江敛舟又活跃了起来。

"要拍照吗?"他问,甚至还得意扬扬地转了转自己的手机,"哥的拍照技术好着呢。"

盛以颇为怀疑地看了江敛舟一眼。

江敛舟示意盛以站在游廊里,还不忘指挥她摆姿势:"望着水里的游鱼,对,再侧点身子过来,嗯嗯,自然一些……很好!"

接连拍了两三张,盛以走过来看了看照片。

不得不说,江敛舟这人性格骄傲张扬是有原因的,毕竟实力就摆在那里。

盛以本就生得极好,拍照向来是占优势的。

以前每次拍大合照,哪怕盛以站在最角落的地方,也照样可以是人群里一等一的目光焦点。这里的背景又是一绝,美人加美景,怎么拍都不可能不好看。

可是江敛舟这一拍出来,也不知道为什么,莫名其妙显得越发好看了起来。

景致更雅,美人更绝。照片都不用修,随便放大,都很好看。

没有人不喜欢自己有这么好看的照片,哪怕是从小被人夸奖外貌到大的盛以,也无法免俗。

这张照片极大地满足了自己的虚荣心,盛以"嗯"了一声后,迎着江敛舟那双含笑的桃花眼,坦坦荡荡地夸奖道:"拍得不错。"

"是吧?"江敛舟没有丁点不好意思,"我就说我拍得好。怎么样?有没有后悔刚才没答应我，让我给你做专属摄像师？没事，现在答应还来得及。"

盛以说："滚。"

江敛舟"啧"一声，边打开微信把照片给盛以发过去，边摇头感叹："需要我拍照的时候就夸奖说拍得不错，不需要的时候就直接让我滚。"他又轻声感慨，"过河拆桥第一人，真不愧是你，盛以。"

江敛舟这么一说，盛以又想起来，她刚跟江敛舟遇见那会儿，自己拜托江敛舟载她去酒吧接贝蕾的途中，江敛舟也是这么跟她说的。

只不过，那时江敛舟跟她说话的语气，总是带着刺，怎么听怎么像是冷嘲热讽。

她那时候……其实压根儿没想到自己能跟江敛舟再次熟悉起来，也不会想到她会和江敛舟组情侣档，更不会想到……

有朝一日，江敛舟会跟她表白。这么一想，似乎整个世界都变得"魔幻"了起来。

盛以莫名笑了笑，存了图，又看向江敛舟。

感觉到盛以的目光，江敛舟挑了挑眉："怎么？"

盛以说："既然已经发给我了，就把我的照片删了。"

江敛舟慢条斯理地说："盛大小姐，您这是准备让摄像师白劳动吗？"

盛以一阵无语。

此时她只希望江敛舟可以闭上他的那张嘴。

如果一定需要一个罪人才可以达成她的希望，那这个罪人就由她来当。

从此，世界和平。

直到最后，盛以也没能成功让江敛舟删掉自己的照片。

进了琴房后，盛以看着江敛舟带着自己直奔钢琴教室。

空荡荡的钢琴教室，只有他们两个人在用。盛以不怎么会弹钢琴，江敛舟则是来练习下午上课时所需要用到的曲子。

当然，按照江敛舟的敬业程度，自然是不会临时抱佛脚的。

他答应来上课之后，便已经备好了课，而今天还要来琴房，自然是……来炫耀的。

他坐在琴凳上，盛以则坐在第一排的角落，看着他。

清俊的男人，双手放在琴键上，黑白的背景，纤长的十指，手指轻动，音符谱成诗篇。

盛以懒懒地靠在椅背上，听他弹琴。

向阳的窗开着，有日光斜洒进来，映在地板上，半明半暗。

江敛舟坐在一片光影里，有风吹起窗帘，蓦地飘进来一片春叶，吻过他的侧脸，又跌跌撞撞地在琴房里飞舞，最后，飘飘洒洒地落在盛以掌心。

她看了看那片叶子的脉络，又看向了钢琴后的江敛舟，恰好撞入他眼里。

盛以一时间有些说不清楚的慌乱，想要避开他的目光，却又在一瞬间……看见江敛舟朝着自己扬眉，轻笑了笑。

光影落入他的眸里，世界尽在他眼底，这是最动人的模样。

盛以也没忍住跟着轻笑了起来。她和着钢琴节拍，手指跟着在桌面上轻敲。

世界好像只剩下了他们两个人，而且只在他身上留下了一束光。

盛以渐渐陷入自己的思绪里。其实，她今天没答应江敛舟的告白，一方面是并不知道自己现在究竟是什么样的想法，另一方面……

她有时候会想，江敛舟大概是入戏太深吧。

三期录制过去了，他们两个人在节目里似乎太过亲密，江敛舟的世界里更如同只剩下她一个人一般。

录节目、合作歌曲、见家人……他们太过频繁的接触，江敛舟会对她有好感，似乎也是再正常不过的。

不过那毕竟是江敛舟，她不希望他有一天会后悔，也不希望自己成为他一个不可言说、会被拿去作为别人攻击他的点，所以，她想让江敛舟也好好思考一番。

毕竟再怎么算，他们重逢再相熟，也根本没有多久。

如果他们两个人都没有思考清楚就在一起，之后再分手，才是根本连朋友都没得做。

于她而言，江敛舟是一个很重要的人，所以她一点也不希望，自己某一天会成为江敛舟无法宣泄于口的尴尬。

那是江敛舟，是站在光里的江敛舟。

两人的午餐是在食堂解决的。

这一天确实过足了学生瘾，盛以都难得觉得自己的心态跟着年轻了几岁。

下午两点的课。

不少学生午饭都没吃，拿了面包就跑去了上课的大阶梯教室。

等到江敛舟和盛以提前十五分钟，准备进教室去上课的时候，门口已经要靠保安来维持秩序了。知道的人明白这是来上课，不知道的人还以为这是在准备见面会呢。

校内论坛全都是在讨论今天课程的，没抢到位置的学生全都在哀号。

盛以沉默两秒，看了眼人头攒动的大阶梯教室，试图跟江敛舟商量："要不然我就不进去了，这么多人。"

江敛舟上下打量她几眼。

盛以一脸疑问。

江敛舟若有所思地说："怎么，是觉得自己见不了人？"

盛以说："不，是觉得跟你一起出现，太丢人。"

江敛舟诧异地瞥她，虽然他没说话，但是盛以就是从他眼里看出来了"你没事吧"这几个大字，仿佛就是在告诉她：拜托，哥跟"丢人"这两个字沾边吗？

没等盛以再做什么反应，江敛舟已经带着她进了教室。

盛以低着头、戴着口罩，没说话，保安小哥特地给她搬了张椅子，放在最前排。

进来得这么晚，还坐了这么一个好位置，自然会有学生对这种不公平的现象表示不满。

旁边有站着的一个男生已经发出了声："这怎么还能插队呢？凭什么她来得这么晚，还可以有位置坐？"

已经走到讲台上，正在开机拷贝课件的江敛舟闻言，抬眸瞥了一眼这边的动静。

没等保安开口解释，也没等盛以说话，江敛舟那勾了几分笑意的声音已经透过耳麦，在阶梯教室里响了起来。

"那位男同学，请不要生气。"

江敛舟的声音向来好听，只是一向是淡淡的，再不然就是加了些嘲意，总让人想要揍他一顿。可此时此刻，他只是温和地带了笑讲话，声音如滴水穿石，清透又明亮。谁听了都得在心里暗叹一句，这实在是过分美妙的声音。

那个男生一时间都没意识到江敛舟说的是自己，看众人都顺着江敛舟的目光看过来，又被旁边的朋友用胳膊肘撞了一下，才反应过来。

江敛舟仍旧是带着笑看他的。

男生的脸蓦地涨红，正准备说点什么，便听见江敛舟又开了口。

"那位同学是我的助教，所以坐在那个位置。"他停下了拷贝资料的手，还歪了歪头，"对哦，我有助教，为什么非得自己调试课件？"

一众阶梯教室的人瞬间笑了，还能听到"舟哥本人怎么这么可爱""谁是他助教，我好羡慕我也想当"之类的议论声。

盛以刚刚生起"他肯定又要搞什么幺蛾子了"的预警，便看到江敛舟偏头朝着她直勾勾看过来，语带不满："助教同学，我都这么说了，你怎么还不上来？"

教室里的人大多不知情，旁边有人提示她："是啊，助教同学，快上去帮江老师调一下呗，准备上课了。"

盛以安静了两秒，眼看着这么多人都在催，为了尽量不影响上课，盛同学忍辱负重上了讲台。她仍旧戴着口罩，走到讲台上后，盛以看了眼颇有兴致的江敛舟，稍一沉默，而后狠狠朝着江敛舟的脚踩了过去。

而后，一整个阶梯教室的人都看见那位骄矜清俊的"顶流"，瞬间"哒"了一下，语气里带着不满，可细听时，又怎么都是笑意，说："盛同学，不认真听讲话就算了，还试图谋害你的江老师吗？"

05.

"盛同学"三个字顺着耳麦传出来，在大阶梯教室里响起的瞬间，整个教室都沸腾了。

拜相当不错的听力所赐，显然这些大学生们也并没有因为当事人在场，就有所收敛，所以盛以还真就听得清清楚楚的。

"我还在想这助教是谁呢，她刚走上去的时候，我虽然没看清脸，但是一看身上的气质就知道是大美人！"

"怪不得舟哥会让助教上去给他做这做那的，我还想舟哥什么时候讲话这么暧昧了，原来……"

"来给我们上个课而已，盛以都得跟来……他俩是不是真在一起了？"

"大胆点好不好，在一起那不是肯定的事吗？"

她听见了，江敛舟自然也听到了。

江敛舟还不忘朝着盛以单挑了挑眉，这次避开耳麦，压低了声音，用只有盛以能听见的音量讲话："听见了吗？那么多人催呢。"

盛以坦荡地点了点头："要是有人催你花钱，你就花？"

江敛舟吊儿郎当的，单手揣进口袋，斜倚着讲桌，漫不经心地回答："那得看是谁催。"

盛以一脸疑问。

江敛舟扬了扬下巴："盛大小姐没准可以催催试试，万一有什么意外之喜呢？"

"意外之喜？"盛以还真斟酌了两秒，边把幻灯片打开调好边回答，"也可以，给我一千万元，我今天就去雇一个杀手。"

江敛舟说："你好狠。"

盛大佬冷笑一声，直起腰下了讲台。

下讲台前，还能听到下面有人在嘀咕："我可真爱看江敛舟和盛以讲悄悄话啊，虽然我什么都听不见，可就是觉得很甜，还能想象他俩在互说情话，真好！"

回自己座位的这一路，盛以是真真正正受尽了路人目光的洗礼，着实让她无法形容现在的复杂心情。

偏偏江敛舟，从来不知道什么叫收敛。

他戴上了耳麦："好了同学们，把目光从我助教身上收回来吧，我们该准备上课了。"

这里都是大学生并且是艺术类学院的大学生，自然是喜欢和老师们开开玩笑的。

哪怕讲台上站的那位是"顶流"，玩笑依然照开不误。

前排一个女生就趁着上课铃还没响，嚷了起来："江老师，你这也太不公道了，就只允许你自己看，不允许我们看吗？"

教室里一众人瞬间哄闹了起来，还真有不少人跟着应和："就是啊江老师，看漂亮的小姐姐是我们所有人的权利！"

江敛舟也不生气，虽然看似是在跟前排那个女生讲话，目光却落在了盛以身上。

偏偏他语气淡淡的，听上去还挺正经，说："这位同学，请你小心发言，那是我的助教，要是想看记得去请自己的助教。"

那个女生一时哑口无言。

大家再次起哄起来，这课都还没开始上，教室里就已经闹成一片。

有起哄的，有吹口哨的，甚至还有敲桌子的。别说，音乐学院就是音乐学院，敲桌子都能敲出点节奏来。

盛以一个一句话没说的人，这时也被殃及了。

她无意间和她座位旁边的一个短头发女孩儿对视上，短头发女孩儿冲着盛以挤了挤眼睛，还一字一顿地重复："我的助教哦。"

最后那个平平无奇的"哦"字，硬生生被她说出了奇怪的音调。

盛以一时间有些匪夷所思："他给我佣金了吗，就叫我助教？"

短头发女孩儿瞬间瞪大了眼，而后开始拿起手机，打起了字。

盛以说："你在干什么？"

短头发女孩儿头也不抬地说："在网上曝光江敛舟的恶劣行径，他竟然压榨员工不付钱。"

盛以说："倒也不必。"

短头发女孩儿立马抬起了头，笑嘻嘻地说："看吧，我就知道你果然心疼他。"

盛以一顿："你是江敛舟的粉丝吗？"

短发女孩儿连连点头："对，他刚出道我就开始喜欢他了，多年老粉。"

盛以若有所思："怪不得，之前听我朋友说了一个词，叫什么……粉随正主，我现在竟然觉得还真挺有道理。"

短发女孩儿一时无语，虽然江敛舟确确实实是她偶像，要不然她也不会最早一批过来抢位置，但她这时候听见这句话，依然下意识有了不太美妙的预感。

盛以说："你跟江敛舟曲解人意的本事真的一样。"说着，还朝着短发女孩儿竖了个大拇指。

短发女孩儿安静了几秒，头一次开始反思起来：自己到底从江敛舟身上学到了些什么东西。

虽说上课前这会儿教室里热闹得不行了，但江敛舟向来是个敬业的人，而且是工作上极度分明的类型，跟他有过音乐上合作的人向来如此评价他。

江敛舟在录音室外，开几句玩笑随随便便，丁点身为"顶流"的架子都没有，但一进录音室，他就能屏除所有的玩笑，哪怕脸色只是淡淡的，都能自带一身威压。

此时也不例外。

上课铃响起，方才还能跟他们说说笑笑甚至不太像个知名艺人的江敛舟，立马笑容一敛，从西装外套的口袋里，慢悠悠拿出一副眼镜。眼镜镶着金边，镜片很薄。

他低了低头，戴上眼镜。

盛以知道，江敛舟的近视度数很低，他一般不戴眼镜。

以前哪怕是上课的时候，他也只是在老师写的字特别小时眯一眯眼，后来跟她熟了，就扒拉着她的笔记看，再不然就是用笔戳一戳她的胳膊，压低声音："同桌，老师最右边写的那个数字是2还是3？"

严格意义上来说，这其实是盛以第一次看到江敛舟戴眼镜。

他纤长的食指轻轻推了下眼镜，掀眸扫了眼教室，没了一贯吊儿郎当的模样，衬衫更是扣到了最上面那颗，再搭上那副金边眼镜，连那双一向勾着漫不经心笑意的桃花眼都显得疏离了起来。

哪怕盛以不想承认，可江敛舟此时此刻看上去，当真有了几分禁欲清冷的味道，跟平时的他，一点儿都不一样。

"同学们好，很荣幸有这么多人愿意来听我讲这么一节课。"江敛舟稍稍一顿，继续道，"本节课，我们来浅聊一下创作。"

他很快便进入正题:"不知道在大家看来,创作是为了什么,在我最初进入这一行的时候,我的创作其实是为了……"他轻笑了一声,才道,"名利。"

所有人都没有想到江敛舟会这么说,抛开家世背景不提,以江敛舟目前的名气和影响力,他说任何话之前都应该思索再三才对。

毕竟,被误解是表达者的宿命,更不要提有多少营销号就是以误解别人的话从而获得流量和关注度的。

但江敛舟就是如此大大方方地说出了口。

"后来是想要创作,是为了创作出好的作品,但最初确实是为了钱,为了名气。"江敛舟的语气坦坦荡荡,伸手转动了一下手腕上的表盘,"我从来不觉得这件事有什么不能提的。那时候的我就是会这么想,我想站得更高一点,想和那些知名艺人一样出现在每一个会有很多人经过的大屏前,以及每一个旅客来往匆匆的机场里。"

他轻笑了一声:"后来,我做到了。"

盛以看着讲台上的江敛舟,一时间也有几分恍惚。

他似乎说得太简单了,简单到只用"我做到了"四个字,便代表了所有的过程。就像是电影里蓦然闪过的"多少年后"的字幕,却鲜少有人注意这么多年里又是怎样的光景。

"说得有点远了。"江敛舟翻了一页幻灯片,"之所以提到创作动机,是想和在座诸位谈一下大俗抑或大雅的选择。"

他几句话便把方才的话题又带了回来,开始按照设计好的教案分享起了自己的创作历程。

哪怕是站在很客观的角度,盛以依然觉得此时此刻的江敛舟很有魅力。

他出道后发行的歌曲,不管是从传唱度、词或是曲方面,都被称之为无懈可击,拿了数不清的奖项,许多都是作为年度歌曲出现的。

江敛舟分享创作,自然是令人叹服的。

更不要说他足够真诚,用案例分析,拿了自己的一些代表作来分析创作历程,讲创作时遇到的困难和克服的方法,深入浅出,全是实打实有用的东西。

包括盛以在内的所有人,都听得很认真,更有不少人积极参与互动、提问、回答等等,整堂课的氛围极好。

直到江敛舟讲到他今年年初才发的那首新歌《九九》。

前排一位一直很积极的女生,这会儿举手提问:"江老师,我们都知道《九九》这首歌是一首您很少写的小甜歌类型,写的是很清新的初恋悸动,但为什么会叫《九九》呢?"

江敛舟大概没想到这个女生突然问这个问题。

其实好奇的人很多，并且这种小甜歌一向不是江敛舟常写的风格，当时还引得不少人讨论江敛舟是不是恋爱了。

他轻推了一下金丝眼镜，而后淡淡点头，那双桃花眼里多了几分深意。

"没什么太特别的含义，九是我的幸运数字而已。"大概是听见一众学生不满的呼声，江敛舟又轻笑了一声，"写这首歌的时候，也正巧想起了一位在家里排行第九的人，所以取名《九九》。"

提问的女生琢磨了一下，而后猛然拍了下手，表示明白："所以合起来就是……"

江敛舟应了一声，稍一敛眸，回答："把我的幸运，分给那个人。"

盛以怔了怔。半晌，她垂了垂眸，轻笑一声。

一节大课是两小节，一共九十分钟。

江敛舟的内容安排得恰恰好，下课铃声响起来的时候，他的最后一句话刚好收尾，一秒不差。

盛以这时恍惚记起，江敛舟这人是有那么一点强迫症的。

即使课已经上完了，也没有人舍得走。

所有人都眼巴巴地望着台上的江敛舟，偷偷瞄一眼角落里坐着的盛以，再眼巴巴地看向江敛舟。

盛以可以理解大家看江敛舟，但确实很难理解他们为什么要瞄一眼自己……

怎么，难道是指望自己给他们表演一番才艺不成？

江敛舟向来是个关键时刻不掉链子的人，所以他这会儿摘下眼镜，边慢条斯理地擦拭着上面的灰尘，边漫不经心地跟教室里的众人说："下课了，为了表示对大家来听我上课的感谢，有一份小小的礼物想要送给大家。"

瞬间，全场沸腾，大家大概是都在等这个彩蛋吧。

"但这个礼物比较特别，只能送给一个人。"江敛舟语气慢悠悠的，"所以嘛……再次有请我的助教。"

盛以一时无语。

在外人面前，尤其是在这一群刚上完课，对江敛舟充满了敬仰的外人面前，盛以还是会给江敛舟几分面子的，所以她稍稍停顿过后，还是不情不愿走上讲台。

江敛舟朝着她挑了挑眉："助教小姐不要一副被强迫的模样，好吗？"

盛以一脸疑惑。

在一众人的哄闹声里，江敛舟又扬了扬眉："现在由助教小姐随机选一位同学，来送出这份礼物。"

江敛舟还挺周到，真的弄了一个随机数的程序。

盛以轻轻抬手，点了一下那个随机数，抽到的恰好是前排那位互动频繁的女孩儿。

女孩儿一脸惊喜，在周围人艳羡的目光中站起来。

"好，这份礼物就是……"江敛舟刻意卖了下关子，继续说，"你可以随意提一个要求，前提是我们能做到并且盛同学觉得不过分。"

女孩儿都要晕了，只觉得这是天上掉下来的大馅饼。稳住了情绪后，她接过话筒，思索了一下："我……我……"

女孩儿飞快地瞥了一眼盛以的方向，心虚但是坚定地说出口："我可以请求江老师跟助教同学，充满师生爱地拥抱一下吗？"

江敛舟一怔，继而蓦然失笑："这位同学，江老师都不敢想的事，你也挺敢想？"他还不忘征求盛以的意见，"是吧，助教小姐？"

确实有那么一瞬间，盛以觉得自己如果真的是个哑巴，没准也挺好的，但她不是。并且不远处还有位双眼放光、满是希冀地看着她的女同学。

盛以面无表情："同学，是让你提要求，不是让你当导演。并且，请不要跟着你们江老师的思路走，我跟他之间没有师生情，只有父子爱。"

所有人都快笑疯了。

女孩儿看上去还挺失望，叹了口气，还嘀嘀咕咕的，音量倒是控制的挺好，恰巧能让江敛舟跟盛以听到。

"又不是没有抱过，在节目里多亲密的姿势都有过了，现在抱一下怎么了嘛。"

盛以颇为无奈地看了江敛舟一眼，而后便见到江敛舟丢过来一个眼神。

此时此刻，盛以再次自我检讨了起来，检讨她到底为什么能看懂江敛舟的表情。

那个眼神写的是：看吧，就是因为你，我才名节不保的。

盛以忍了忍拔刀的冲动，也丢回去一个眼神：你的名节不值钱。

既然这个要求无法实现，前排的那个女孩儿只好换了一个要求："想看助教同学的一张生活照可以吗？"

相比刚才的那个要求，这个显然合理了。

盛以点了点头。

这节课到此结束。

难得出来一次，江敛舟和盛以晚上是在外面吃的，吃的是盛以最近突然想吃的泰国菜。

进了包厢点了菜，等上菜的时间里，盛以突然回想起这个生活照的愿望，说："哦对了，你记得把我的生活照发给那个女生。"

"我？"江敛舟还挺意外的模样。

盛以一挑眉："不然呢？你今天不是拍了我的照片吗？"

而且下课后，那个女生又冲上来跟江敛舟讲了一些话，她琢磨了一下，大概是问怎么发送照片。

"这样啊。"江敛舟还挺好说话的样子，慢条斯理一点头，打开了手机，操作了一番，而后懒洋洋地把手机在手心里转了一圈，"可以了。"

盛以点了点头，抿了口杯子里的拉茶，解锁手机刷了下微博。

"望久"的这个微博，平时的转赞评都很多，但显然，"盛以"那个微博则更多，所以盛以一般都会默认登录画师的这个微博，主要是为了避免一登录系统就被彻底卡死。

这会儿，她刚一上线，就看到转赞评奇多，私信列表更是有许多信息。

盛以有些茫然，随意地点开了其中一条私信来看。

啊啊啊太太！又有新糖了，您吃到了吗？

盛以有点蒙。一般所谓"木以成舟"的新糖，大多是江敛舟又做了什么。可今天江敛舟就在自己眼前，他能做什么？

正茫然的时候，私信聊天记录页面，又多了一条消息，是一张图片。

盛以食指轻点，戳开了那张图，赫然是江敛舟的微博页面。

江敛舟V：那位同学，请来领取你要的照片。

文案下面，很大方地从女孩儿要求的"一张"生活照，变成了九宫格。

照片里的人，盛以很熟悉，就是她自己。

九张照片全是她，全是今天江敛舟给她拍的图。

盛以顿了顿，抬头问江敛舟，言语间还有几分不敢置信："这就是你把照片给那个女生的方法？"

江敛舟坦坦荡荡地点了点头，提起茶壶，给盛以的杯子里添满了茶。

"不然呢？是你让我给她的，我能有什么办法？"

这人还挺委屈。

盛以双手环胸："那我是让你这么给她的吗？"

"我又没有她的联系方式，"江敛舟还叹了口气，"我能怎么办呢？盛大小姐，讲讲道理嘛。"

盛以问:"你没有她联系方式?"

江敛舟扬了扬眉,稍一点头:"可不是嘛,我哪敢私自加别的女孩子。"说完,还一副恍然大悟的模样,语气真诚地安慰她,"不要吃醋,我真没加。"

盛以很中肯地评价道:"江敛舟,要不是你拍照确实挺好看,你这会儿已经横尸野外了。"

她都不用点开那条微博,就知道这会儿评论区得多么热闹。

正好喝茶喝得有点多,盛以就打算去趟卫生间,顺便冷静一下。

她刚出包厢,江敛舟的电话便响了起来,是许归故打来的。

许归故大约也是看到了江敛舟那条微博,顺便来问问情况。

说了三两句,许归故正准备挂的时候,江敛舟突然道:"老许,我今天……"

许归故说:"什么?"

江敛舟笑了一声,意味不明:"跟她表白了。"

许归故都听愣了。

"表白?"许归故问,"你不是打算文火慢炖,至少等节目结束再跟她表白的吗?怎么就……"

"忍不住了。"江敛舟偏下头,站起身走到窗边,看了眼窗外。

暮色降临,华灯初上。

初春的明泉市依然透着凉意的,室内很温暖,玻璃上有些雾气。

他伸手在那团雾气上写了"SY"两个字母,又道:"实在忍不住了,想跟她说喜欢,想无所顾忌地对她好,想在和她接触前不需要思考这个动作会不会太暧昧,想她不要误解我,太想太想了。"

许归故没说话。

"许归故,"江敛舟又哂笑一声,"我一直以为自己是个很擅长等待的人,可现在才发现,我的耐心真的不太好。

"甚至开始试图碰运气。想着万一时来运转,真的中了那万分之一……

"她就答应了呢。"

Chapter 9

考虑一下

01.

第四期的录制地点是 H 市，国内的一个知名旅游城市。

虽说不知道主题，但机票是节目组一早就交给盛以了的。

在录制前的两天，盛以收到了一个直播平台日常区负责人的消息。

李岩：望久你好，我是李岩，快鱼直播的日常区负责人。我是安老师介绍来的，严格来说你可以叫我一声师兄。我是想邀请你做一场画画直播，可以吗？

"望久"火了之后，自然收到过许许多多的邀约。有商稿类的，有漫展类的，也有像这种类型的直播的。

盛以之前有过连载的漫画，热度很高，不管是网络数据，抑或出版销售数据都很惊人。

出版社自然也想为她办专场签售会，盛以的热度也确实撑得起这样一场签售会。然而，盛以实在是懒，统统拒绝了。

拜托，办签售会哪有安安心心在家当废物，躺着数钱开心呢？

对此，出版社的编辑还安慰她：望久，没事的，就算长得不算太好看也不用担心，粉丝喜欢的是你的才华，你又不靠脸吃饭，担心什么呢？

望久：我是怕签售会过后，我的读者们喜欢我的脸，超过我的才华。

编辑：望久，我的宝贝望久，做人还是现实一点，不要永远活在漫画里啊宝贝！

盛以心想：怎么了！我难道就不配长一张赛天仙的脸吗？

话又说回来，其实编辑的逻辑是很清楚的：这年头难道有人嫌自己的热度低吗？

如果真的长得很好看，以"望久"的知名度，随随便便一个"美女漫画家"的口号打出来，热度就能再上一个台阶好吧？所以，按照过往的经验，盛以其实是想下意识地拒绝的。

但她目光稍一顿，瞥到了"安老师"这三个字，那是盛以大学之后跟着学画画的老师，于她而言，自然不再是普普通通的老师那么简单，并且，听这个"李岩"的话，他大概也是安老师的学生？

盛以斟酌两秒，还是回复了私信：安老师推荐的？

那边似乎一直在等着她，所以也飞快地回了过来：对，安老师说很久没看到你画画了，也想看看你的直播。实不相瞒，我找师妹一方面也是因为热度，如果你同意的话，日常区首页那天会直接推送你的直播房间，希望师妹可以认真考虑一下。

盛以的目光在第一句话上打了个转。

她虽然一向懒得直播，但反正都是要画画的，哪怕是单独给安老师开场直播都是可以的。

望久：好，但我这两天没时间，如果直播的话，大概得定在周末。

那会儿，也就是她录制完回明泉市了。

李岩那边飞快地答应下来，又安排了助理来跟盛以敲定细节，约定好周末直播。

大概是因为有李岩这个日常区负责人在，再加上望久确实热度奇高，直播平台运营组显然很重视这次直播。

隔天，直播平台的官方微博就正式官宣。

快鱼直播V：2月28日，本周日，@望久 将会做客快鱼直播，首次公开画画历程。想知道神仙画作是如何炼成的吗？想跟太太互动聊天吗？点击下方链接提前预约，一起迎接望久的首次直播吧！

"望久"首次直播，热度自然很高。

评论区迅速热闹了起来。

· 直播已预约，感谢快鱼。

· 想知道望久那天晚上会画什么？会跟我们聊天吗，好开心好期待！

望久本就是画手圈有名的人，一向低调，这次的直播自然引得圈子里不少人争相转发。

盛以倒也没怎么留意，公事公办地转发了一下，看了一眼原博的上千条评论，就下了微博。

只是下午的时候，她的手机突然开始连环振动起来，是直播平台安排的助理发来的微信消息。

　　望久老师，平台决定那天会直接将您的直播间推送在整个平台的首页！

　　望久老师，您如果还有什么需要，直接和我提就好。

　　哦对了，接下来几天，官博也会每天推送您的直播链接预约的，请您留意一下。

　　她就是做一个画画直播而已，按照她的性格，可能都懒得跟弹幕互动。直播平台至于花这么大的工夫推流吗？

　　她顿了顿，上了微博，又点进那条快鱼官方的官宣博看了一眼。这一眼看下去，盛以甚至觉得自己现在可能是在做梦。

　　上午还只有刚过千条的评论，这会儿已经直奔三万条了。

　　盛以点开了评论区。

　　热评第一，已经从之前的一长串"彩虹屁"，变成了简简单单的两个字。

　　江敛舟V：加油。

　　盛以的目光移到发言人那里——江敛舟V。

　　好了，不用说了，她知道这一切突然发生改变的原因了。

　　江敛舟不仅评论了，还给这条微博点了赞。

　　瞬间，无数粉丝闻风而至。

　　·看来舟哥真的很满意《九九》的封面，能期盼一个太太跟舟哥的二次合作吗？

　　·哈哈哈，望久真的好高冷，看到舟哥关注了望久，望久没回关。

　　盛以一脸疑问，点进江敛舟的微博。

　　果然，微博下方的"关注"栏显示，这位"顶流"单方面关注了她。

　　盛以沉默了下来。她就想知道，现在删微博，还来得及吗？

　　赶飞机的前一晚，盛以之前画的一幅商稿出了些问题，临时要求更改。

　　这是一张游戏的画稿，客户那边想要第二天凌晨上线新功能，结果突然发现一些问题，所以又打来电话。

　　她向来敬业，半夜被客户一通电话叫醒，毫不犹豫地起身坐在书桌前，跟客户商讨细节，而后连夜喝着咖啡改起了稿子。这一改，就直接改到了凌晨四点。

　　飞机是上午八点钟起飞的，盛以琢磨着上了飞机也可以补觉，干脆就没怎么睡。

　　她迷蒙着眼洗漱完化好妆，孟元开车来接她。盛以上了车坐上去就打了个哈欠。

"盛以姐,你脸色怎么这么差?"孟元瞥了一眼盛以,忍不住有些担心。

盛以摆了摆手,眼睛根本睁不开,说:"没事,昨晚睡得太晚了,所以精神有点差。"

孟元只以为她熬了夜,便也没太在意,念了一句,往机场的方向开去。

盛以在车上睡得并不怎么安稳,翻来覆去的,只觉得脑袋空空的。等到了机场,她被孟元叫醒的时候,只觉得脑子更晕了。

孟元停好车,越发担忧:"盛以姐,你真的没事吧?要不要去医务室看看?"

盛以有几分恶心想吐,但以前偶尔通宵画画时也会出现相似的症状,通常补足觉就好了。

她摇了摇头,忍住脑袋里和胃里的不适,解开安全带下车。

推开车门,盛以双脚踩在地上的瞬间,蓦地觉得眼前一黑,似乎一瞬间天旋地转。

她想叫孟元扶她一下,却根本说不出话来,一个字也叫不出口,心跳速度快得像是要吐出来,盛以像是活在太空里,却又模模糊糊听到"盛以姐"这样的惊呼声。

她想告诉孟元别担心,可是意识好像在飞快抽离,直到彻底失去意识。

盛以再次睁开眼的时候,觉得自己可能真的是晕倒了。

这么一个陌生的环境,周围充斥着消毒水的味道,她的手上扎着一根针,往上看是高高挂起的吊瓶。总让人怀疑下一秒可能就有不认识的人冲过来,哭叫"乖女儿你终于醒了"。

盛以缓缓转过头,直到和不远处的一双眼睛对上。

一双桃花眼眸色漆黑,往上看眉头微皱,往下看嘴唇紧抿,反正处处昭示着主人不好的心情。

那人和盛以对视上的瞬间,也是微微一怔,紧接着眉头皱得更狠了,快步走过来按下了床头的铃,跟平时懒懒散散的步伐全然不同。

盛以也不知道为什么,总而言之觉得闭嘴不说话比较好⋯⋯但一个人显然在想要挑刺的时候,绝对不会因为对方没开口就不挑了的。

江敛舟往床边的椅子上一坐,长腿伸开,语气冷淡:"怎么,失忆了?不认识我了?"

盛以琢磨了一下,小心翼翼地问:"你是?"

江敛舟嗤笑了一声,淡声回答:"你老公。"

在心里暗骂了一声，盛以继续睁眼说瞎话："不可能，我不会嫁给一个对我这么冷淡的人的。"

江敛舟双手环胸，懒洋洋点了下头："那是你不了解以前的自己。我是你千辛万苦花尽心思才追到手的，你对我一见钟情，始于颜值忠于性格，爱我爱得举世皆知。"

盛以一时无语。

江敛舟漫不经心地扬了扬眉："怎么样，想起来了吗？想不起来也没关系，先来叫声'老公'吧。"

盛以磨了磨牙，叫："江狗。"

江敛舟又是一哂，慢悠悠地单手插进口袋，弯腰离盛以近了一点，一双勾着的桃花眼直直地盯着盛以看，语气也怎么听怎么透着嘲意："怎么不装了？还失忆吗？"

输人不输阵，盛以也挑眉看了回去："我怎么就装了？我刚才真的失忆了，只是现在恢复了而已。"

他正准备说什么，病房的门就被敲响了。

江敛舟靠回椅背，漫不经心地从床头柜的果篮里挑了个橘子，慢悠悠地剥了起来："请进。"

医生推门进来，先是打量了一下病房里的情形，而后走过来，帮盛以测血压和血糖。

盛以刚一清醒过来就开始跟江敛舟斗嘴，直到这时才猛地意识到自己忘了什么大事，连忙开口问医生："现在……""几点了"都没说出口，盛以的嘴里就被塞进一大瓣橘子。

她猝不及防，"噢"了一声后，一个字也说不出来了。

医生一脸疑问。

江敛舟淡淡一摇头，云淡风轻地说："没事，她就是想问现在身体怎么样了？"

医生恍然大悟，看了一眼盛以测出来的指数，又拿听诊器听了一下她的胸腔，而后宽慰患者："没事的，你不用担心。之前突然的昏迷是因为血糖过低，再加上突然从坐着变成站着，又劳累过度。我看你好像经常低血糖，接下来的这段时间好好休息一下，少熬夜，记得吃早饭，会好很多。"

盛以乖乖点头，一脸"我会听医嘱"的表情，好不容易把嘴巴里的几瓣橘子咽下去，又尝试问："今天……"后面的话依然没说出口，她的嘴里再度被塞进几瓣橘子。

医生这次已经熟练地开始偏头看盛以的发言人了。

江敛舟疏懒地一扬眉:"她想问,那今天能出院吗?"

医生"明白"过来,在病历本上写下几行字,跟盛以道:"今天再住院观察一天吧,没什么问题的话,明天就可以出院了。以后一定要照顾好自己的身体,别再突然晕倒了。"

盛以颇为艰难地点了点头,医生满意地转身离开了病房。

终于再次咽下这几瓣橘子的盛以无言以对。

医生一走,病房里瞬间陷入一片寂静。

盛以抬眸,看了眼坐得歪七扭八的江敛舟。

江敛舟察觉到她的目光,向后随手一扔手里的橘子皮,橘子皮精准地被丢进垃圾桶里。

他拿着手里的最后几瓣橘子,懒洋洋地掀眸问盛以:"还想吃?"

盛以回答:"不想。"

江敛舟慢吞吞地点了一下头,一瓣一瓣地吃着,也不说话,看上去情绪不怎么好。

盛以蓦地觉得有几分难熬起来,从她跟江敛舟熟悉起来后,他在自己面前的话都挺多的,反倒盛以是比较安静的那个。哪怕他们两个人在一起的时候没怎么聊天,起码氛围是足够好的,她即使不开口也依然觉得自在又悠然,但这会儿……江敛舟也不说话,也没什么表情,总让她觉得这气氛也太尴尬了。

盛以思索两秒,还是挑了自己最关心的问题,先问:"你也没去录制?"

她刚才就是想问医生几点了、几号了,看看她还有没有时间赶去 H 市,但是看江敛舟的态度,大概率是不行了。

江敛舟的话里像是带着刺:"这节目叫《同桌的你》,我同桌都没了还剩什么?"

盛以说:"……的你。"

江敛舟大概是没想到盛以胆大包天到这种程度,都这会儿了还敢接话,一瞬间被盛以气笑了,说:"行,盛以你挺牛。"

大概也就盛以能让这位懒洋洋的大少爷,情绪波动到这种程度了。江敛舟甚至没办法维持这散漫的坐姿,站起身子就往外走。

盛以心想:气到这种地步吗?

但出乎她意料的是江敛舟没出病房门,他只是走到病房外间的桌子前,拿杯子倒了杯温水,走过来递给盛以。

他动了动嘴,但没说话,而后还自以为酷地别过头。

尽管跟这个氛围很不搭,但盛以确实没忍住笑出了声。

江敛舟一脸疑惑,皱着眉:"你笑什么?"

盛以没敢说话，清了清嗓子接过了那杯水，喝了几口，喉咙瞬间舒服多了。

她顿了顿，还是继续问："我俩这次没去录制，不会影响什么吧？"

江敛舟稍稍一沉默："盛以，你问这问那的，能不能问点重要的？"

盛以心想：这些难道不重要吗？

"你不是得问问，你怎么晕倒的？你现在身体怎么样了？以及你明知道自己低血糖，还怎么敢不吃早餐就去赶飞机的？"江敛舟越说越不爽，"啧"了一声，"你这叫胆大包天、为非作歹、目无王法你知道吗？"

盛以说："下一句是不是就成了杀人放火、罪该万死？"

江敛舟猛地一拍桌子，看似力道挺大，但估计怕真吓着人了，落在柜子上的声音倒是挺小的。

"你还敢跟我在这里念成语，怎么，会说成语很厉害吗？"

盛以一脸疑惑，心想：怎么觉得江敛舟今天这么难沟通呢？

大概是念了盛以两句，江敛舟消气了不少，他说道："孟元去给你买午餐了，估计快回来了。我去看看。"

说完，便转身出去了。

病房里没安静几分钟，门又被敲响，孟元小心翼翼地推门走了进来，手里提着午餐。

目光触及病床上盛以的瞬间，孟元彻底松了口气，拎着饭快步走了进来，语速飞快："盛以姐你终于醒了，真的吓死我了，我还是第一次真的看到有人在我面前晕过去，当场体会到了什么叫'叫破喉咙'的感觉。"

盛以也有几分愧疚："对不起啊元元，真是辛苦你了，当时你肯定很手忙脚乱吧？"

孟元顿了顿，歪了歪头："……那倒也没有。"

孟元拍了拍盛以的手背："我当时确实被吓了一跳，但我立马给舟哥打了个电话，他也在机场，所以后面的事全是舟哥处理的。"

这个发展，实在是让盛以始料未及……

"我当时跟舟哥说，你在机场外面晕倒了，他连行李都没管就一路跑了出来。说实话，我真没见过舟哥紧张成那样的，但舟哥就是舟哥，再紧张也可靠。打120、找医生、打电话给节目组取消行程，再送你到医院在这儿照顾你……"孟元感慨道，"要是只有我一个人，我肯定做不到这么好的。"

说实话，盛以确实有些惊讶，她本来觉得，江敛舟会出现在病房里，是她晕过去进了医院后，江敛舟得到消息才过来的。

没想到……

孟元边跟盛以继续聊着,边帮她支起小饭桌,放上饭:"盛以姐,舟哥以前读书的时候肯定是运动会的跑步冠军吧?说真的,他跑得那叫一个快啊。"又把筷子勺子递到盛以手里,"你好好休息几天,这次的录制就先不用参加了。"

正说着,江敛舟推门走进来。

盛以盯着他看,有些不自在,正准备掀唇道谢的时候,江敛舟出声:"不吃饭,看我干什么?等我喂你?"他还能自顾自往下接,"也不是不行,叫声舟哥我听听。"

孟元稍稍一沉默:"那个……舟哥,盛以姐,要不然我回避一下?"

盛以生怕孟元就这么走了,连忙开口:"这有什么要回避的,又不是接吻……"

剩下的话被盛以及时地吞了回去,还不忘在心里骂贝蕾。都怪那个女人,要不是她天天跟自己聊那么多奇奇怪怪的事情,"接吻"这个词她也不至于情急之下脱口而出。

盛以看了江敛舟一眼。

江敛舟此时此刻,脸上写满了"你就这么想占我便宜"的字样。

如此氛围下,刚才还只是口头回避的孟元,这时身体力行地回避了。

孟元找了个借口就先出去了:"我出去透气啊,舟哥,盛以姐,你们慢慢聊,等会儿我来收拾垃圾。"

江敛舟也起身去卫生间,随手把自己的手机扔在小饭桌上。

盛以吃了口饭,按亮手机看了眼时间。

九点三十。

脑子里想着事,盛以吃饭也吃得没滋没味的。

微信电话的声音响了起来。

盛以看着屏幕上显示的"宗炎"字样,接了起来。

"喂?宗炎?"

宗炎看着视频里素颜穿着病号服但依旧美得夺目的女人,一时间有些记忆错乱,但他还是下意识地关心道:"阿久,你身体怎么样了?现在一个人在病房吗?"

虽然不知道为什么,但盛以还是下意识地没说江敛舟的名字。

她摇了摇头:"我身体没什么大碍了,谢谢关心。我的助理在照顾我,她正好有事出去了。"

宗炎"哦"了一声,仍旧觉得有哪里不太对。

在他们两个人都看不见的地方,弹幕正在疯狂滚动。

· 担心死我了,阿久下次一定要照顾好自己的身体哦。

· 虽然这么说不太好,但知道"木以成舟"这次都不在,我看直播都有点心不在焉。

·阿久一定要好好吃饭哦,听到节目组说你晕倒了所以不能来的时候,我都快被吓哭了!

·等等,宗炎刚刚是给谁打的电话?我记忆出错了吗?

·前面的姐妹,我来证明你的记忆没问题,宗炎是打给舟哥的。

盛以边和宗炎聊了一会儿,边在心里嘀咕都这个点了还没开始录制。

"怎么吃个饭也这么不专心?"

卫生间的门被推开,江敛舟从里面走了出来,正用纸巾擦着手上的水珠。

他走近几步,语气听上去也不怎么正经:"还真得让我喂你?"

盛以慢吞吞地转过头,看着屏幕上宗炎那震惊的表情,暗暗在心里庆幸起来:幸好还没开始录制。

02.

·看来今天的状况确实出人意料。

·前面的姐妹,你清醒一点,这情况谁能不震惊!这跟官宣了到底有什么区别!

·谢谢宗炎,你的数字专辑我会支持的!

盛以静静地感受着和宗炎之间的寂静氛围。

宗炎张了张嘴,又闭上,又张了张嘴,只觉得有千千万万句话想说,却又什么都说不出来。

哪怕明知道这个行为实在算不上绅士,但宗炎还是义无反顾地挂了电话,甚至连"再见"都没说。

盛以心想:不必如此,不要搞得好像自己撞破了什么不好的奸情一样。

江敛舟把湿掉的卫生纸捏成团,随手扔进垃圾桶里,挑眉问盛以:"刚跟谁打电话呢?怎么我一出来就挂了?"

盛以沉默两秒,道:"不要形容得自己好像头顶绿帽似的。"

江敛舟轻"啧"了一声,正准备说什么,目光下移到盛以握着的手机上。

他顿了顿,下巴稍一抬:"你拿的是我的手机。"

盛以一脸疑惑,低了低头,跟着看向自己的手里。

她跟江敛舟的手机是同款,两个人都没戴手机壳,只不过江敛舟的手机是黑色的,盛以是白色的。

两部手机刚才都在盛以的小饭桌上放着，来电显示是"宗炎"，她也加了宗炎的微信，所以直到现在，她都没发现哪里不对……

她愣了一会儿，最后试探着问："那我岂不是接了你的电话？"

江敛舟稍一挑眉："恭喜你啊，终于发现了。"

盛以沉默了两秒，在心里安慰了一下自己。没事，她接了江敛舟电话，也就等同于她跟江敛舟现在在一起嘛。那也没什么，反正宗炎都已经听见江敛舟的声音了。

这么一想，盛以瞬间舒服多了，甚至还放心大胆地怪起了江敛舟："谁让你不设置密码的？你之前不是还设置了吗？"

江敛舟把自己的手机在手心里转了个圈，吊儿郎当地说："我没设置密码是方便自己，谁知道你真接我电话了？"他稍一顿，又问，"刚才是谁？"

这件事在盛以心里已经过去了，她继续埋头吃起了饭，头也不抬地回答："宗炎。"

"宗炎？"江敛舟慢条斯理地重复了一遍，"他不是正在录节目吗？打电话过来干什么？"

盛以送了口饭进嘴里，含糊不清地回答："过来关心一下我的身体怎么样了。"

说完，她将米饭咽下去，又拿起杯子抿了口水。

刚喝了一口，盛以终于意识过来了什么，"咳咳"几声被呛得不轻。

江敛舟微微皱着眉，一边念着"喝口水都能呛着"，一边紧张兮兮地凑过来帮盛以拍背。

他的力道恰到好处，盛以飞快地止住咳嗽，缓缓抬头看向江敛舟："你说什么？他正在录节目？"

"那不然呢？"江敛舟倒是挺清楚的，"这会儿肯定是开始录制了，他们都发现了我俩不在，节目组说你身体不舒服，他才会打电话过来问的呗。估计是担心你不一定能接到，所以先问的我。"

这话有几分道理的样子。

盛以沉默两秒后，忍不住问："那你既然知道正录着节目，怎么还这么淡定？"

"我为什么不淡定？"江敛舟不答反问，又轻挑了挑眉，"你生病了不舒服，我作为你的搭档，不管是送你来医院，还是来看望你，不都是再正常不过的事情吗？"

这一番话有几分道理。

江敛舟微微弯腰，靠近了几分，盛以瞬间有了压迫感。

他的声音稍稍压低，问："所以，盛以你什么都不敢说，到底是在心虚什么？"

盛以偏过头，避开江敛舟的目光。

所幸，江敛舟并没有很执着地想要一个答案，他好像就是自顾自地问了问题，又自顾自地坐下，还叹了口气："我的名誉都快被你败光了。"

盛以安慰他："不要这么在意名誉的问题，反正你名声不好，也不是一天两天了。"

江敛舟一脸疑惑。

又有电话声响了起来。

这次再三确认，看清楚是自己的手机，盛以这才接起来，是盛元白打来的。

"喂，阿久？是我，你刚醒吗？"

盛以应了一声："哥，放心吧，我没事，你让我爸妈也别担心。"

盛元白似乎是在开车，那边传来阵阵车鸣声："我正带着叔叔和阿姨往医院走，敛舟怕我们担心，你醒了之后才打电话告诉我们的。"

原来江敛舟刚才出去是为了这个事。盛以瞥了江敛舟一眼，含糊应了一声。

距离不算很远，盛元白挂了电话没多久就到了。

盛母快步走进来，一脸担忧："你这孩子怎么这么大了，连自己都照顾不好，血糖低都不知道吃点早餐吗？"

没等盛以说话，江敛舟已经带着自责和愧疚先开了口："阿姨，都是我的错，是我没照顾好阿久才让她住院的，您别怪她了。"

盛以眼睁睁看着刚刚还皱着眉头的盛母，转过头对着江敛舟，态度突变。

"哎呀敛舟，你这话说得阿姨就不爱听了，你对阿久有多好，那不光是我们，全国人民都知道的，好吗？"盛母连声夸赞，"阿姨在小区里，有好多姐妹羡慕我呢，说阿久找了个好男朋友。"

紧接着，盛以便听到盛母左一个"男朋友"右一个"男朋友"的，简直完美诠释了什么叫丈母娘看女婿，越看越满意。

盛以越听越沉默，越听头越低。手机屏幕亮起，有微信消息进来，是盛元白发来的。

元白：江敛舟不愧是江敛舟，啧啧啧。

阿久：什么？

元白：实不相瞒，刚才在车上，阿姨可是口口声声让你回家住一段时间的。你看现在，就因为江敛舟在，她绝口不提这件事。

阿久：你怎么知道是因为江敛舟在，而不是因为我妈忘了？

元白：刚阿姨说了，她要是忘了这件事，就让我给她使个眼色提醒一下。现在，我的眼睛都快抽筋了，她的眼里依然只有江敛舟。

刚跟盛元白聊完，盛以准备收起来手机，就看到贝蕾也发了微信消息关心她，大概也是看了录制直播才知道的。盛以简单回复了几句，贝蕾也就放下了心。

这一放下心，贝蕾立马就扯远了话题。

好一朵蓓蕾：啊啊啊，宝贝阿久，我同事前两天带我去了一家酒吧，说那里帅哥超级多。我一开始还不信，结果我一看，天啊！

好一朵蓓蕾：太帅了！

盛以看看消息稍稍一沉默，实在没明白贝蕾是怎么把话题从身体怎么样，转成了酒吧帅哥的，她对此行为表示强烈谴责。

阿久：什么？

阿久：道德在哪里？底线在哪里？地址又在哪里？

好一朵蓓蕾：我要把这个截图微博私信给江敛舟，阿久，你给我清醒点，有了江敛舟那样的人间极品，你还想什么酒吧帅哥啊？

好一朵蓓蕾：酒吧帅哥有很多，但江敛舟只有一个！

盛以对贝蕾的话嗤之以鼻。江敛舟那样的热度，每天的微博私信箱不知道得爆炸几回，区区一条私信而已，石沉大海罢了，所以她肆无忌惮地挑衅了一番。

半分钟后。

本来正彬彬有礼、笑容完美得挑不出一根刺的江敛舟，突然低头看一眼手机，而后皱了皱眉，露出了一个难过的表情。

他这副模样确实挺唬人，盛母又确实喜欢他，这会儿连忙问："怎么了敛舟？出什么事了吗？"

江敛舟摇了摇头，又轻抿了下唇，最后才问："阿姨，我是不是不够好看？"

盛以一脸疑惑。

盛母连道："这怎么可能，你要是不够好看，这世界上哪还有好看的人？"

江敛舟垂了垂眸，看起来并没有被盛母安慰到，说："是我的错，我应该更好看一点才行，这样阿久也不会想去酒吧看别的帅哥了。"

盛以心想：怎么会有这么"绿茶"的人！她要单方面跟贝蕾绝交二十四小时！

…………

再三确认不用陪床后，盛以好不容易等盛父、盛母跟盛元白离开了医院，这才缓缓抬头看了江敛舟一眼。

江敛舟哪里还有刚才的小可怜模样？只见他懒懒散散地坐在椅子上，一扬下巴："这世界上最帅的人就在你面前，你现在看我都没收费。"

盛以说："那要不然我出点钱，你先回去？"

不过话又说回来，江敛舟确实也该回去了。

套房里只有一张陪床，孟元得在这里照顾盛以。

江敛舟留了句"我明天来接你出院"，压根儿不等盛以拒绝，就拿了自己的东西出了门。

在床上躺了一整天，盛以只觉得骨头都要软了，便乘着夜色跟孟元一起，下楼转了转。

走了一圈，盛以觉得有些口渴，孟元便去自助贩卖机那里给她买矿泉水了。

盛以坐在长椅上，回头看了眼身后的景色。

小花园里有只猫，正趴在那里懒洋洋地打着哈欠，半眯着眼，惬意得不行。不知道为什么，那副样子蓦地让盛以想起江敛舟。

她忍不住轻笑了声，又听见脚步声靠近，是两个正聊着天的护士。

大概聊得实在投入，护士竟没看到盛以，仍旧继续往下八卦着："……我今天就跟你说今天上午是江敛舟吧，你还不信，拜托，我怎么可能认错。"

另外那个个子稍矮的护士"哎呀"一声："这不能怪我嘛，实在是你的描述让我根本没办法和江敛舟联系起来好吧？"

描述？盛以更认真地听了。

个子稍矮的护士："说什么鞋子都跑丢了一只，头发也很乱，外套也没了，额头直冒汗。你听听，这谁能信是江敛舟？这种大明星都可顾及形象了，怎么可能这副模样对不对？"

第一个护士也点了点头："行吧，你说得也有道理。不过还真挺有缘，我今天陪赵医生查房的时候，还正好看到他在走廊那里打电话。没太听清楚，就说什么'老许，我刚才没忍住，跟她讲话的态度有点差，她会不会生我的气？'。啧啧啧，谁听了不心动啊？"

个子稍矮的护士发出了一阵银铃般的笑声，还用手肘撞了第一个护士一下，两个人慢慢走远。

唯有盛以坐在原地，沉默良久。

直到孟元拿了两瓶矿泉水走过来，递给盛以一瓶，自己喝了几口，才觉得氛围有些怪。

孟元拧上盖子，问："盛以姐，怎么了？"

盛以回过神来，摇了摇头："没事。"她顿了顿，又说，"就是发现有个人，好像比自己以为的要好很多。"

"哦，舟哥啊。"孟元不甚在意地接话。

盛以说："什么？"

孟元摇头晃脑地说："舟哥对你好，那不是全宇宙的人都知道的吗？"

这下从她妈嘴里的"全国人民",直接升级成如今的"全宇宙的人"了。

孟元继续说:"哪天舟哥就是直接甩给你几千万元,我估计都会觉得很正常的。"她说着说着,还试图跟盛以打商量,"盛以姐,万一哪天舟哥真的给了你几千万元,你能给我发个五百元的红包吗?"

盛以说:"给你一巴掌,醒了吗?"

孟元说:"……醒了。"

这本该用来录制节目的时间,突然变得没事做,盛以难得觉得无所事事了起来,晚上看了会儿漫画就睡了,久违得没有熬夜,第二天醒来的时候觉得神清气爽。

她刚刚洗漱完,换好衣服没多久,就听见有人敲门。

盛以应了一声:"请进。"

门被推开,盛以回头看了一眼,果然不出意外来人是江敛舟,但出乎意料的是他右手抱着一束花,是一束很漂亮的百合,左手拎着一个纸袋子,如果盛以没看错的话,上面写的还是"××粥铺"。

这个画风有些诡异,但又出奇地和谐。

江敛舟走进来,先是把早餐放在了床头柜上,又漫不经心地把那束百合递到盛以面前:"来的路上看到一家花店,顺手买的。"

盛以接过,凑到鼻尖闻了闻:"我还以为你会跟我说,碰到了什么在路边摆摊的老太太,于心不忍就照顾了一下她的生意。"

江敛舟瞬间别过头:"你为什么话这么多?"

盛以轻笑:"谢谢。"

初晨的光斜着打过来,女孩子弯眸一笑,明媚生辉。

江敛舟顿了顿,咳嗽了一声,清清嗓子:"嗯……"

他脑袋仿佛打了一下结,忘了自己刚才是要说什么了,最后含糊地说:"那你就好好收着吧。"

可能是因为大清早便收到一束花,还有人特地庆祝自己出院,盛以难得在医院感到心情挺好,回湖悦山色的路上都面带笑容。

江敛舟瞥了她一眼:"心情这么好?"

盛以应了一声。

江敛舟云淡风轻地偏过头:"该不会是因为出院后就可以去酒吧看帅哥了,所以才心情这么好的?"

这件事真的过不去了吗?

江敛舟看盛以没说话，还一脸无语的模样，轻"啧"了一声。

绿灯亮起，他边发动车子，边若无其事地问："那些人到底有什么好看的？"

盛以其实没打算看的，但这会儿既然提到了这个话题，她便说了几句："唱歌？"

江敛舟不满道："我会。"

"弹吉他？"

江敛舟更不满了："我也会。"

盛以看着江敛舟那一副"哥无所不能"的模样，沉默两秒，再次开了口："跳舞。"

江敛舟："我……"

"还会"这两个字，就被他这样卡在了嗓子里。

江敛舟偏过头，看了盛以一眼。

尽管他表情冷淡，但盛以确实能看出来他想讲什么，他满脸都写着"你竟然是这种人"这几个字。

车子里再度安静了下来。

直到盛以都忍受不了这诡异的氛围，默默想换个话题的时候，江敛舟蓦地开了口。有点突兀，表情也有那么几分屈辱，但又非要装作漫不经心的样子。

"我也不是不会。"

盛以一时无语。

盛以这段时间，确实过得挺舒服。

这两天是超出她意料之中的假期，经过这次通宵画画后晕倒，让她心里敲起了警钟。

她自从开始做专职画师以来，一直是个敬业的人。要不然就以她的知名度，和她这些年攒下来的钱，她不会每个月都开放一定数量的客稿和商稿了。

盛以琢磨了一下，觉得自己可以适当降低数量，起码尽量少接这种需要通宵赶稿的单子，免得再出什么意外。

这两天她过得意外地快乐，每天吃了睡，睡了吃，看完漫画看直播，看完直播看动漫……

时隔多年，再次体会到身为一个"废物"的快乐。

出院当天，盛以睡了一个无比安稳的觉，除了做的那个有点离谱的梦……

第二天一早，盛以被门铃声吵醒了。

盛以沉默两秒，门铃又响了一次，之后没再响起。

她嘀咕着，觉得有些奇怪，从床上爬起来，走出卧室准备去开门。

开门前，盛以飞快地通过猫眼看了一眼外面，却发现电梯厅里一个人都没有。

盛以有些迷惑，打开了门，外面确实没有人。

她皱着眉，在门口细细看了一圈。

湖悦山色的治安很好，按理来说不应该出什么问题才对，她边在心里想着，边把目光移到了门上。

盛以愣了一会儿，门把手上挂着一份早餐，和昨天早上的粥和包子不一样，今天的是胡辣汤和油条，袋子上贴了张小字条。

潇洒又飘逸的字落在上面，极有辨识度，甚至完全不用她猜这是谁写的。

上面写的是：再晕过去就打你。

03.

盛以盯着袋子上那张字条，沉默了足足两分钟。

做梦这种事，在醒来的那一瞬间，梦的内容往往会记得很清楚，但如果没有外部刺激，则会迅速遗忘。相反，如果这个时候给予一定的刺激，让你再次回忆起这个梦境……

那恭喜你，你可以把这个梦的内容记很久很久。

那么需要一个什么样的外部刺激呢？大概就是你在梦里威胁打别人屁股，醒来就发现，那人开始威胁打你屁股。

其实盛以此时此刻本应有理有据地质问江敛舟：为什么要写这么过分的字条？

但也不知道为什么，明知道梦里的东西都是假的，可她还是心虚了一下。

所以，盛以最后一言不发地取了早餐回家，准备尝尝江敛舟选的这家胡辣汤味道怎么样。

她边拿着手机刷微博边刷牙，左右摇摆着脸，正准备吐掉漱口水，就看到微信进来了一条消息。

Ivan：*洗漱好了吗？我等会儿去你家吃早餐。*

盛以呛了一下，差点把漱口水咽下去。

她连忙洗漱完，心有余悸地想：要是刚刚真的出事了，她盛以是不是就成了史上第一个刷牙被呛死的人？她的一世英名何在？

她走出卫生间，边往卧室走，边盯着江敛舟的那条微信消息看。

盛以刻意慢吞吞地做完晨间护肤，满意地盯着镜子里自己那张盛世美颜左看右看，之后才回了消息。

阿久：凭什么？

Ivan：刚护肤完？

江敛舟是在她家装了监控吗？

看盛以对这个问题避而不答，江敛舟没再追问，绕回了盛以上个"凭什么"的话题。

Ivan：因为你把两份早餐都拎回你家了。

盛以安静两秒后，到了餐厅，拆开早餐袋。

果然，不管是胡辣汤、油条、水煮蛋还是小菜，全都是两人份的，但她怎么可能会知道那是两个人吃的！

正常人不都应该把自己的那份先拿走，再送给别人的吗？

奈何吃人嘴软，自己都已经把早餐拿回来了，江敛舟提这样的要求自己要是不答应，未免显得太过分了。况且，她也确实吃不完足足两份早餐。

盛以斟酌了一下，同意了这个要求。

微信消息发出去的下一秒，她家的门铃准时响起，精准度堪比新年的钟声。

盛以都说不清自己现在的心情了，也不知究竟是好气还是好笑。

她拉开门，看见江敛舟懒洋洋地倚在墙上，看着这边。

现在的时间确实挺早，他大概也刚睡醒没多久，头上甚至还立着一撮头发。

盛以甚至都没来得及说话，江敛舟便先发制人，轻"啧"了一声，吊儿郎当地说："盛大小姐还挺不客气，两份早餐都拿走了，我吃什么？"

盛以轻笑了一下，问："闭门羹吃吗？"

江敛舟瞬间轻描淡写地揭过这个话题："吃饭吧。"

他边说，边抬手去压了压自己头顶的头发，往盛以家里走。

换鞋时，他看了看盛以鞋柜里的一次性拖鞋，还皱了皱眉不怎么高兴地开口道："我比较喜欢蓝色的拖鞋。"说完，他若无其事地看向盛以脚上的布质粉色方格四季拖鞋，认真地打量一番，最后像是大师一般品鉴道，"你这双的样式就不错。"

盛以说："我是不是还应该感谢你表扬了我的审美？"

江敛舟没说话，只是掀眸看了她一眼，意思就是：你知道就好。

两个人坐在餐桌上，江敛舟这会儿倒是没那么吊儿郎当了，把两份胡辣汤都打开，推了一份到盛以面前，又摆好了小菜。

他在桌边磕开了鸡蛋壳，边剥边同盛以说："你真应该感到荣幸，哥这么金贵的手给你剥鸡蛋。"

盛以说:"不要说得好像是你孵的鸡蛋一样。"

江敛舟有些无语,边把剥好的鸡蛋放在盛以前面的盘子里,边稍一挑眉,问:"今天准备做什么?"

"看直播吧。"盛以边说,边拿了平板电脑,打开了《同桌的你》直播间。

今天是第四期录制的最后一天,嘉宾们此时此刻正聚在一起吃早餐。

他们的餐桌上满满当当摆了一大桌,中式西式的都有。

嘉宾们口味各不一致,这时挑了自己喜欢的食物慢慢享用,甚至还有俞深这样一边吃着三明治一边就着咸菜的中西式混搭吃法。

盛以看看直播间的早餐,再看看自己餐桌上的豆腐脑,很微妙地产生了一种"江敛舟好像过分朴素了"的想法。

江敛舟竟然真的明白了盛以的意思,慢条斯理地吞进去一口豆腐脑:"反对铺张浪费,你懂吗?"

盛以沉默两秒,心想:他们这是在用脑电波对话吗?

她正在心里嘀咕着,就听到直播间里,尹双抿了口牛奶,而后悠悠地叹了口气,所有人都看向了她。

尹双说:"不知道阿久跟舟哥现在在干什么,想念阿久宝贝了。她现在还在病床上吗?不知道心情好不好,有没有人陪她。"

盛以眼睁睁看着,刚才还算正常的弹幕,一瞬间变多了起来。

· 我也想念阿久了!阿久你有在吃早餐吗?

· 据说舟哥这两天事情很多,现在肯定在辛辛苦苦地工作了,心疼阿久跟舟哥。

· 一想到他们俩孤零零的,我就难受啊。

此刻,盛以不知道为什么,莫名地开始心虚了起来。

江敛舟微微眯眼,去看不停滚动的弹幕,而后就着小菜吃了口鸡蛋,悠悠然地念:阿久老婆你有在吃早餐吗?

没等盛以说话,江敛舟先解释了一下:"念弹幕呢,别多想。"

盛以一脸疑惑。

就跟自己的回答能被弹幕听到似的,江敛舟还很好心地帮弹幕解答了起来:"不用担心,阿久正吃着呢。嗯,阿久这两天比较放松,不用太心疼,但舟哥还是可以心疼一下的。我俩还好,不算太孤单,就是阿久话有点少,对舟哥爱答不理的,显得你们舟哥更惨了呢。"

江敛舟就像是故意似的,提到自己,有时候还说"你们舟哥",但念弹幕上的"阿久",就是直接念的,丝毫不避讳。

盛以站起身,江敛舟这才从弹幕上分出点注意力来,看了盛以一眼,漫不经心地问:"去干什么?"

"想起菜刀没磨,打算磨一下。"

盛以的语气实在是太平淡了,平淡到江敛舟边在弹幕上寻找"阿久"这两个字,边跟着自然地回答:"有什么好磨的?钝了就买把新的呗。"

餐厅里寂静了两秒,江敛舟蓦地意识到什么,缓缓转过头,假装平常实则胆战心惊地问:"磨菜刀做什么?"

盛以没回答,只是朝着他露了个笑容出来。

江敛舟沉默地低下了头,仿佛什么都没发生过似的,安安静静地吃起自己的豆腐脑。

直播间里,薛青芙接了话,语气一贯温柔,说:"没事,下次录制就可以见到阿久了。我有个朋友是她粉丝,还想让我……"

她的话只说到一半,盛以的平板电脑就弹出低电量预警,只有10%不到的电量了。

充电器没在餐厅里,盛以懒得去拿,自己的手机又没下载直播平台软件,便看向江敛舟:"把你手机借我一下。"

江敛舟"啧"了一声,手上倒是乖乖打开直播间,还挺懂事地放在支架上。

盛以已经可以完全忽视江敛舟的心口不一了,继续看向直播间。

薛青芙刚刚那句话已经说完了,似乎已经跳到下一个话题。

盛以蓦地好奇起来,又喝了口豆腐脑,再次看了眼弹幕,似乎比刚才更热闹了。

· 家人们,我刚刚接了个电话没看完,所以青芙说了什么?

· 青芙说:"我有个朋友是她粉丝,还想让我跟阿久要张签名照呢,最好是她跟舟哥的合照。"

盛以偏头问江敛舟:"她们怎么知道你进了直播间?"

江敛舟懒洋洋地把最后一口豆腐脑解决干净:"我实名认证了,进直播间都有特效欢迎我的。"

盛以一脸疑惑。

江敛舟稍一点头,还揣测了一下盛以的想法,说:"你是不是没看见那个特效有点遗憾?没关系,你可以退了再进一次,酷炫无比。"

没等盛以说话,江敛舟又开了口,还是"我真人美心善"的语气:"看在我俩关系还不错的分儿上,我也不多收你钱,五元一次。"

盛以没吭声,打开弹幕发送栏,在上面敲了三个字发了出去。

三分钟后,新的热搜出现了——江敛舟说"我是猪"。

点进去第一条热评。

木以成舟:舟哥,你是不是又在阿久面前说了什么话?@江敛舟V,虽然这么说不太好,但是你挨完揍之后,能不能把你俩的对话跟我们分享一下?

第四期直播录制结束,论坛里照旧盖起一栋高楼,如同往常一样,迅速成了热帖。

帖子的标题——有没有人来预测一下这次《同桌的你》收视率会怎么样?

主楼内容:还真的挺好奇的,想看看到底是那对比较厉害,还是节目比较厉害。

1L:我只关注到了楼主现在都直接用"那对"来代称了吗?啧啧啧,所有人都默认了吗?

2L:真路人看到这个标题,好奇地点进来瞅了瞅。你们节目这收视率还用押吗?不是次次第一,我没记错的话,上次又创了新纪录吧?

3L:楼上的果然是真路人,不知道"盛以和江敛舟"这次缺席了吗?说实话,我不追他俩的情侣档,这次节目的流程安排得也挺有意思,但我就是觉得少了点什么,看直播看得不带劲啊!

9L:但是朋友们,说实话我真的好开心!我之前看到很多情侣档,都是荧屏上亲亲密密,私下根本就不熟,完全是在演剧本。但"木以成舟"不是啊!他俩私下关系也那么密切,我那天在阿久视频里听到舟哥的声音时特别激动,谁能懂我?

聊着聊着,楼里的话题就歪了。

39L:说起来这个,我又想起了望久。她后天直播吗?你们猜江敛舟会不会捧个场?

45L:我觉得江敛舟应该不会去吧……说实话,他那天去评价了一句"加油"我就已经够意外了,真有那么喜欢望久的画?

47L:如果,我是说如果,江敛舟真的去了望久的直播间,只有一个可能。

49L:什么?

50L:望久就是盛以。

51L:睡吧姐妹。

第二天早上,盛以刚睡醒,门铃便再次响了起来。

她出门一看，把手上又挂着早餐。

今天的是豆腐脑和炒饼，但与昨天不同的是今天的是单人份。

盛以抿了下唇，拿了小纸条来看，还是那位的字迹——今天有事，明天再在百忙之中抽空去你家看拖鞋。

盛以蓦地笑了出来。

因为江敛舟那次评论的简简单单的"加油"两个字，快鱼直播负责她直播间的助理，从敲定直播那天开始，便每天跟盛以打招呼，殷勤至极，时刻提醒她要好好准备直播。

今天是直播前的一天，盛以正吃豆腐脑的时候，那位助理又发了消息过来。

助理：早上好望久老师，您这边还有什么需要我们帮忙的吗？

盛以停顿两秒后回复：虽然很不想说，但其实你已经问了第十次了。

助理：您还有什么需要请尽管提！想冒昧再问您一下，您直播要画的画已经确定下来了吗？

盛以要画的内容，早在最开始答应做直播时，就已经确定了下来。

直播的时间定在了隔天晚上七点钟。

快鱼直播确实有诚意，下午六点五十五分便给了盛以直播间的首页推荐位，还在首页大图滑动栏做了推荐。

晚上本就是直播的热门时间，这个时候，往往各大主播都会想尽办法来博得更好的推荐位。唱歌区、舞蹈区一向热度很高，出现在首页的概率也会大一些；而与之相反，日常区的流量显然就小得多。

这个区向来不温不火，在晚上这个黄金时间节点自然也竞争力不够强，鲜少会出现在首页推荐位。

但今天……盛以，一个第一次直播的新手主播，直播的内容还是画画，竟然上了首页推荐。

她是提前了七八分钟进的直播间，直播间此时此刻已经很热闹了。

· 快鱼出bug了？一个日常区主播出现在了滑动栏？

· 同是滑动栏点进来的，就想知道这是有什么后台吗？平平无奇的直播画画，还是个新人，都能有这样的推荐了？

· 主播都还没进来，怎么就已经热度这么高了，这个主播是什么人物吗？

没等望久的粉丝开口说话，主播进了直播间，下一秒，很明显的系统音在直播间响起。

"大家晚上好，我是望久。"

路人们便看到瞬间无数条弹幕飘了过去。

・望久老师晚上好！

・望久只开电脑屏幕吗？我虽然没妄想望久露脸，但还觉得至少会开摄像头露一只手呢。

・老师不打算用原声吗？好想听原声！

路人们一脸疑惑，竟然真的是个有名的画手吗？而且这样一看，粉丝似乎也很多的样子？

盛以忽视了弹幕上的一片"开原声"的请求，拿了数位板开始准备画画。

盛以说："我画画的时候会挺专注的，所以可能会偶尔抬头看一眼弹幕，大家觉得无聊的话直接退出去就好。"

盛以今天画的是一只猫，一只很普通的橘猫。

她选择的画法并不是以往的厚涂，而是有些偏素描的类型，画得很细致，每一根毛都颇为仔细地画了出来。她确实很专注，下笔很认真，只抽空跟弹幕互动一下。

"为什么会画一只猫？"

盛以飞快地瞥了一眼，又继续埋头画画，解答道："想起来以前读书的时候，跟一位朋友一起喂过一只流浪猫……这只猫后来怎么样了？嗯，被送去绝育了。"

弹幕刷过一大片的"哈哈哈"。

直播间氛围整体来说倒是挺和谐的，房管也很尽职尽责。

随着盛以越画越完整，弹幕都震惊了。

・最开始说是猫我还不太敢信，还想着这是什么玩意儿？现在想说，我是什么玩意儿……

・真的好喜欢望久！许愿我有一天可以抢到客稿！

盛以又抬头瞥了一眼，心情确实挺好，感谢了一下弹幕的夸奖，再感谢了一下刚才送礼物的粉丝们。

正好看到一个粉丝顶着"榜一"的称号问了问题："望久老师有谈恋爱吗？老师太低调了，确实有点好奇，介意的话不回答也没关系的！"

别人都投了这么多礼物了，又不是什么太过分的问题，盛以感谢了一下，开口道："倒是没谈恋爱。"

她思索了一秒，想起来了第三期节目录制前，她去江敛舟的工作室里时跟他的对话。

没忍住，盛以笑了一声，回答："毕竟你们望久老师那么多人追，得倒贴五十万元才能勉强考虑一下。"

说着，盛以又低下头，再次画了几笔。

盛以再次抬起头的时候，刚才还一片"哈哈哈"的弹幕已经变了。

·谢谢土豪，土豪破费了！

·这是真第一次见到出手这么阔绰的大佬，大佬牛，望久老师的直播间瞬间就爬到了今晚的第一名！

·前榜一落泪，跟这位大佬比，我哪里担得起"榜一"这样的称呼呢……

盛以一脸疑惑，她看了眼打赏排行榜那里，榜一已经从刚才的"望久的小粉丝"变成了一串乱码，看上去像是随手打的，大概是刚注册的新号……

04.

快鱼直播和其他直播平台一样，当一个直播间有土豪送礼物后，会在小喇叭处以及各个直播间推送公告。

当给某位主播打赏的总额到达特定数值后，再进入该直播间，更是会有专门的特效，五彩缤纷的烟花落满整个屏幕，显示：欢迎××主播的总督×××进入直播间。

保证能吸引所有人的注意，保证让主播欢迎你，保证给足面子。

所以，此时此刻，快鱼直播的公告栏在不断地显示——

@#￥%ww 在望久的直播间……

…………

刷到后来，公告栏已经开始卡顿，有人手疾眼快截了个屏，眼睁睁看着本来一切良好的公告栏上，内容变成了：@#￥%ww 领取望久……

好像哪里不太对的样子……

金瓜子在快鱼直播平台是挺有用的道具。每当有最大额度的礼物也就是飞船出来时，直播平台就会随机派送一些金瓜子，观众们可以再把这些金瓜子打赏给自己喜欢的主播。该机制一向被平台用户称为"等我偷金瓜子养你"。因此这么多的公告接连推送下来，使得本就热度很高的直播间，瞬间又涌进来无数观众。

·是有人疯了吗？钱不是大风吹来的吧，都用来打赏主播了自己吃什么？

·这是真的有钱啊，佩服，感谢大佬送的金瓜子。

·我以为是个什么大游戏主播或者唱跳主播的直播间，谁知道一点进来发现是在画画？这年头画画都能赚这么多打赏了吗？

也正因如此，望久直播间里的人，都看到了乱码大佬的那两句发言。

被公告吸引进来的观众自然无法理解大佬的发言，但本就在这个直播间的粉丝,结合一下前面望久说的话,瞬间就明白了。

盛以看着直播间里飞速划过的无数条弹幕,一时间陷入了沉默。

当然她思考的并不是这么多礼物要怎么办——有太多比礼物更值得深思的事情了,比如江敛舟到底是怎么知道她是望久的。

大概是主播沉默的时间有点久,很多人都在好奇地追问到底发生了什么。还有不少望久的粉丝,生怕她因为迟迟不开口而惹得乱码大佬生气。

粉丝们心惊胆战,正准备帮望久说句话,这时看到直播间提示:@#￥%ww离开了直播间。

粉丝们瞬间不知该说什么了。

盛以怔了怔。她抿了抿唇,正准备摸出手机给江敛舟发微信,琢磨着要是自己把钱退回去,以江敛舟的性格会不会生气。

然而下一秒,烟花开满了屏幕,五颜六色的大字覆满直播间:欢迎望久主播的总督@#￥%ww进入直播间。

盛以稍一愣,想到了一种对别人来说不可能,但对江敛舟而言好像挺正常的情况。

果然烟花刚开完,直播间再次提示:@#￥%ww离开了直播间。

而后,乱码大佬又一次进入直播间,礼花又一次覆盖了整个画面,如此不断循环……任谁都难免觉得这人可能有点病……

一时间,刚才还热闹无比的弹幕突然空了下来,只有象征着身份的特效在直播间循环播放。

一条弹幕飘过。

·你们说,有没有可能……大佬有点喜欢这个酷炫的欢迎方式?

盛以抽了抽嘴角。

说实话,这个欢迎方式确实挺酷炫,恰到好处地满足了江敛舟的心理。但再怎么酷炫的特效,反反复复看了这么多遍,也会让人想吐好吧?

眼看烟花特效又一次要播放完毕,按照之前的规律,估计这位乱码大佬又要离开……

盛以稍一沉吟,对着麦克风开了口:"给我站住。"

直播间里的大家莫名其妙都跟着屏住呼吸,弹幕又一次空了下来。

似乎所有人都在期待,这位大佬会做何反应?

那行看得人快要崩溃的"@#￥%ww离开了直播间"没有再弹出来。

这……这么听话的吗?!

直播间里一片沉默,直到乱码大佬发了言,一看就知道有点心虚。

@#￥%ww：今天家里网不好，一直从直播间里弹出去，刚才发生什么事了吗？

江敛舟确实是个挺能坚持的人。这点，盛以从读书的时候就知道。

她那会儿不怎么爱吃早餐，毕竟对她来说，吃早餐就意味着得早起二十分钟。

盛以往往会在深夜的时候灵感爆棚，有时候灵感一来，根本不管当下是几点，翻起身就开始画画，以至于早上起床匆忙，有时候甚至连杯牛奶都顾不上喝就去学校了。结果自然就是导致血糖低，整个人一天都状态不佳。

不过在早餐都要吃出花样的江敛舟眼里，这就是没钱吃不起早餐导致的。

所以，某一天早上，再次熬了夜没吃早餐的盛以，在自己的桌子抽屉里，看到了一份还冒着热气的豆浆和包子。

她一时间有些茫然。

江敛舟正趴在桌上补觉，盛以叫了他一声，他没反应。

她准备再叫他时，正好路过的池柏连忙拦下盛以，还比了个"嘘"的手势，用气音说："别叫了，舟哥起床气可太大了。"说完又补充道，"总而言之，你别叫他，不然他生气了，我可不负责。"

盛以应了一声："他真困了就请假呗？又不是没请过，他不是号称我们学的东西他不听课也会吗？"

池柏说："我也觉得他挺有病的，他非说自己要带点早餐来学校吃，结果来了学校又直接趴那儿睡了。我时常理解不了舟哥的脑回路。"

盛以顿了顿，想说什么，又没说出口。

等池柏走了，她默不作声地拎着那份早餐出了教室，吃完才回来。

本以为那天早上是个意外，哪知道第二天，她又在自己的抽屉里发现了早餐，这次放的是牛奶和三明治。

第三天是粥和牛肉馅饼。

偏偏江敛舟每次都还一副若无其事的样子，总是坐在那儿，漫不经心地用眼角的余光看一眼从抽屉里拿出早餐的盛以。

盛以跟他商量："下次就不用了，谢谢啊。"

江敛舟嗤笑一声："谁说是我给你的？"江敛舟大概觉得自己的话太容易让人误会，又轻飘飘地补了句，"你要非这么理解，我也没办法。"

现在就跟以前一样，盛以每天早上醒来，听到一声门铃响，就明白是送餐员小江送早饭过来了。

并且，送餐员小江很擅长"碰瓷"，如果没那么忙，一定会以"你又拿了我的早餐"为由，要去盛以家里吃饭。

当事人盛以屡屡被"碰瓷"后，某次尝试了新的方法——从两份早餐里取出自己的那份来，把另一份挂回江敛舟家的门把手上。

结果刚挂到那里，甚至她还没来得及转身，门就被打开了。

江敛舟一副"哥把你抓了个正着"的模样，拎着早餐轻车熟路地往盛以家里走。

盛以说："我这次可没拿你早餐。"

江敛舟看了她一眼，懒洋洋一点头，应道："哦，我拿了。"

江敛舟丝毫没觉得哪里有问题，极度敷衍地给了个解释："我家餐桌坏了，没地方吃。"

盛以说："你要不下次说你钥匙丢了，进不去家门？"

江敛舟琢磨了一下，点了点头："也可以。"

当密码锁是摆设吗？

连续吃了一段时间江敛舟点的早餐，盛以在心里感慨，原来早餐可以有这么多种花样，怎么吃都吃不重复。

养成吃早餐的习惯确实有些奇效，别的不说，盛以的作息好像正常了一些。

第五期录制前，孟元来接盛以去机场时，小心翼翼地打量了她一番，沉默了两秒。

盛以一脸疑惑。

孟元在"说真话"和"被打死"之间再三犹豫，最后勇敢开口："盛以姐，你好像胖……圆润了一点。"

其实孟元没说错。盛以最近确实胖了一点点，但是恰到好处，或者说她不是胖了，而是精神状态变好了，脸上也比之前多了几分血色。在孟元看来，她甚至觉得现在的盛以比之前还要有韵味。

孟元之所以会这么说，纯粹是因为她对盛以的印象还停留在住院时脸色苍白，还有晕倒时面无血色的样子，谁能想到今天见到的是这样神采奕奕的盛以呢。

其实不光是孟元这么想，直播间刚一打开，无数观众蜂拥而至，齐刷刷地关心起盛以的身体。

· 啊啊啊，我盼星星盼月亮，终于盼到了今天！要努力跟阿久说话。

· 今天是在哪里录的？有没有人知道啊。《同桌的你》保密做得也太好了，航班消息一丁点不泄露的。

· 又是我，我又来了，这次在远城。

· 阿久大病初愈，会不会瘦很多，脸色也不好啊，好担心，本来就够瘦了。

这次的录制地点，确实是在远城。

远城，一个听名字平平无奇，实则有些特别的城市。它的特别之处在于，这个城市里有过不少好看的人。

　　盛以自然是不了解的，奈何她有一个二十四小时冲浪的闺密。

　　贝蕾知道她要去远城录节目后，连夜翻出之前保存的微博热搜截图，挨个儿给她看。盛以头昏脑涨地听完后，勉强记得这个城市里有那么几对很好看的情侣。

　　她看了看视频和照片，确实挺不一般，让她对这个城市有了几分别样的期待。

　　工作人员带着她，走到一个大厅门口，示意盛以直接推门进去。

　　盛以本以为会是上次那样的会客室布置，可等进去了才发现，这个面积适中的大厅里，节目组只摆了几张暂供休息的沙发。大厅的地板上画了格子，像是小时候玩的飞行棋盘，不仅标了数字，还标了起点和终点。

　　她在观察整个大厅时，直播间里的人也在观察她。

　　·怎么回事？我预想中凄凄惨惨的阿久呢？我的眼泪都准备好了，然后现在干在了眼眶里。

　　第二个进来的是薛青芙，她看见盛以，面色一喜，飞快地抱了盛以一下，又打量她一番，尽力委婉地道："阿久，你看上去确实不太像病刚好。"

　　盛以无语。

　　其他人陆续走进来，最后"江大顶流"单手抄兜，慢悠悠地走了进来。

　　冤有头债有主，盛以立马望向引得自己发胖的江敛舟。

　　不只是早餐，盛以近期去故舟工作室练歌，江敛舟总是能抓住每一个恰当的时机，递给盛以一块巧克力，牌子还都不一样。惹得盛以明知道这样做不好，还是难以拒绝接了过来。

　　江敛舟察觉到盛以的目光，懒洋洋地瞥她一眼，问："怎么，录节目我没送早餐，就这么生气？"

　　其余嘉宾互相交换眼神，强装淡定，做起安静的"吃瓜人"。

　　·不要以为我看不懂你们在想什么！我看了这么久的直播，又重刷了那么多遍节目，早已经是个分析帝了！

　　·前面的分析帝姐姐，这么一个没有人说话的场合，正是最需要你的时刻！我们想听你分析一下这个环境！

　　·好，分析帝来了。尹双：想念舟哥跟阿久不是没有道理的，没有江敛舟和盛以的《同桌的你》，就是一潭死水！

　　·俞深：果然还是当群演的日子比较快乐。

　　·宗炎：送早餐？挺好，还能天天在一起吃早餐呢，嘿嘿嘿。

　　别看这几个嘉宾表面淡定，内心戏却一个比一个多。

盛以察觉到大家兴奋的目光,顿了顿,回过头扫视了一圈。

其余嘉宾瞬间望天的望天,看地的看地。汪桐欣都开始数手指了,数完左手数右手,数完右手数左手。

偏偏在盛以准备跳过这个话题的时候,俞深推了推眼镜,微微一笑看向他们:"看来两位最近的早餐吃得还不错。"

盛以没说话,江敛舟漫不经心地走到她旁边坐下,颇为好心地回答俞深的问题:"嗯,是还不错。某人比较挑,所以我还得百忙之中抽空去选菜式,最开始吃的是粥,后来是胡辣汤,再后来是……哒……"

·谢谢,今天也谢谢舟哥冒死喂给我们的糖!痛你就自己受着吧,这都是阿久对你的爱。

·我懂了,我们以为的是凄凄惨惨一个人住院,实际上却是两个人一起每天变着花样吃早餐。

嘉宾们全到齐了,同往常一样插科打诨了一会儿,便到了正式开录的时间。

杨导在监视器里看着现场的画面,再看看实时数据,目光复杂。

工作人员:"杨……杨导,您怎么了吗?"

杨导背着手,摇摇头叹了口气:"我能理解观众们到底在看什么。虽然很坚定地认为本综艺是个充满同学情的友爱综艺,但是好像没他俩在……确实没之前有意思。"

工作人员热泪盈眶,心想:杨导,您终于意识到这点了!

虽然上周《同桌的你》不管是直播观看数据还是上线播放数据都不算差,但比起前三期而言显然落后很多。而这次,从开播到现在,数据一路走高,弹幕的数量比上次多很多。

广播响起:"各位嘉宾好,欢迎大家参加《同桌的你》第五期,也就是倒数第二期的录制,首先,让我们热烈欢迎盛以和她的同桌归位!"

盛以点了点头,对这句台词颇为满意,一切都恰到好处地戳中了大佬的心理。

"欢迎大家来到远城。远城位于我国中南部,是一座经济、教育、旅游资源都很发达的城市,已连续五年入选最宜居住城市排行榜前十名。远城气候宜人,三月初已经满城春天的气息。因此,本次录制的主题为……知春否。首先,我们开始进行第一个环节——人生大挑战。大家看到地板上的格子了吗?从起点到终点一共有四十格,大家分组轮流投掷骰子,按照骰子点数前进到相应的格子里,并按照格子里的要求完成任务。"

广播员继续说:"四十格,一共有四十个任务。起始任务由大家各自撰写,一人五张卡片,撰写格式为'因为XXX,所以YYY'。'前进或后退Z格的部分'

我们会进行打码，若任务没有完成，则要按照与卡片上所写相反的要求进行位置调整。"

・第三期录制第一个环节是真心话，这次直接变成了大冒险吗？

・还是很特别的大冒险，因为你都不知道你安排的挑战会被谁抽到，说不定就是你自己抽到了……

・等等，我如果没有理解错的话，也就是说你不确定自己完成挑战后究竟会前进还是后退？这游戏也太靠运气了吧？

"现在请大家拿出椅子旁边的小盒子，从中取出卡片和笔，开始撰写你的任务卡片吧！"

番外篇

盛以的外公和外婆是在机场接到盛妈妈和盛以的。

"坐了三个多小时的飞机,我们宝贝阿久累了吧?"外婆心疼得不行,外公快速接过行李,拿了牛奶递给盛母怀里的盛以:"阿久太小了,下次还是我俩去明泉市好了。"

"妈,您就别担心了。"盛妈妈摸摸女儿的小脸蛋,笑道,"阿久暑假结束前就跟我说想来景城玩,她是真的喜欢这里。"

时年四岁的盛以小朋友安安静静地抱着牛奶瓶子,大概是感觉到大人们都看着她,眨巴了几下眼,也不知道有没有听清大人们究竟在讲什么,反正该点头的时候就点头,不哭也不闹。

这时恰好有一位年轻妈妈拉着小男孩经过,小男孩在哇哇大哭,年轻妈妈怎么哄都不行,便翻出一个大波板棒棒糖给小男孩。

盛以小朋友看了几眼。

外公察觉到她的视线,蹲下来哄她:"我们阿久也想吃棒棒糖了吗?"

"不想。"四岁的小女孩戴着一顶红色的渔夫帽,压着一头齐耳短发,额前留着齐刘海儿,实在是可爱,来来往往的人忍不住看她几眼。摇头的时候,发梢和刘海儿便跟着她的小脑袋一起晃来晃去。

外婆觉得小外孙女实在可爱得不行,逗着她问:"那是哪个小馋虫盯着人家的棒棒糖看了那么久呀?"

盛以皱了皱小巧的鼻子,歪着小脑袋思索了两秒,而后恍然大悟,大概是明白她刚才的行为引来了误解,摇了摇头重复了一遍,奶声奶气地说:"阿久不想吃。"顿了顿,又冷静理智地做了补充,"他好吵。"

盛妈妈无奈扶额，实在不知道自家小女儿的性格是随了谁。

盛以小朋友一丁点没觉得自己有哪里不对，自顾自地喝光了牛奶，扔掉了牛奶盒子，又从小裙子的口袋里抽出纸巾擦擦小手，再乖乖地抬起头："阿久好了，我们走吧。"

要怎么形容阿久呢？反正就是又可爱又酷。

盛妈妈拉着盛以小朋友的小手坐进车子里，外公启动车子。

不同于别的这个年纪小朋友吵闹的模样，盛以乖巧地坐在位置上，不说话也不乱动。除了隔一会儿看一眼车窗外的风景，她安静得像是睡着了一般。

盛妈妈自小就知道自家女儿很不一般，起码跟别的小孩子完全不一样，但有时候还是直想叹气。这种叹气的欲望，在当天傍晚的时候到达巅峰。

盛以的外公家位于景城的老城区，是独门独院，两层小楼的格局。盛妈妈自幼在这里长大，周围的街坊邻居全都认识，下车的时候还收获了邻居们亲切的问候。

马路对面家的王奶奶拉着小孙子霖霖往家里走，霖霖边走边嚷："明天我还要跟舟舟哥哥玩，奶奶你都不知道，舟舟哥哥会的可多了……"

外婆听罢，笑着问："哪个舟舟哥哥？"

王奶奶一转头，忙跟盛妈妈打招呼，这才回答："是他们幼儿园的一个小男孩，孩子王，霖霖崇拜他崇拜得不得了。"

霖霖自动化身"夸奖机器"，压根用不着别人问他，已经开始抢答了："舟舟哥哥就是很厉害，他会弹钢琴、做弹弓、爬树，也是我们所有人里面跑得最快的！"

任谁都能看出来，霖霖确实对这位舟舟哥哥很是崇拜。哪怕只是说起他来，霖霖都双眼放光，俨然一副小迷弟的模样。

周围几个大人都被逗得直发笑。

只有盛以小朋友没笑。她微微扬头，抬了抬渔夫帽的帽檐，露出一双对小孩子来说有些冷酷的眉眼，起码霖霖被盛以的模样震住了。

霖霖蓦地一僵，情绪被打断了一般，眼睛里的光都不见了，怯生生地拉了拉王奶奶的手，问："奶奶，那是谁？"

盛家外婆连忙介绍："这是阿久，我外孙女。霖霖你之前还跟她一起玩过呢，不记得了？她比你大两三个月。"

盛以稍一蹙眉，一本正经地纠正道："不是跟我一起玩，是我怕他走丢，看着他玩罢了。"

盛妈妈尴尬地笑了笑，正准备随便说几句话，然后拉着盛以快点进去，便听霖霖冲着盛以吼道："我以后才不要跟你玩！我已经有舟舟哥哥了，舟舟哥哥超级厉害，他就没有什么不会的！"

盛以稍加思索两秒，本着严谨认真的态度，小大人似的开了口："霖霖，你要理智一点，没有人是什么都会的。"

这个画面落在周遭大人眼里实在有点好笑，一个四岁的小豆丁这么认真地告诫另外一个小豆丁"理智一点"，总让人觉得好像是……

现在过家家的剧情都更新到这种地步了？

事关偶像，霖霖当然要全力反驳："不，他就是……"

话都没说完，盛以稚嫩的嗓音再次响起："那他会画画吗？会飞吗？会做七年级的数学题吗？"问完叹了口气，颇有些失望地摇了摇头，"我上次就跟你说，不要听信别人的一面之词，你怎么还是忘掉了？"说完，她仿佛对这个话题彻底失去了兴致一般，转过身拉住盛妈妈的手，"妈妈，我们走吧。"

盛妈妈朝着王奶奶笑了一下，又偏头不忍心地看着仿佛失去了梦想一样的霖霖，不禁疑惑她家闺女这从小就踉跄的性格到底是随了谁。

隔天霖霖再去跟小伙伴们玩耍的时候，看起来心不在焉、垂头丧气的，年纪不大，却满腹心事。

其余的玩伴注意到了，你来问一句我来问一句的，霖霖只摇头，不说话，最后还是老大出马了。

明明同龄，但比别的小男孩都高上一截的"老大"走到霖霖跟前，语气略显散漫地问："说吧，什么事？"

也不知道为什么，男孩子表面上在问"什么事"，可任谁听了都觉得潜台词仿佛是："有话快说！"

霖霖结巴了一下，尽管他觉得这个话题对老大实在算不上友好，但昨晚他因此辗转反侧了整整一夜，小小年纪就体会到"寤寐思服"的痛苦。这会儿确实忍不住了，说："舟……舟哥……"

背地里叫"舟舟哥哥"，当面就得按照指示叫"舟哥"。

霖霖深深地吸了口气："你会画画吗？会飞吗？会做七年级的数学题吗？"

一众小伙伴都是一脸疑惑。"老大"皱了皱眉，方才的散漫倒是收起了一些，往滑梯架上一倚，又酷又跩地说："你到底在说什么？"

霖霖被舟哥看得一慌，立马什么都说了。

被叫"老大"的小男孩长得精雕玉琢的，这会儿双手抱胸，本来神情懒洋洋的，这会儿倒是带了点兴致似的，问："你邻居家的女孩子问的？"

霖霖连连点头，回忆起被盛以支配的恐惧，打了个寒战。

小男孩稍一挥手，说："行，你今天回去跟她说，我，行不更名坐不改姓，江敛舟是也，想要见她一面。她要是敢的话，就让她明天来这里；要是不敢……"江敛舟轻笑，"那我就当她说了胡话。"

霖霖心想：怎么回事，明天是不是地球就会爆炸？

不过他转念一想，又放下心来。按照他对盛以的了解，她性子酷酷的，而且大概率早已习惯了别人的挑衅，肯定是不会答应江敛舟的。

所以，霖霖转达时，压根儿没敢如实转达什么"当她说了胡话"，本来硝烟味四起的约见变成和平而美好的问候。

盛小朋友今天换了一顶嫩黄色的帽子，是盛妈妈给她买的，上面还印了一只萌到冒泡的小鸭子。只是盛小朋友那张面无表情的可爱脸蛋与此完全相反。

"讲完了？"她瞥了一眼霖霖。

霖霖连连点头，眼里带着别样的希冀。

盛以定定地盯着霖霖看了几秒，语调波澜不惊："你是不是有什么没说完？"

霖霖心下一慌，否认道："怎么会，没有啊，不可能的！"

盛以这次倒是看都懒得看他了，手里还拿着儿童画板，画画的手都没停，说道："去。"

霖霖松了口气："我就猜你肯定不会……"

过了一会儿，霖霖顿在原地，大惊失色。

盛以随意地嗑了粒瓜子，扔掉了瓜子皮，一脸淡定地反驳："你在胡说八道些什么？"

王业霖一脸疑惑。

盛以有理有据地说："你那会儿不到四岁，哪能记这么清楚？"

王业霖冷笑一声："如果你小时候经历了这样的恐慌，恐慌到睡不着，最后被老妈发现才迫不得已老实交代，你也会记这么清楚的。"

盛以心道：怎么这么夸张，不知道的还以为她是什么恶魔呢……

王业霖感慨："要不是前不久看你俩上的那节目，我妈都快忘了这件事了。一看节目倒好，又在我耳边念叨起来，这些年都听她念叨多少遍了。"他又摇了摇头，"估计观众们都没想到，你俩头一次见面硝烟味会那么浓。"

盛以扔了瓜子皮，听着王业霖的话题越绕越远，几乎完全偏离了原本的轨道，平静地开口问道："……后来呢？"

王业霖没怎么听清："什么？"

盛以抬起头，一字一顿地说："我问后来我见着他怎么了？"

王业霖愣了愣，没回答，定定地看了盛以几秒，大概是在诧异盛以怎么会问这个。

盛以被他看得有点不耐，还有那么几分恼怒，但盛以自然不会轻易以真面目示人，她平静地回看。

王业霖心想：果然是错觉，她应该就是随口一问吧……

在心里嘀咕完，王业霖才又开了口："那看来你是真的忘了。第二天你就去了呗，就在我说的那个小公园，舟哥等着你。结果……"

"舟哥可能本来是想跟你约架的，结果看你一个那么可爱的小女孩，他就没下得去手……哦，他那天还带着小零食，好像是棉花糖？见了你非得塞给你吃，你不吃，他又念叨了几句话，你就受不了他了。"

盛以觉得不知道为什么，这话听起来合情合理。

"再然后呢？"

"再然后……"王业霖捂了捂眼，"你就暴打了他一顿……"

王业霖说着说着便很想笑，但努力装作正经："他隔天还想来找你，但你当时好像是爷爷突然住院了，你跟阿姨连夜回了明泉市。"

听到这里，盛以才模模糊糊有了印象。

她那会儿毕竟才四岁，在明泉市和景城往返，又被爷爷住院给吓到了，结果回明泉市当天就发起高烧，把盛家一家人急得不行。退烧之后，倒是有很多之前的事情记得不怎么清楚了，不过本来那个年纪的小朋友就不怎么记事。

她抿了抿唇，脑子里的思绪百转千回，这时手机响了起来。

盛以接起，江敛舟的声音通过手机径直进入她耳里："在做什么？"

语气带着一贯的散漫而又不经意的温柔，尾音仿佛打着转上扬。

王业霖猜出了电话那头是谁，朝她挤了挤眼。

盛以没来由地轻笑了两声："跟老朋友聊天。"

江敛舟从嗓子里懒懒地"嗯"了一声，故作不在意地问："老朋友？性别是？"

盛以想笑。江敛舟没听见她回答，轻"啧"一声略表不满，却听到盛以突然开了口，唤他："江敛舟。"

江敛舟一愣："嗯？"

盛以看了一眼王业霖说的那个小公园的方向。

盛以说："我们怎么不是青梅竹马呢？"

江敛舟稍稍一怔，勾出个散漫的笑，他没应声，只是颇有默契地也看了一眼窗外。

　　没错，是青梅竹马该多好。

　　可，也没关系。

　　纵是山高水长，我还是见到你了。

【番外完】

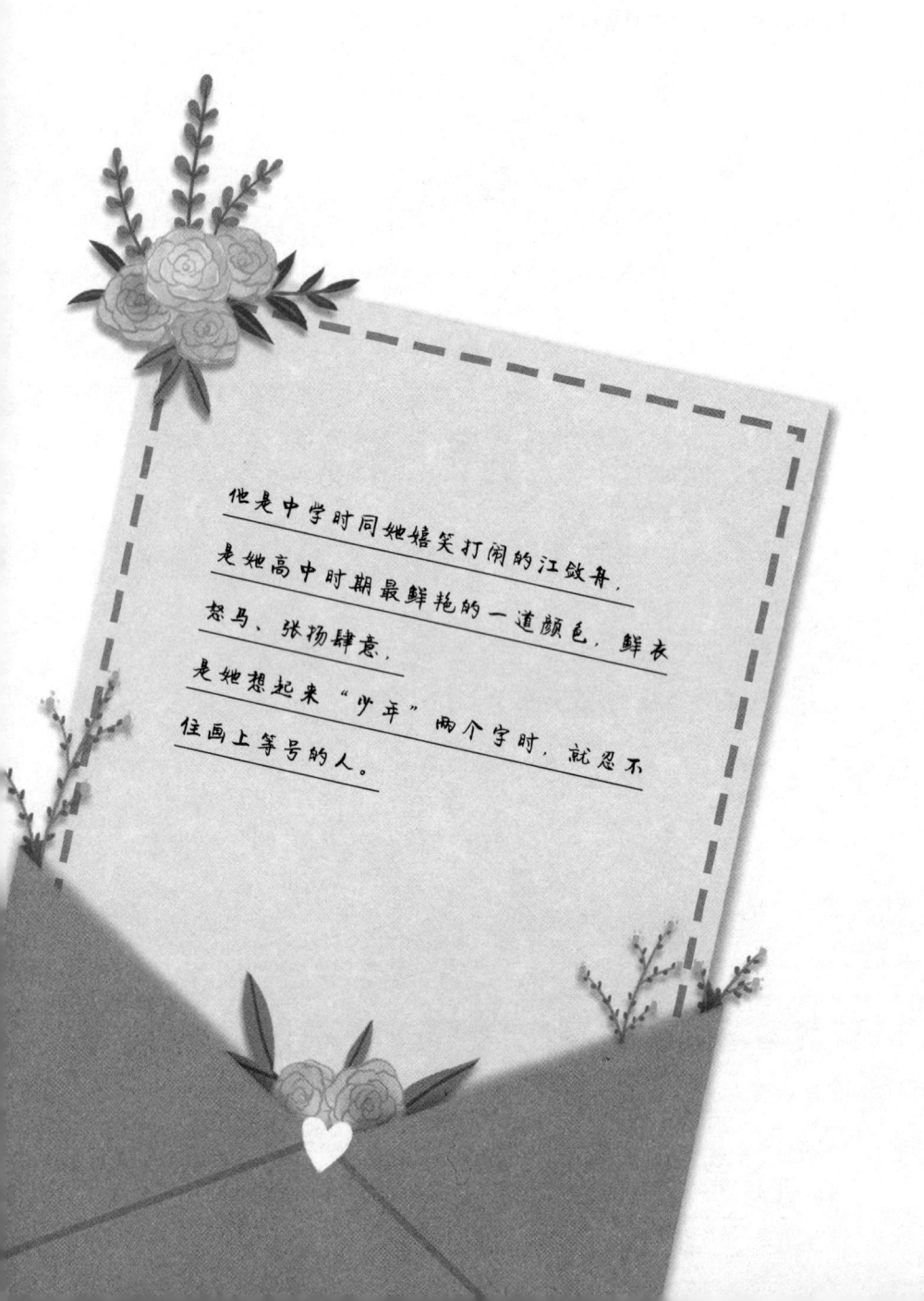

他是中学时同她嬉笑打闹的江敛舟,
是她高中时期最鲜艳的一道颜色,鲜衣怒马、张扬肆意,
是她想起来"少年"两个字时,就忍不住画上等号的人。

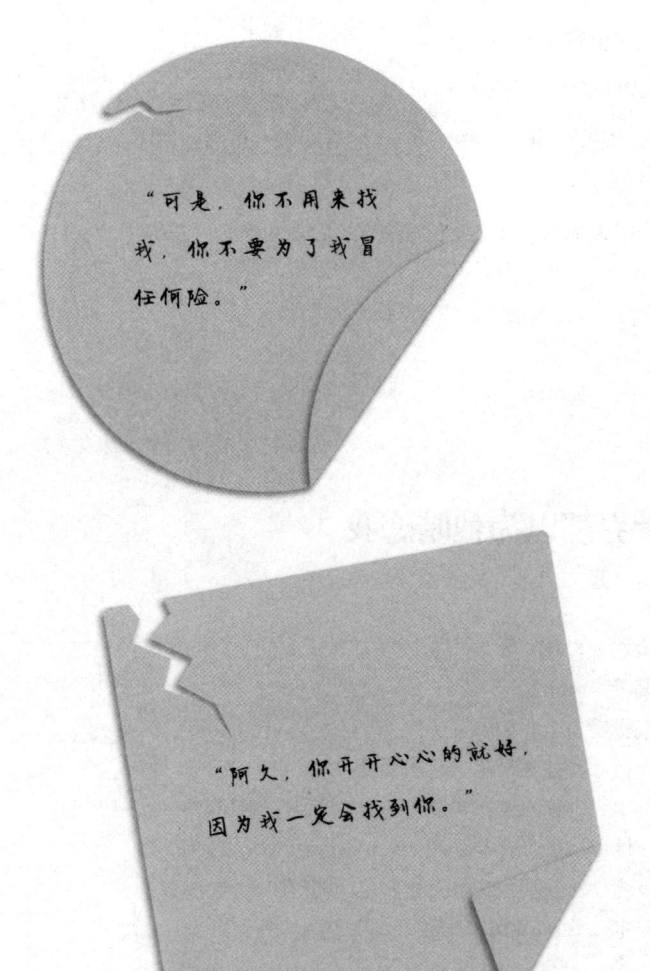

"可是,你不用来找我,你不要为了我冒任何险。"

"阿久,你开开心心的就好,因为我一定会找到你。"

图书在版编目（CIP）数据

全世界都以为他暗恋我 / 容无笺著 . — 南京：江苏凤凰文艺出版社，2023.2
　ISBN 978-7-5594-7243-4

Ⅰ.①全… Ⅱ.①容… Ⅲ.①长篇小说 – 中国 – 当代 Ⅳ.① I247.5

中国版本图书馆 CIP 数据核字（2022）第 201230 号

全世界都以为他暗恋我
容无笺　著

选题策划	林 璧
责任编辑	王昕宁
特约编辑	查 婷
出版发行	江苏凤凰文艺出版社
	南京市中央路 165 号，邮编：210009
网　址	http://www.jswenyi.com
印　刷	三河市嘉科万达彩色印刷有限公司
开　本	787mm×1092mm　1/16
印　张	21
字　数	388 千字
版　次	2023 年 2 月第 1 版
印　次	2023 年 2 月第 1 次印刷
书　号	ISBN 978-7-5594-7243-4
定　价	49.80 元

江苏凤凰文艺版图书凡印刷、装订错误，可向出版社调换，联系电话 025-83280257